完全版

十字路が見える

Ⅲ

南雲を指して

完全版

十字路が見える

岩波書店

北方謙三

III

南雲を指して

目次

第一部　再会の岸辺へ……1

第二部　風と海と祈りと……149

装丁　水戸部 功

第一部　再会の岸辺へ

嗤《わら》っている人がいても仕方がないか

旅先で知人に会うということは、これまで何度もあった。

こんなところでという国であったり場所であったり、日本での偶然の出会いより印象が強烈なので、鮮明に憶えていることが多い。

国外で、同業者にばったり出会ったことも、四度ある。それもラオスのビエンチャンであったり、東西ベルリンの壁があったころの、西側の壁のそばだったり、意表を衝かれる場所で出会ってきた。同業者以外となれば、その数倍はあるだろう。大抵は、立話程度で終ってしまう。食事ぐらいはしたいと思っても、お互いに用事を抱えているのだ。

旅先で知らない人に出会い、ちょっとばかり友だちぽくなるということも多い。二十年以上も前に、ホンジュラスという中米の国で、蟹を獲っていた日本人青年の話は、前にした。あの青年とは、ふた晩、食事をして酒を飲んだ。西アフリカでは、コートジボワールやトーゴで、日本人と会い、その街に滞在中は、友だちのようだった。

あの不思議な人と、私は友だちになったのだろうか。場所はスペインのグラナダであった。谷を挟んでアルハンブラ宮殿とむかい合うように、斜面にあるアルバイシンやサクロモンテというところを、ぶらぶら歩いていた私は、五十代ぐらいの日本人となんとなく話をした。三十年以上も前の話で、あのころその地域を歩いている日本人はほとんど見かけなかった。いまでは世界遺産になり、団体の旅行者の姿も少なくないらしい。

当時は、必ずしも安全ではない、という地域で、日本語で喋ることにちょっとした安心感があった。私よりも二十以上も歳上に思えたが、人懐っこく、おまけに私が聞くと流暢なスペイン語を喋っているので、その点でも便利だと思った。

車に同乗させて移動すると、道は知らないが、行き着いた街がどこかということは知っていた。私は昼めしを奢り、夕めしも奢り、安ホテルの部屋も取ってやって、翌日、またサクロモンテに戻ってきた。その間、スペイン人との話はそのおじさんがやってくれた。セビリアに住んでいるのだ、と言った。大学で、なにかを教えている、とも言った。

私は、本気にしていなかった。スペインに住んでいるにしては、オリーブオイルがまったく苦手なようだったのだ。パンに、烏賊《いか》のリング揚げとケソと野菜を挟んで食っていたりした。

ただ、私は言葉遣いは改めていた。年長者というだけでなく、相当のインテリらしいとわかってきたからだ。ラテン文学について、かなり深い話をしたし、日本文学についても同じだった。なぜ文学の話になったかは、憶えていない。

私が、自分のことを小説家だ、と言ったからだろうか。圧倒されたのは、英米文学について話した時だ。私はついていけず、途中で打ち切って、スペイン女の話などをした。

にこにこ笑って、その話にも乗ってきた。私は彼を先生と呼びはじめ、彼はそれも当然という顔をしていた。はじめは、おじさんと呼んでいたのだ。

サクロモンテの通りを歩いていたら、杖をついたジプシーの老人と会い、知り合いらしく、元気そうだなとか、病気は治ったのか、とか話をしていた。そこだけが、聞き取れたということだ。夜に行くよ、と彼は老ジプシーに言った。

先生は、ナガカワさんという名ですか。そうだよ。ほんとうに、大学の先生ですか。本業は、英文学の翻訳だよ。ふうん、どんなものを翻訳されたのか、教えてくださいよ。

それから、彼が翻訳した作家名を聞き、うそでしょう、と思わず言った。エミリー・ブロンテとか、グレアム・グリーンとか、アラン・シリトーなどの名が出てきたのだ。アラン・シリトーの『土曜の夜と日曜の朝』は、翻訳者が永川玲二という人だった。

永川玲二先生ではありませんよね。いや永川玲二だよ。珍妙な会話になったが、御本人であった。なんということだ。非礼を詫びたが、あなたは充分に礼儀正しかったよ、と返された。知らなかったとはいえ、おじさんなどと呼んでしまったことを、私は恥じた。

それにしても、自由な人だった、という気がする。身なりや髪などを変えれば、ヒッピーみたいな人だな、とも思った。夕方、洞穴住居へ行くと、ナガカワが久しぶりに来たので、ギターを弾いてやる、と待っていたらしいジプシーの老人が言った。あのころは、洞穴住居に、まだ人が住んでいたのではないか、と思う。飲んだ酒は、シェリーである。洞穴住居の中では、ギターの音色がよく反響して、ちょっと幻想的とも思えるような世界になった。ただ、曲は途中で終った。長い間、病気をしていたので、忘れてしまった、と老人は言った。

私は酔っ払って永川さんに絡み、はじめに教えてくれればよかったのに、と責めた。あなたは、セビリアの家に何人かで来たことがあるよ、と言われた。セビリアには何度か行ったが、どう記憶を探っても出てこなかった。三年ぐらい前かな。憶えがないんですが。昼間から、酔っていたよ。ほんとうだろうか。ほんとうだとしたら、どんな旅をしていたのだ、私は。君、噓うなよ。

帰国してから、アラン・シリトーを再読した。『土曜の夜と日曜の朝』や、翻訳者は違うが『長距離走者の孤独』は、私のひそかな愛読書だったのである。

英米文学の専門家と飲んでいて、永川玲二氏の話になった。あの人は、陸軍幼年学校というところを脱走し、そこを脱走したら死刑だから、野山に潜伏しながら逃げまくり、捕えられることなく終戦を迎えたのだ、と教えてくれた。

脱走癖、逃亡癖がいつまでも抜けず、スペインに脱走したのだ、と言われていて、丸谷才一の『笹まくら』のモデルらしいんだな。真偽はわからないが、『笹まくら』は徴兵忌避者の小説である。そう考えただけで、嬉しくなった。たとえ戦時中でも、永川氏に徴兵などは似合わない、と思う。

訃報が流れたのは、十五、六年前だったか。スペインで亡くなられたと思って読みはじめると、日本で病没されたと書かれていた。

ひとり静かに唄っていたいものだ

マイクを握っていた。

海の基地である。カラオケであるが、はまったわけではない。いや、自分で装置を買ったわけでもない。なにを考えたか、大沢新宿鮫が、一式贈ってくれたのである。

でかい箱に入ったものがカラオケのセットだと知った時、私はなぜだ、とまず考えた。歌唱の技術に磨きをかけてくれ。いや、私を音痴と謗《そし》るのが、数少ない人生の愉《たの》しみのひとつである鮫が、私がうまくなることを願うわけはない。ふむ、これは人前で唄うなということだ、としばらく考えて結論を出した。

おう、上等だ。喧嘩売ってんのか。それでカラオケセットを海に放り投げれば、一応恰好はいいのだが、なにせ値段を調べて貰うと、結構高いものだったので、試すだけは試すということにしたのだ。しかしである。くっついてきた何千曲だかのリストを見てみると、いつまでも私が好きな歌は出てこない。おのれ新宿小判鮫。私の鼻の前に、人参をぶらさげたのか。セットを放擲してしまおうと思ったが、高いので耐え、こういうことに詳しいやつに来て貰った。簡単な話であった。十分ぐらいで、二百円か三百円で、一日唄い放題というのを、出してくれたではないか。大抵の曲は、入っていた。

気に入っている歌を、唄いはじめた。しかし、ひとりというのは、どうにも盛りあがらない。三百円ぐらい棒に振ってもいいので、やめようかと思った。なにしろ唄い放題だから、一日唄い続けよう、と私は思っていたのである。

もういいや、とマイクを投げ出そうとした時、『朝日楼』というのが出てきた。ちあきなおみの歌で、バーチャルライブの音源が発見されたのが、何年前だったか。私はその時にマスターし、ほぼ完璧に唄える。出だしで声を張りあげるので、あとは力を抜いて、聴く人がうっとりするほどに唄えるのだ。

私は、『朝日楼』というタイトルを見た瞬間に選択し、唄いはじめた。三度、四度と唄う。以前、銀座のカラオケ店だったか、なにかの二次会か三次会で、『夜霧のブルース』を唄うと私は言った。編集者がそれを入れようとしたが、ありとあらゆる会社のものを入れても、無いのだという。私は不機嫌になった。この私が、美声を聴かせてやろうというのに。ところが、いきなり『夜霧のブルース』がかかった。気を取り直して唄い終え、腰を降ろすと、また『夜霧のブルース』であった。当然、私は立ちあがって唄う。どこを入れても無いと言っていたものが、ほんとうはあって、全部入っていたのだ。私は、唄っては腰を降ろし、またかかって立ちあがって唄う、ということをくり返した。やんやの喝采であった。苦虫を嚙み潰したような顔で、もう切れと言ったのは鮫だったが、言われた編集者は、歴史的な場面に立ち合っているのに、そんなことはできませんと、切ろうとしなかった。

あの時以来の、『朝日楼』である。五度、六度と唄っている間に、声がかすれてきた。唄い放題なのだ。私は決死の覚悟で、さらに唄い続けた。マイクを握ったまま、咳きこんできた。私は喘息なのである。ステロイドを吸引するという、本格的なものだ。そうしても、咳が出る。

主治医に訴えたが、葉巻を喫《す》うやつと咳の話はしたくない、と横をむかれた。ステロイドを吸引して嗽《うがい》を忘れると、声がかすれてくる。嗽を忘れはしなかった。それでも声がかすれ、しばしば咳きこむ。

私は、一日二本の葉巻を、喫い続けていた。四時間ぐらいは、煙突状態である。

葉巻さえやめれば、咳は相当改善する、と医師は言うのだ。誰がやめるか。葉巻を喫いながらの咳でも、なにか対策を講じるのが、医師の仕事ではないか。そう言うと、葉巻をやめろと言うのが仕事だ、と返された。なにを言っている。どんな状態であろうと、治すのが仕事であるはずだ。古来、医は仁術という言葉があるだろう。治してくれよ。

ここまで読んで、君は嗤ったな。

私は、馬鹿なのである。悪いとわかっていても、さながら薬物中毒のように、やめられない。やめようとしたことはないが、すれば禁断症状が出るに違いないのだ。現代の医学で、咳程度も治せないと開き直るか。葉巻はやめたくない。咳はしたくない。頼むから、治してくれよ。

いかん、『朝日楼』の話だった。脱線したところに味がある、とよく言われるが、私は線路の上を走り続けていたいのである。それも、蒸気機関車が白い蒸気を出すように、葉巻の煙を吐きながらだ。『朝日楼』も、汽車に乗ってニューオリンズまで行き、娼婦に落ちていく、悲しい女の歌だ。フォークソングとして古くから唄われ、アニマルズという英国のバンドがロックのテイストを入れて、世界的に知られた。私など、やはりアニマルズの歌が最初であったな。

ちあきなおみという歌手は、私と同年で、歌のうまさも際立っていた。ジャズもシャンソンも、ファドまで唄って他の追随を許さなかった。歌唱という点においては、歴史上一番であると私は思っているが、二十五年も前に、一切、世の中に顔を出さなくなった。理由は知らないが、ＣＤになったものはいまも売れ続けている。

そんな人の歌を唄おうというのだから、不遜もはなはだしいと言われるが、私にはなぜか合っている。上手に唄えるかどうかは別として、気持よく唄えるのである。『かもめの街』など、およそ私に似つかわしくないと誰もが思うだろうが、なぜか気持よく唄えて、ブーイングも起きないのである。私の船の名は『ガイボタ』と言い、同名の歌がファドにあり、日本語で唄ったのは、多分ちあきなおみだけだろう。私は、アマリア・ロドリゲスで聴いた。ちあきなおみが唄っているので、おまえも唄ってみろと言われる。私は、オリジナルのポルトガル語でなければ唄わない、ということにしている。

声が、かすれきった。『朝日楼』で思いきり声を出し、それも六、七回はくり返し、その合間に葉巻を喫っていたからだ。

やる時は、徹底してやる。君はよく覚えておけ。表現は徹底のさらにその先から生まれるのである。

時には自分の姿を見つめてみよう

散歩の歩調が、日によって変っている。

ある時、私はそれに気づいた。私は機械ではない。そばを歩くレモンも、ロボットではない。変ってあたり前だ。しかし気になりはじめると、足がうまく動かない。私は、さまざまな試みをするようになった。

私は相当な速さで歩くので、難しいことを考えてはいられない。しかし、泡のようにイメージは湧いてくる。映画のワンシーンとか、何年も前に観た絵とか、学生のころに着ていた服とか。不思議に、小説に描いた、描かれたイメージは、まったくと言っていいほど浮かんでこない。

私が散歩で変らずやっているのは、イヤホーンを耳に突っこんでいるということだ。日によって、聴く音楽は違う。それによって、レモンの歩調が変っているのだ、と思った。

しかし、耳に突っこんだイヤホーンから流れている音が、レモンにまで聴こえているのだろうか。犬であるからな。聴覚と嗅覚は、人間よりはるかに鋭いであろう。レモンの歩調が、聴く音楽によって変る、というのはありそうなことだった。それによって、私の速さも微妙に違ってくる。

私は音楽をかけたままイヤホーンを引っこ抜き、レモンのそばでぶらぶらさせてみた。レモンは、明らかにロックをいやがった。クイーンだぞ。フレディ・マーキュリーの美声なら、大丈夫だろう。うむ、ビートルズだ。それじゃ日本で、ミッシェル・ガン・エレファント。ブランキー・ジェット・シティ。じゃ、ラッドウィンプス。

仕方がないな。吉川晃司を聴いてみろ。いいか、あいつはドカドカ来るからな。そのくせ、結構な美声で、そして本物のロックンロールなのだ。しかしレモンは、好きではないようだった。じゃ、シャンソンを。ジャズを。ファドを。あまり変ったりしなかったが、これはあまりいやがっていないじゃないか、というのがひとつあった。石原裕次郎である。なんだ、レモン。おまえ裕次郎好きか。おばあちゃんだもんな。

そんな実験をくり返したが、私自身の歩調が、ほんとうは変っているのだということに気づいた。それはそうであろう。音を躰に入れているのは、私なのである。最近気に入っているサチモスを聴いていて、それに気づいた。ちょっとだけ腕を動かしたり、首を振ったりする。そのやり方が、曲によって変ってしまっているのだ。

私の散歩は、一時間弱である。歩く人に、追い越されたことがない。知人が見かけると、背筋をのばしてすごい速さで歩いている、と見えるのだそうだ。ほんの一、二分の差であるが、聴く音楽によって速さが違う。歩いている姿勢なども変る。時々、リズムをとって、片膝をひょいとあげたりもする。

しかし、こんなことを気にして、どうするのだ。散歩の一時間は、私が音楽を聴くための、生活の中で大事な部分なのだ。漫然と時を過ごすのを、あまりせずに済むようになった。もう時間がないのだと感じると、漫然とした時間が惜しくなった。昔からそれができていればなあ。私の著作は、間違いなくもっと増えていた。旅をする時間も、釣りをする時間も、もっと増えていたかもしれない。漫然とした時間が、まったく無駄というのでもないだろう。しかし、多過ぎたのである。

君は、ふり返ると、漫然とした時間を無駄に多く持っていないか。それが半分になれば、ずいぶんとできることは多くなる。

私など、還暦をすぎてからそれに気づいたが、君はいま気づける。もともと自分の時間だから、どう遣おうと自分の勝手なのだがな。

三日で一冊、本を多く読めたと思うと、ちょっとくやしくなったぞ。私はいつも、自分の読書量が、少な過ぎるのではないかという思いに苛まれている。もう遅いのだな。君は、まだ遅くない。若い連中に勝てない、大きなところがそこだな。

私も若いころは、時間なんていくらでもある、と思っていたものだよ。時には、時間を潰さなければならなかった。勿体ない話だ。

　それにしても、歳を取ったものだ。毎日歩いているので、歩くための筋肉はしっかりしている。居合で日本刀を振っているので、その関係する筋肉もしっかりしている。しかし、ほかの筋肉は懦弱なのである。たとえば、重いものを持ちあげる。そのために遣う筋肉は、歩きや居合とは違うらしく、昔と較べるとずいぶん弱くなっているようだ。情無い話である。肉体は、まだいいのかもしれない。脳とか感覚とか、ふだん遣わない部分が萎縮し、遣う部分だけが肥大している。そんな現象も、起きているのではないだろうか。私は多分、いびつな人間になりかかっているぞ。

　若い連中と、できるだけめしを食ったり、酒を飲んだりするようにしている。それは愉しくはあるのだが、ある時、自分の声だけが大きくなっていることに気づいた。大声で、しかも断定的な口調で、まわりの人間に言葉を挟ませることなく、ひとりで喋り続けて、若い者との会話が成り立った、などと思っているのだ。はた迷惑な爺ではないか。


　問題は、誰も止めてくれないということだ。暴走していると自分でわかっているのに、自分では止められない。吉川晃司とめしを食って飲みながら話し、別れ際に彼は私にむかって、相変らず人の話を聞かないんですね、と苦笑しながら言った。そうか、俺はまた喋り続けていたのか。吉川、誰も止めてくれないんだよ。なにも言ってくれない。そうだろうなあ、俺にだって、そんな傾向が出てきてるんだから。今度から、俺が止めてあげましょう。うん、頼むよ、吉川。

　それでも若い連中は、誘えばみんな出てきてくれる。そして私が暴走をはじめる前に、映画とか音楽とか、そういうものの新しい情報を、さりげなく流しこんでくれるのだ。みんなやさしいな。

　今日も、若い連中三人と会ってめしを食って飲み、映画の話をすることになっている。私にＤＶＤをくれたりしているので、あれはつまらなかったなどと、傲慢なことを私は言うのだろう。

　君、逃げるなよ。私は、デスクワークをやるスパイさながらに、いつだって情報を求めている。

大雪が降ると思考が停止する

雪が降った。

窓から眺めていると、きれいである。出かけなければならないと、いくらか憂鬱で、車を運転するとなると、決死の覚悟であろう。

東京は、四年に一度ぐらい、大雪に見舞われている気がするな。数年前の大雪のことは、実に鮮明に憶えている。中学、高校が一緒だった友人が、風呂で亡くなっているのが発見され、翌日から大雪だったのだ。

その雪の中を、私は友人の家まで出かけていった。友人が来るなと言っているような気がしたが、私は数時間かけて行った。友人に、よう、と声をかけると、馬鹿が、と言い返すのが聞えたような気がした。

数年ぶりの大雪という時、私は出かけていることが多いような気がする。二十年も前の話だが、私は雪が降りはじめるのを眺めながら、蓼科《たてしな》にあった山小屋に出かけたことがある。雪はすぐにひどくなり、視界が遮られそうなほどだった。高速道路の入口に達すると、チェーン規制がかかっていた。引き返さなかったのは、危険に対する感覚が麻痺していたからだろう。入口で、タイヤのチェックをされた。スタッドレスのタイヤを履いた四輪駆動車だったので、それ以上の対処はしようがない。タイヤを見られただけで、チェックポイントは通過した。

それからが、大変だった。解けない雪がタイヤで固められ、凹凸の氷になっている。中央高速で、ふだんは二時間のところが、八時間以上かかった。

やっと高速道路を降りると、私は最初にあるスーパーで、大量の食料を買いこんだ。そこからは山道のワインディングになり、私は雪上の運転を面白がりはじめていた。

街道は、なんとか進めた。雪の多い地方なので、除雪の態勢は整っていたのだ。しかし街道から離れ、山小屋へ行く道に入ると、これは危ないかもしれない、と思った。雪はまだ、激しく降り続けている。しかし轍《わだち》があった。轍というより、無限軌道車のキャタピラーのあとである。結構大きなホテルにも続いている道だったので、重機による除雪はあるだろう、とあてにしていたのだ。ブルドーザーの姿はなく、轍がただ続き、さらに降る雪でそれが隠れそうになっている。

下りになった時、後方から四駆が走ってきて、煽るような動きをした。私は、脇に避けてやった。そばを走り抜け、小さくなりそうだった車が、カーブのところでふわりと浮きあがると、横になって倒れた。明らかにスピードの出しすぎである。私はエンジンブレーキだけでその車に辿りつき、這い出した男に乗れと言った。男は、電話をしていた。ホテルから迎えの車がくるからいい、と言った。迎えの車と行き合ったら降してやると私は言い、男は気乗りしない感じだったが、従った。

ホテルまで、二キロほどだ。迎えの車とは行き合わず、ホテルに繋がる道のところで、スタックしている車が見えた。男は、ちょっと頭を下げて、飛び出して行った。

それからはキャタピラーの跡もなかったので、やわらかい雪の上を進んだ。一キロの行程に、かなりの時間がかかったが、なんとか山小屋の下に辿りついた。そこからは階段を昇らなければならないが、腿のあたりまで雪に入ってしまう。泳ぐようにして山小屋に辿りつき、暖房のすべてを全開にすると、床下の物置からスコップを出して、階段のところだけ雪を掻いた。

雪はそれからさらに降り続け、停めた車も翌朝は見えなくなっていた。私はそこで、五日間、雪に閉じこめられることになった。米や味噌などは相当な量があり、買いこんできた食料もあり、薪や燃料も大量にあったので、ちょっと優雅な生活になった。

雪に包まれると、静かである。頭がおかしくなりそうなほど静かなので、私は音楽をかなりのボリュームでかけ、料理などをし、あとはひたすら本を読んでいた。

山小屋の道のところまでブルドーザーが来たのは、三日後だった。すでに晴れていて、外は眩しかった。

私の大雪体験である。ブルドーザーが来るまで、人の姿はまったく見なかった。春までいてもいい、と私は自分に言い聞かせていたので、ブルドーザーにも窓からちょっと手を振っただけだ。私の無謀さを、君は嗤うであろうな。ひとりだからできたことだが、いまならば絶対にやらないな。

いま降っている雪も、積もりそうである。私は早目にレモンを連れ出し、しばらく歩いた。雪の中を歩くための靴は持っていて、氷結した道では相当の威力を発揮する。

前を行く、消防団の人らしい姿が二つあった。なんとなく見回りをしている、という感じだ。人が絶えているわけでなく、傘を持っている人などには数人擦《す》れ違った。公園に入った。消防団の人もいた。園内の小さな建物のかげに、人が倒れていた。いや、寝ているのか。

二人が近づいていき、頭に手を置くと、大丈夫ですか、と大声をかけた。寝ていた男は起きあがり、なにか言って立ち去った。ホームレスだったのか。

二人が戻ってきて、私を見て苦笑した。頭を押さえていたね、と私は言った。ああいう人は酒を飲んで眠っていることが多く、耳もとで大声をかけると、びっくりしていきなり起きあがる。頭と頭が衝突してひどいことになるので、手を置いてから声をかけるのだと言った。いろいろあるものだ。ホームレスらしい男は私と同年配で、これからどうやって雪を凌ぐのだろうと気になった。

結局、雪は大して積もらなかった。私は早々にレモンと帰宅し、暖かい部屋に入ったので、風邪などはひかなかった。雪まじりの雨は、夜半まで降り続いた。一週間前も雪だった、と私は時々窓の外を見ながら思った。その時、私は完璧な外出中で、皇居のそばを通った時、深い雪の中を、自転車を押して歩いている人がいたので、首を捻った。都会にはいろいろな人がいるものだ。

今年の冬は、寒い。君は、凍えたりはしていないか。寒い時は、脳味噌が凍ってしまうからな。暑い時は、脳味噌が融ける。どちらであろうと、私の思考は一時停止するのである。

気候も海もやはりちょっとおかしい

野菜が高いらしい。

台風がいくつか来た。大雨が降った。大雪がやってきて、いつまでも残っていた。そんなだから、野菜は高いのだろう。肉の値は、それほど変らない。魚の値には、波がある。

主婦みたいなことを言っているが、海の基地では自分で料理をすることが多いので、食物の値段は切実である。

私は高梨農場の直売所へ行き、サラダ用の野菜を仕入れた。私はここの人参のファンであるが、今年は成育が悪かった。畠が流されちゃってね、とおばちゃんが言う。大雨で水浸しになったらしい。おばちゃんはいつも置物みたいに座っていて、寒くないのかと私が心配すると、全身カイロを貼っているから大丈夫だよ、と言った。正確に暗算をして、私よりも速い。なんということであろうか。私は、暗算がうまくできなくなった。

久しぶりにゴーちゃんレストランに行くと、めずらしく牛タンのシチューが出てきた。ゴーちゃんは、相変らず料理をしながら耳をダンボにしていて、なんとなく私が喋ったことを訂正したり、突っこんだりしてくる。

放っておいてくれ、と言おうとしたら、高校生と小学校の高学年の二人の娘が挨拶に出てきたので、私の方がゴーちゃんを放っておくことにする。私の娘にも、これぐらいの歳のころが当然あり、二人ともパパが大好きであった。いまは知らんなあ。私は孫の小僧どもとお嬢の方がいい。じいちゃんはな、とまだ威張っていられるのである。

冬の海でも魚は釣れる。そう思って船を出すが、なかなか釣れない。海まで、いつもとは違うなあ。よく釣れていた魚が釣れなくなり、めずらしかった魚が逆によく釣れる。海の基地の前は、水が異常なほど澄んでいる。冬になるとプランクトンが減るので澄むのだが、それにしても異常で、かなり深い水底まで見えている。そして磯焼けである。海藻類がまったく育たないのだ。いろいろな説があり、水温の影響なども言われているが、原因が特定されてはいない。魚もどこかへ行ってしまい、湾内はさみしくなる。それでも、翌年は回復していたりするのだ。

私は、深海を狙って船を出した。深海といっても、二、三百メートルのところである。そのあたりだと、光がわずかしか届かず、光合成ができないので、海の植物などもともとないらしい。つまり磯焼けなどとは無関係なのである。赤ムツを狙う。通称ノドグロで、私は自分がポイントとしている海域で、これまでびっくりサイズを何尾もあげた。

そのポイントで、私は仕掛けを投入した。百五十メートルほど降したところで、騒々しい当たりがあった。巻き上げてみると、鯖が一荷でかかっていた。二尾以上かかっていることを、釣りではそういう。私は首をひねった。まったくいないわけではないが、通常、鯖がいる深度ではない。群れが、深いところへ追いこまれている、と私は判断した。新しい餌をつけて落とすと、やはり百五十メートルで食ってきた。私はそれを巻き上げず、少し落としては少し上げることをくり返した。

いきなり、強い衝撃が竿にかかってきた。ドラッグが滑り、糸が出ていくので、私は少しずつ締めた。なにがかかっているか考えるが、上げるまでわからない。ただ、でかい。ノドグロの引きではない。私は巻き上げながら、これは鮫だろう、と思った。鮫は何度も釣っているが、手間だけかけさせる、迷惑なやつなのである。竿の限界もあるので、あまり強くドラッグは締められない。巻き上げては出ていくことのくり返しで、私は疲れはじめていた。それでも、徐々に上がってきた。くそっ、鮫の野郎、出てきたら鼻面に一発食らわせてやるぞ。

君は、私が鮫と連呼しているので、大沢新宿鮫を連想しただろうが、そんなに平凡な鮫ではない。深海には、異様な顔の鮫が、多くいるのである。

かなり海面近くまで引き上げても、魚はまだ暴れていた。私はまた首をひねった。深海鮫は、浅いところへ来ると動かず、ただ重いだけになるのだ。十メートルのところでも、まだ暴れ続けるではないか。私はさらに巻き上げ、竿を立てた。

ボースンが素速く網で掬《すく》い、魚体が甲板で跳ねた。一メートルほどの大型の鰤《ぶり》であった。海況はかなり悪く、私は躰の方々をぶっつけたが、それから三投の間、釣れ続けたのである。帰りは波を被《かぶ》り、さながら潜水艦であった。

このところ、いつも釣れる鯖がいなかった。もしかすると、深いところに棲家を変えたのか。その群れを、鰤が追っていたのか。そんな深さでは滅多に釣れない魚が釣れる。これも、海がどこかおかしいのか。

散々体力を遣ったので、私は肉を食いたくなった。まるい食堂というのが、基地の近くにある。量が多いので有名な店だ。私はそこで、並のロースカツを頼んだ。上をこれまで二回食ったが、いくらなんでも大きすぎる。消化するのに苦労するのだ。それでも隣席の若者が上ロースカツに大盛りのライス、それだけでは足りず六個の卵を遣った卵焼きを、ぺろりと平らげるのを見たことがある。ここでは、若い者と張り合ったりはせず、並のロースカツに、少量のライスということにした。並でも、相当な大きさである。和食堂で出されるトンカツの、二倍以上はあるであろう。

私は完食したが、ボースンはお持ち帰り用の入れ物を頼み、そそくさと収《しま》いこんだ。軟弱者め。これぐらいの肉に、音を上げるのか。私は言ったが、上の方を完食したわけではないので、あまり威張れない。

昔は、よく食っていたなあ。ステーキを六百グラム出す店があり、そこで完食したりしていた。シャブシャブ十二皿という記録もある。ここまでくると、やはり馬鹿である。

男は旺盛に食った方がいい、といまも私は思っているが、大食いのコンテストかなにかで優勝するのは、大抵は女性らしい。それも、ちょっと痩せた女性なのだという。どうなっているのだろう。

君は、食う方か。今度、まるい食堂の上ロースカツに挑戦してみるかい。

音楽もスポーツもやはりライブだな

ほとんど、テレビを観ない。観なさ加減は、極端と言ってもいいだろう。

私は時々、テレビに出演する。話を持ってこられて、気紛れに引き受けてしまったりするのだ。しかし収録が済むと、忘れてしまう。放映日など憶えようという気もないので、自分の姿をテレビで観たことも、当然ない。しかし、人に観たなどと言われる。テレビは観ないが、テレビで観られている、という奇妙な状態は、まあ変ることはなさそうだ。

二十年ぐらい前までは、ボクシングの試合など観た記憶がある。滅多に観ないテレビを観たのだから、その記憶は鮮明である。

なぜ、こんなになってしまったのだろう。ニュースは新聞と雑誌に頼っている。映画は、ずっと昔に名作劇場のようなものを観たが、途中でＣＭが入ると逆上してしまうのである。

映画は小屋で観る。ＶＨＳで観る。小屋では席に座ればいいのだが、ＶＨＳは操作が必要で、紙に書いた手順を持っていたりしたが、すぐになくした。操作してくれる人が近くにいる時に観る。

一冊でも多く、本を読みたかった。そんなことを言えば、言った瞬間に赤面する。テレビは時間の浪費だと、ある時に感じた。ほかのことをやった方がいい、と思ってしまったのだ。それでも、なにかやり遂げたというものはなく、万巻の書を読破したわけでもない。なんとなく習慣になった、ということか。観るのが習慣になってしまった人と、だから本質の部分では同じなのだ。

いまでも、まったく観ないというのは、言い過ぎかもしれない。

空港の待合所で、大きなテレビがかかっているのは、なんとなく眼に入れるし、ほかの場所でもテレビは見かけ、それは大抵かかっている。積極的に観ようとしていない、というのが正しいのか。

山小屋には、テレビはなかった。海の基地にも、当然置いていない。しかし自宅にテレビはあり、家族はよく観ているようだ。ただ、テレビ番組の話題は、食卓でもほとんど出ない。私は食事の時だけ出てくる下宿人のようなものだから、居間に降りた時、ついているテレビを観ることも少ない。

この間、居間でテレビがついていて、スケート選手が映っていた。女子である。なかなかいいフォームだが、動きのテンポから見て、中長距離だろう、と思った。眼をそらそうとした時、異様なことが起きた。ひとりが三つに分かれたのである。忍法分身の術とでもいう感じで、私はまだひとりが滑っているのだ、と思った。しかし、三人であった。さっきひとりにしか見えなかったのは、なんなのだ。

訊くと、パシュートという競技であった。レースを映していたわけでなく、練習風景を映していた。準決勝と決勝はこれからやり、日本は優勝候補なのだという。私はパシュートという競技を調べ、決勝を観てみたくなった。金メダルを争って、上位の二チームが対決するのである。一騎討ちのようなものだから、ライブなら相当手に汗を握るであろう。決勝の時間を調べて貰った。

その時間に私は居間へ降り、ひそかにテレビをつけた。ひとりだったから、ひそかにとも言えないかもしれない。覗き見るような感じはあった。

画面では、カーリングという競技をやっていた。公共放送である。日本の女子チームは、かなりいいところに行っているようだった。かわいい女の子の顔が、次々に大写しになる。スポーツでこれはめずらしく、私はしばらく見入った。やたらに、声があがる。喚く、叫ぶ、という感じもあり、私は音量を落とした。石の塊が氷上をゆっくりと進み、ビリヤードの球のように、弾き合う。

私は引きこまれることはなかったが、大変な人気があるらしい。

私は、時計を見た。ここでニュースですと流れ、いきなりニュースがはじまった。競技途中である。ニュースが終ると、またするすると動く石の塊が映っていた。もうすぐ、パシュートがはじまる。もう時間だ。開始が遅れているのか。

画面上に、ニュース速報というのが出て、日本女子パシュート金メダルなどと書かれていた。なんだと。終ってしまったのか。なぜライブを映さないのだ。おい、公共放送だろうが。ニュースを入れたのだから、パシュートを入れてもよかっただろう。

公共放送に対して私は信頼感を持っていて、裏切られた気分になった。それを家人に訴えると、ほかのところでライブをやっていたはずだ、と馬鹿にされた。くそっ、調べたかぎりでは、観ていて相当興奮できそうであったのに。

結局、録画を二度ぐらい観ることになったが、勝負は日本チームが勝ったのがわかっていたので、途中でオランダにリードされた時も、臨場感の欠如ははなはだしい。君は、私が愚かだと思うか。

パシュートという競技は、スリップストリームを遣った競技だと思った。この言葉は車のレースでしばしば遣う。私は、それを経験したくて、サーキットを走った。前を行くのはプロである。ぴたりと後方につくと、吸い込まれているような感覚があった。ここはこれぐらいスロットルを開くだろう、と思ったところでも、大して踏まず、車体は安定していた。前の車は、全開に近いだろう。

踏む余地があるのだから、加速の余地がある。つまりスリップストリームから出て踏み込むと、前の車を抜けるのである。ただ、いきなり空気抵抗にぶつかるのだから、実際にやれば車の挙動を制御するのも大変だろう、という気がした。

三人で並んで滑り、後方の二人はスリップストリームの中にいる。正面から見ると、ひとりにしか思えないほど、日本選手の動きはぴたりと揃っていた。オランダは、時々、後方が見えたりして、三人で並んでいるのがよくわかった。一糸乱れぬと言うが、こういうのは日本人に合っているのかもしれない。

しかし、ライブで観たかったなあ。私は、画面のスリップストリームに入り、吸い込まれていたと思うよ。君は、オリンピック、観たか。

私の才能はかたちになっているか

映画中年に会った。

青年というには、いささか歳を食いすぎていたな。私が行くうちの二軒ぐらいのバーには、そういう人たちも少なくない。映画の話になったら、意気投合したり、議論したり、結構賑やかなことになる。私はそれにはあまり加わらず、耳を傾けながら飲んでいるだけだ。

どうも私は客の中で最年長になってきて、喋りはじめると、拝聴しますという感じで、しんとしてしまうのだ。どうやら、長幼の序をわきまえている客ばかり、ということになるようだ。

その映画中年は、新人の作品を絶賛していた。私は途中で、その話を止めた。私はまだ観に行っておらず、数日中に観る予定だったから、事前に人の意見は入れたくなかったのだ。

別の映画の話を、彼ははじめた。彼の癖は、観た映画を羅列することである。彼にとっては、月に何本観たかが、重要なことなのだ。彼の話を聞く時、私は何本かをピックアップして、少し具体的なことを訊き出したりする。観たいと思うものが一本でもあれば、それはありがたいことなのだ。

昔のように、のべつ映画を観て、十本に一本、これはというものを見つけ、他人に語るのを喜びとする。そういうことは、できなくなった。できるだけ情報を入れ、二つ三ついいが重なると、観てみることにしているのだ。去年は、なにを観た。『ラビング』。む、これは去年ではないか。人種問題と恋愛を描いたもので、悪くないと思ったのだが。『オン・ザ・ミルキー・ロード』。これは去年観たような気がするなあ。エミール・クストリッツァが監督だった。『アンダーグラウンド』『黒猫・白猫』などを撮っているが、発想が弾けていて、そこが面白い。本人も弾けているのか。

かなり以前だが、『アクトレス　女たちの舞台』というDVDを観た。私があまり好きではない名女優、ジュリエット・ビノシュとクリステン・スチュワート、クロエ・グレース・モレッツが出ていた。ジュリエット・ビノシュの役は、私がどうしても受け入れられない身勝手さがあまりなく、クリステンとの台本の読み合わせが、劇中劇になっていて、ちょっと絶妙なところがあった。クロエもさまざまな映画に出ているが、『モールス』の演技から『イフ・アイ・ステイ　愛が還る場所』の可憐さまで、なんでもできるかわいい女優だと思う。

話がそういう方向になっていくと、映画中年はうるさい。ジュリエット・ビノシュについて語りはじめ、好きになってくれと懇願するが、私には、『存在の耐えられない軽さ』のころからの身勝手さの印象が強く、首を振るばかりで彼をがっかりさせた。しかし、好きな女優を押しつけるのはよくないぞ。

西部劇がなぜ観られなくなったか、という話を彼がはじめたので、酔っていた私は、男女のキスシーンで終る映画が多いからだ、といい加減なことを言った。ところが彼は、その通りだと手を打ち、ぶっちゅん・ラストについて語りはじめる。参ったな。私はもう帰るよ。彼におやすみを言うと、店を出た。

饒舌が面白いこともあるが、酔って頭がぼんやりしてくると、うるさいだけだ。私にも饒舌の傾向がないわけではないので、人迷惑なのだろうな、とこんな時は思う。君は、よく喋るか。酒の席では黙りこむより喋った方がいいが、声は小さくな。

映画中年が絶賛していた新人の作品を、私は観に行った。『嘘を愛する女』という。キャストがいいぞ。長澤まさみと高橋一生だ。内容的には絶賛しようとは思わなかったが、そこそこの出来映えであった。秘密は、秘密の間は相当の緊迫感を持つ。解き明かされると、予想の中に留まっている。まあいいか。この新人監督は、大きなチャンスを手にした。

この映画は、作られた経緯に注目すべきなのである。ツタヤの企画募集に応募して、グランプリを獲得したものだという。賞をあげるのはまあいいことであるが、実際に映画を撮らせ、その資金を出すというのだ。つまり、新人に門戸が開いている、と言っていいであろう。そこが、その企画募集のミソだな。そこまでやれば、確実に新人の道が開かれているので、私は注目している。

以前、私のところに映画青年が来て、自分を売りこんだ。金も力もありません。でも情熱だけはあります。おいおい、金も力もなく情熱もなけりゃ、なにもないじゃないか。情熱があるのは当たり前で、わざわざ言う必要はない。

彼は、私の作品を原作に欲しがり、そこだけは根性を出して食い下がってきたので、一年間で契約ができるところまで持っていけば、原作料はどうでもいいから契約しよう、と言った。契約するためには、まあ厳しい条件をつけた。平身低頭して去っていき、しかしそれきり音沙汰はなかった。映画化の話では、そういうものがごろごろ転がっている。契約をするためには、厳しい条件をつけざるを得ないのだ。

いいか、ツタヤの企画募集のようなものが、あるではないか。これがはじまった時、才能をかたちにする時がきた、という惹句があった。新鮮に見えたものだが、実現したのだな。いいぞ。これが十年続けば、将来の日本映画を背負う才能が出てくるに違いない。

小説だって、新人賞が多くあり、大多数の作家はそれを経由して出てくる。つまりいつでも新人に門戸は開かれているのだ。

創造物は、常に批評の眼に晒され、続けることはかなりの努力を要するが、とりあえず一定の水準を持っていれば出ていくことはできる。あとは、本人次第なのだ。みんな、挑戦してみろよ。君もだよ。新人を甘やかしてはいけないが、しかしやさしく受け入れる。小説に関して言えば、新人の勝負は受賞後の第一作、第二作あたりだと私は思っている。映画も、それほど変りはしないだろう。

中江和仁という、聞いたこともない監督よ。次が勝負だぞ。勝負ができる場が与えられた自分の運を、信じるのだ。

私は、いつの間にか作家になったが、数十年続けるためには、かなりの努力をした。長い読者である君よ、知っているよな。

人生の黄昏になにを見ていればいい

小説を書いていると、行間ということをよく考える。しかし行間とはなにかと問われると、端的には答えられず、三十分以上は喋ってしまう。饒舌には、行間がない場合が多い。つまり私の行間の説明には、行間がないということになる。なにをやっているのだ、私は。そういう自己嫌悪の中で、ある時私は、例を挙げればいいだけではないか、と気づいた。それから、挙げるべき例を捜し続けた。

ジャズのスタンダード・ナンバーになっているが、『サマータイム』というのがある。君も、耳にしたことぐらいはあるよな。もともとは、ミュージカルの原型のような舞台で唄われたものだと聞いたが、ビリー・ホリデイが唄ったころから、スタンダード・ナンバーになった。実にさまざまな歌手が唄っていて、私の好きな笠井紀美子も、亡くなった友人の柳ジョージも唄っている。

夏になれば、暮らしはとても楽で、綿の木は高くのびるし魚は水を跳ねている。あなたのお父さんはお金持ちで、お母さんはとてもきれいだ。だから坊や、泣かないで眠ってね。

考える必要もなく、そういう歌詞が日本語に変換できる。若い連中に言ってやると、なにも悪いことのない、幸せな歌詞ですね、と言う。愚か者め。唄われているのは、表面に出た歌詞だけなのだ。そこにあるのは、穏やかで暖かい家庭の姿だ。子守唄として唄われているのも、宜《むべ》なるかなである。

しかし、ほんとうに穏やかで暖かいのか。アメリカ南部の黒人の家庭。綿の木。水を跳ねる魚。暖かいのか。違う。貧しいのだ。

父ちゃんは金持ちなどでなく貧乏で、母ちゃんは美人でもない。だけど坊や、そうやって唄ってあげるからね。歌の中では、どんな夢も実現可能なのだよ。つらいだろうね。だけど唄ってあげる。だから坊や、お腹が減っても泣かないで眠ってね。お腹が減っても、というフレーズを行間に閉じこめることで、歌詞は一見明るいものになる。

君、一度、この歌詞を噛みしめてみろよ。私の解釈にすぎないが、お腹が減っても、というフレーズが行間にあるとしか思えないのだ。そのフレーズを浮かびあがらせて聴くと、こんな哀切な子守唄はない。

ただ、これが行間というものだと言っても、理解してくれない人が多い。なぜなのだ。君はわかるだろう。

もっと強烈な行間の例を出してやろう。五味康祐を知らない人も多いだろうが、剣豪小説家でオーディオマニアの昭和後期に活躍した作家だよ。剣戟シーンには、スピード感が必要となる。どんなふうに書けば、スピード感が出るか。

違うのである。書かないのだ。書かないでどうして、といま君は思っただろう。いいか、二人の武士が抜刀して対峙している。緊迫感が高まる描写で、いまにも斬り合いそうだ。しかし、なにも起こらず、次の行に移る。対峙していた武士の位置が、入れ替っていて、ひとりがたらたらと血を流す。

わかるかい。対峙している武士の描写の行があり、次の行に移る。その行と行の間で、武士は踏み出し馳せ違い、ひとりがもうひとりを斬って、二人とも構え直す。その動きが一切書かれていないのだ。どんな言葉を選んでも、書かれていないものよりは、速くない。もっとも、それじゃ全部書かなきゃいいだろうと言うひねくれ者もいて、だからこれは肝心な時だけの省略の方法なのだ。ちなみに、『柳生武芸帳』という作品だよ。

私は、自分が書く作品に、どれだけ行間を持たせることができるか、いつも真剣に考えている。考えるだけで、持たせられているかどうか、よくわからない。

行間は、感じる人と感じない人がいるだろう。物語は面白いのが第一だ、とただ書き続けることもある。そういう時に、意外に行間が生まれていたりするのだ。ものを書くというのは、不思議な行為である。苦しすぎても長くは続かない。愉しみすぎると、面白くない。

時々、私は『ヘンリー・ライクロフトの私記』を読む。はじめからでなく、手にとって開いたところを読む。たった数頁に触発されることがあって、書くというのがなんなのか、言葉ではなく肚に落ちてくることがあるのだ。それは不思議な行為ではなく、苦しくも愉しくもない。なにかしら、内面の緊張と落ち着きが、言葉を生み、文章をつむぎ出す。この作品を読むと、そんなものが移ってくるように感じる時が、何度かはあったのだ。

ヘンリー・ライクロフトは、本の売れない貧乏な作家である。ところが五十歳のとき、思いもかけない遺産が転がりこんできて、悠々自適の生活を送れることになる。イングランドの片田舎に、質素だが、清潔な家を手に入れ、生活の世話をしてくれるもの静かな女性も見つかり、理想的な人生の黄昏を過ごすことになる。朝、小鳥の啼声で目醒め、朝食をとってから散歩をする。日々、自然の中のさまざまなものに出会う。昼食をとって本を読み、夜は暖炉のそばで酒を飲む。なんという暮らしであろうか。これで釣りをする場所があったら、私には文句はない。

初読の時は、大学生だったと思う。著者はジョージ・ギッシングで、この私記が自伝であると私は信じて疑わなかった。

しかしギッシングは、四十代の半ばに貧困の中でのたれ死にしている。その最後の作品が、この本である。片田舎の静謐な暮らしは、死ぬ前のギッシングが切望したものだったのだろう。そう思うと、描写の中にある緊張感が、無理なく理解できる。ひとつひとつの事象が、異様なほど澄んだ描写で表わされ、読む方にも微妙な緊張を強いてくる。人間が切望したものは、現実の穏やかさとはまるで違う、死にも似た静けさがあるのである。

私に、自分の『ヘンリー・ライクロフトの私記』が書けるであろうか。切実に希求するものが、なにかあるか。欲望は、日々、対象も質も変える。夢は、雲のようである。そして、静謐さなど欲しくはない。

仕方がないな。荒々しく、書き続けるしかない。それが、私の生であろう。そうやって生を刻み、自分が書いた本の山に唖然とするのが、お似合いというところか。君は、何冊か読んでくれるよな。

男は心の無人島を求めるのだ

愛読書はなんですか、と問われると困惑する。小説家に、そんなことを訊くもんじゃないぞ。

書き手である私は、いつだって自分の作品が愛読書、と言ってしまいたい衝動があるのだ。言ったら言ったで、自己嫌悪に苛まれることも見えてしまう。しかし答えなければならない時があり、『ヘンリー・ライクロフトの私記』という、ギッシングの作品を私はしばしば挙げる。この作品を、私は自分の感性と照らし合わせながら読むが、小説としての評価は一面的と言えるところがあり、斜に構えた自分を見てしまったりするのだ。

しかし、先輩や友人の作品は、挙げにくい。誰もが知っている作品を挙げると、ふうん、そんなものかと思われ、一応は愛読しているものを挙げると、やっぱりね、などという顔をされてしまう。

小説家の価値は、読んだものではなく、書いたものだ、と註釈をつけても、そんなものは届かず、質問者は、なにを読んできたか、ということだけを知りたがるのだ。

大したものは読んじゃいない。書く方が、忙しいんだからな。君の方が、多分、読んでいるぞ。

ところが私は、愛読書として堂々と言えて、しかも読んでいる人が少ない、という本を思い出した。意外性がありすぎるほどだし、文学的にすぐれているというわけでもない。いま書籍として手に入るかどうかは、わからない。中学生のころ、くり返し読んだ作品なのである。『スイスのロビンソン』という。誰か読んでいるか。ジュニアむきの文学全集の中に入っていて、『アルプスの少女』と二作で一冊になっていた、と記憶している。

それを買って貰ったのは小学生のころで、中学に入ってから読んだのだろう。なにを愛読してきましたか、という問いに答えて、嘘ではなく、私がこれまで読んできたものの中で、間違いなく、読んだ回数は五回以上の、ほんとうに愛読した作品である。ただし、中学の一年から二年にかけてであろう。それ以後は、忘れていた。

忘れられていい、と私は自分の作品については思っている。一度、読まれてしまうと、そこで一回は作品は生きた。それだけで、書き手としては幸福ではないか。そう思っていなければ、書けない。一行書くたびに、これでいいのかと自問をくり返し、一日に五行ぐらいしか書けない。

だから、眼をつぶる。たとえ駄作であろうと、とにかく全力で書きあげる。傑作は、書こうとして書けるものではない。私の場合は、なのだが。数えきれないほどの駄作の中から、偶然のように傑作が生まれてくるのではないか。ふり返ると、駄作しか見えてこない作家人生ではあるが。

いかん。『スイスのロビンソン』の話であった。この作品を文学的に評価するということは、積極的にはできない。都合のいいだけの小説、と言われることもあるだろう。

帆船の難破からはじまる。乗っていた人間は、脱出しようとしてみんないなくなるが、取り残された一家は、座礁した船の上で嵐をやりすごす。すると近くに島が見えるのだ。樽を浮かべて、そこに渡る。無人島であった。座礁した船から、さまざまなものを運んでくる。もともと移民船かなにかで、開墾に必要なものなどが全部揃っているのだ。一家は、その島で楽園を建設する。映画のタイトルは忘れっ放しの私が、全部憶えているぞ。なにが面白いかと言えば、ストレスなどなく最後まで読めることだろう。ちょっとはらはらする事態が起きたりするが、お父さんはなんでも知っていて、緊迫感がストレスになる前に、解決してしまう。

漂流を扱ったもので、『ロビンソン・クルーソー』がある。こちらの方が小説としての評価は当然高くなるが、私は描かれた孤独がつらすぎて、再読できなかった。『十五少年漂流記』は、人数が多い分、そして血の繋がりがない分、漂流生活に社会性のようなものが出てきて、ストレスがじわじわと大きくなる。もっとも、この作品は、再読ぐらいはできた。

ちょっとはらはらしながらも、ストレスもなく読め、小さなことだがひとつひとつが着実になし遂げられていき、十年で楽園のような島ができあがる。食料は豊富で飢えることはなく、誰も病気などはせず、わずかな外敵の危険も、父親の知識や子供たちの勇気で乗り越えてしまう。すんなりと読め、快感があり、読み終えても、また読みたいと思ったりする。文学がどうのと言わず、エンターテインメントと考えれば、最高ではないか。

私はこの作品に、エンターテインメントの原形のようなものを感じたのかもしれない。少年のころは、冒険物を読み漁った。そこには争闘があり、喪失があり、死があった。それが重くのしかかり、再読の決意を挫いたことは一再ではなかった。

獲得と家族愛だけの冒険小説は、そもそも基本的になにか大きく欠けている。しかし、寝転んで気軽に読めるのだ。読んだあと、無人島での快適な生活を、ちょっとだけ夢想することもできる。

小説はそれでいいのではないか、といまの私は思う。これまで、かなりの量の作品を書いてきたが、たえず重苦しいテーマにはつきまとわれていた。それから解放されたい、という気持はある。実際には、ほんとうに解放されることはなく、気持だけであろう。ほんとうに解放されたら、小説を書く理由もなくなるに違いない。

そういう中で、少年のころくり返し読んだこの小説は、無明の中の光という感じがある。この小説を読んでいてよかった、と私はいまも思っている。

何十年ぶりかに読み返してみようかと、書庫に入ったが、とてもではないが見つけられない。第一、書庫の整理がうまくできていない。棚に突っこんである本の背表紙に、なんの統一もない。床にも本が積みあげられていて、上を見ながら歩きまわっていると、躓《つまず》いてしまう。

君、整理能力があるなら、手伝ってくれないか。この本をと思った時に、せめて十分ぐらいで見つけ出したいのだ。無理な話なのかなあ。

加齢が与える痛みは耐えるしかない

脚に、痛みが走った。

激痛というほどではないにしろ、相当な痛みで、私は前屈みになって両手をつき、それでも痛みが続いて、顔から突っこみそうになった。

たった一メートル、いやそれにも満たないかもしれない落差を、跳び降りたのである。その道を散歩で通る時は、大抵、跳んでいた。通るのは、三、四日に一度ぐらいのものか。

こんないやな痛みが走ったのは、はじめてである。骨折したとか捻挫をしたとか、そういう痛みではなかった。脳に響くような、神経的な痛みだったという気がする。うずくまっているると、十秒も経たないうちに、痛みは霧のように消えた。その間、一緒に跳んだレモンは、心配そうに私を見ていた。

三日後ぐらいに、またそのコースを通り、恐る恐る跳んでみたが、なんともなかった。なんだったのだ、あれは。私は、自分の動きを歩きながら分析した。ベタ足か、もしくは踵の方に重心があった。何気なく跳んだので、実はよく分析できないのだが、それしか思いつかなかった。痛みが去ってから、脚に変調はなかった。

以前、膝を傷めたことがある。薬丸自顕流の稽古で遣われる、柞《ゆす》の木を振っていた時だ。蜻蛉《とんぼ》の構えから、全力で駈け、横にわたした丸太を打とうとしたのである。止まれず、丸太に衝突してしまう。物理学的に考えればいいことだ、と私は思った。前へむかう力を、上に方向転換する。要するに、丸太の前で跳躍し、柞の木を振り降ろすのだ。大地を断ち割るが如く、となにかで読んだことがある。

私は駈け、跳躍した。着地した時に、右膝がぎしりと捻れたような気がした。痛みが襲ってきたのは、しばらく経ってからで、もしかすると膝の半月板をやってしまったかもしれない、と私は思った。柞の木を杖にしたが、足をつけないほどの痛みだった。そして明確に、怪我をしたという自覚があった。私はこれまでの人生で、さまざまな怪我をし、骨折も捻挫もめずらしくはなかった。

しかし落差を跳び降りた時の痛みは、経験したことのないものだった。臑《すね》から膝にかけて、骨に痛みが走ったという感じなのだが、怪我をしたとは思わなかった。なんなのだ、とうずくまりながら思い続けた。あれがなんだったのか、いまも解決していない。散歩コースで、そこは通らなくなった。レモンが老齢で、跳ぶのをこわがるようになった、と勝手に理由をつけたが、実はこわがっていたのは私だろう。

相変らず、速歩での散歩である。歩いている人間に追い越されたことは、一度もない。どうだ、こんなに歩けるんだぞ。走っているわけではないので、あまり自慢にならないが、人を追い越すといささか快感である。

ところが、転んだ。なにか障碍があったわけではない。一見、平らなところだ。昔の用水路がいまも流れていて、それに沿って散歩道のようなものが作られている。煉瓦のように見える板が、道に張られているのだ。

転んだ時の情況は、よく思い出すことができる。私はいつもにも増して速歩で歩いていた。右の爪先が、なにかにひっかかった。一度ひっかかった足は、前へ行く躰に追いつくことはできず、上体が路面に近づいた。転ぶのだな、と私は思った。膝を打ちそうだ。実際、かなり激しく膝小僧を路面に打ちつけた。それで止まると思ったが、慣性の法則なのかどうなのか、私の上体はさらに前へ行った。顔から突っこみそうだ、と思った。左手から腕が、躰の下に入った。それで私はごろりと一回転し、膝立ちで立っていた。すべて、スローモーションだった。やはり、レモンは心配そうな顔で、私を見ていた。

私は、自分が躓いたところを、指先で入念に触れた。一センチにも満たない敷石の落差があった。そこに爪先をひっかけてしまったのである。踵から着地し、爪先で路面を蹴る。そういう歩き方をしていたはずだが、どうも爪先があがっていなかったようだ。ふだん、そこに落差があることなど、気づきもしなかったが、転んでからは歩き方に注意するようになった。ほんとうに、この世は罠だらけだと呟《つぶや》いたりしてみる。何百回も通って、一度も転んでいない場所である。罠とも思いたくなる。

怪我は左膝が一番ひどく、ダメージジーンズの如く破れた穴に、私は指を突っこんだりした。その指先には、血がついていた。擦過傷で、当然、膝は腫れ、保冷剤をテープで貼っていた。

二日で、腫れはひいたな。

君も、転んだことがあるだろう。私は何度かわからないが若いころも転んでいて、そのたびに舌打ちするだけであった。今度の転倒ほど、さまざまな分析を加えたことはなく、周囲に見ている人がいるかどうかを確かめると、口笛を吹きながらその場を去ったものである。

人生で転ぶよりましかなどと考え、すぐに自転車で転んで大腿骨を折り、それから車椅子の人になった友人を思い出した。私ぐらいの年齢になると、転んだ結果そうなることも、めずらしくはないのだ。

そもそも、上腕二頭筋を左右とも断裂し、異様な力瘤ができる私である。スケボーをやっている孫に、ヘルメットを被れなどと怒鳴っている場合ではない。いつどこで、どんなふうに骨や筋肉を傷めるか、わかったものではないのだ。

くやしいなあ。転ぶ自分に抵抗できないのが、なんともくやしい。もう歳なのだと心に刻みこみ、日常の挙動に気をつけた方がいいと思うが、自分が老人だと思ったことはあまりない。もう歳だと思った瞬間に、前むきのものはすべて終るのではないか。

私は、自分が老人だとは思わないようにしている。孫に、耄碌《もうろく》爺と言われたことがあり、そう言ったことを心から後悔させ、耄碌という漢字を正確に書けるようになるまで、ずっと正座させていた。

耄碌などという言葉は、アニメかなにかで覚えたに違いないのだが、漢字で書ける小僧は少ないだろう。その数少ない小僧にしてやった。多分、一、二年の間のことだろうが。

たるんだ顔の肉を髭で隠す姑息

髭の話をしよう。

漢字はいくつかあるが、私が遣うのはこの髭と決めている。理由はない。この字を遣っている間に、イメージが確乎としたものになった、ということだろうか。時々、校正の人に、ここはこの字ではないか、と指摘を受けることもあるが、顔にあるのは眉と睫毛と鼻毛以外は、みんな髭である。

大学生のころ、はじめて髭をのばした。不精髭がそのまま蓄えた感じになり、あまりに長いと鋏で切っていた。学生が、タオルで覆面をしてデモをやっていた時代だったから、多少、顔を隠そうという意識もあったのかもしれない。それ以後は、のばしたり剃ったりであった。口髭だけのばしていてそれを剃ると、鼻の下が長い、間の抜けた顔に見えたが、数日で馴れてくる。

私の顔に髭が定着したのには、きっかけがある。三十六歳のころ運転免許を取得し、遅れてきたオジンドライバーなどと揶揄されながら、当時はめずらしかったイタリア製のスポーツタイプの車を買ったのである。マニュアルミッションで、パワステもついていなくて、きわめて運転しにくい上に、私は普通の初心者と同じように下手であった。

免許取得後三日目に、第三京浜をぶっ飛ばし、覆面パトに追いかけられ、二カ月免停になった。二日講習を受ければいい、という救済措置はあったが、交通機動隊の隊員は、呆れかえっていた。

うまくなるためには、長距離ドライブをすることだと思い、シカゴから、方々に寄りながら、ニューオリンズにむかうことにした。山道もあるし、湿地を縫っていく道もあった。つまりフリーウェイではなく、裏街道を走ったのだ。州警察かなにかの、パトカーに捕まり、たどたどしく言い訳をして、許して貰ったりした。

寄り道が多かったので、十五日ぐらいかかった。あとでわかったことだが、アメリカ人はバトルをやろうとしない。あまり好きではないのだ。山道のバトルが好きなのは、断然、フランス人である。

ニューオリンズには、無事に到着した。私は、旅の目的を自分なりに作っていて、シカゴからのばしはじめた髭を、ニューオリンズの床屋で当たるというものだった。シカゴから髭を当たりに来たんだ、と言って恰好をつけて扉を押したが、床屋の親父は全く理解してくれず、背もたれを倒すと、じょりじょりと剃りはじめた。終った時、口髭だけが残っていたのである。おまえ、日本人か。マスタッシュが似合ってるぞ。

口髭は、マスタッシュという。俺の口髭に触るな。ドント・タッチ・マイ・マスタッシュ。アメリカ人が、どういたしまして、という日本語をそうやって覚えるらしい。ちなみに、ありがとうは、当然ながらアリゲータである。

書いていて、アメリカ南部の景色を思い出したな。私はミシシッピやミズーリのあたりを、何度も車で旅行したのだ。かつて、『ウィンターズ・ボーン』という映画があった。あの、空気が腐っているという感じは、南部の姿の一面として、リアリティがあった。そういえば、『スリー・ビルボード』というのを、最近観たなあ。これはヒットした。だから余計なことは言わないが、南部の情景が人も含めてよく見え、私はなかなかだと思った。

髭の話だったな。私はしばらく、口髭男だった。君、ちょっと想像してみろよ。口髭だけがあるのだ。私の姉貴分だった森瑤子さんに、クラーク・ゲーブルの真似するんじゃないわよ、と叱られたこともある。彼女には『スカーレット』という翻訳がある。『風と共に去りぬ』の続編のようなものだが、かなり創作的な翻訳だった。最晩年の仕事だったと思う。作品数は多かったが、十五年程度の活動期間にすぎなかった。御葬儀でお別れをした時、ちょっとも老けていない顔を見て、私は泣いた。五十代の前半だったのだ。

口髭男だった私は、やがて何度か顔半分を髭にし、数度は剃り、それから三十年以上、顎、頬にも髭を生やしていた。黒かった髭に、白いものの方が目立つようになり、いまでは真っ白である。白が目立つようになったころ、髪が薄くなった。しかし全頭的になくなるということはなく、薄いが現状維持という状態が続いている。

一度、思い立って、顎と頬の髭を剃った。三十年も保護していたので、若々しい肌が現われてくる、と確信していた。しかし剃り終った顔を鏡でつくづくと見ると、想像できないほどの、老人の肌のたるみだった。なんだこれは、と思わず声を出したほどだ。

数日間、私は鏡を見なかった。無精髭が生えそろったころ、私は鏡の中の自分を凝視した。顎に、ひとつかみのたるみがある。顎全体ではなく、中央に、平べったい卵のようなたるみがあるのだ。人差し指を横にしてつかむと、それはきれいに隠れてしまう。

これさえなければ、若いのか、若くないのか。よくはわからなかった。ただ、私の顔にある、絶対に余分なものであった。眼のまわりの皺などは、歳相応のものだろうが、たるんだ肉は年齢に関係なく、ただ醜いと感じた。

その時から、私は顎の贅肉を取る運動をはじめた。すぐに徒労感が襲ってきた。いくら首のあたりに力を入れようと、やわらかい餅のような贅肉は、やわらかいままなのだ。持主である私が、いくら不要だと思っても、それも私自身なのだ、と思うしかなかった。それにしても、切ればすぱりと切り落とせそうである。それほど、私の顔の中で目立っていたが、やがて髭がそれを隠した。

それにしても、私の顔にあるたるみは、一体なんなのであろうか。それは、顔にあるだけなのか。精神には、もっと大きなたるみが、いくつもついているのではないのか。顔は髭で隠している。精神のたるみを隠すのは、愚かさか鈍感さか。

こんなことを考えはじめれば、たるみもひどく哲学的な意味などを持ってしまう。途中から、滑稽になってしまうのだ。小説を書くことには繋がらない。小説は、もしかするとそのたるみの産物かもしれないのだ。

たかが髭が、こむずかしい話になった。すまん。君は、自分のたるみなど探さなくていい。

旅の空と呟いてただ笑ってみようか

リオデジャネイロのカーニバルに行ったことがある。ふだん私は、そういう時期を避けて旅行しているが、人に会う用事と偶然が重なり、見物することになった。感想は、とんでもない規模のショーである、ということだった。

踊る人たちは、熱狂してはいるが、はじめに人に見せるため、という前提があるのだろうと思った。眼前を、大仕掛けを動かしながら、踊りまくる集団が通り過ぎていく。見ていて面白くはあるが、途中で飽きて、ホテルに戻り、ミニバーの酒を飲んだ。カーニバルは、何日か続くらしい。

前日には、ファヴェーラへ行った。『シティ・オブ・ゴッド』という映画の舞台にもなったところで、かなりおっかない。銃身を切り詰めたショットガンを持った警官が、ジープの上から見張っているが、騒ぎは起きず、みんな踊りまくっていた。この期間だけは、大きな危険はないのかもしれない。

腰をくねらせた姉ちゃんが寄ってきたが、そばで見るとオカマちゃんで、私にキスをしようとしてきた。危険と言えば、それぐらいのものか。路地から、踊りながら数人が出てくる。ほかの路地からも出てくる。十人、二十人になり、やがて百人ほどの団体になって、坂道を降りていった。これには、いかにも祭りという感じがあったな。

警官のショットガンが炸裂するところは、ついに見なかった。いるだけでいいんだよ、と私を案内した人は言った。そう思って見ると、リオも安全な場所だが、実は危険がいっぱいというアラームが、私の中でしばしば鳴った。ふだんこんな場所を歩いたら、運任せということになるのかもしれない。

私は三十年ぐらい前に、一度ファヴェーラに入ったが、その時も危険の臭いは強かった。あのころは、精神的にたくましいものがあったからなあ。

カーニバルと言えば、別の国で行き合ったことがある。トリニダード・トバゴだ。ここは、カリブ諸島の最南端で、南米大陸のベネズエラから十数キロしか離れていない。泳いで渡れるのではないか、と思ったほどだ。私が行ったのは二十年も前の話で、あのころはベネズエラの治安はかなり悪く、泳いで渡って上陸した瞬間に、殺されてしまいそうであった。いまは、どうなっているのだろう。

トリニダード島の、ポートオブスペインが首都である。経済状態がいいのか悪いのか、よくわからなかった。きちんとした建物のそばに、バラックが拡がっていたりするのだ。街が音響で溢れていた。

眼の前を、バケツに水を入れ、頭に載せて運んでいた少年が、バラックの家の中にそれを運ぶと、空になったバケツを持って飛び出してきて、いきなり棒で叩きはじめた。いまどうなっているのか知らないが、その時私が見たかぎりでは、ドラム缶を切ったような太鼓を並べ、猛烈な打撃音をさせるのが、主要な音であったような気がする。アンプが、ビルのように積みあげられ、そこから放たれる音は、音圧となって全身をふるわせた。

サンバのリズムであるが、私の躰はそれを憶えていた。西アフリカの、どこででも打たれていたリズムと、そっくりだったのである。音圧に耐えていると、そのうち躰が動きはじめ、気づくと踊っている。メインストリートのパレードより、街角で踊っている数人単位の人たちが面白かった。

男は上半身裸で、躰にペンキを塗りまくっている。踊っている私に気づくと、なにか叫び、あっという間に顔からTシャツまで、銀色のペンキを塗られた。同行していたカメラマンは、カメラに塗られそうになり、カメラバッグで防御すると、そこにペンキをぶちまけられて泣いていた。

あのカメラマンは、それから十数年後に、亡くなってしまった。

ポートオブスペインは、トリニダード島の北西部にあり、私はそこから南部のサン・フェルナンドという街にむかった。

田舎を走っていると、驚くほど静かだった。たまに、ドラム缶やバケツを打ち鳴らしながら踊っている人がいるが、静かになにか作業をしている人もいる。インド系の住民も相当な数がいて、その人たちにはカーニバルはあまり関心がないようだった。

サン・フェルナンドのホテルは、木造でダニが出そうであった。食べ物も、粗末だったという印象しか残っていない。

ポートオブスペインでは、赤いフェラーリが走っていたりして、停まってしまいそうなポンコツに、容赦のないクラクションを浴びせていた。

石油資源が豊かだという話を聞いたが、それは国全体を富ませるのではなく、貧富の差を大きくしているのではないか、と思わせた。サン・フェルナンドには、さすがにフェラーリはいなかったが、ワーゲン・ゴルフやアウディがでかい顔をして走っていた。私が乗っていたのは、フィアットのポンコツであった。押しがけという言葉を、君は知るまい。押して、まずエンジンを発火なしで動かし、そこでセルを入れるとかかるのである。

さまざまな場所を旅行しながら、私は押しがけをしなければならない車に、二度ぐらい当たった。それはそれで愉《たの》しいもので、周囲にいる少年たちが、大騒ぎしながら押してくれる。エンジンがかかると、わずかな銭を手渡すのである。

サン・フェルナンドから南へ行くと、ベネズエラが見える海岸である。そこで、インド系とアフリカ系と白人系が入り混じったような、実にきれいな少女をよく見かけた。混血美人は地方都市の方が多い、というのが私の持論で、キューバではハバナよりサンチャゴ・デ・クーバであった。

なにか、大きな目的を持った旅ではなかった。首都のカーニバルの喧噪を離れ、海岸の岩場でぼんやりしていると、あてどない旅の空という言葉がぴったりで、いまもしばしばトリニダード島を思い出す。少女と海がきれいなこと以外はなにもなかったが、それで充分であった。

君も、目的のない旅をしてみろよ。旅というのは、もともと目的などありはしないのだと思うぞ。

涙でも嘆息でもない相棒がいるのだ

酒の量が増えた、という気がする。

ふだん、私は寝る直前にしか飲まない。仕事をしているからな。晩酌は決してやらず、お茶などを口に運ぶ。ひと晩じゅう飲んでいるだろう、という観察も間違ってはいない。

会食などでは、私は自分に酒を飲むことを許す。こんな書き方は、ストイックな私を連想させるだろうが、そういう日はあらかじめわかっているので、仕事を少しだけ進捗させておくのだ。そして心置きなく飲もうと思うと、切りあげるのは三時とか四時になる。

仕事はずっと夜型で、就寝時間は朝の五時とか六時なのだ。起床時間はしっかり決めていて、十一時である。その時間に、レモンが起こしにくるのだ。不思議だよな。犬には時間がわかるらしい。レモンが私のベッドに跳び乗って、首のあたりを前脚でかりかりとやるのは、違えることがあまりなく、十一時である。

例外があって、孫が来ている時など、一時間ぐらい早く、私を起こす。孫より先に、という心理が働くらしい。一時間でも早く乗られると、それで私はかなりの睡眠不足になる。

小僧どもは小学校か幼稚園に行っていて、午前中に現われることはあまりない。一番下のお嬢が、かなりの速さで駈け、なんでもわかるようになった。爺ちゃんを起こしに来て、起きないと、よくわからないが非難めいた声を出している。レモンは、それをさせたくなくて、一時間も前に来てしまうのだ。私は、お嬢が午前中に来るとわかっている時は、部屋の前にバリケードを組んでいる。

レモンも女である。私がお嬢の顔に髭などを擦りつけていると、間に入ってこようとする。それで紛争になるのだが、ふだんの関係は良好なようだ。お嬢を散歩に連れ出し、リードを持たせると、こわごわと実にゆっくり歩いて、決してリードを張らない。おまえ、なかなかお利口じゃないか。声をかけてやるが、家へ帰ると、疲れ果ててしまうのかすぐに寝てしまう。お嬢は、私のことを少々乱暴だと感じているのか、頭などをぽんとやると、ここを叩いたと仕草で言い募って、謝るまでそれを続ける。そんなことにめくじらを立てる女になるんじゃねえ。言い放っても、通じはしないのだ。私は、ごめんなさいと謝って、髭を頬に擦りつけようとするのだが、それは余分だと仕草で拒まれる。

小僧どもが、最近やっと、私の説教を正座して聞くようになったが、お嬢に説教できる日が来るのだろうか。小僧どもも、説教は聞いてやらなければならない、と思っている節がある。

孫の話ではない。酒の話だな。君は、酒を飲むか。飲んだ方がいい、と私は思うが、まあそこは考え方だな。外で会食をすると、そこから飲みはじめ、二軒三軒と続き、結局朝になってしまう。つき合う人には災難以外のなにものでもないので、夜半を過ぎたら、帰ってくれと私は言う。しかし心配して、結局、最後まででつき合ったりしている。

自分でも自覚があるのだが、私は暴走系なのである。四十や五十のころは、その暴走がストリートファイトに及んだりするので、きわめて危険であった。手の甲が腫れていて、なぜ腫れているかわからない。一緒にいた人に訊くと、若造と言い争いになり、制止する間もなく、裏拳を食らわせたのだという。隔離されてあたり前の、酔っ払いだったな。昔、大沢新宿鮫に腫れた手を見られて、酒をやめろと言われたことがある。愚兄賢弟と言うが、あいつはほんとうに賢弟であるな。賢ければ、いい小説が書けると思うなよ。吉川晃司にも、なにかあったら俺が止めましょう、と言われた。うう、吉川も賢弟なのか。

いまの暴走は、物理的には無害である。数人が議論をしていると、ずかずかと近づいてそれに参戦し、すべてをぶち毀《こわ》して、意気揚々と帰ってくる、と馴染みのバーのマスターに言われたことがある。迷惑なことだったんだろうな。俺が羽交締めをしたら、暴走だってことだからね、とマスターは言った。うん、羽交締めだけでなく、後ろから頭をかち割ってくれよ。まあ、絡んでいるのとは違うから。かわいげがあって、面白がっている人もいるんだから。面白がっている人の名前を聞いて、私は額の汗を拭った。えっ、あの人に、というような著名人である。

私は、自分の暴走傾向をぐっと押さえこむために、ネクタイを締めて酒を飲むことにした。明け方まで、きっちりとネクタイを締めているのはおかしいと、きわめて不評であった。そして苦しい。私は滅多にネクタイをしないのに、首を締めあげているのは、拷問に近い。

ネクタイを引き抜くと、やはり暴走であった。ただ暴走そのものが力不足で、大声で喋る程度になってきた。

暴走の原因も、なんとなくわかってきた。月に二回程度しか、外で飲まないからだ。毎日だったら出るはずのないおかしな脳内物質が、思いきり噴出しているに違いない。夜、遅くなると、私は馴染みのバーにしか行かなくなった。そこなら、暴走しそうな時、店の人がたしなめるなり止めるなりしてくれるからだ。しかし、そんな場所選びをするようになってから、暴走はしなくなった。そんなものだろう。自分で気がついていないから、暴走なのである。

さて就寝前の酒だが、友人に忠告され、ストレートやオン・ザ・ロックのウイスキーを飲まなくなってから、自分の適量をうまく測れなくなった。ほぼトワイス・アップかそれよりやや水を多くして飲んでいる。ウイスキーのボトルが、あっという間に空いてしまうのである。以前は数日保ったものだ。

水で割っているので、酔いも強くこない。ぐびぐびと、なにも考えずに飲み続けてしまう。就寝前の一時間で、私は音楽をかけながら、同時に、それほど気を入れなくてもいい本を読んでいる。ロックは、耳をこらさないと歌詞が聴きとれないので、古いシャンソンとかスタンダードなジャズなどを流す。

飲み過ぎを、制御するようには、まだなっていない。自覚を少なくするために、ウイスキーボトルを三本開封して並べている。飲んだ量が、それで目視できなくなる。私が姑息だと、君は言うのか。

安全装置のある人生なんて

　私立探偵と、一緒に車に乗っていた。

　ロスの郊外で、かなり昔の話である。射撃を教えてくれる、ということで話がついていたのだ。ＦＢＩのインストラクターをしていた人だから、と引き合わせてくれた人は言った。会ってみると、普通の日系のおじさんだった。テッド・新井という名で、実はかなり有名なのだと、帰国してから知った。私はおじさんをテッドと呼び、おじさんは私をきたちゃん、と呼んだ。フリーウェイを一時間以上突っ走ってから、砂漠の道に入った。金網に囲まれた、本格的なシューティング・レンジだと思ったが、無人であった。

　そこは、どうやらテッドの専用レンジだったらしい。そんなことより、トランクから出された銃に、私は眼を奪われた。全部、本物である。銃を撃ってみませんかと言われた時、観光客用でなければと、私は生意気なことを言った。火薬の量を少なくして、観光客に撃たせる店がかなりあるという話だったのだ。

　テッドと私は、小屋に銃を運びこみ、テーブルに並べた。二十挺ほどの拳銃と、一挺の自動小銃だった。はじめに、基本的なことを教えられた。弾倉が空であっても、決して銃口を人にむけないこと。扱い方。丁寧にくり返し教えられた。

　それからテッドは私の腕の筋肉などに触れ、正しい握り方を教授された。立って撃つ時、膝立ちで撃つ時。足の位置や体重のかけ方がある。くり返しそれをやらされ、実射に移った。

　結果として、私はかなりうまかった。的の紙の一カ所に穴が集中していて、中央に二、三発当たるより、着弾がまとまった方がいいのだ、と言われた。二二口径からはじめて、四四マグナムまで撃ったのだ。すべての拳銃を撃ち終えた時、私の右手はかなり痛み、赤くなっていた。反動は、想像以上のものだった。

　途中で買ってきたサンドイッチとコーラで遅い昼食をとりながら、弾の種類や用途なども話してくれた。

戦場と市街では、遣うべき弾はまるで違う。貫通力の強いものは、戦場で遣う。市街地では、貫通しないものを、弾のエネルギーができるだけ対象物の中で放たれてしまうものを遣う。聞いてみればもっともな話だ。それから話は、テッドの拳銃哲学になった。自分で自分の身を守ってきたアメリカの歴史だが、実射のあとでは、結構、説得力があった。

午後から、また拳銃を撃って撃って撃ち尽した。弾の箱がいくつも空になり、排出した薬莢は山のようになった。標的紙の穴は、拳銃によって位置は違うが、一カ所に集まっている。そして、私の掌は腫れはじめた。

オートマチックの拳銃を、分解して掃除し、また組み立てる。その練習も、私はうまくできたらしい。オートマチックの抜き撃ちは、ほとんど教えることはないのだが、特別に教えてやる、とテッドが言った。西部劇のようにホルスターをつけるが、拳銃はピースメーカーではなくオートマチックである。薬室に弾がなければ、スライドを引いて装塡する。弾がない状態であった。どこでスライドを引くのか私は考えたが、思い到らなかった。わざわざホルスターに差している意味もだ。

抜き、ホルスターの端っこにスライドをひっかけて、押す。それでスライドは引かれた状態になる。相手に銃口をむけ、引金を絞る。

言葉では書けるが、難しい。足を撃ってしまうのではないか、と恐怖感が先に立つ。実弾がない状態で何度も練習し、それからやってみた。実際に、どこへむかったのかはわからないが、弾は出て、掌にしたたかな衝撃があった。気づくと、テッドが拍手をしていた。私は、耳に突っこんでいた煙草のフィルターを引き抜き、テッドと握手をした。

拳銃の話だ。君はつまらないと、読まないでパスしてしまうか。しかしな、私にはトラウマがあり、なにがなんでも書いておきたいのだ。

私が最初に出した本に、コルト・パイソンという拳銃が出てくる。彼はパイソンの安全装置をはずし、など書いてしまったのだ。パイソンはれんこん型の弾倉がついた、いわゆるリボルバーなのだ。リボルバーは、引金の重さが安全装置代りになっている。撃鉄を上げると、その重さは消える。うむ、知らなかった。その時まで、私はリボルバーという単語だけは知っていた。ところが、大沢新宿鮫がそれを読み、こんなやつすぐに消える、とほざいたらしいのだ。

鮫くん、いいかね。安全装置のあるなしは、細部なのだ。細部をあげつらって、有望な作家を消そうとしたのか。

私は、知らないということを恥じない。その清々しい私の姿勢に対して、重箱の隅を突っつくようなことを言うから、還暦を迎えても君は女にモテないのだぞ。私を見ろ。息をするたびに、女が寄ってくる。小説や人生の安全装置を、とうに手に入れてしまっているから、そんなこと屁でもなくやり通せるさ。君は、口に安全装置をつけた方がいいぞ、鮫くん。

ここまで書いて、私はトラウマが消えているのを、いやでも感じる。安全装置は、はずさないでおこう。

ところでテッドは、私がなぜ射撃がうまいか、首を捻っていた。引金の触れ方が、絶妙にソフトなのだそうだ。自動小銃でも、三発バースト機能を解除しても、三発ずつ分けて撃てた。女性の躰に触れるようにだよ、テッド。言ってはみたが、ほんとうはなぜなのか、私も考えた。スチールの撮影を、よくシューティングという。私の指遣いは、まさしくシャッターのそれだったのではないか。

昔は、三十六枚しか撮れない、フィルムだった。一枚一枚、丁寧にシャッターを切ったものだ。私は時々、五百ミリレフレックスという、望遠レンズを遣った。絞りは固定になるが、長さは普通の五百ミリの半分以下であった。通常、一脚や三脚に載せて遣うが、私はそれを手持ちで遣い、ほぼ手ブレを起こさなかった。プロにやってみろと言うと、みんなやりたがらなかった。

シャッターを押す時の指さきの感覚が、引金を絞る時に役立ったというわけだ。テッドも、その話をすると納得していた。

人生の安全装置は、一度ぐらいはずそうな。

叫びより遠い日々がいつも蘇るのだ

リゾート地に滞在する旅行など、あまりしてこなかった。

旅という感じがしないものな。しかし、メキシコのユカタン半島のカンクンには五、六度行っている。オーストラリアのケアンズ近郊のポートダグラス。マレーシア領ボルネオ島のコタキナバル。フィジー。タヒチ。パラオ。脳ミソを搾れば、もっと出てくる。二度以上行ったところが少なくないし、滞在はすべて二週間以上であった。

しかし、旅ではなかった。いつも三月中下旬で、滞在期間も二、三週間である。私は、避難していたのだ。なにから逃げていたかというと、春からである。春に飛びまくるもの、花粉から逃げていたのだ。したがって、持って行く仕事は、通常のペースそのままで、往復の機内でも万年筆を握っていることが、一再ではなかった。

私は、杉と檜に反応する。熱帯は、はるか南限を越えているので木そのものがなく、南半球は秋だから、杉林の中に入ったとしても問題はない。地球とは、なんと便利にできているのだ、と思ったものだ。

ただ、ファクス事情が悪いことがあり、それで何度か冷や汗をかいた。いまは世界的にメールなど届いたりするが、携帯電話がないころから、あってもメールの機能さえままならない、という時代だったのだ。絶対に連絡しやすい場所にいてくれと、出版社から強い要望があり、ある時から私は国内の亜熱帯を行先にするようになった。念のため、できるかぎり赤道に近づいて、石垣島とか西表島である。ここは快適に暮せるが、なにしろ友人が多い。酒盛りをして、翌日蒼くなるのだ。

ある時から、私は避難するのをやめた。五日に一度ずつぐらい、欠席できないオフィシャルな用事が連なり、避難を断念せざるを得ない年があった。抗アレルギー剤をのみ続け、決死の覚悟で花粉の季節を乗り切ったのである。一度やってしまうと、二度目は気負いもなくやり過ごすという感じで、この七、八年は避難せずに済んだ。もう、花粉から逃げることはないような気がする。

それにしても、今年の花粉はひどいものだった。耐えに耐えた、という感じになったな。執筆以外の時、私はロックンロールを聴きまくり、銀座のクラブ活動は最低限に抑え、友人と会って飲むことなどもかなり控えた。聴いていたロックの中で、サチモスだけが残り、いまも私の躰に入ってきている。

私は音楽に対しては別に定見はなく、なんでも聴きまくるタイプだが、聴いた時からサチモスには感応した。なにが合っているかなど、言葉にするとちょっと違うと思うのだろうが、聴いていて心地よい。音楽では、それが一番大事だと思う。なつかしさがこみあげるような気分になり、躰が動いている。これで、私には充分なのだ。歌詞が抵抗なく私の中に入ってくる、ということもあるかもしれない。サウンドはよくても、歌詞が説明的すぎるものは多い。言葉が多く、過剰という感じさえなく溢れ返り、結局は意味がうまく摑めなかったりする。

サチモスの歌詞は、感傷的ではなく、説明的でもなく、どこか怒っているような感じがあり、それを感じた時だけ、私は腿を叩く。そして全身を跳ねさせる。セツナロックとはまるで違う、という気がする。歌詞は邪魔でしかない、と言う若者にかなり会ったが、その連中もサウンドだけでは駄目なのである。なんとなく歌っている感じがあれば、それが心地よい、と言っていた。

君はどうだ。なんとなく歌っている感じがあれば、満足か。私はやはり、サウンドと歌詞が一体になっている方がいい。何度聴いてもわからず、歌詞カードを見つめ直さなければならない。そんなのは、私はいやだな。意味を持たせすぎたのもいやだ。適度に一体になれば、ちょっと次元の違うくすぐり方をしてくるのだ。

前に書いたかもしれないが、八〇年代、私は好んで葛城ユキを聴いていた。サウンドと歌詞と声がみごとに融合していて、くすぐられ続けたものだ。笠井紀美子とは世界が違っていたが、八〇年代の私の女王のひとりである。『RUSH』というアルバムが、大好きだったな。

私にとってサチモスは、笠井紀美子より葛城ユキに近い。音楽を、ただ聴くだけだったが、同じ地平にいたといま感じるのだ。

音楽を聴くというのは、ほんとうは孤独な行為で、ライブハウスに出かけていっても、私には連帯感はまったくない。吉川晃司は、ステージはパッションだと私に言ったが、それさえ感じられればいいのである。音楽を聴く時、連帯はいらない。スポーツを観戦する時も、私は周囲と連帯したことはない。孤独であっても、音楽は躰に心に流れこんできて、その快感は人と分かち合うことなどできないのだ。

うむ、自分の音楽シーンを書くと、私はどうも熱くなってしまうようだ。

音楽も小説も映画も、人が生命を維持するためには、無用なものである。しかし心を心の状態で保つためには、無上に大切なものではないのか。それが表現物に対する私の持論だが、言わずもがなというところはある。

とにかく、今年、私はサチモスで花粉をやり過ごした。それが来年まで続くかどうかは、わかりはしない。表現物は、人の心にはあてどないものだ。

今年、桜はきれいに咲いた。これは毎年のような気がするが、桜が咲き終るのに合わせるように、強い風が吹くなあ。春の嵐というやつだ。人生の春にも嵐があったのかどうか、ふり返ってみてもわかりはしない。過ぎた日々は、ほんとうに泡のようだと思うことが、時々ある。それでいいではないか、と思う自分もいる。書き、読み、聴き、観る、という行為が、今日だけはある。

なあ、君。確かなのは、いまだけだよ。いま触れているものに、心を傾けよう。私は、そうしている。そして思うのだ、瞬間は美しいと。過去の日々も、未来の日々も、瞬間と較べると色褪せるだけではないか。

花粉が消えたので、私は少しやさしくなっている。

意表を衝く映画を教えてくれないか

意表を衝かれる、という言葉がある。日常生活の中では、しばしば意表を衝かれているが、すぐに忘れる。まあ、私の得意技だ。

意表を衝くと能動的にも遣うが、性格なのか、私はほとんど人の意表は衝かない。これは日常生活にかぎったことで、小説を書いている時は、どうやって読者の意表を衝こうか、考えないわけでもない。映画では、意表を衝くのは技法のひとつだな。

七、八年前かな。『ドラゴン・タトゥーの女』という映画があった。ルーニー・マーラという女優をはじめて観た。顔面ピアスだらけで、寡黙で暗い眼差しで、オートバイを乗り回し、パソコンの専門家である。ある意味アクション映画だろうが、ルーニー・マーラの存在感、ふりまく気配は、なかなかいいと思った。

それから数年後、『キャロル』という作品を観た。私はケイト・ブランシェットを観ようと思っていったのだが、相手役の店員の女が、ルーニー・マーラだとはしばらく気づかなかった。役柄は変っても、役者は大抵わかるのに、この時は意表を衝かれた。その後、『ライオン　25年目のただいま』にも出ていたが、こちらの方が本来のルーニー・マーラだろう。全顔ピアスは、あの時だけだったのだと思うと、なんとなく惜しい気もする。

意表と言えば、カトリーヌ・ドヌーブである。『神様メール』という映画に出ていて、倦怠期の金持の奥さんの役であった。映画の内容は、神様から余命を知らせるメールが来て、余命を知ってしまったら人間はなにをやるかという、要するにファンタジー映画である。

好き嫌いは、分れるかもしれない。奥様は、亭主が留守の時、青年を買ったりしてみるのだが、どうにも満たされない。そしてある日、サーカスのゴリラに会い、相思相愛になってしまうのだ。このゴリラは比喩で言っているのではなく、本物のゴリラである。帰ってきた亭主は、寝室のベッドでゴリラと一緒にいる女房を見つける。

余命を知らされた人間の、いくつかのパートがあるのだが、大女優のドヌーブが、ゴリラと愛し合い、最後は子まで生《な》している、という部分が一番面白かった。ドヌーブは、いまもさまざまな映画に出ていて、肥った躰も老いも、あまり隠そうとしていない。立派なものである。二十年ぐらい前に、レオス・カラックスの『ポーラX』に出ていて、乳房を露出させていたが、あれも立派なものだった。

老いといえば、シャーリー・マクレーンである。妖精っぽい表情のままスターになり、そして老いてきた。八〇年代の『愛と追憶の日々』でも、結構、歳を取ったのだなと思わせたが、なんの、最近でもばりばりと出ているのだ。『トレヴィの泉で二度目の恋を』など、死ぬ寸前の、ちょっときらめく恋を描いていて、こんなおばあちゃんの役までやるのだと思ったものだが、ごく最近も出ていて、これはもう自分の死亡記事を書かせようという老女と、死亡記事しか書けないライターの、母娘のような間柄の作品になっていた。『あなたの旅立ち、綴ります』という作品だ。生きることの意味を、私に考えさせた。しかし深刻な映画ではなく、笑って観ていられる。経験の豊かな俳優というのは、大したものだよな。

君、どれか観ているか。女優の話ばかりしているが、たまにはいいだろう。

クロエ・モレッツという女優がいて、前に遠慮がちに書いたが、もう少し語ってみようか。

私が最初にクロエを観たのは、『キック・アス』であった。小屋のシートで、映画としては首を傾げるどころではない、と多少腹をたてていた。しかし、なにか心に残っている。街を歩きながら、あの子役の女の子だ、と思った。それから、クロエという名前を気にするようになった。

私は数カ月後、『モールス』という映画を見つけた。これは『ぼくのエリ　２００歳の少女』のリメイク版らしかった。私はしっかり観ていて、舞台は違っても、ストーリーは同じようなものらしいと見当をつけ、クロエを観るためだけに出かけていった。あのヒットガールという、スーパーアクションを演じていたクロエが、宿命の吸血鬼になっていたのである。制作は同年であった。私はそれから『キック・アス』の第二弾を観たが、クロエのちょっと豊かな下顎を観賞していただけであった。

もっといい映画に出なきゃ、駄目だろうが。呟いてみる。私がマネージャーか恋人だったら、もっといい仕事の選び方をしてやる。まあ、これは傲慢でもなんでもなく、思うだけなら勝手なのである。

ところが、『キャリー』という作品を皮切りに、続けざまに映画が公開された。これ自体は大した作品ではないと私は感じたが、なにしろ『モールス』の女優である。そっちの方が眼醒めはじめたと思ったら、『イコライザー』であった。デンゼル・ワシントンが女の子を守る、などという惹句を眼にしたので、これは『マイ・ボディガード』みたいなやつか、と私は思った。デンゼル・ワシントンの映画では、これは上位に入る。

ところが観てみると、クロエは売春婦の役であった。助けられることは助けられるが、悲惨な情況の中にいたな。それでも、歌手志望だった夢をちょっぴり残していて、荒んだ人生の中で、はかなくそれが光る、というようなところがあった。クロエがいたので、映画らしくなった。

それから、『アクトレス　女たちの舞台』で、ジュリエット・ビノシュという大女優、クリステン・スチュワートという技巧派と、五分に渡り合ったし、『イフ・アイ・ステイ　愛が還る場所』では、死にかかった自分から離れてしまう、幽霊というかなんというか、そういう役をやっていた。『フィフス・ウェイブ』では、私の印象から言うと、姉の役である。アクションが好きなのだな、クロエ。しかし君に似合うのは、折合いのつかない恋に悩む女の姿だ。いまでも、二十歳に感じられる肉は、少女のころと同じだ。

ちょっとである。下顎の、横から見るとちょっと豊かにだ。

女優のことばかり、並べてしまった。私は、男だからな。君、呆れないでくれよ。

懐かしさが消えているのも人生か

久しぶりに、渋谷を歩いた。

舞台を観に行ったのだが、時間があったので、劇場から少し離れた場所で、気紛れにタクシーを降りてみたのである。見知らぬ街であった。ところどころ、記憶にある建物などを見つけ、渋谷だったのか、と思ったりする。

私が渋谷に親しんでいたのは、二十代のころであった。酒を飲む。ビリヤードをやる。安い台湾料理や焼肉を食う。そんなもので、街全体に親しんでいたというわけではない。玉を突くのは、しばしば始発電車待ちであった。

センター街に入った。土曜の夕方である。人の多さに、私は啞然とした。昔から人の多い通りではあったが、異常としか思えない混雑である。それも、ほとんど若い連中だった。

私は学生のころのデモを思い出したが、不穏な空気などは流れていない。歩いている連中はみんな愉しそうであった。端まで歩いてみたが、若い連中の目的がなんなのか、ついにわからなかった。もしかすると、ただ歩いているだけなのか。

センター街には、馴染みのバーがあった。二十代のころの私でも行ける値段だったので、よく行ったものだ。夫婦でやっていて、居酒屋ではなく、ちゃんとしたバーなのである。地下への階段はセンター街に面していて、数軒おいてもうひとつバーがあったが、そちらの方が若干高かった。私はうつむき、ポケットに手を突っこんで歩いていることが多く、そのバーへ入ると、カウンターでぶつぶつと呪詛にも似たような言葉を、呟いたりした。そんなことをしても、追い出されはしなかった。気分が悪くなると、外だよ外、とマスターに言われ、階段を駈け昇って、道端に吐いた。人の多い通りでも、そんなことができる余裕があったのである。

客は、ほぼ全員がサラリーマンで、年配の人が多かった。その中でひとり、言葉を交わす人ができた。私は、小説を書いているなどとは言えず、肉体労働のアルバイト生活であると説明した。ネクタイをしていない客は、めずらしかったのだ。その人は、私が行くと必ずいたので、ほとんど毎日、その店で飲んでいたのかもしれない。よく、戦争の話をした。勇壮でもどこか痛々しく、二十代の私はなんの反論もすることができなかった。酔うと必ず唄う歌があって、軍歌のようだった。ほかの客は迷惑そうな顔をすることもあったが、私は歌が終ると必ず拍手をした。

戦闘機の歌だった。海軍には『ゼロ戦』というのがあるが、陸軍には『隼《はやぶさ》』という戦闘機があったらしい。その隼の歌であり、個人の姓が頭についていたが、その人も同じ名だった。私はなぜかその歌を覚えたいと思い、一節ずつ教授して貰って、すぐに完全に唄えるようになった。

軍歌のようなものは、多分、唄いやすくできているのだろう。興が乗ると、その人は私と肩を組んで唄った。ある時、年齢を知った。私の親父と同年であった。少尉と階級を言っていたが、ポツダム少尉ですね、と私は言った。するとその人は、不意に泣きはじめ、戦場へ行きたかったのだ、と肩をふるわせながら言ったのである。それきり、私は階級の話はせず、少尉殿と呼ぶのもやめた。

ポツダム宣言が出されたころに任官した少尉を、そういう呼び方をし、親父は海軍だったが、ポツダム少尉だったのである。つまり任官はしたものの、戦場へ行く前に敗戦を迎えてしまった人たちのことである。運がいいではないか、と私などは思うが、そんなに簡単なことでもないらしい。

君は、周囲に戦争の話をする人はいるか。私が子供のころは、大人は戦争の話をよくしていた。ほんとうに悲惨な話は、語られていなかったと思う。どんな手柄を立てたかという話が多く、子供だった私は眉に唾をつけなきゃと思ったものだった。

その渋谷の店には、十年ほど行っていたが、作家になってからは行かなくなった。渋谷は、仕事のラインからははずれている、という感じだったのだ。

二十年も前になるだろうか。私はなにかの帰りに、大沢新宿鮫とセンター街を歩き、その店の前を通りかかった。昔、飲んでいた店がまだある。ここに入ろう。鮫は、黙ってついてきた。

店のたたずまいのすべてが、まったく変っておらず、店主夫妻もカウンターの中の同じ位置にいて、ちょっと老けたかなという程度だった。なんでもなく、迎えてくれた。私は、昔話をはじめた。あの人はまだ来るのかと訊くと、何年か前に亡くなったと教えてくれた。鮫を放り出したまま、私はひとりで盛りあがっていたが、こんなところで飲んでいたのか、いや、今夜はいい酒だったよと、別れ際に鮫は言った。

それから年賀状が来るようになり、また行こうと思いながら行けず、五年後ぐらいに旦那の方が亡くなり、多分、数カ月後ぐらいだったと思うが、奥さんの方も亡くなったという知らせが来た。いまのセンター街には、まったく似合わない二人だった。

センター街を端まで歩いた時、私は、このあたりはいまも時々来ているではないか、と感じた。間違いない。私はこの近所のライブハウスに、時々来ている。いつも入口までタクシーで乗りつけるので、場所の見当がいまひとつつかないが、近所であることは確かだと思った。私は、勘を頼りに、ライブハウスの方向へ歩いた。路地をいくつか辿り、大きな通りを横切ると、私はライブハウスの匂いを感じた。同じ方向に歩く人が、かなりの数いた。そんなものが、匂いを感じさせるのかもしれない。

私は、その道に入り、ライブハウスの建物も見つけた。その周辺には人が蝟集していて、歩道からも溢れている。私は、ちょっと驚いて、一度足を止めた。人の多さに、びっくりしたわけではない。集まった人々の頭上を見て、足が止まったのである。ライブハウスの大きな看板以外、頭上にあるのはほとんどラブホテルのネオンであった。そういう場所の真中に、ライブハウスはあったのだ。

それにしても、こういう情況でラブホテルに入ろうという蛮勇を持ったカップルがいるのだろうか。君、恋人と入ってみるかい。

大鵬がいて柏戸がいたなあ

懐かしい街の話をしていたら、次々に記憶が蘇ってきた。

いまは、中心部がまるで違う街のように変貌しつつあるが、渋谷である。中学時代、私の通学路は渋谷まで東横線で行って、そこからバスで東京タワーであった。私の行っていた学校は、東京タワーの真下といってもいい場所にあったのである。渋谷で電車とバスの乗り換えであるが、かなりの移動距離があった。それも通路ではなく街の中を移動し、近道をしたい場合は、デパートの中を突っ切るのである。

当然、いろいろなものを見ることになる。私の詩集を買ってください、という札を首からぶらさげて、週に三日ばかり同じ場所に立っている人がいた。無言であった。一冊五十円で、文庫本を買うよりは安かった。容姿からなにから、気になって仕方がなかったのである。ある時、私は思い切って買った。金を受け取る時も詩集を渡す時も、その人は無言であった。

家へ帰ってからその詩集を読んだが、私にはつまらなかった。意味はわかるが、言葉が心に食いこんでこなかったのだと思う。もぞもぞと恋愛感情のようなものが書いてあって、果断。生き方が説明してあって、果断。一節の最後に出てくる、果断という言葉だけは、いまもよく憶えている。果断で、あの人はあんなところに立っていたのだろうか。ガリ版刷りの、手製の詩集であった。

柔道の稽古を終えてからの下校で、私は大抵ひとりであった。屋上にプラネタリウムがある東急文化会館への通路のところで、下校中の中学生を捕まえて、カツアゲをやっている二人組がいる、という情報が流れた。実際、二人ぐらいはやられていて、二、三発殴られてから、金を奪《と》られたという。

私は下校時間が遅いので大丈夫だろうと思っていたが、やられた。両側から肩を組んできて、人のいない方へ、連れていこうとする。やるなら、人が多い場所だ、と私は思った。一度しゃがみこみ、喚きながら鞄をふり回し、筆箱から鉛筆を二本とると構えた。

不良、警察に連れていくぞ。私は大声で喚き続けた。ひとりの顔がすっと蒼ざめたようになり、パンチを打ちこんできた。顔の真中に当たったが、私も鉛筆を突き出していた。痛えっ、と声が聞えたので、どこかに刺さったのかもしれない。おまえら、警察に捕まれ、不良。私は、喚き続けていた。人が集まってきて、二人は駈け去った。

私は帽子を拾って被《かぶ》り、改札口の方へ歩いた。誰も、声はかけてこなかった。

つまらない事件だったが、私は眼のまわりに漫画のような痣を作り、同級生には笑われ、喧嘩したろう、と先生や先輩には叱られた。ひとりにしがみつき、なにがあろうと放さない、とやってやればよかった、と後悔した。私が他校の生徒とのいざこざで痣を作ったと思った柔道部の友人は、相手は何人だったのかと執拗に訊いてきて、私は二人だとだけ言った。一緒に行こうと友人は言ったが、負けたわけではない、と私は話を打ち切った。

クラスに、おかしな写真を持ってきた友人がいた。おかしいというより、完璧なエロ写真である。大学の野球部の兄貴が合宿に行ったので持ってきた、と言った。衝撃的な写真であった。なにしろ、男女が交わっているのである。見ただけで鼻の穴がふくらみ、叫び声をあげそうだった。セピア色のものもあったが、局所の結合部がはっきり写っている。私は思わず、二、三枚くれと友人に言ったが、駄目だと写真を取りあげられた。順番も元通りにして兄貴の机に戻しておかないと、帰ってきたらぶちのめされる、と言った。

あの衝撃は、なんだったのだろうか。後年、私はその手のものの動画を大量に収集したが、あの時の衝撃と較べると、衝撃力など無に等しかった。その後、『AV女優』というノンフィクションに出会い、集めた動画を別の眼で観るようになった。『AV女優』は、肩肘を張らない、出色のノンフィクションであったと思う。

数十人、多分、四十人ほどだが、インタビューされる側も心を開いているので、愛情のようなものが伴った取材だったのだと思う。永沢光雄という著者に一度会いたいと望んでいたが、果せぬまま訃報を聞いた。

若いころの私に、ＡＶ女優に対する偏見があっただろうか。興味本位で観ていたのは確かで、顔と演技と躰の品定めなどと言って、そこにいたる人生に眼をむけることなどなかった。人間を描くのが小説だと嘯《うそぶ》いている作家として、本書には忸怩たる思いを味わわされた。

君は、こんな私を、どう思う。ＤＶＤなどほとんど処分したが、まだあって、死んだあと見つかると恥ずかしいなどと、誰もが抱くような感慨を持ってしまうのだ。

全部処分すると、ほんとうに死んでしまうかもしれない、と情ない不安にも襲われたりしているのである。どうしようもない愚か者で、どこかに収《しま》いこんであるＤＶＤは、もう十年以上も観ていない。ある雑誌の編集者たちと、鑑賞会なるものを開いたのが、最後だったような気がする。

中学三年生の私には、死んだあと見つかると恥ずかしい、などという発想はなかった。ひたすら、友人が見せてくれた写真が欲しかった。そういう顔で、歩いていたのだろうな。バスを降りて駅の改札口に歩く間の路上で、声をかけられた。写真、要らないか。すごいぞ。にいちゃん、鼻血出すぞ。白昼にそんなものと思ったが、おじさんは路地に入り、おいでおいでをした。私がついていくと、路地の奥で、写真をぱらぱらと見せてくれた。裸で絡み合っている写真だ、と私は思った。買うと言うと、二千円と言われたが、私は千円札を一枚持っているだけだった。普段は、千円札も持っていない。千二百円しかありません。じゃ、少し減らすからな。おじさんは、写真を少しポケットに戻し、残りを袋に入れて渡してくれた。

私は、緊張しっ放しで帰った。どこで見るのか。帰宅して、私はトイレに飛びこんだ。絡み合った裸体の写真。確かにそうに違いないが、大相撲の取組の写真だった。大鵬と柏戸が四つに組んだ写真を、口を開けて見ていた私を、君は馬鹿だというか。

路傍で声をあげていたかもしれない

私の曽祖父は、菓子屋であった。

菓子職人というより商売人で、日本で三本の指に入るほどの菓子会社を作りあげた。その息子である祖父も、商売人であった。その息子である叔父は画家で、商売とは無縁であった。孫である私は小説家で、しかしなけなしの商才で、ちまちまと小銭を稼ぐような姑息さがあった。

稼いだのはあくまで百円単位の小銭であるが、火星の土地を買って何千円か損をする叔父と較べると、はるかに計算高かった。

私には、商才はあったのであろうか。火星の土地が売り出されて、叔父が買った時、ばかなことをするものだと、中学生の私は思った。買うよりも売る方が、詐欺めいているが商才はありそうだ。

その叔父が、菓子の会社が危機に陥った時、どこからか何億円かを引っ張ってきて救った。それを機に会社も無傷で畳むことができたらしい。半世紀も前の話である。それにしても、ただごとではない金額だが、ちょっと貸して貰ったと叔父はあっさりしたものだった。種を明かすと、叔父が所属していた独立美術協会というところに、大地主の友人が同僚としていて、きのうの今日でも貸してくれたのだという。

そんなふうなことができるのは、実は大きな商才はあったのではないのか。多分、好かれていたのだろう。友人として見過せない、と思わせるようなものも持っていたのだろう。

較べて、私はほんとうにセコかった。

渋谷でバスを降り、東横線の改札口へ行く路上に、週に一、二回だが、万年筆売りのおじさんがいた。いま考えると、香具師《やし》である。おじさんは、黒い泥のようなものを前に座りこみ、よく通る声で口上を述べるのである。おじさんの眼が、まったく動かなかったという印象は残っているが、口上の内容は忘れてしまった。面白かったのだろう。私は三十分ぐらい、座りこんで聞いていた。黒い泥というか油というか、得体の知れないものの中には、万年筆の残骸が大量にまじりこんでいた。

この万年筆は、などとおじさんは黒く汚れたキャップをとり、来歴を述べる。そんなことをくり返しながら、棒で泥の中を突っついていると、ビニール袋に入った万年筆が出てくる。

おう、これは今朝工場から仕入れたものだ。おじさんは、ビニールから出した万年筆で、字を書いてみせたりする。次々に新品の万年筆が出てきて、黒い泥にまみれた万年筆の残骸の上に置かれる。一本、百円だった。

私は欲しくなった。アメリカの有名なメーカーのものと、デザインがそっくりだったのだ。一本買い、私はそれに赤インクを入れて使いはじめた。ノートをとる時、大事なところだけ赤インクで書くのである。いいな、とみんな言った。おう、手に入れてきてやるぞ。一本二百円だ。私は、清水の舞台から飛び降りたつもりで五本買い、あっという間に売れたので、二倍になった。三度か四度、そういうことをして、渋谷で百円で売っているものだとばれてしまった。責められたが、これが商売というものだ、と私は開き直った。

当然だが売れなくなった。おじさんとも、友だちにならずに済んだ。万年筆は意外に丈夫で、高校生の時も使っていた。

このセコさを、君は嗤《わら》っていい。思い出して、私もにやりとしてしまうのだ。頭は遣いようだぜい、などと嘯いていた自分も、はっきり思い出したよ。そんなことに頭を遣いすぎて、いまあまり動かなくなったのだな。

高校生になると、都立大学駅前の、映画館を改修したストリップ劇場に通った。映画のロードショー並みの金を取られたが、堂々と学生料金で入った。なにしろ、学生服を着ていたからな。

学校で、観てきたものを語ると、連れていってくれとよく頼まれたものだ。私は数人を引率し、自分の料金を浮かすだけでなく、ちょっと儲けた。よく、補導されなかったものだ。一座が回ってきて、興行をするというシステムになっていたが、三回目にもなると、踊っているお姉さんが私の顔を憶えていて、あんたまた来たの、こんなもんが見たいのか、と大開きの局所を鼻に押しつけられそうになり、終ったら楽屋へ来い、と言われた。

いいことがあるのかもしれないと、私は友人たちを帰し、ちょっと訳知り顔で楽屋へ行った。

裸のお姉さんの腕の中に赤ん坊がいて、乳をふくませていた。照明の中ではお姉さんだと思ったが、おばさんであった。

あんたね、どういうつもりなの。親が泣くよ。おばさんは真顔で、二十分ほど私に説教したのである。よく憶えていないが、多分、そのあたりでストリップから足を洗った。おばさんに説教されたからではなく、お姉さんに見えた人がおばさんだったからだ、という気がする。

二十代のころ、街路樹に薬剤を散布するアルバイトをやった。これはお役所の仕事で、私はまた小狡さを発揮した。都内の高級住宅街の地区を、私はいつも志願したのだ。石油缶に十ばかり、薬液が届けられる。最初の缶を空にすると、そこに別の缶から薬液を移す。減った分は、水を足すのだ。それで撒いていると、住宅の方から声がかかる。うちの庭にも、撒いてくれない。いや、量が決まってて、できないんですよ。そんなこと言わずに、木に虫がついてるんだから。仕方ないな、内緒ですよ。なにしろ、ひと缶余分にある。丁寧に庭木に撒くことができる。そして、煙草ワンカートンとか、千円札のチップとか、とにかく支払われる日当より多く、懐に入ってきたのである。二人ひと組でやっていたが、相棒にはわずかな金を握らせて共犯に仕立てあげ、当然黙っているから、発覚することはなかった。

思い返すと、みんな小物の悪知恵だな。大きなところが、どこにもない。それでも、私は自己嫌悪に陥ることはなかった。こんなのがたくましさなのだ、と自分に言い聞かせていたようなところがある。

なぜ、いまこんなことを思い出して、書くのだろうか。

昔言った言葉が蘇えると心が疼くよ

大丈夫か。

君に言っているのではない。私は、自分にそう問いかけている。それほど、失敗が多いのだ。漫然としているのかな。漫然と過す時間はなにも生まない、というのが私の持論だが、それにしてもつまらぬ失敗ばかりしてしまう。人に言えない失敗もあるが、言って嘆き、忘れてしまいたいものもある。とにかく、抜けているのだ。まあ、締切を忘れないだけましなのか。忘れた時は、わざとだからな。

締切は、私の感じとしては、のべつ押し寄せてくるのだが、結構大きなものを、クリアした。それで、なんとなく自由な気分になり、執筆時以外は見たくない資料を、片づけた。するとその間から、封書が二通出てきたのである。ともに写真展の案内状で、私は行こうと思い、ほかの郵便物とは別にしておいたのだ。さて、いつ行くかと思いながら、中身を見た。会期が、ほとんど重なっていたはずだ。

なんということだ。両方とも、終ってしまっていた。ひとつは中本徳豊という、広告写真を主にやっている人の、ロシアを題材にした写真展であった。その写真家と会ったのは、四十年近く前で、一緒にニューヨークへ行って、マンハッタンをさまよい歩いた。ずいぶんと撮って貰ったな。グアム島で、銃を構えた写真なども、その後に撮って貰った。

行き損った、すまん、中本。呟きながら案内状を眺めていると、とんでもないことを思い出した。私は一度だけ、銀座の著名なフォトサロンで、夢枕獏と二人で写真展をやったことがある。獏は別として、私は素人もいいところで、観に来た人には最敬礼状態であった。そこに、中本は来て、花をくれ、あろうことか写真についての感想も述べてくれたのである。出会ったころから、売れっ子であった。私はちょっと、中本との関係を獏に自慢さえした。それが、滅多にくれない案内状を、今回はくれたのである。だらしないことに、資料の中に紛れこんでいた。締切が、などと理由になるか、馬鹿者が。

もうひとつは、久間昌史という写真家であった。料理を扱った、写真展であるらしい。彼は、二十年近く前、ある男性誌の仕事で、私に密着して写真を撮っていた。そのころは駆け出しで、ずいぶんとしつこくつきまとわれたものだ。なにかやる時は、必ず連絡するのだぞ。若い連中にはみんな言っていたことだが、彼はそれを忘れずに案内状をくれた。しかもオープニングのパーティでは、私でさえ名を知っている著名な料理人が四人も、自分の料理を出すことになっていた。くそっ。料理が食いたかったわけではない。行けなかったのがくやしいのだ。

会期の重なったこの写真展が開催されている時、私は都内の仕事場にいて、五日は飲んだくれていた。頭になかったわけではないが、まだ先だろうと、漫然と考えていた。そして、締切に追われた。案内状などずいぶんと来て、たまたま時間が空き、画家の個展などにふらりと行ってしまうことがある。この二つの個展は、必ず行こうと思い、封筒ごと別に置いておいたのだ。

大丈夫か、と自分に問いかけたくもなるよな。酒を、やめられるか。

約束を守れないやつとはつき合わない、と私は日ごろ公言しているが、私自身が約束を守れない男になりかねない。生き方の中に、なにかひとつだけ芯を置く。私の場合、それが、約束、なのである。私に仕事を依頼するのは、結構大変だと言われているらしい。さまざまに話をつめ、それに時間がかかる。よし書こう、となったら、編集者の仕事はそこで終ったようなものだ。放置されていても、私は必ず締切までには書く。日常の生活の中でも、なかなか約束はしないが、約束した以上は必ず守る。対人関係に悩んだり、情況に苦しんだりしても、約束という芯を持っていれば、乗り切れるのではないだろうか。私は、約束、にしがみついて乗り切ってきたよ。

破るような約束はしない、相手にもさせない。ぎりぎりのところで、約束するのである。人は生きているのだから、日々の中でもの事は曖昧に推移してしまう。ただ、約束があれば、そこだけは曖昧にならない。そこまで曖昧になったら、自分の人生そのものが曖昧なのだ、と私は思うな。

君には、なにか芯になるものがあるか。言葉で言うのは簡単だが、それを生き方と重ね合わせると、なかなかしんどいぞ。みんな生きているのだ。曖昧か曖昧でないかの、差があるだけさ。

いろいろつらい、という声が聞えてきそうな気がする。誰だって、つらいよ。私も、つらい。それが当たり前だと思おうじゃないか。心がひりつくような日々が過ぎると、晴れた凪の海が見えるはずだ。君と一緒に、その海を見よう。光を感じよう。

おや、私は説教をしはじめたのか。久しぶりだ。十数年前、私はある青年誌で、実は人生相談をやっていた。とても売れていた雑誌だから、読んでいる人は多く、送られてくる悩みも多かった。私は、膝を突き合わせて、友だちと喋るように、その悩みについて語っていたものだ。決して、相談を受けているという思いにはならなかった。それでも時々説教をして、頭をごつんとやったりしたものだった。反応も、厳しかったぞ。

この男を雑誌から降ろせという運動が起き、私は開き直って投票で決めてやる、と言った。バツが多ければ、私は降りるのである。しかし投票結果は、マルがバツの十倍以上あった。声なき声、というのがあるのだと、私はその時に実感した。しまった、とも感じた。これだけマルがあるのだから、このコーナーは決してなくなることはありませんからね、と担当の編集者に言われてしまったのだ。

ソープへ行け、と言った。童貞の青年が、幼いころからの友だちを好きになった。友だちのままならそばにいられるので、それでいいとも思うが、なにかもの足りない。もの足りなさが、身を切るようだ。その相談に対して、私はソープへ行って、童貞を捨てろと言った。相手を押し倒すのも、それからである。

いまもまだ、ソープという言葉がひとり歩きしている。まあ、不愉快ではないのだが。

甘くていいだけの人生ではなかった

甘い肉を食った。

アメリカの、テネシー州のナッシュビルというところでだ。南西部の高級レストランは、暗いところが少なくない。その時、私はまずいと思ったが、ほんとうにまずいのだろうか。蠟燭の光の中で、相手の顔もぼんやり見えるほどだ。

実はアメリカの甘い肉は以前にも食っていて、その度にまずいと思い続けていた。アメリカの肉のすべてではなく、南部の高級レストランの一部である。ソースが甘いわけではなかった。肉そのものが、甘いのである。

日本でも、ステーキを甘いと感じたことがある。刻んだ玉ネギを充分に炒めて、肉の上に肉の厚さと同じぐらい、丁寧に載せてあったのだ。玉ネギをどけ肉に塩と胡椒を振って食うと、普通のステーキであった。

玉ネギを細かく刻んで炒めるのは、結構な手間である。しかもフランス料理であった。そういうのが好きな人がいるのかもしれない、と思った。行きつけのレストランなら、なぜ甘いとあらかじめ教えないのだ、と文句をつけるところだが、招待されてその場にいたので、私は肉と玉ネギを別々に食った。玉ネギはどう食っても甘く、しかしどこかに微妙な味もついている。そういうものに、私は鈍感なのであろうか。繊細な味などが、わからないのだろうか。

ナッシュビルでも、私は招待されていたので、口に押しこんだ。甘いものをどけようと思っても、肉そのものが甘いのである。その時は、肉の話題などは出さなかった。

しかしその数日後、友人に連れていかれたレストランでも、甘い肉が出てきた。なんなのだ、これは。甘いぞ。友人は私の顔を見て、不思議そうな顔をした。君は若い女の子と食事する時、甘い肉を食べたくはないのか。聞くと、蜂蜜に浸けこんだ、手間のかかった肉なのだという。

私はアメリカでは、ハンバーガーを食らうか、大衆的なレストランでアメリカンステーキのでかいやつを食うのである。マスタードをたっぷり塗ったりするので、甘さなどは感じなかった。まあ、高級レストランに行くことは滅多にないので、甘い肉も舌の経験だと思うことはできる。

ところがある時、私が仕事場にしているホテルの、レストランの肉が甘くなったのである。アメリカのホテルチェーンと業務提携したらしく、私のマイダイニングのシェフもアメリカ人になったのである。それは明らかに蜂蜜に浸けこんだ肉で、私が皿を前にするのを見ていたウェイトレスは、ひと口食うとそばへ駈けてきて、醬油を差し出したのであった。甘いという苦情は相当あったようだが、シェフは頑としてそれを変えず、結局、閑古鳥が啼くようになった。日本人のシェフに替り、それは即座に変更され、客も戻りはじめたので、私の舌もそれほど間違っていなかった、ということになる。

しかし、甘さをまずいと、ほんとうに感じているのだろうか。私は子供のころ、甘い醬油で育った。東京に来て、こちらの醬油は塩辛いとショックを受けた。甘い醬油を出してくれるところはなく、次第に馴れ、それが当たり前だと思うようになった。九州へ行って甘い醬油で刺身を食うと、一体なんだ、と感じるようにさえなったのだ。

人間は、ただ食いものを食うというだけでなく、五感が馴れたものだけをうまいと感じるのかもしれない。その馴れは、ほんとうに狭い地域の味だけということもある。十年ほど前に、知人の紹介で、シチリアから帽子デザイナーの女の子がひとりやってきた。大金持の娘で、住んでいるのはシャトーのようなところで、父親は三十メートルの船を所有しているというのである。マフィアの娘か、などと私は知人に冗談で言ったが、現われた女の子は、女優さんみたいであった。食べ物で苦労していると言ったので、安心しろ、日本にはうまいイタリア料理がいくらでもある、と私は胸を叩いた。

しかし、どこのイタリアンレストランでも、駄目であった。シチリア料理でないと食べられない、と言うのである。旅行して、私などは全部イタリア料理だと思うが、実に細かく違う点があるらしい。細かい比較ができない中華などの方が、むしろましなのだという。そのお嬢様は、パリとニューヨークとミラノと東京に、帽子店を出すのだという。ちょっとしたプロモーションなどに、私は駆り出された。

東京ほど、食のバリエーションが豊かな都市は、世界じゅうどこにもない。なぜこれほど、と私はよく思う。

日本人は、味についての探究心が深いのかもしれない。あるいは、貪欲なのか。中国の人たちも、貪欲に追究しているように見えるが、中国大陸のどこを旅行しても、ほとんど中華料理ばかりで、東京のバリエーションとは、上海でさえ較ぶべくもない。

私は、まずくても、人が食っているものは食おうというタイプである。とんでもないものを眼をつぶって食うと、それは自慢の材料になったりする。あれもこれも食ったんだぜ、と得意げに語るのである。しかし、食いものの本質は、燃料だと私は思っている。

水と塩だけで、西アフリカの飢餓地帯を旅行したことがある。二日、なにも食わず、三日目に、食料事情のいい地域へ入り、そこでパンを食い、肉の塊を食らった。すると十分も経たないうちに、躰の方々が燃えている、と感じたのである。それは快感に近く、生きているのだなと、しみじみと思いを噛みしめた。二日絶食ぐらいでなんだ、と言われそうだが、二日だから快感だったのかもしれない。一週間、二週間と、絶食状態が続くと、うまく食いものが胃に入らないのかもしれないのだ。

君は、水と塩以外、なにも口に入れなかった、という経験はあるか。飢えという経験をしている人間は、現在この国には基本的にはいない。大抵は、どこかに食いものがある。まあ幸せなのだろうが、実感はできない。

私は、多少、ダイエットが必要な体重になってきたのだが、もういいという気分もある。君は、私と一緒に絶食してみるか。

壮大で緻密な映画を求めているのだ

時々、追悼文を頼まれる。

ほとんどの場合、私はそれを断っている。文章にすると、追悼にならないような気がしてしまうのだ。大抵は、知っている人の追悼文で、思い出すことが多かったりもする。しかし、私は、その人の本を一冊、読み返すようにしている。一冊が、数冊になることもある。そういう追悼の仕方を、私はいつのころからか持つようになっていた。

津本陽さんが亡くなった。いくつか追悼文を頼まれたが、断った。大先輩で、古い知り合いである。一緒に飲んだこともあるが、訃報に接して、私が最初に思い浮かべたのは、握り飯であった。ある文学賞の選考会で、スパゲティとかステーキとか餃子とか、いろいろなものが並んでいるが、俺はたまには握り飯が食いたい、と候補作について述べたのである。聞いていた私は、なるほど、と思った。難しい言葉を、並べる必要はない。候補作を前にした時の、津本さんの心境が、実によくわかった。

津本さんの本は、これからである。居合抜きの話なども思い出すが、そういう思いも、読書の中で別のものに昇華させていくのだろう。

いま海の基地で、『さよならコロンバス』を読んでいる。フィリップ・ロスも亡くなった。この作品は映画化もされていて、私は小屋で観た憶えがある。ただ、アリ・マッグローが、半裸でプールに飛びこむシーンぐらいしか憶えていない。

小説の冒頭を読んでも、そのシーンは浮かばないなあ。韓流ドラマのように、身分格差のある恋だったという小説の記憶はあり、妙に切迫した行間があるが、私は好きだった。『ダイング・アニマル』という作品も好きで、これは『エレジー』というタイトルで映画化された。私の好きなペネロペ・クルスの主演であるが、フィリップ・ロスの原作であることを知って、私は観に行ったのだ。男の身勝手さが、映画ではよく出ていて、ちょっと身につまされた。

ペネロペはまだ現役感が強いが、アリ・マッグローは、生きていればもうおばあちゃんであろう。『ゲッタウェイ』で、スティーブ・マックイーンと共演したあと結婚したあたりで、私の視界からは消えた。もっとも、映画の観方がすごく片寄っているからなあ。どこかで、彼女もまだ出ているのかもしれない。知っていたら、教えてくれないか。

映画の話をしたので、つい先日観た映画の話をしようか。

ここで何度も書いたが、DVDになっていない映画である。私は待ちきれなくなり、ついにVHSで観てしまったぞ。『ライオンと呼ばれた男』。これを、なぜDVDにしないのか、という私の主張は、きわめて正当であると、この作品を観て再確認した。男が、世を捨てる。これは、実はもっと生きたいからだ、と教えられたぞ。私など、まったく世を捨てきれず、長い作品を書きはじめて、読者という世となんとか繫がっていこうとしている。

こんなにいい映画を、評論家はなぜほめないのか。いや、ほめている人がいるのかもしれないな。映画評論の本は久しく読んでいないし、新聞の映画評は半分疑ってかかっている。

三十年も昔の話になるが、私はある雑誌で、しばらく数人の評論家と映画評をやった。その時感じたのは、評論家はこんなにほめるのか、ということだ。もっとも私以外は全員ほめているので、そちらの方が正しい感想かもしれない。トム・クルーズの『トップガン』を、私は、馬をジェット戦闘機に乗り替えた西部劇、と言ったのだ。

この映画は大ヒットしたし、評判も悪くなかった。それでも私はいまでも、考えは同じだ。つまり道具は新しくても、手法には新鮮なところがない。『トップガン』はこれだけの評判を取れば、残る作品なのだろうが、DVDにもならない名作があるというのは、私はどうにも納得できない気持なのである。

それにしても、ジャン＝ポール・ベルモンドの、あの世の捨て方は、ほとんど私の理想に近い。しかし、いまからだと体力がもたないだろうな。世を捨てるにも、体力というやつは必要なのだ。

私がここでDVDになっていないと嘆いた映画は、ほとんどがDVD化され、残っているのは、ベルギー映画の『小便小僧の恋物語』だけになった。

DVDになったら、教えてくれるだけでいいぞ。ここで書いて、DVDを貰ったものが、ずいぶんとある。別に欲しくて書いているわけでなく、いくらか遅いかもしれないが、私にも情報は入るのである。

どんなかたちにしろ、映画を売る人たちは商売だろうから、儲けなければならない。大ヒット作品で、大儲けすればいいさ。そしてあまりヒットはしなかったがいい作品で、ちょっとだけ損もしてみろよ。わずかだが、必ずいい作品だったと感じてくれる人がいて、映画とはいいなと思う人口が増えるのである。

大事なのは、これからも映画を観ていこうとする人を、どれだけ増やすかだろう。小説も同じで、大事なのは読者である。読者を増やすためには、売れなくても出版する覚悟が必要であろう。作品の質が落ちた時に、そのジャンルは力を失い、やがて消滅する。信念を持とうよ。売れればいいという考えは、表現物に関しては、破壊的と言うしかない。

君は、私がまたむなしい叫び声をあげている、と思っているな。いいさ、いつまでも、私は叫び続けてやるよ。

私は小説家だから、いい小説を書くことを目指す以外にないのだが、映画に関しては、ファンとしての声をあげるぞ。

日本映画は、ちまちましすぎていないか。そう言うと、若い者はみんな、そのちまちまがいいのだ、と声を揃えた。ちまちましか知らなくて、ちまちまがいいと、どの口が言うのだ。

ほんのちょっとでいい。二十四時間でいい。無理をして耐えてみろよ。古い、いい映画を、十二本観れる。その時間、残り少なくなった私の時間でも、惜しくはないぞ。

君よ、いつか、人間だけが持っている、創造物について語り合おう。

眼でものを言う文化もあるのだよ

イスラム圏へ行くと、布で顔を隠している女性が、いまも多い。

私は、そう見えるから覆面と勝手に呼んでいたが、それでは失礼かもしれないので、詳しい友人に訊いた。顔を隠しているものと、スカーフのようなものでは呼び名は違い、いくつもあるらしいが、ニカブと言っていればそれで通じるらしい。

しかし、ニカブの女性にそれはニカブですかと訊くことはできず、訊いたとしても、近づくな、あっちへ行けと言われるだけだろう。

その点に関しては、私が北アフリカや中東をはじめて旅行した、三十数年前とあまり変りはない。眼だけしか見えないニカブは、妙にそそるものがあると以前から感じていたが、それは眼に表情が豊かだからかもしれない。どんなふうに豊かかは、言葉では表現しにくい。一生顔を隠しているとしたら、表情による自己表現のすべては、眼にかかっているのだから、これはもう、異次元に近いという気もする。眼には間違いなく化粧が施されているが、どんなものかも見てとれない。たとえ顔を隠していても、イスラム圏で女性をじろじろ見つめるのは、タブーに近いのだ。

ある時、私はその化粧がコウリーと呼ばれていることを知った。そしてどんなものなのか、ニカブをつけていない女性から聞いた。どうやら、鉱石の粉末らしい。コウリーを施す棒を、眼の中に通すのである。実演してくれたが、ほんとうに眼球を擦っているように見える。眼の薬にもなるから、これでいいのだ、と彼女は言った。

化粧品店などには決して置いてあることはなく、市場《スーク》の香辛料屋にあるという。ついでだから、つき合って貰った。彼女は、フランスの自動車メーカーの社員で、そのカサブランカ支社のようなところから、私は車を借り出して旅行する予定だった。

カサブランカにもメディナと呼ばれる旧市街があり、

市場《スーク》はその中にある。香辛料屋に連れていかれた。彼女はいくつか香辛料を買い求め、ついでにコウリーのセットも買ってくれた。小さな筒の中に黒灰色の粉を入れ、蓋に棒がついたものである。一見するとマスカラのように見え、実際、マスカラのように遣うのだ。ただし睫《まつげ》ではなく、眼の中に遣う。眼球と睫の間の粘膜に、色がつくのだ。

最近は日本でも、そこの粘膜に色をつけている女性がいて、コウリーかと訊くと、それはなんですかという顔をされる。

買い物につき合ってくれた彼女も時々コウリーを施すらしいが、自分はフランス国籍なのだ、と言った。

このあたりは、かなりややこしい。生粋のフランス人がいて、それはまた違うらしいし、フランス人には上流階級と庶民があって、一見しただけでその違いがわかる、と聞いたことがある。その間にある感情がどうなっているのか、私は知らない。知ろうとしないのは、理解できるわけがない、と思っているからだ。

とにかく彼女はそのコウリーを再演してくれて、私はまったく関係のない、別のことを衝撃的に思い出した。映画『アンダルシアの犬』の冒頭である。このシーンを、いまだに私は直視できない。ルイス・ブニュエルの監督デビュー作で無声映画である。日本でもコアなファンがいるルイス・ブニュエルだが、それほど切れ味がいいとは私は思わない。難解を売り物にしているのではないかと、時々、横をむいてしまうほどである。

しかし、この作品は、サルバドール・ダリが共同監督であった。冒頭は、それこそダリの感性以外の何物でもなく、天才が絡むと、こういうことになってしまうのだ。

もっと具体的に書けと君は言うだろうが、映画というのは、観た瞬間になにを感じるかが勝負のところもあり、古典でもそういうことを書くのを私は遠慮してしまう。知りたければ、観ればいいのだ。

それより数年も前の、北アフリカ旅行になるが、私はモロッコのワルザザートという街の通りで、若い女性二人に声をかけられた。ジーンズにシャツ姿で、それ自体も南の田舎街ではめずらしいものだったが、女性の方から声をかけることなど、あるべきはずもないことだった。なにかの罠かと思ったが、ちょっとボーイッシュで、チャーミングだった。

話していてわかったことだが、彼女たちは地元の中学の先生で、外国人に排他的になるのはやめよう、フレンドリーになろう、という運動をしていたのだった。他愛ないことのように思えるが、モロッコでは大変なことだったのだろう。

彼女たちがアパートに招待して、コーヒーなどを振舞ってくれたので、返礼として私が泊っているホテルで、ランチをしようと誘った。彼女たちは喜んだが、ホテルは入れてくれなかった。自国の女性は駄目ということらしい。私がランチに誘ったのだと、ホテルスタッフと喧嘩腰で交渉したが、止めたのは彼女たちだった。スタッフはなぜかそこで折れ、プールサイドでの食事ならばいい、と言った。

ニカブもつけていなかったが、彼女たちはいま思い出すと、コウリーを施していたような気がする。私の問いに答えて、モロッコの教育事情などを話してくれて、私はザゴラからさらに南下し、アルジェリア国境のあたりまで行く、旅の話をした。

また、ワルザートに行ってみるかな。彼女たちはまだ、中学校の先生をしているだろうか。

思い出すままに旅のことなどを書いていると、放浪の欲求が出てくるよ。そして、『ライオンと呼ばれた男』という映画を思い出す。くそっ、見知らぬ土地を、流れ歩きたいなあ。私はここ数年、小説の登場人物に流浪をさせることで、なんとなく旅をしているような、まやかしの気分の中にいるのだ。

老いた男が、遠い国の見知らぬ街の酒場で、安酒をちびちび舐めている。酔ってくると、小さな声で、唄を歌うのである。懐かしさと悔悟、さまざまな失望と、まだ残っている希望。そんな唄を、呟《つぶや》くような小声で、口ずさむのだ。

私は、そんな自分の姿を、時々、想像する。悪くないよ。まったく悪くない。君はついてくるなよ。こういう旅は、ひとりなのさ。

水害の脇を通り抜けてしまった

雨が降っていた。

私は、福岡の書店で、サイン会をやることになっていた。雨だと、来てくれる人の数が減ると言われていて、私は憂鬱な気分で空を見あげた。だって、せっかく福岡まで来たのだから、できるだけ多くの読者に会いたいと思うのが、人情というものだろう。開始時刻が近づくにつれて、雨はいっそうひどくなった。こうなったら、雨を衝いて来てくれた読者と、できるかぎり長く話をしようと思った。ひとりしか来なかったら、一時間、その人と話をしていてもいい。

最初の人が、テーブルの前に立った。私は、出身が福岡なのかなどと、質問をした。大分から来た人であった。遠くから来てくれたのだなあ、などと思い、私が幼かったころの玄界灘の話などをして、写真を撮った。急いでください、と係の人に耳打ちされた。まだいるのだ。私はちょっとだけ明るい気分になった。次の人とも、かなり話をした。急げ、とまた耳打ちされた。

ひとりだけが私の前に立ち、ほかは見えないという状態で、私はサインをしていた。スピードをあげた。六、七人終ったところで、まだ並んでいる人がいるのか、と私は訊いた。三十人ぐらい、と言われた。おう、この雨の中を、そんなに来てくれた人がいるのか。十数人サインをし、あとどれぐらいと訊くと、三十人という答が返ってきた。

何度訊いても、ずっと三十人であり、私は狐につままれたような気分で、サインを続けた。サイン会の、終了時刻が近づいてくる。私の前に立つ人は濡れていて、傘からぽたぽたと雫が垂れているようになった。結局、時間をオーバーし、七、八十人の人に私はサインをした。

豪雨と言ってもいい状態で、そんなにも人が来てくれたのだ。感謝あるのみである。しかし、ひとりひとりと、ゆっくり話をすることはできなかった。それは、ほんとうに申し訳なかった。読者と会える、数少ない機会である。雨でバスが停まってしまって、来られないと電話があった人が、十人ほどいたと書店の人から聞いた。

そうだ、雨だよな、と私はうつむいて言った。雨だと来る人が少なくなる、などとんでもないことを考えた私は、愚か者である。ちょっと遅い夕食をとりながら、何度もそう思った。

雨はひどいが、私は西中洲というところへ飲みに行った。知人がバーをやっている。それも二人である。二軒はそれほど遠くなく、私はつまりは梯子酒をし、知人にタクシーをつかまえて貰って、深夜、ホテルへ帰った。

飲み足りないような気分だったが、足りていたのだろう。私は服を脱ぐとベッドに潜りこみ、あっという間に眠りに落ちた。

翌朝、起きてカーテンを開け、私は眼をこすった。街の景色が、ぼやけているではないか。しこたま飲んだ日の翌朝、君はそんなふうになったことはないか。そんなのしょっちゅうだよ、と言う人もいるが、私はない。眼醒めはいつもさわやかで、視界もその時が一日で最もいい。私はもう一度眼をこすり、かすんでいるのは眼ではなく、景色そのものだということに気づいた。

煙り立つような雨と言えば、優雅すぎる表現になる。豪雨であった。私は用事があったのですぐにチェックアウトしたが、警報が出ていて、交通も寸断されている、とフロントで教えてくれた。昼すぎまでに、私は用事を済ませたが、雨は降り続けていた。それでもまだ、ビールを飲んで遅い昼食をとろうとした私は、相当に鈍いやつだ。

警報は、特別警報というものに変り、まず命を守れ、とニュースでは言っているらしい。そんなにひどいのかよ、おい。私は、昼食をともにした人に言った。ひどかろうがなんであろうが、ぼくは長崎まで行かなければならないのです、とその人は言った。長崎だって。そりゃ無理だ。絶対に無理。そう思い、言いもしたが、本気で行く気のようだった。

そうか、そんなに真剣なら、私も方法を考えてあげましょう。案として出たのが、空路東京へ戻り、それからまた長崎にむかうというものだったが、試すよりなにより、飛行機の席そのものが取れなかった。そこで、私は考えることを放棄した。はなから無理だと思っているので、名案など浮かぶはずもないのだ。

その人はまだ、じたばたしていた。いや、不屈であった。レンタカーを借りることを思いつき、道路状況を確認すると、寸断されているのがわかった。鉄道など、確認はしたものの、当然駄目であった。万策尽きたか、と思った時、その人はフェリーの会社に電話をしはじめた。そして、大牟田から島原へのフェリーが、まだ運航しているという事実を摑んだ。大牟田までなら、電車が動いていた。島原からは、タクシーで一時間ちょっとなのだという。いまは、どんなことでも、スマホというやつで素速く調べられるらしい。

ここまでやるのなら、多分、行ける。いや、必ず行ける。そんな気がした。グッドラック。そう言って、博多駅で別れた。

私は用心して早目に空港へ行き、なんの問題もないことを確認すると、安心してカフェでビールを飲みはじめた。最初、十五分ほど遅れるとアナウンスがあり、それが三十分にまでのびた。ビールを飲みすぎて、私は少し足をとられたが、搭乗口まで無事に行くことができた。機内に入って席に腰を落ち着けると、私はすぐにうとうととしたが、眼醒めても飛行機は動いていなかった。

結局、一時間以上遅れて、ようやく飛行機は飛び立った。上昇中の窓の外は、いつまでも雲であった。低いところから高いところまで、ずいぶんと厚い雲があったのだ、と思った。それから居眠りをし、着陸態勢で眼醒めた。

雨を想像していたが、蒸し暑いだけで、降ってはいなかった。長崎にむかった男がどうなったか気になり、帰りの車の中から電話をすると、繫がった。やったのか、と思ったが、博多からの電車が停まり、車内に五時間閉じこめられているのだ、と言った。

長崎に行き着いたのかどうか、私は知らない。

昔できたことが忘れられないのだ

熱帯雨林の濃い緑の中で、そこだけが土の色が剝き出しになっていた。

ミャンマーで、ヤンゴンからバガンへ空路で移動している時である。上空から見たその光景は、多少の驚きを禁じ得ず、なにか異変が起きているのか、と感じたほどだった。着陸態勢に入り、地上が近づいてきても、それは変らなかった。ただ、土の色ばかりだと思った地表には、まばらだが樹木はあった。

熱帯雨林は、密林などと呼ばれたりもするので、君は樹木が密生している、というイメージを持っているのではないか。実は、樹木の幹は、まばらと表現してもいいほど、隙間が多い。

密なるものは、頭上である。樹木はほとんど、傘が開いたような具合で、それが重なるように接しているので、地表にはあまり光も届かず、空気はひんやりという状態なのだ。

一本一本が、伸びるだけ梢をのばし、小枝を重ね合わせている。樹海という言葉があるが、それは上から見た状態が海のように見えるということなのだ。青木ヶ原樹海も、多分、そうなのだろうと思う。

昔の話だが、伊豆の天城縦走という旅をひとりでやり、万二郎岳、万三郎岳と西へむかい、天城峠を越えて長九郎という山の頂上に到った時、展望のための櫓が組んであり、そこに登ると、北の方向が海のように見えた。晴れた日ではなく、どこかに霧が漂っているようで、ほんとうに海だと思ったそのむこうに、富士山が輪郭だけ見えた。

私が勝手に、それが樹海だと思っているだけかもしれない。

バガンは、絶海の中の、火山島のようであった。高いところからは、緑より、土の色が目立ったのだ。着陸して、地上を進んでも、熱帯雨林というより、砂漠の匂いを私は感じた。ただバガンは大観光地であり、オールドバガンにはホテルなどはあまりないが、周辺にはいくらでもあり、観光客が住んでいる人より多いと思えてしまった。

私はなぜ、熱帯雨林の中に砂漠のようなものが出現したのか、その理由を探ることに熱中した。二時間もしないうちに、判明した。オールドバガンの広大な地域には、三千とも四千とも言われるパゴダが散在している。パゴダは仏塔と訳し、釈迦の遺骨や、場合によっては爪や髪、そして経文などが安置されているという。パゴダの大きなものは、五十メートル以上の高さがあり、すべて煉瓦でできている。

つまりその煉瓦は森の木で焼かれ、十二世紀ごろの時点で、熱帯雨林は破壊された。そして現在まで、回復することがないのだ。自然の破壊とは、恐ろしいものである。いまさら新しい木を植えたところで、根づかせるのは難しいのだろう。土から、なにかが奪われてしまっているに違いない。

同じころの遺跡として、カンボジアにはアンコールワットがあるが、こちらは砂漠化という感じがない。そばに、雨季には六倍にも拡がってしまう、トンレサップという湖があるからか。土と水は姉妹のようなもの、と言えるのかもしれない。

バガンをすべて回ろうと思うと、二日や三日では無理である。宮殿の跡あたりが観光客が集まる場所になっていて、馬車が行き交っている。これも、観光用なのだ。馬の尻につけた、大きな袋状のものを、私はぼんやりと見つめた。馬は駈けながらも、糞をする。馬糞を撒き散らさないために、その袋はあるのだった。

ミャンマーで馬といえば、西の海岸の浜辺を駈けている馬を思い出す。陽盛りの時間はあまりに暑いので、浜辺に人影はない。太陽が水平線に近づいたころ、子供たちが出てきて泳ぎはじめる。小さな村だが、どこからか馬が曳き出されてきて、長い浜辺をちょっと眺めるだけでも、十数頭はいる。海に脚を浸してじっとしている馬もいれば、元気に駈けている馬もいる。夕方になり、いくらか涼しくなったので、犬の散歩に出る。そんな感じで、馬が曳き出されてくるのだ。馬が散歩を喜んでいるのが、よくわかる。

しかし、私が見たミャンマーは、こんなのどかな風景ばかりではなかった。軍政はなくなったというものの、田舎へ行くと、まだ軍に対する恐怖が残っていて、あまり眼を合わせたりはせず、訊いたことにも答えてくれない場合がある。見知らぬ人間とは、関わらないのが第一、と顔に書いてある感じである。それでも、陽気な連中も少なくない。顔見知り以上になると、結構いろいろなことを教えてくれて、それは大抵、役に立たないのだが、教えて貰っているという嬉しさは感じる。

田舎では、ビンローに石灰に嚙み煙草という三点セットをやっている人も多く、笑うと、口の中から歯まで濃いオレンジ色で、思わず見とれてしまう。肝を潰す人もいるかもしれないな。ビンローをやっていると、ビール一杯ぐらいで酔っ払ってしまうらしい。奢るには、安あがりの人たちなのだ。

ヤンゴンは、変化が著しい。私が行った時も工事ばかりだったが、いま行くとまた様変りしているだろう。それがいいことなのかどうか、私にはわからない。イラワジ河を、雇った船で溯上すると、すぐに田舎になる。それが変らないミャンマーなのだと思うが、暮している人にとっていいことなのかどうか、考えこんで集落を歩くことになる。

私は、すっかり旅をしなくなった。放浪の欲求はあるが、昔のような旅をしたら、あっさり死んでしまうだろう、という思いが欲求に覆い被さってくる。気楽なところへ行けばいいではないか、と頭の半分では考える。

しかし、残りの半分が、昔できたことを忘れてくれないのだ。『ストレイト・ストーリー』という映画があり、これはデビッド・リンチ監督作品であるにもかかわらず、難解さからは遠く、きわめてわかりやすい映画になっている。老いと死期を自覚した老人が、十年来も会っていなかった兄のところへ、耕運機のようなもので旅をするのだ。

若い人間には、親切にして貰える。しかし、昔できたことが、忘れられない。それが老いだ。

そんな科白を私が呟いたら、君はやさしくしてくれるか。

待つだけでいい時だってあるぞ

釣り道具の整備をしていた。

老眼鏡をかけてそれをやるのは、もう十年以上も前からのことだが、スタンド型の虫眼鏡を遣うと、ずいぶんと便利であることに、最近気づいた。自分の指も、大きく見える。指紋の線まで見えて、警察の鑑識作業さながらではないか、とふと思ったりする。もっとも、鑑識がなにをやるか、詳しく知っているわけではない。

海がおかしい。全体的には水温がいくらか高く、南に棲息するめずらしい魚が釣れたりすることで感じる。しかし、沖へ行ってしまうと、変化を実感するということは、ほとんどない。水平線は水平線のままだし、水色《すいしょく》は季節で同じように変る。海上よりも、海辺にいる時の方が、おかしいと感じてしまう。たとえば、大潮の満潮時の水位が、二十年前と較べると明らかに高くなった、と私は思っている。十センチ、二十センチの差ぐらい大したことはないと言う人もいるが、水の体積を考えると冗談ではないのだ。

海の基地で、私はしばしば水面を見つめ、ちょっと首を振ったりする。それでも、釣りには出かけていくのだ。季節によって釣れる魚が違い、竿からリール、仕掛けまで、釣ろうと思う魚に合わせなければならない。

だからしばしば、道具の整備が必要になってくるのだ。そのために費す時間と金を考えれば、魚は魚屋で買う方がずっと安い。それでもやり続けるのは、数字に換算できないなにかがあるのだろう。

私の眼が、こんなふうになってしまったのは、加齢のせいなのか。そう思って、黙って受け入れていればいい、という気もする。海上で、鳥の姿を捜して眼を凝らしていると、遠くで横に飛んでいるのが見える。しかし意識して追うと、それは消える。何度かくり返して、鳥を見ているわけではないのだ、と気づいた。視界の中を、黒い点が横に移動する。しかし瞬きをすると、元に戻って、そこから同じ移動をはじめる。そんな具合なのだ。飛蚊症《ひぶんしょう》のようなものだろうが、私の場合は飛鳥症であった。

点だけでなく、蜘蛛の巣状のものが、視界の端に浮かんだことがある。もう二年ほど前か。とんでもない炎天下で、海の状態を見つめ続けた。しばしば、魚がかかる。人にあげると喜ばれる魚だったから、四時間にわたって私は釣り続けた。一尾引きあげるのに、十分近くかかる。十数本、私は魚と力較べをした。夕方に帰りつけなくなってしまうので、私は帰港の決断をした。操縦をボースンに任せ、私は後部甲板《アフトデッキ》の椅子を倒して、寝そべったのである。

一時間ほど眠り、眼醒めた時に、視界の端に蜘蛛の巣状のものがあった。それ以外、不具合はなかった。これが全視野に拡がってくると、面倒なことになるなと思った。しかし翌日になっても蜘蛛の巣は私の視界の端に張ったままだった。蜘蛛の巣がさらに増殖してくることはなく、日が経つと少しずつ消えていった。完全に消えるまで、三カ月ぐらいかかったかもしれない。それからは、点が動くだけで、新たな蜘蛛の巣は現われていない。

ものが二重に見える。視界がかすむ。そんなのは日常的である。本を読むと、眼が乾いたようになって、しばしば本か眼のどちらかを閉じるようになった。昔は、瞬きするのも惜しいと思うぐらい、本に没入したものである。君の眼だって、そのうちかすんでくるからな。六十七歳まで、私は老眼鏡を遣わずに本が読めたのである。その私の眼だって、いまではこんなふうなのだ。

鮃《ひらめ》の仕掛けを数組作ると、私は早速、翌日出かけていった。釣れない。さまざまなポイントを試してみるが、どこへ行っても竿先すら動かない。こんな日もある。私は、半分諦めかけていた。竿先がまったく動かないというのは、ほかの魚もいない、ということなのである。

『老人と海』の主人公は、三カ月も釣れない日が続いたあと、信じられないほど大きなカジキ鮪《まぐろ》がかかり、死闘をくり拡げるのである。獲得と喪失という、ヘミングウェイの大きなテーマが、最もわかりやすいかたちで描かれた作品だろう。

しかし私は、あの老漁夫のようではない。数日前にも、ほとんど鰤《ぶり》と言ってもいい大きさの、ワラサを釣ったばかりだ。

釣れないと三カ月どころか三日も待たず、あっさりと対象魚を変えて釣果を手にするという、賢くもあまりにせこい釣りを、これまでやってきた。まったく釣れないことを、釣りでは坊主というが、坊主が一日あると、私は情報を集めまくり、難度が低く、確率が高いものを狙う。

竿先が、ぴくりと動いた。次には竿が二つになりそうなほどしなり、竿先は海中に引きこまれた。普通、これぐらいだと、大抵は根がかりである。竿に無理をさせたのは、確かな命の気配が伝わってきたからだ。

私は、やり取りをしながら、少しずつ巻きあげた。魚は、大体前へしか進まないが、鮃にはバックギアーがある。全身を波打たせて後退するのだ。鮃にしたら大物だが、どこか違う。激しくはないが、左右に動くような感じがあるのだ。

魚体が見えてきた。巨大な鯒《こち》であった。私は慎重に引き寄せ、網で掬《すく》いあげた。坊主になりそうで腐りかけていた私は、現金に歓声をあげた。鮃より、鯒の方が好きなのである。白い身を薄く引き、紅葉おろしとポン酢で食う。白身の中では、一番うまいと思っているのだ。

ただ、三枚におろし、腹骨を取っても、身の真中に十数本ある骨が抜きにくい。毛抜きを遣っていたが、しばしば骨が切れてしまう。しかし、世の中には便利な道具があるものだ。同じように、骨抜きに苦労した人が、考え出したのか。私は合羽橋《かっぱばし》で、骨抜き名人なる道具を見つけたのである。それはペンチを繊細にしたようなものだが、最も難しいと言われる鯒の骨が、面白いように抜けるのだ。

釣りあげた時から、頭は煮こごり、中落ちは焼き、身は薄造りなどと、料理のことを考えはじめる。

釣りは人生と同じだな。耐えて待てば、なんとかなる。君、ならなかったと言っても、私は責任は持たないよ。

されど時計と思った日に買ったのだ

私が子供のころ、大人たちがよく手首に巻いていたのが、伸び縮みする金属バンドの腕時計であった。丸い輪になっているので、巻くというより、はめるという感じか。そういうベルトが欲しかったのに、中学生になってはじめて買って貰ったのは、革のベルトがついたものだった。

革は、すぐに擦り切れた、という印象がある。毎日学校にしていって、はずしもせずに暴れまくるので、保《も》たなくて当然だが、金属のバンドのついたやつが欲しいと言っても、替えの革ベルトだけで済まされた。

大学生になったころは、逆に革ベルトの方がお洒落だ、と思っていたような気がする。

そのことを思い出し、私は金属の伸縮するバンドが欲しくなった。ちょうど、革ベルトのついた時計が、擦り切れ、千切れそうになっていたのである。

しかしいざ捜そうとすると、時計屋にそういうものはなかった。金属のベルトはあるが、現代ふうの、留め金がついたやつである。私の時計は、丸く大きく、文字盤は算用数字になっていて、いかにも古い伸縮する金属バンドが合いそうだった。

昔のものだからな、と事務所の女の子たちにぼやいたら、ものの十五分もしないうちにネットかなにかで存在を確認してくれた。ふむ、一万円ぐらいか。プリントアウトされた見本写真のようなものを眺めて呟いたら、嗤われた。千円ぐらいだったのである。すぐに取り寄せて貰った。はずしたりつけたりする道具までついていて、この値段なのである。私は、期待などしていなかった。レトロな時計バンドと惹句も素っ気ない。

しかし届いたのは、私が求めていたものと、ほとんど変りはなかった。それを眺めていると、昔のバンドにしか見えなくなった。私は、革のベルトをはずし、金属バンドとつけ替えた。まさしくこの通りであり、時計が輝いて見えた。

ひとつ、気づいたことがある。スイス製の、そこそこ高級品である時計にベルトを固定していた、小さな筒状のピンは、道具こみで千円ぐらいのものについていたピンと、どこからどう見ても同じものだったのだ。そんなの、ありかよ。私の眼に、そう見えるだけなのだろうか。私は、ほかの時計のベルトもはずして、較べてみた。ダイバーズウォッチは、はずしにくい。ネジ式のものもある。内部にスプリングが入っているらしいそれは、同じだと思うものが、ほかにもあった。

しかし、こんなことまで、君はやるか。私には、クレーマーの素質があるのかもしれない。外から見えはしないものを、分解してまで見てしまうのは、いささか異常なのではないか。しかし、クレームをつけようと思っているのではなく、正確なことを知りたがっているだけだと自分では思っている。

とにかく、伸縮性のある金属バンドは、時計と見事なコンビネーションを見せて、私の手首に落ちついている。

着脱する時が、快感なのだ。五本の指を小さく寄せて輪に突っこみ、ぐっと指を開くと伸びて、手首の方まで移動してくる。私は、人前でつけたりはずしたりするが、それに眼をむける人はいない。インタビューなどを受ける時もそうやるが、ちらりと眼をくれたりするだけである。おかしな癖のあるやつ、と思われたのだろうか。

これって、伸び縮みするんだよ。どうだ、めずらしいだろう。思わず口に出しそうになるが、言わない。うらめしげに、バンドをつまんで引っ張り、ぱちんと放したりする。昔のものより、よくできているのかもしれない。ずいぶんと、伸びるのだ。もしかすると両手が入るのではないかと思ったが、毀《こわ》れると勿体ないので、やらない。

よく考えると、時計そのものは、昔もいまもあまり変らず、細かいデザインだけが変ってきたのだろうか。

いまもあるのかどうかは知らないが、偽ブランドの時計をよく売っていた。ちょっとした仕事でシンガポールに行った時、取材費が余ったので偽ブランドの時計を買ってあげますよ、と言われた。偽ブランドなど貰っても嬉しくはないが、その人がどうやら欲しかったらしい。私は、金無垢のロレックスを貰い、仕方がないのでバゲージに放りこんで持ち帰った。

ある時、思い出してそれをつけ、憎らしくて仕方がない男と会った。予想した通りに言い合いになり、前に一度つかみ合いをしたのだが、その時は時計をはずしてコンクリートの床に叩きつけ、おまえの代りにこの時計が死んだのだ、と言った。彼は、息を呑んでいた。それだけの話である。ぶっ毀れた時計が偽物なら、ぶっ毀したやつも偽物だ、とあとから考えた。男同士なら、正しいつかみ合いをした方が、ずっとましである。

ある時、時計はステータスです、と言っている若者に出会った。彼のしているのは、洋服のブランドの時計であった。ふうん、と思いながら聞いていたが、そんなものなのか。私は、文字盤が四つついている時計を二つ持っていて、ひとつだけが日本時間、あとの三つは、それぞれもう一度行こうと思っている国の時間に合わせてある。行きたい三つの国は、危険で行けなくなっている。それでもいつか、行けると思っている。時計について訊かれたら、男は腕に時間を巻くのではない、夢を巻くのだ、と三十分ぐらいそれらの国について喋ってやる。いやな親父か、これは。

数千円で買えるデジタル時計の方が、数百万円の時計より、ずっと正確である。時計のことでつべこべ言うなら、正確な時計をしている人が、一番偉い。なのに、すぐ狂うような高級時計を、人はなぜ欲しがるのか。それが人間だからである。厄介なのか単純なのか、こうなるとよくわからんな。

遅刻、という言葉がある。私は、遅刻について寛容ではない。

あたしは一時間でも待つのは平気よ、と自慢気に言った女性がいたが、待つことに耐え難い苦痛を感じる人間がいることを、その人は考えないらしい。

時計をひとつプレゼントする。遅刻の常習犯には、それぐらいの洒落っ気で対したいが、私は相手を蹴飛ばしかねない。君は、私がもっと修行した方がいいと思うか。

言葉は聴き取るためにあるのだ

言葉に耳を傾けるというのは、学校の先生や親に説教を受ける時以外は、結構真面目にやってきた。

友だちが発する冗談でさえ、構えて耳に入れている、というところがあった。意識しようと無意識であろうと、結局、受け取った言葉の意味は、考えたのだ。意味のない会話などないと思うし、言葉がよく聴き取れなければ、そもそも対話は成立しないだろう。

しかし私は、大問題を抱えている。言葉が、よく聴き取れないのだ。なんについて言っているかというと、ロックである。

ロックンロールのころ、言葉はよく聴き取れていた、という気がする。昔もロックと縮めて言っていたが、いまはただロックだという。ロックンロールには、社会に対して、人生に対して、政治に対して、確かに姿勢のようなものがあり、言葉が聴き取れなければ、主張としての存在は皆無だったのである。ロックとだけ呼ばれるようになってから、歌詞が聴き取れない、ということが私は多くなった。加齢による、聴力の衰退なのか。CDを聴いているぶんにはまだしも、ライブでは、ほとんど聴き取れないことがある。私はCDを買い、歌詞カードを二度ほど読んでから、ライブに出かけるのが常態となった。特に、ロックでそうなのである。

あまりに聴き取れない時、会場で跳ねている若い者をつかまえて、聴き取れているのか問いかけたことがある。歌詞などまったく聴こうと思っていない、という者もかなりいた。歌詞も、つまりは楽器のひとつ、と考えているようだ。

おい、そうなのか。それでいいのかよ。いいんです、乗れればいいんです。私は、またかとうなだれる。ほんとにいいのかよ、それで。

私は、ポケットに突っこんできた歌詞カードを、その場で読み直す。説明的だなあ。説明を歌にすることに、なにか意味があるのか。説明を超えたところに、歌詞というものは存在しているのではないのか。

なにかの理由を、説明している。別れなければならない理由を、愛してしまった理由を、生きている理由まで、説明している。それがわかりやすくていい、と言う若者もいた。

私は、詩というものに、特別の感覚を持っているのだろうか。詩は、文章になってなくてもいい。つまり、論理を超えたところにある。同じ言葉でも、文章における時とまるで違って伝わってくる。それが詩的感覚だ、と私は言っている。

論理が通っていれば、わかりやすいさ。わからせるための言葉だからな。しかし詩は、わからせるというより、感じさせるための言葉だ。

こんなことを言っていると、またうるさい爺が、という顔をされる。しかしな、私がいいと思う曲は、みんな歌詞がきちんと聴き取れて、それがサウンドと相俟って、私だけの感覚を全身に響かせてくれる。それが、音楽での快感ではないのか。

君はどう思う。君も、跳ねていられればいい、というタイプか。

先日、知人からＣＤを一枚貰った。布施明という人のアルバムである。この人を、私はベテランの、歌唱力の秀いでた歌手、として知っていた。そういう実力派は消えていかないどころか、いつまでも前線の位置を維持している。

なんと私と同年であり、アルバムはすべて新曲らしかった。それだけでも、特筆すべきである。私も新作を書き続けよう。

これまで、数えきれないほど聴いているはずだが、心を傾けて聴き入ったことはないような気がする。私は、海の基地で、かなり音量をあげて聴いた。不意に、言葉が感性の中に飛びこんできた。ひとつひとつの言葉が、実に明瞭なのだ。心に新鮮なものが吹きこんできて、私は二度、三度と聴いた。

歌い手の語りかける意味以外に、私の中に別のものが立ちあがってくる。これこそが唄だ、と私は感じた。サウンドが、まったく邪魔をしていない。ポップスなのだろうが、ジャンルはどうでもいい。唄である。それが、気負うことなく感じられる。久しぶりだな、こんなの。

ベテランの歌手の声というのは、大抵明瞭だよな。布施明よりもっと昔、越路吹雪とか岸洋子とかいうシャンソン歌手がいて、私は親しんだ。岸洋子は、音符に忠実に世界を構築し、その中で思いを伝える歌い方だったと思う。越路吹雪は、やや音程をデフォルメして、情念を表面に出すタイプだったのではないか。二人とも、好きであった。いまでも、口ずさめる曲が、何曲もある。

布施明は、岸洋子の歌い方に似て、そこに熱唱が入る、というのが私の感覚だった。しかし今回聴くと、熱唱の中に情念も剝き出しになる。私にとっては大きな発見だが、布施明という人は、自分の歌い方を、ただ貫いてきただけなのではないのか。それがいま、類を見ない光を放っているのだ。

昔、親しんだ歌手で、新曲を聴きたいと思う人が、何人かいる。

その中のひとりが、葛城ユキである。この人の唄は、とにかくパンチがあり、声に迫力があった。いま聴いても、躰が動く。切なささえ、こみあげる。いま、どうしているのだろうか。

若いころから、いろいろ音楽を聴いてきた。浅川マキなど、二度目のデビュー曲から、しばらく追いかけ続けていた。世代が重なっているから、より親しみを感じるのか。笠井紀美子も思い出す。

私は、音痴でなければ、小説家ではなく、歌手になっているはずだった。私が三十そこそこのころから、大沢新宿鮫が、私の耳もとで音痴と囁き続け、歌手の道を断念したのである。こんな冗談をよく言うのだが、聴くことに関しては、ずいぶん聴いてきた。

それにしても、私と同年の布施明の新曲を聴いていると、なんだか嬉しくなる。まだ老人ではないのだぞ、と思わず人に言いたくなってしまうのだ。

私と同世代の、読者の方もいるだろう。老いこんではなりませんぞ。若い者を蹴散らすことぐらい、その気になれば、いまもできるのだと思っていましょう。

君も、一度蹴散らしてやろうか。

六十五歳以上はきっと悲しいと思う

スポーツでは、若い連中に到底及ばなくなった。

足腰の持久力、心肺機能の低下と、いろいろあるであろう。確かなのは、そういうものを気力で補うのは、ある程度で限界があることだ。それ以上やると、躰が毀れる。場合によっては、死んじまう。

私が唯一、まだ若い者と同等にできそうなのは、居合抜きだけである。抜き撃ちで巻藁《まきわら》を斬り飛ばす。それをできる者は少なく、有段者でも難しいと言われる。両手で袈裟に斬るというのは、大抵できるようになるが、抜き撃ちは右腕一本になり、しかも横一文字の刃筋はきわめて難しいとされる。私は、全身の力を抜いた状態で、それができるようになった。ただ、抜いて斬り飛ばすまで無酸素運動で躰にこたえる。抜き撃った刀を返し、右袈裟、左袈裟と続けると、気分が悪くなってくるほどである。新しい技などには、とても挑戦できないな。抜き撃ち横一文字を、磨くだけしかないのだ。

私は、別のことをはじめようと思った。映画は、ほとんどがＤＶＤを買う借りる、試供盤を貸して貰う、小屋へ出かけて行って観る。その程度であったが、私が欲しいと思うセルＤＶＤは、五千円以上、下手をすると一万円を超えてしまうのである。

インターネットを遣えば、かなり自由に映画を観ることができるとは知っていた。ただ、私はネットというものと、できるかぎり無縁で暮そうと思っていた。必要なことは、事務所の女の子たちにやって貰えばいい、と思っていたのだ。

私が映画を観るのは海の基地で、そこは私の城だから、すべて独力、女の子たちの手は借りない。インターネットで映画を観ようと思った時も、はじめから勉強した。

まずＷｉＭＡＸというものを遣おうと思った。カバーされている地域に、間違いなく海の基地が入っている。それを表示されている地図などで確認して、ルーターなるものを手に入れた。

しかし、ＷｉＭＡＸの電波をキャッチするはずのそれは、役立たずだった。海の基地には、ＷｉＭＡＸの電波が届いていない。地図を何度も確認したのに、遣えないのである。そんなことがあっていいのかと、ルーターを私に売った会社に文句を言おうと思った。しかし海の基地は、地上波のテレビも入らないらしい。それこそ好都合だと、私はテレビを置いていないのだ。テレビさえも映らない、崖の下で前が海という地形なのだ。諦めるしかない。こんな場合、地形を変えるわけにはいかず、諦めこそが肝心である。ルーターを売った会社の弁明ぐらいは、聞いてみたいものだが。

別の方法を考えた。海の基地の前まで、光回線が来ている。それを基地内に引きこめば、私が映画を観る空間に、Ｗｉ－Ｆｉが飛び交っているという状態が作れる。私は、日本を代表するような、ＩＴ企業の関連会社の窓口に電話をした。申し込みは受けつけてくれるという。生年月日を訊かれ、費用の説明を執拗なほど受け、親族認承がどうのと言われたので、そんなもの秘書でいいだろう、と言った。では、秘書の方のフルネームと連絡先をと問われ、私はそれを教えた。もうひとつ、別なところに電話が繋がりますと言われ、待っていると男性が出て、同じような工事費用や使用費用の説明を受けた。私は途中でうんざりしたが、ええ、とそうですをくり返した。するとまた、別なところに電話が繋がると言われ、待っていると女性が出た。同じ費用の説明に終始し、私はもっとうんざりして、すべていいですよ、と言い続けた。その間、実に四十分もかかったが、契約できます、という言葉を得た。ほっとしたな。私の映画環境を、これで劇的に改善できる。

しかし最後に、六十五歳以上の人には、親族認承が必要です、と言われた。

私は、じたばたした。というより、言われた瞬間に、ちょっとした衝撃のようなものに襲われた。自分は、親族の認承がなければ、こんなこともできないのか。保証人が必要です、と言われた方が、ずっとましだった。親族は何親等までだとか、この年齢まできちんと税金を払って、市民的に恥しいことなどしていないとか、かなり激高して言い募ってしまった。女性は、会社の制度です、と言い続けるばかりであった。それじゃもういい、と私は話のすべてをぶちこわしてしまった。

私には、娘が二人いる。どちらにも、認承しておけとひと言いえば、はいという返事が返ってきて、それですべてが終っただろう。

しかし私はなぜか、では娘が認承します、と言えなかったのだ。なぜ、言えなかったのだろうか。多分、私は傷ついたのだ。親族の認承が必要な年齢だと言われたことに、傷ついた。私の反応が過剰だと、君は思うか。

年齢を理由に、やろうとしていることを遮られる。これを認めていたら、私の感性は徐々に鈍くなっていくような気がする。保証人などと言うより、親族認承の方がずっと簡単だろう、とその最大手のＩＴ企業は考えたのだろうが、私は傷ついたぞ。無神経ではないか。天涯孤独な人にとっては、差別ではないか。

どうせ若い者を相手に商売をやっていて、老人を信用してやがらねえ、などと私はほざき続けたが、実に久しぶりに傷ついたのも、確かなことなんである。街で、よく怒っている人間を見かけ、それは大抵爺で、あんなにはなるまいと常日ごろから自分に言い聞かせているが、私はなっているのだろうか。

もともと、ネットやツイッターやフェイスブックなどとは、無縁に生きようと決めた。なのに光回線などと考えたのは、ただ映画のためなのである。都合のいいところだけ利用しようとした私は、愚かなのか。しかし、都合の悪いものを利用しないのは、あたり前だろう。

それより、親族認承というのは、社会の通念なのだろうか。通念でないものを制度としているなら、時代遅れの会社だろう。

電話は、最初に、録音していますと言われた。私の雑言を浴びせられた女性は、ただ仕事をしただけなのに、かわいそうである。録音を聞いて、馬鹿な爺がいた、と思ってくれ。

いなくてもそばにいるのが友だちだ

村上肥出夫が、死んだ。

ここで何度も書いてきた、友人の画家である。私よりひと回り以上も年長で、健康ではなかったようだ。だいぶ前に、岐阜の山中のアトリエが燃えて、茫然とそばに立っていた村上は、精神病院に収容された。実は私は、それ以前から会っていない。

精神病院からは、電話があり、花が欲しい、と言ってきた。花を送ると、次の電話では、光が欲しい、と言ってきたが、光は送れずまた花を送った。

それが、精神病院に入院してから聴いた、村上の声のすべてである。手紙もよく貰ったが、精神病院に収容されてからは、一通も来なかった。字が書ける状態ではなかったのかもしれない。手紙はいつも筆ペンで書き殴ってあり、デッサンをやる時も、それが多かった。会うと筆ペンでスケッチブックに私の顔を描き、謹呈などという言葉も添えていたが、大抵は気が変って破り捨てた。

酒場の女性の絵をそうやって描き、進呈してしまって取り返せない時があり、私に頼んでくるのだが、酔っ払った私はとり合わず放っておいた。喫茶店で、隣の席の女性を紙ナプキンに描き、進呈したら、涙を流されたことがある。まずいと思い、私は謝るために立ちあがったが、女性は喜んで泣いていたのだった。見知らぬ人と、そんなふうに通じ合えるのは、私にとっては不思議なことだった。

岐阜の山中のアトリエから東京に出てきた時は、本人が望むなら会った。包みをひとつ持っていた。それは竹の皮に包まれた牛肉で、すき焼きでもやろうという気だったのだろうが、私は土産としてそれを受け取り、和食屋などに連れて行って、牛肉とは関係のない食事をした。私の家ですき焼きなどをやったら、そのまま居ついてしまうのは確実な気がしたのだ。私は家で仕事をしていて、生活の変化は望まなかった。泊りたいと言えば、ホテルに部屋を取った。そんなことが、数回あったという気がする。身なりはきたなく、風呂に入らない躰は臭いので、知らないホテルだと断られた。よく知っているホテルに、頭を下げて頼みこんだ。

ある時、それは山中のアトリエが焼ける数カ月前だったと記憶しているが、電話があって、ある出版社の私の担当編集者に、預けてきたものがある、と言ってきた。なぜ直接持ってこないのだ、と私が詰《なじ》ると、口籠って電話を切った。追いかけるように、ものを預けられた編集者から戸惑って電話があり、一刻も早く渡してしまいたい様子だったので、銀座で受け取った。大きな筒だった。中には長い長い紙があり、彩色されていたが、要はコラージュで、いろいろな写真などが貼りつけてあった。創造力が弱まり、貼りつけたのだろうと思ったが、銀座のクラブですべて拡げられるような大きさではなかった。

後日、全部を拡げてみた時、筆ペンで書いた手紙が出てきて、これはぼくの絵の骨だ、という内容が読みとれた。耐えろよ、と私は呟いた。創造力が弱まった時は、ただ耐えて、なにかを待つしかないのだ、と思った記憶がある。こんなもの描くな、とも呟いたような気がする。

それから数カ月後に、アトリエが焼けたのだ。事実の経緯については、私は知らない。

精神病院と、それに続く老人施設での晩年は、不遇という言葉で表現するしかない。それ以前、東京からも岐阜の山中に移り住んだ時から不遇だったという見方もできるが、かなりの規模の個展を開いたりしている。私が村上の最高傑作のひとつだと思う、画用紙に描かれたパステル画は、その個展で展示された。私は車を転がして、岐阜まで個展を観に行ったが、その絵が傑作だともなんとも、言わなかった。

後日、村上は黙ってその絵をくれた。私は、貰ったとは思っていない。一時的に預っている。そういうことなのだと思う。私が死んでもその絵は残り、誰かが観て、息をとめる。それほど色遣いが魔的なのだ。村上という画家の、本質が垣間見える絵でもある。心がうちふるえて、いまはまともにそれを観ることができない。

そういう絵を描いた山中での生活は、不遇ではない。どれほど悩もうと、それはものを創ることから派生していて、むしろ幸福なのだ。事情がどうであれ、まったく描けなくなった時、画家は不遇で悲惨なのである。小説家にも、同じことが言える。

ふり返ってみると、村上が注目され脚光を浴びた期間は、彼の人生の長さと較べれば、束の間である。

それでいいのではないのか。注目されたのは間違いで、脚光は虚飾に近い。美術ジャーナリズムは、虚構にすぎないと哮《ほ》えたところで、絵の本質があがるのか。黙殺されたと言い募ることに、意味などあるまい。絵が残っている。それだけでいい、と私は思う。その絵は、これからもさまざまな人が観ていく。それでも忘れ去られるかどうかは、時が決めるだろう。

村上の絵を、こよなく愛し続ける人たちが、多くはないが間違いなくいる。私にとってそれは救いだが、いまは傑作だと思えるものが一点、そばにあることでよしとしよう。

私の青春のころ、村上は中年という歳恰好だった。それでも、いつも対等の友人だった。私の二十代は、かなり影響を受けたと思う。三十を過ぎてからは、傍目には私が迷惑をかけられていたように見られることがあった。私はそれに反論はせず、つき合い方を変えようともしなかった。いつも、私はじっとしていて、村上が近づき、離れ、また近づくというつき合いだった。その村上の私に対する接し方は、なんとなく理解できる。

私は凡庸なのである。村上の感性に、私は触れたり触れなかったりしたのだろう。触れている瞬間は、迷惑などという言葉はなく、ただ幸福だったと言える。触れていない時は、凡庸な私は、ほとんど忘れていられたのである。

ちょっと高い、小さな声を思い出す。それが聴えてくる夜がある。友だちが、いたのだ。私に、表現とはなにかを、多分、無意識だっただろうが、教えてくれた。

君はいつか、村上のあの絵を、観てはくれないだろうか。

感じた通りが正しいと思えばいい

本を読み終えて閉じる時、つまらなければつまらない、と私は呟く。

特に小説についてはそれが顕著で、上、中、下、つまらないと、私は自分でも聞えるように呟くのである。つまらない小説は、時間を無駄に遣ったような気分になる。どんな文学賞を取っていようと、話題作であろうと、呟きがそれに左右されることはない。

私は自分で小説を書き、それを生業にしているので、他を評価する機能が、ボルトで締めあげたがごとく、固定されてしまっているのかもしれない。それでいいとも思っている。ボルトを緩める、巨大レンチのような小説とは、出会っていない。いいものはいい。つまらないものはつまらない。

ところが、小説以外の表現物では、ちょっと迷って、考えこんだりしてしまうのだ。

音楽は、感性が合うか合わないかだ、と思うことができる。絵画などもそうだ。上、中、下の段階評価はあまりしない。しかし映画は、しばしば考えこんでしまうのだ。

映画が好きで、そこそこの数は観てきた。しかし、仕事で評論などをしているわけでもないので、ボルトで締めあげたほどの価値観の固定はない。人がいいと言うと、傾げていた首を、もとに戻したりもする。

しばらく前に、『マンチェスター・バイ・ザ・シー』というアメリカ映画があった。私は忙しさにかまけて小屋で観逃していた。

周囲の評判がいいので気になり、ＤＶＤを購入したが、それもすぐには観ることができなかった。それを観たのが、いつだったのか。

海の基地のスクリーンに映し出された映像は、なかなかきれいで、船の色が特にいいと思った。しばらくして、字幕が入っていないことに気づいた。私は、そのまま観続けた。アクション映画など、それで充分というところもあり、字幕切替えをせずに観たりするが、これはほんとうに字幕なしなのであった。

かなり心理描写の多い映画で、不意に迷路に嵌りこむが、映像は進んでいってしまう。結末では、叔父と甥が二人並んで船上で釣りをしていて、まあいいか、と思えた。

字幕入りのものが出た時、もう一度観てみた。相当、間違った解釈を、私はしていたようだ。

私が思った以上に、大きな喪失とトラウマの映画だった。トラウマは言葉で語られることが多く、つまり私は聞き逃し、聞き間違いを続けていたことになる。

そして、トラウマを表面に出しすぎだろう、と思った。賞を総嘗めした作品なので、否定するのはそれだけでも難しかったが、人間の心の傷を、題材という意識で扱いすぎている、という気もした。ここまで暗くならなくてもいいだろう、というのが感想で、私の中では、つまらない映画に分類される。

主演は、『ゴーン・ベイビー・ゴーン』の主演もしていた俳優で、現実に打ち倒される姿が好演だったが、内にむいた暗い心しかない男には、現実はほとんどないのである。

君も、観ているなら、感想を聞かせてくれないか。私は、救いのない作品が、嫌いである。根底に、祈りのない作品もだ。

もう四十五年も前に、『ジョニーは戦場へ行った』という映画を小屋で観て、ひどく暗鬱な気分に見舞われたことがある。反戦映画だが、過剰なほど私の神経を刺激した。いくらかの光が途中で見えたような気もするが、ラストでそれもすべて消される。救いも祈りもなく、反戦を露骨すぎる描写で描いた、と私に反撥だけが残った。

それでも、あの時の暗鬱な気分を、いまでも憶えているのだ。ほんとうに暗鬱なものは、記憶から消えてくれない。

『善き人のためのソナタ』という映画があった。それも救いがないのかという気がしたが、結末の数秒で、すべてに光が満ちる。人間というのは、素晴しい存在であり得るのだ、と思える。

映画に、難解というものが、ほんとうにあるのだろうか。あれは難解などと私も気軽に言ったりもするが、自分なりの解釈ができているから、難解なのである。

つまらないものがある。それだけではないのか。たとえば、『ニーチェの馬』というハンガリー映画があるが、私はつまらないと思う。そう言うと、ニーチェの著作からなにから引っ張り出して解説し、難解だがいい映画だと賛美した人間がいる。

毎日水を汲みに行き、じゃがいもを茹でて食う。その日々を描いた映画について、私はニーチェから映像論まで動員して、哲学まがいの長大な論文を書くことができる。

しかし、つまらないものはつまらないのだ。

つまらないというのは、個人の感覚で、私はつまらないものを面白く感じるようになりたいとは思わない。

なんとなく私が面白いと感じる、『木靴の樹』というイタリア映画を、退屈で眠くなったと言う人も、少なくなかった。そういう人に、この映画がどれほどいいものか、私は語る気がない。人それぞれではないか。

映画の評価について、私は考えこむが、最終的には、自分の感性に正直になると思う。

それにしても、映画の話をすると、ずらずらと出てきて、際限がない。この間、溝口健二監督の『雨月物語』を、確かめたいことがあって観てみたのだが、それだけで、あの時代の映画を、片手では数えきれないほど思い出した。私がもの心つくかつかないかというころの映画だから、公開時に観たわけでなく、かなり後年になにかで観たのだろう。不思議に古くなっているとは感じず、このまま続けて観てしまうかと思ったが、時間的に難しいとも思う。

私はのべつ映画を観ているというわけではなく、いまは海の基地にいる時に、一日二本観るというのがペースだ。

それで大して観れるわけではないが、新作などあまり逃してはいない。

ほんとうは、小屋へ行きたいな。あの開幕前の空気感が、なんとも言えなく好きなのだ。

君と、そんなところでふと出会ったりすると、面白いだろうな。

やがて人生の黄昏の友になってくれ

腹を見せた恰好で、寝ている。

ほとんど仰むけで、安定が悪くなるのは、躰の側面を壁に押しつけることで防いでいる。しかし、こんな姿で寝なくてもいいものを、と私は少々呆れる。なんなのだ、こいつは。蹴飛ばしたくなるが、夜中なのでやめておく。

私の、新しい家族である。名を、トロ助という。ジャック・ラッセル・テリアという犬種で、いまいるレモンと同じである。両方とも、私の命名ではない。娘たちがつけた。海の基地の近くには、いい鮪《まぐろ》屋があり、そこで買った大トロを食っていたからか。ヒジキを売っている店もあり、夏場は生で食えと言われる。ヒジキかトロ助の選択であったらしい。犬の名を訊かれてトロ助と答えると、苦笑されたりする。トロッキーのトロですと、私は言い添えたりする。しかし、トロッキーをわかる人は少ないな。トロッキストとかスターリニストとか学生のころ言っていて、ロシアの革命家である。ほんとうにトロッキストになったら、犬でも面倒なので、トロッキーですと言うのは、すぐにやめた。

中学生ぐらいまで、いつも犬がそばにいた。九州で飼っている時は、鎖で繋いだりはしていなかった。こちらへ引越して、耐えきれず犬を飼ったが、鎖に犬小屋であった。そういう状態だけでなく、死ぬのが切なすぎて、私は飼うのをやめていたが、犬が欲しいと娘たちが言いはじめたのだ。そして、小政という黒いラブラドール・レトリバーを飼った。トロ助は、三番目の犬になる。小政が老いたので、畑正憲氏の助言に従って、仔犬を飼った。確かにそれで、小政は元気になった。仔犬はレモンであり、当然ながら老いてきたので、トロ助を飼ったのである。

小政が死んでから、小政の蒲団と称していた寝床に、レモンが鼻を突っこんでじっとしているのを、私は見た。散歩していて、レモンはほかの犬に強い関心を示すことはないのだが、黒いラブラドールを見ると近づいていこうとする。そのすべてが切なく、自分が生きていることの悲しみに繋がってしまうのだ。

レモンは十四歳であり、人間でいうと七十歳をずっと過ぎているお婆ちゃんである。

それでも、トロ助という小僧が来てから、ずいぶんと元気になった。突進してくるトロ助を張り倒し、押さえつけるのである。それでも、トロ助は隙を狙って突進する。不屈である。単細胞である。そして、どこか男の子である。

二頭飼いには、いろいろ問題もあると聞くが、私のところでは無事にすぎている。時々、ボスが強権を発するからではあるまい。ボスの強権は、いつも身勝手である。二頭の相性が合った、と言うしかないだろう。二頭に、大きな歳の差があったことも、影響しているかもしれない。

それにしても、私の人生は犬で終りそうである。トロ助が老犬になるころ、私は八十代なのだ。

三十五年ほど前のことだが、私は『檻』という長篇を書いた。そこに、いつも同じ鼻唄を口ずさむ刑事が登場した。フォスターの『老犬トレー』という唄である。次の作品にも、その刑事は登場して、なぜか読者の大きな支持を得た。口笛であったり鼻唄であったりするその曲を、読者は知りたがった。フォスターの曲だとも、言っていなかったのだ。ただ、その刑事の呼び名は、『老いぼれ犬』であった。

老いぼれ犬とはなに者なのか、としばしば訊かれた。街を歩いていて、見知らぬ人にそう訊かれたこともある。あの鼻唄は、フォスターの『老犬トレー』。したがって、老いぼれ犬という呼び名。それを答えたぐらいでは、許しては貰えなかった。

それで私は、老いぼれ犬の一代記を長篇三部作で書いた。結末で、老いぼれ犬は被弾し、海に浮いている。私は、それで終ったつもりだった。しかし熱心な読者の人たちは、あれでは死んだかどうかわからない、と言いはじめたのだ。いくら作者が死んだと言い張ろうと、屍体が出ていないのは生きていることなのだ、と読者同士で話し合ったりする。

小説の中で人を死なせるのも、結構難しいことなのである。

この曲については、銀座のクラブなどでピアニストがいたら、弾いて貰ったりする。最近では、それが心にしみる。

人生の黄昏、夕焼けを眺めながら腰を降ろしている私のそばには、いつもトレーがいる。トレーも、すっかり歳をとってしまった。いままでは、友だちと言えるのはトレーだけで、明日も明後日も、夕方の空を眺めるのだろう。

私は歌詞を勝手に解釈して、そんなふうなことが唄われていればいい、と思う。フォスターの歌詞は、わかりにくいものではない。音楽性に乏しいとか、通俗的だとか言われても、私は好きだった。それだけでいいではないか。

昔、『ローハイド』という長く続いたアメリカのテレビドラマがあり、その中で準主役ロディの役を、クリント・イーストウッドがやっていた。牛を輸送するカウボーイの話で、野営の焚火のそばで、『ビューティフル・ドリーマー』という唄をうたう。それが、フォスターであった。クリント・イーストウッドが劇中でうたうのを、私はそのシーンしか知らない。五十数年前の話だ。捜そうと思ったが、厖大な長さになっているドラマで、とても気力が起きてこなかった。

それにしても、トロ助という小僧が、いずれ私の老犬トレーになるのだろうか。いまは育ち盛りで、やんちゃで無謀で、しかし声をあげたくなるほどかわいい。私は、日に何回か、絡み合って遊んでいる。レモンはそれを見て、鼻白ろんだ表情をしているだけだ。

もう二十年も前だが、私の船のクルーが、飼っていたシベリアン・ハスキーをよく連れてきた。魚がかかると興奮して船べりから乗り出し、甲板にあげると暴れる魚に食らいついて押さえこんだ。こんなふうにして、人間と犬は共生していたのだ、と思った。

トロ助が、釣った魚を押さえこむなどということが、あるのだろうか。

君は私が、親馬鹿ならず、犬馬鹿である、と思っているな。そんな馬鹿なら、いいではないか。

時々思い出す愛しいやつらがいる

犬ではなく、猫を飼っていた時期もある。

その猫は、なんとなく迷いこんできて、追っ払わなかったので住みついた、というところがあった。私が帰ってくると、いつも門柱の上で待っていた。出かける時は、家三軒分ぐらい追いかけて、諦めるのである。甘え方を心得た黒猫だったので、家族にも馴染んでいた。私は大学生で、家にいないことが多かったが、妙な啼き声をあげるので庭に出てみると、鼠をくわえているのであった。その鼠は大抵生きていて、逃げるのを爪でひっかけては、宙に抛《ほう》ったりするのである。いたぶり殺すという感じで、死んだら縁側に置いて姿を消す。私がいる時だけ、やることのようだった。

私は庭に穴を掘り、数えきれないほどの鼠の屍体を埋めた。ある時、思いついて栽培していた薔薇の根もとに、それを埋めた。秋のことで、春に花をつけると、その色は例年よりも鮮やかだった。当時は、どこか屈折しているところがあり、そんな変化に暗い喜びを感じたりしたものだ。薔薇栽培は十数年続けたが、家を出て手入れを怠ると、伸び放題になって、やがて枯れた。

猫は、鼠の屍体を残していくが、食おうとはせず、私が皿に入れてやる残飯を、白らけた様子で半分ほど食っていた。寝床は勝手に決めた場所があり、そこに毛布を置いてやった。決して家に入ろうとしないのだが、餌を与えていたので、飼っているという感覚である。

近所から鼠の姿はなくなり、ずいぶん遠くで狩りをしているのを見た、という人がいた。鼠を追って、ドブの中を駈けていたらしい。

その猫は、一年半ほどで、死んだ。私が久しぶりに家に帰るために、駅からの道を歩いていると、平らになってしまった屍体があったのだ。何度もタイヤで轢かれ、板のように路面に張りついていたのだが、尻尾だけが無事だった。その尻尾に特徴があったので、私にはそれがやつだとわかった。路面から剝がし、連れ帰って庭に埋めた。猫は、相手を見て止まるので、よく交通事故に遭うらしい。おまえは大したハンターだったよ、と声をかけて、板になった屍体を穴の底に入れた。

それから鼠とは、かなりの縁ができた。サハラ砂漠を旅行している時、アグッチという野鼠を市場で買って、何度も食った。

それはすでに開きの干物にしてあり、火で炙ればそのまま食えたのだ。まずいものではなかった。ラオスの山中では、赤ん坊を抱いた若いお母さんが、今夜のおかずなのと言って、尻尾をぶら下げて見せてくれた。それは写真に撮っていたので、詳細に確認してみた。ドブ鼠としては耳が大きく、クマ鼠と較べると小さい。別の種類の鼠なのだろう。

ミャンマーの奥地で、少数民族の女性が食わせてくれたのも、ちょっと変った鼠であった。その女性は、私が日本人と知ると、顔をしかめた。日本人は、銃の先に剣を着け、それで突くというのである。祖父さんから聞かされた話らしい。プノンペンの酒場などには、猫ぐらい大きな鼠が走り回っていた。

学生時代のことも、思い出す。私が通っていた大学は、当時お茶の水にあり、相当古い校舎であった。そこを、学生が占拠した。

ものものしい言い方だが、七〇年前夜は、大学で似たようなことが起きていた。

私は、地下の狭い部屋に蒲団を持ちこんで、泊りこんだ。寝ていると、躰の上を鼠が駈け回り、時には顔の上を走ったりするのである。誰かが金籠《かなかご》の鼠捕りを見つけてきて、仕掛けていると面白いように捕れた。籠に入った鼠は、バケツに水を満たして浸けておくと、溺死するのである。

ある時、学生の排除のために機動隊が近づいてきたので、みんな逃げた。逃げる際に、私は黒くなったバナナの皮を餌として、鼠捕りを仕掛けていった。大学はそのままロックアウトされ、数カ月学内に入れなかった。

再開された校舎に入った時、私は鼠捕りのことなどすっかり忘れていたが、仕掛けた場所にそのままあった。ただ、中に黒っぽい雑巾のようなものが入っていた。持ちあげると、ぱらぱらと白い小さな骨がこぼれ落ちてきた。かかった鼠が、皮と骨の状態になってしまっていたのだ。

時々、私はあの白いきれいな骨を思い出す。大学に行ってはいたが、肺結核で肺に大きな空洞を抱え、すべてのものがつまらない、と口に出して言い続けていた。世の中への呪詛のような言葉も撒き散らしていたが、それは半分はポーズで、残りの半分は不安の表現だった。それが、あの時代の私だったのだ。よくよく心の中を探ってみると、バリケードやヘルメットなどが、私の心象風景ではない。デモの隊列も、友人の上気した顔も、実は遠い光景だった。

私は孤独ではなく、孤立もしていなかったが、ひとりきりだった。

籠に捕えられた鼠のように、なにかわけのわからないものに閉じこめられ、やがて腐り、朽ち果てるのだ、と思った。あの白い骨が、鼠のものではなく自分のものだ、と意味もなく考えたりした。そして、私は小説を書きはじめた。

鼠の話が小説に繋がって、君は呆れているだろうな。なぜ書くのか、という質問を何度か受け、私はまともに答えられなかった。だから、利いたふうなことを言った。相手を納得させても、自分では口から枯葉のようなものが出て、風に舞っている、と思ったものだ。それぐらい、口から出る言葉を、私は信用しなかったのだよ。

鼠の話だったよな。そうだ、脱線のしすぎだ。

このところ、鼠を見かけない、と思っていた。ところが、この間、でかいやつを見たよ、それも二匹。歩道の、植こみから植こみへ、とことこと走っていたのだ。深夜だったが、銀座もまだ人通りが絶える時間ではなかった。いるのだなあ。夜中になると、きっともっと多いぜ。結構な数の猫がいたはずだが、和食の職人に残りものなどを貰って、すっかり贅沢になったか。

君は、そこで鼠を捕ってみるといい。食えるほど、脂が乗っているぞ。

なんでも当たればいいと言うか

ししとうという野菜があり、これは揚げて食うと、濃い緑の味がする。

緑の味とは表現力の欠如を物語って余りあるが、私だって、さまざまに形容する言葉ぐらいは持っている。しかし、味の表現で、ぴたりと決まったと思えることが少ない。

意味が通じればいいわけではなく、感覚を伝えたくて、突きつめると緑ということになった。

ししとうは、もともとは大変辛いものであった。いまでも、天麩羅屋のネタの中にあるが、何十本に一本ぐらい、辛いものが混じっているようだ。よく行く店で、笊《ざる》にあけたししとうの中から、私は自分で三本を選んで、揚げて貰う。

濃い緑の味があるが、辛かったものがない。意地になって、もう誇張ではなく五百本は食っているような気がする。それでも、一本も辛くなかった。カウンターの隣りの席の人が、汗が噴き出して閉口しているのを見たことがある。別の時、隣りの老人が、なんだこれは、食えない、と怒鳴って、ししとうを天つゆの中に叩きこんだのも見た。

しかし、私にはいっこうに辛いものが来ないのである。頼んでも頼んでも、辛くない。そんなことが確率としてあり得るのだろうか。その闘いに似たものはいまも継続中で、いつか当たるだろうという思いを通り越して、口に入れる前に祈りを捧げるのだが、当たらない。職人さんの話によると、一日にひとりか二人は当たっているという。

当たらない記録を、私はもうひとつ持っていて、三人にひとりは当たるという某出版社の年末のパーティで、実に七十連敗ぐらいしているのである。つまり二度あるビンゴで、一度たりとも前に出ていったことがない。私の不運は、そのパーティの名物にさえなっていて、はじまると会場全体が自分のビンゴカードより、私の方を注視しているほどなのだ。ビンゴと叫んだ人は、申し訳ありませんと私に謝り、前へ出ていくのが恒例になった。

当たったら抜いて飲もうと、主催者がドンペリのマグナムボトルを用意し、ステージに飾っていたことがある。二年後に消えていたので、どうしたのかと訊くと、主催者で飲んでしまったというのである。要するに匙を投げたのである。

それほど、ビンゴは当たらない。会場で、これ当たりですから、とビンゴカードを差し出す人もいるが、私は自分が当たりたいのだ。景品ぐらい、買おうと思えば、買える。当たってその品を貰いたいのだ。

ししとうも、当たらない。隣りの人が天つゆの中に捨てたものを、私は箸をのばして食ってしまおうと思ったほどである。

これだけ当たらないと、いやあ、これはこれで勲章ではないですか、と言われたりする。慰め方にも、いろいろあるものだ。

辛いものについて、私は相当強いと思う。大量の汗をかくが、辛さについては乗り越えている場合が多い。四川料理の辛さなど、男の中の男の中の男、と言われた。火鍋の真っ赤なスープを、グラスに掬って一杯飲んだら男、つまり三杯飲んでどうだという顔をした私は、頭に男がいっぱいくっついたのである。

いまでも、友人たちと辛さ勝負をすると、不敗である。ただ、汗は滝のごとくである。それに四川料理の辛さは、唐辛子というより、山椒の辛さである。口が痺れるだけなのだ。

君は、辛いやつはどうだ。自信があるなら、私が勝負してやってもいい。汗をしたたらせながらの勝負も、悪いものではない。というか、ただの愚か者か。

これまでの人生で、最も辛かったのは、モロッコのタンジールという街で食った、焼きピーマンである。しかも、でかかった。拳ぐらいあり、男がピーマンと言って運んできたもので、ひと口で汗が噴き出してきた。高がピーマンだろう、と私は嘯《うそぶ》き、ばりばりと食ってやった。躰の中でなにかが爆発しそうになり、床にかがみこんだ。コンクリートの床に、汗が垂れ続け、失禁でもしたような状態になったのである。これはピーマンではない、と私は呟《つぶや》き続けた。コートジボワールでも赤いスープを食らい、しゃがみこんで動けなくなったことがある。

辛さ選手権のようなものがあり、私は出場したら優勝間違いなしだ、と言っていたが、汗をかいてはいけないというルールがあり、それなら早々に敗退である。

それにしても、汗をかくのはいいぞ。私は、北極に近い寒い場所で、こんなのを食えばいいと思うのだが、辛い料理はまったくなかった。

スウェーデンかどこかに、にしんの缶詰があり、それは中で発酵するようになっていて、缶が肥満したように膨れてくる。冷蔵したものを常温に数日置くとそうなり、私はそれを貰ったのだが、置けるだけ置いてみよう、という実験をした。

すさまじい臭いがするらしく、これ以上はないというほど膨れあがった缶詰を開ける時は、バケツの底に置いて、恐る恐るであった。プシュッという音とともに開いた缶詰からは、尻餅をついてしまうほどの臭いが噴き出してきた。ほんとうに、目眩がしたのだ。缶の中には、魚ときちんと認識できる切り身が入っていて、それをトーストに載せて食うと、なんともうまいものだったのである。塩分が相当多く、二回目を食って三回目は、切り身がほとんど溶けてスープになっていた。それをカップに少し入れ、湯で割って飲むと、これも臭くうまかった。

ドリアンも臭いというが、私は平気である。むしろ、好きな果物である。酒と一緒に食うと死ぬこともあると言われ、私はビールで試してみたが、死なず、盛大な屁を連発しただけである。

躰の反応とは面白いものだ。ラオスの山中にいて、糯米《もちごめ》と青唐辛子と、たまには生きたタガメを砕いて混ぜ、食い続けていたが、まるで平気だった。ところがようやく街へ出、ホテルに入り、流れるトイレで用を足そうとしたら、まず鮮血がぽたぽたと出てきたのだ。

こんなことをやって喜んでいる私は、やっぱり馬鹿だ。

なにか食って死んだと聞いたら、君はせいぜい嗤《わら》ってくれ。

懐かしき友の声が聴こえてきた

先日、銀座のある店で、西木正明氏と遭遇した。久しぶりだったが、めずらしいことでもない。西木さんと私は、デビューがほぼ同じ時期で、文学賞のパーティなどでは、会えば立ち話をする。だから銀座の店でも、ちょっとだけ一緒に飲み、以前から確認したかったことを、確認した。

実は西木さんとは、こんなことがあるだろうか、という遭遇もしているのである。

数年前のラオスだった。メコン川の上流から下ってきた私はビエンチャンに辿りつき、数日飲めなかったコーヒーを飲むために、ホテルへ入った。やはり、ちゃんとしためしを食いたくなった西木さんと、ばったり会ったのである。

西木さんは北部へ行っていて、山の方は寒かった、と言っていた。ラオス北部なら、ジャール平原あたりだろう。そこで思い浮かぶ日本人がいて、西木さんはその人物のことを調べているのではないか、と思ったが訊けなかった。私自身が、取材中の対象について訊かれるのが、好きではないからである。

しかし、数年前のことである。もう訊いてもいいだろうと思い、私は自分の頭の中の推測を確認すると、その通りであった。

近々、上梓されるらしい。昭和の怪物というか妖怪というか、私にはそう見えていた人物を描いたものだという。とても私の手に負えるようなものではないが、西木さんは何年も取材をくり返して書きあげたらしい。もうしばらくすると、本を送るからな、と彼は言った。

私の人生に、遭遇が多いのかどうか。大学生の時、九州の小学校で一緒だった男と、神田で遭遇した。まあ彼も学生で、東京に出てきていたのだから、学生街では会いそうである。

大阪で、裏社会に入ってしまった小学校の同級生と会い、その時はもう作家になっていたのだが、一緒に飲んだ。お互いに相当変ってしまっていたが、見た瞬間、わかってしまったのである。いまどうしているのかな。別れ際に名刺を差し出したら、やくざにそんなものは出すな、と彼は言った。

三浦知良氏と、ミラノの空港で会い、立ち話をした。それはありそうなことだが、これを書いていて、私は別のことを思い出そうとしている。記憶が定かではないのだが、三浦氏が紹介したのか、三浦氏を紹介されたのか、やがて共通の知人になる人物との出会いである。やはり、憶えていないな。彼は友人だったので、しばしば会っていた時期もあり、出会いのことだけが、頭から飛んでしまったようだ。

君は、友人といつどこで出会ったか、憶えているか。親しい友人でも、出会いのことは忘れてしまっていることが多いぞ。

彼は、著名な人である。勿体ぶらずに、名を書こうか。田原俊彦である。友人だと思っているから、ここは呼び捨てにさせてもらおう。一時期、田原とは一緒に仕事をしたり、めしを食ったりした。大スターであった。テレビに出ていると、友だちなんだよ、と自慢したりもした。その彼を、テレビであまり見かけなくなった。いろいろ事情はあるのだろうが、不遇という状態に近いのかもしれない、と私は思った。

その後、レストランなどで遭遇した記憶もあるのだが、不遇の話はしなかった。テレビにあまり出ていないだけで、ライブやディナーショーなど、活発に行われているという話を聞いたり、週刊誌などの記事を見たりした。

このところ、かなり盛り返している、と私は感じることが多くなっていた。すっかりテレビを観なくなった私は、人の話を聞いたり、週刊誌のグラビアで見たりするのだが、そういう方面の露出も、増えているような気がする。

田原は、ほんとうに不遇をかこっていたのか。私は時々思い出していたが、遭遇以外で会うことはなかった。しかし、コアなファンには守られていた。ならば不遇とは言えず、むしろ幸福な状態が続いたのではないのか。表現者にとっては、その表現を心から愛してくれる人が存在することが、救いなのだ。それは、小説家も変らない。

あるバーで酒を飲んでいて、マスターとの会話の中で田原の名前が出た。おう、おう、と私は応じた。なんでも、自分の香水を作ったとかいう話だった。俺も、それをつけて女の子とデートしたい、などと言ったと思う。とにかく、マスターの話によると、田原はすこぶる元気だという。懐かしいなあ。嬉しいなあ。今度、田原が来たら、私からよろしくと伝えてくれ、などと頼んだ。

しばしば行く店というわけではないが、次に行った時、マスターはにこにこ笑いながら、包みをひとつ差し出した。田原さんから。わざわざ、届けてくれたんだよ。渡されたのは、彼が作ったという香水であった。なんとなくおねだりしたような感じだが、それ以上に嬉しかった。

おう、田原、ありがとう。その場で言ったが、声は届かない。私は、翌日、田原のCDを買いこんでかけた。聴き入った。変ってないぞう。前のままだぞう。当然ながら、歳はとっているはずだし、さまざまな人生の積み重ねもあるはずだが、私は以前のままの田原を、それで聴いた。

そんなものだぞ。まず、以前のままのところを聴く。いまを聴くのは、いつでもできるじゃないか。あのころは、私も若かった。勢いに任せて、小説を書いていた。突っ走ったあの歳月で、私はなにをなくし、なにを得たのだろうか。

田原がいま、うたうのと同時に、踊っているのかどうかは知らない。そんな話を、音楽関係者にしたら、なかなかのものですよ、と言った。なにを言う、昔は異次元だったのだ。信じられないほど、くるくると回っていたんだぞ。愚か者め。だから、なかなかのものなんです。なかなかのもの、という言葉が、私は気に食わなかったのである。

田原、君が私を憶えていてくれて、嬉しいよ。自分の若いころを思い出して、ちょっと切なくもあったよ。君の香水、まだ封を切らず、書斎のデスクに飾っている。

若い女の子が、なかなかデートしてくれないのさ。

ここにいるのがちょっと違ったのか

ほんのちょっと、という言葉を、時々思い浮かべる。自分の人生についてである。ほんのちょっと、あそこが違っていたら、どうなっただろうか。

船では、前進の方位が五度違うだけで、一時間後には、目的の海域からまるで離れたところに達し、一日後には見知らぬ海にいるだろう。五度の違いは、もともとのコースと差があるか、眼ではほとんど判断できない。

つまりコースを誤っているとは、認識できないのである。人生でそんなふうに前進したら、どういうことになったのか。いや、私はそもそも、人生の方位磁石を持っていたのか。

私は原稿を書き、それを本にすることを生業にしている。しかし、どうしてそうなったか、わからないところがある。書くことは、多分、好きだった。しかし書いたものが本になり、それが売れて生活できるというのは、なにかの間違いではないか、としばしば思う。どう考えても変だ、と首をひねることもあるが、すぐに締切というやつがやってきて、私は原稿を書き、ほかのことはすべて忘れてしまう。そうやって四十年近くになるのだが、原稿を書かなくてもいい時、いまも同じことを考える。

もう亡くなってしまったが、立松和平という友人の作家と二人で飲んでいた。大抵は旅の話などをするのだが、その時は妙にしんみりとしていた。おまえも俺も、ずいぶんときわどいところを通り抜けて、作家になったんだよな。独特の栃木弁で、彼はそう言った。ほんとうに、きわどいところを通り抜けたのか。通り抜けられていなかったら、と当然考える。文学青年のまま歳を取り、安い酒場で世で売れている小説などを口をきわめて罵り、やがて潰れて眠る。

そうだとしても、仕事は必要である。飲むのさえも、金がかかる。小さな会社に勤め、そういう自分に愛憎に似たものを抱きながら、ここは俺のいるところではない、と潰れる前に必ず呟く。それでも、健気な生き方である。

私はそんなことはできず、人を騙せるものを考え出し、売ることに狂奔しながら、結構な小金を稼いだかもしれない。

四十をいくつか過ぎたころ、手相をよく見るという人が、私の掌をしばし見つめ、押し返してきたことがある。

えっ、死んじゃうとでも出てるんですか。いや、長生きはされると思いますよ。それから、私の顔をじっと見つめて言ったのである。いや、作家でよかったですね。実によかった。作家になっていなかったら、ホームレスか刑務所でしょう。

言われた瞬間、私はホームレスというものには、大してリアリティは感じなかった。刑務所というのは、感じたな。ダイレクトに言葉が飛びこんできて、まず独房で正座している自分の姿を想像した。なぜ、そんな状態になっているのか。犯罪を犯したのだが、痴漢とか強制猥褻とか詐欺とかの破廉恥罪ではなく、内乱などの政治犯でもない。殺人で捕まり、刑務所に入った。それ以外のことは、なにも頭に浮かばなかった。それも怨恨で刺し殺したという、理由らしきものがあるわけでなく、喧嘩の末に相手を殴り殺した、としか想像できなかったのである。

うむ、ぎりぎりまで、行ったことがあるだろうか。やられかけたことはある。ぶちのめして、素速く逃げるという私の戦法は、大抵の場合は成功したが、暴力を看板に出している人に、まったく通じなかったことがあるのだ。

殴っても殴っても、その人は私にしがみついていて、殺すかもしれないと怖気づいた私の足を掬って倒し、ビリヤードのキューで滅多打ちにしてきたのだ。まあ、私はいま生きているので、死ぬ前に救い出されたのだが、いまも明瞭に思い浮かべることができる、とんでもない事件であった。

あの時、私が相手を殺す気なら圧勝であり、そういう人生であっても不思議はなかった。

どこかで踏み留まる、という人格ではなく、徹底的に堕ちる人格だったような気がするのだ。

幼いころから、私は感情の激発性とも呼ぶべきものを持っていて、時折、それを持て余し、些細なことで喧嘩をはじめ、それは大人になっても変らなかった。ただ自己抑制ができるようになり、大声ぐらいで済むこともあった。

きわどいところを、通り抜けてきたんだよ。立松の言葉が蘇える。通り抜けられなかったら、私はどこにいたのか。ほんのちょっと足を踏み違えて落ちていたら、私はとても剣呑な生き方をしたと思う。小説を書くという行為が、私の感情の激しい部分を、スポンジが水を吸うように、吸収したのかもしれない。私は小説で、小爆発をくり返した。一度だけの大爆発の方がよかったのかどうか。

作家でなかったら、ホームレスか刑務所。私は作家になってから、あまりストリートファイトをしていない。この十年は、皆無と言ってもいいであろう。ただ、夢はよく見た。誰かを殺し、追われているのである。すでに逮捕され、判決を待つという夢も見たことがあるが、そのどれもが、殺した相手の顔などわからないのだった。

おかしなことを、書いてしまった。君にこんなことを言っても仕方がなく、私は密かな自己分析として、ただ心の中に置いておけばいいのだ。

どこか、ちょっとだけ違っていないか。自分の行く方向を、なにかで確かめているか。船には磁石がついているが、人間にはない。だから君が間違ったと思ったら、間違いなのだ。そう思っていた方がいい。実はね、人はあまり間違ったと思ったりせずに、間違えるのだよ。間違ったと思えたら、それは幸運だと言ってもいい。

あの手相を見てくれた人は、いまどうしているのだろうか。その人は、私の顔を見て、過去に呼吸器の病気をしたことはありませんか、と訊いた。肺結核。答えると、小鼻のあたりに翳が出るのです、とその人は言った。いくら鏡を見ても、私にはわからなかった。

いつか、君の手相を見てやろう。なに、日々が充実していたら、恐がることはないよ。

トロ玉の消えて悲しきわが老年

犬のいる生活をするようになって、どれほどの歳月が経つのだろうか。

幼いころは、いつもそばにいたので、それを除くとしても、二十年以上は過ぎている。

最初の犬はラブラドール・レトリバーで、女であった。黒い毛艶が見事で、美人なのだと私は思った。はじめのころ、女たちには制御しにくいこともあったようだが、私はぶん殴る必要もなくそばを歩かせた。河川敷きでボール投げをやったあと、帰るからリードを持ってこい、と言うと草の中のリードをくわえてきたものだ。赤いマセラーティ・スパイダーをフルオープンにし、後部の荷物置きに乗せて走ると、なんとも恰好がよかった。そう思っていたのは私だけで、気障なやつと近所では思われていたようだ。小政という名だった。

小政が老いると、レモンが来た。そのころまで私には体力があり、しばらく一緒に走ることも泳ぐこともできた。小政と一緒の時、レモンは強気で、前をぐいぐいと歩いた。ほかの犬と行き合うと、やるか、という構えも見せた。雌だが、女とも言えない。レモンに不妊手術を施したのは、小政にそちら系の病気が多かったからだ。相談され、私は曖昧だが頷いた。

この十年、私はレモンを愚痴の相手にしてきた。散歩の時、休憩の時、だらだらと愚痴を言い続けるのである。人間を相手には、愚痴はこぼせない。犬は、ちょっと悲しげな視線を投げかけてくるだけだ。小政とレモンは、どれほどの私の愚痴を聞いただろうか。

そして、トロ助の登場である。

初対面の時はすでに私の家で数日を過していたが、四本の脚で立って私を見つめ、頭を下げて低く唸った。近づくと、吠えた。私は首筋を摑んで引き寄せ、俺がボスだ、と腕に抱いて言った。暴れると、のどを摑んで床に押しつけた。それからは、私にまとわりつくようになった。

男の子である。睾丸はまだ体外に出ていないほどの子供で、私はかすかな膨みを指先で撫でた。とにかくやんちゃであった。外に出ている娘たちも、しばしばやってきて、まだ赤ん坊だから乱暴しちゃ駄目よ、などと私をたしなめる。なんの意味もなかった。どこかに跳び乗ろうとして転げ落ち、全身を打つのなど日常茶飯事だったのである。レモンとは、同じ犬種だが勝負にならない。

やがて、睾丸が体外に出てきた。でかくなれ、と私は毎日タマを摑んで引っ張りながら言った。予防接種が済み、はじめての散歩の時は、すべてをこわがった。こわがると、立ち竦む。しゃがみこむ。私は背中に手を置き、男だろう、おまえ、と声をかける。すると、すくっと立ちあがり、歩きはじめるのである。それがレモンと一緒に歩かせると、なにもこわくないらしく、突進をくり返す。

堂々たる睾丸が、脚の間にぶらさがってきた。摑んで引っ張っていたためか、ふぐりがのびてぶら下がっている感じだが、歩くたびに揺れて、存在感充分だった。

男は、胆の太さとタマだ、と声をかけながらよく歩いた。

ところがである。ちょっと長い留守をして、家に帰った。膝に乗ってきたトロ助のタマを、いつものように引っ張ろうとした。ない。あるべきところに、タマがない。どこを捜しても、タマがないのである。代りに、すでに薄くなりはじめているが、傷痕があった。

おまえ、タマを取られちまったのか。なんだってんだ。タマだぞ。タマ。それを、家の女どもは取りやがったのか。私は、タマを返せとがなり立てたが、娘たちがやってきて、時期がちょうどよかったのよ、などと言った。そんな時期の話をしているのではない。タマを取られたことに、俺は怒っている。私は、さらにがなり立てた。

タマを失うのが、男にとってどれほど大変なことか、おまえたちにはなにもわかっていない。だって、同意してたじゃない。不妊がどうのという話の時、私は曖昧に頷いたような気がする。しかし、タマを取ることに同意はしていない。タマだぞ。たやすく同意してたまるか。

どうせ邪魔なものなんだから。娘たちは、どこまでもあっさりしたものだった。

思い返せば、母が存命で娘たちも家にいたころ、私は秘書も含めると五人の女に囲まれて、窮屈に暮らしていたのである。小政を入れると六人、レモンを加えると七人の女である。

だから、孫二人が男の子であった時、私は狂喜し、もの心がつくと、さまざまなことを教えはじめた。そのどれひとつをとっても、親は苦々しい思いで見ていた。しばしば、たしなめられた。強いやつとも、喧嘩をしなければならない時がある。そのために、この技を教えておく。約束は、なにがあろうと守れ。人前で泣くな。泣く時は、ひとりで泣け。卑怯なことをしたら、爺ちゃんがぶっ飛ばす。これの、どれが悪いのだ、愚か者め。

トロ助の話だった。私は、タマを返せとこれ以上言い募ったところで、無駄であることを悟った。あまりに騒ぎ過ぎて、私のタマまで取られたら、残り少ない人生をどうやって生きればいいのだ。

タマがなくても、心は男だ。散歩のたびに、そう言い聞かせている。おまえは、司馬遷になれ。司馬遷は、友を弁護したのが、時の帝の逆鱗に触れ、宮刑を受けたのである。それでも、『史記』を書きあげた。

中国には、二千年以上も昔から、タマ取りの技術があった。騎馬隊がいて、軍馬は去勢したのである。でなければ、雌の匂いで暴れてしまう。人間の宮刑は、その技術を応用したものだ、と言われているが、日本にはそれがなくてよかったよ。宦官がいたが、それは性的マイノリティではなく、自らの野心のために、タマを除去したのである。

くそっ、強いやつと喧嘩をする時は、黙ってタマを摑めと孫に教えたが、トロ助には急所もなくなってしまったのか。

今度、君をトロ助に会わせてやろう。トロ助見参としか思えない技を、いま仕込んでいるのだ。とりあえず、トロ助は男である。私は、そう信じている。

気がむいて北に流れてみたけれど

寒いところは、好きではない。

暑い土地はどれほど暑くても平気で、頭に水をかけながら歩いている。それでも、寒い土地の旅行もいくらかはした。真冬に行ったのはポーランドぐらいで、外は零下二十度をかなり下回っていたが、室内は暖かく快適だった。

中国甘粛省の、子午山という山に行こうとしたことがある。歴史の地図には、子午山、と独立した山として出ているが、長大な山系になっていて、地元の人もどれが子午山か言う人によってそれぞれであった。それに三月だったのに、雪が降ってきた。前も見えないほどの吹雪になり、村の宿に飛びこんだ。個室になっていたが、トイレやシャワーは共同であり、湯が出なかった。いま有る食べ物を出して貰い、手持ちのウイスキーを飲んだ。

寒かったが、十時には暖房が消えるのだと伝えられた。冬ではないから、という理由だったが、外は吹雪で、もう積もっているように思えた。黒々としているはずの山が、なんとなく輪郭がわかるほどの明るさに見えたのである。

私は、服を着たまま、毛布を躰に巻きつけて横になりウイスキーを全部飲んでしまった。それでも眠り、白い朝を迎えた。街へ帰るのは大変だろうと思ったが、四輪駆動車が見つかり、乗せて貰った。

まったく違う時だが、黒龍江省の北の果てにある、黒河という街へ行った。空港を出ると、すぐに針葉樹林帯で、タクシーもなく、並んでいる車と料金の交渉をして、ホテルにむかった。最初に振った車が、なぜかずっと尾行してきて、私は当局に見張られていると緊張したが、ただのあぶれた白タクで、私が降りて歩くと必ずそばへ来て、乗らないか、と言った。私はホテルに荷を入れ、手ぶらで外へ出たが、その白タクが待っていた。まったく不愉快なやつだったが、翌日は消えていた。

黒河は、小さな街だ。大した店もなく、レストランは中心部に二、三軒あるだけだった。ただ焼肉食堂のようなところは方々にあり、羊の肉を食わせてくれた。

街はどことなく陰気で、集合住宅など色はついているが、妙に空々しいのであった。タクシーの運転手がうるさいので、私はホテルのフロントを通して、車を一台チャーターしていた。その運転手は陽気で、しかしすぐにもの忘れをし、行先をひとつずつ言わなければならなかった。

街のはずれに、廃屋になっている、ロシアの免税品を扱っていたビルがあり、さらに進むと、黒龍江の河原に出た。

対岸には堤が築かれているようで、そのむこうには、私が葱坊主と呼んでいる、ロシア独特の建物が見えた。冬は寒いのだろうな、と思った。春先でも、風は冷たい。

水も冷たく、その冷たい水で、車を洗っている人が、何人もいた。水道の水が高いのだろうか、と私は思ったが、理由は謎のままだった。河が国境であり、もう少し警備が厳しそうなものだが、陽気に車洗いである。しかし、水に入って泳ごうなどという気を起こしたら、すかさず機関銃の銃弾が飛んできそうな、妙な張りつめ方もしているのだった。

夕刻、ホテルに帰ると、ロビーに数十名の女がたむろしていた。一見して、泊り客ではない。

服装は、極端なほど華美である。そして金髪や青い眼がほとんどだった。どこかの国の団体客が降りてきて、それが消えると女たちも消えていた。私はちょっと索漠とした気分で、人気《ひとけ》のあまりない食堂に入り、夕食をとった。

危なくもなく、面白くもない旅行って、君はわかるか。寒い土地では、そういう旅行をしたことが多かった。私の好奇心のどこかが、凍りついてしまっていたのかもしれない。寒いところへ行くと、私は愉しめないのである。その土地の人が開放的ではないというのではなく、私がやはりどこか凍っていたのだろう。

熱帯で、軍事政権の国など、動きそのものが大きな制約を受けるのだが、それを突破するためのエネルギーは、いくらでも出てくる。寒い土地で官憲に注意されたら、それが注意程度であっても、私はホテルで不貞寝を決めこむだろう。

黒河は、ほんとうの郊外へ行くと、なにもなかった。針葉樹林と草原が続いているだけで、人はいないという気がした。しかし、車は時々、トラックなどと擦《す》れ違う。脇道もあるが、生活の匂いが伝わってこないのだ。

砂漠でも、オアシスの気配がある。ペルー・アンデスの高山地帯は、身が縮むほど寒く、ケチュア族というインディオの人々は、そこをプーノと呼んでいる。なにもない、という意味らしい。それでも、プーノと呼ぶ人々はいて、肩を寄せ合って暮らしている。

黒河のむこう岸は、もうシベリアである。私は、寒い土地の、最も厳しい季節の旅行をしていない。何度か、冬のシベリアに行ってみようと計画したが、どうしても気持が燃えないのである。

黒河のホテルにはバーなどはなく、しかしレストランでウォッカが飲めた。そしてテーブルにたむろしている、金髪の女たちもいた。

ロシアから、安直に出稼ぎに来ているのかもしれない。眼が合うと近づいてきて、なにか奢れと言うのだが、私は手を振り続けた。そこから、商談というやつがはじまるのかもしれない。三日経つと、飽きてどうしようもなくなる。

もともと、北方航空という、私の名を冠しているような航空会社の便があったから、北の果てまで行ってみようと思ったのだ。黒龍江省だけでなく、吉林省でも、北方航空の看板をよく見かけた。思わず親しみを感じるが、当然ながらなんの関係もない。

私は歳をとって、厳しい旅行に想像力が湧かなくなった。ふり返ると、まず想像力で旅をしていたのだ。それから、実際に行ってみる。想像とはまるで違うのだが、熱帯特有の臭気や汗の臭い、家畜の臭いなどに、想像と同じだ、とふと思うことがあった。

もう一度ぐらい、相当過激な旅行をしてみたい、と思ってから数年が経っている。そのうち思い立つかもしれない。その時は、君も一緒に来るか。

観る方がいいのか出る方がいいのか

板という字がある。

壁の板などが普通にイメージできるが、抽象的な意味も持っているようだ。板につくなどと言う。これは舞台の言葉で、演じている役柄がぴったりとはまっていることを言うのだろう。板にのせると言うと、芝居を舞台にかけることだ。ある役者さんが、しばらく板を踏んでいない、と言っていたことがある。これは舞台に立っていないということだ。風雅というか、ちょっと洒落て気取った言い方に聞える。私などが、いまだに映画館のことを小屋と言ったりすることと、似ているのかもしれない。

板を踏むという言葉で言えば、私はかつて板を踏んだことがある。だいぶ前に亡くなってしまったが、栗本薫という友人の作品が板にのせられ、私は特別出演を頼まれたのである。自分の原作の映画化の時に、ちょっとだけ出演した、という経験は何度かあった。しかし板を踏むのは、小学生のころの学芸会を除けば、はじめての経験であった。

二十年以上も前のことだ。映画はワンカットを撮れば済むが、芝居の場合は毎日上演され、当然のことながら毎日出演者の肉体が必要になるのである。栗本薫におだてられて木に登った私は、ホテルに部屋を取り、毎日、そばの劇場に通った。吉祥寺のかなり大きな劇場である。

私の出番は短いものだったが、悪神に取り憑かれた主役の俳優を、結末で斬り殺す、恰好のいい武将の役だった。毎日、斬り方を少し変えるという工夫もできて、私は出番がくるまで、今日は上から、横から、下からなど、斬り方を愉しんでいた。

着物を着て化粧をし、鬘《かつら》を被《かぶ》っている間に、次第に武将になったような気分になる。その心理的変化も面白く、私は愉《たの》しんでいた。

ただ劇場まで歩いてすぐのホテルにいたから、芝居がはねた後の時間は持て余し、楽屋を出ると、そこらにいる役者を連れて食事に行き、結局は夜中まで飲んだくれることになった。毎日通うのは大変だからと、ホテルに部屋を取ったのが、あだになった。

結局、私の人生はそんなふうにあの時もいまも過ぎていて、かなりひたむきさに欠けているのである。自戒するが、飲んでしまう。アル中の道一直線と君は思うだろうが、昼間と、締切の前は飲まなかったのである。それで肝臓の数値はいまも正常なままだ。それに私は、飲みながらよく食うからな。

まあそんなふうだったのだが、芝居の詳細はほとんど憶えていない。二十五年も前の話だ。私を舞台に引っ張り出した栗本薫とは、書くジャンルは違っても、気の合う友人であった。

もうひとつ板を踏んだ記憶というのは、二十年ほど前の、有楽町のよみうりホールである。ここで一日だけ芝居をやり、私は制作、進行、出演と、すべての責任者であった。

台詞を憶えるどころの話ではない。なにしろ作家が四十二人出ている、推理作家協会の五十周年事業だったのである。稽古の日程からなにから、すべて私の責任であったが、例によって能天気に構えていると、愚兄賢弟の弟の方の大沢新宿鮫が、細かいことはほとんどやってくれたのである。

あのころ、推理作家協会はアンソロジーが版を重ね、資金は潤沢であった。その上、出版社からの御寄付も頂戴したのである。

私と大沢新宿鮫が、各出版社を回った。自前で用意した黒塗りの車で玄関に横づけするので、ちょっと不穏な雰囲気はあったかもしれない。ある出版社では、どういう御用ですかとガードマンに問いかけられ、ちょっと社長に会いに来た、と言うと、お客様、社名をおっしゃってください、と言われた。会社なんかあるかよ。俺ら、給料で生活しちゃいない。大沢が止めるのを振り切って私がそう言うと、ガードマンが殺到してきて私たちを取り囲み、少し遅れて編集者がわらわらと出てきて、難を逃れるという始末であった。

推理作家協会は私が生まれた年に作られているので、この年、理事長であった私は、五十歳であった。

芝居は、人が入らないと話にならない。出演者には、売れっ子の作家が揃っていたので、自分の連載を人質に取り、その媒体で広告ではなく記事で文士劇を取り扱うように依頼して貰った。それも公演の前にである。公演は、なにしろ一日しかやらず、その前に話題を盛りあげ、チケットの売れ行きをあげたかったのである。ほとんどの媒体が、大きな記事を出してくれた。私は第二弾、第三弾を考えていたが、いままでの記事が、どれぐらいの宣伝費用に価するか、詳しく教えてくれた人がいた。無謀だったのである。

売り出したチケットは、即座に売り切れ、友人知人から、なんとか入れないかと電話が殺到したが、いかんともし難かった。

当日は大盛況で、駅まで人の列が続いていたそうだが、なにしろ出演者なので、その交通整理にも頭は行かなかった。

一日公演で、照明も音声も、プロを雇った。出るのが素人だから、そういうところをプロで補おうと安直に考えたが、プロは週単位でしか雇えないのであった。それも、勢いに任せて雇った。

開演の直前、保険に入ってますよね、と私に言った人がいた。そんなところまで、頭が回るはずはないだろう。それに、開演直前に言うなよ。

芝居は、爆笑の連続であった。出演者が、みんな個性を殺すことができない、作家という人種なのだ。アドリブを飛ばし過ぎて台詞を忘れたり、仰むけに倒れた女流作家が、ちゃんと見せパンツを穿いていたり、私のように台詞を忘れ、舞台中央で厚顔にもカンニングをして喝采を浴びた者など、出演者同士でも笑い転げるほどであった。

打ち上げの会で、私は出演者やスタッフに大入り袋を渡した。またやろうという声が多かったが、私はもう沢山であった。

いくら大沢がいてくれたとはいえ、終った時、私は心労で三キロ痩せていたのである。

あの芝居は、ビデオで残っている。ＤＶＤに焼き直して、売ればいいのだがな。私が若くて、君はきっと驚くぞ。

いつか新しいものを見つけてやる

クスクスが、食いたくなった。

私は北アフリカを旅行する時は、大抵はクスクスを食い、パンはパスしていた。シチリアやサルデーニャでもそうだった。日本では、クスクスを遣ったサラダなど、普通にメニューにあったりするが、パン代りに出すところはあまりない。北アフリカでは、主食であることもめずらしくないのだ。

私は、海の基地の台所で、クスクスに挑戦することにした。と言っても、ごはんの代りなら、子供がごはんを炊くようにできる。熱湯を加えて戻すという方法を、まずはやめた。蒸かすのである。茹でることもせず、ひたすら蒸かす。蒸かすための鍋があり、物を上段に入れて火にかければ、なんでも蒸かせる。

私が考えたのは、ただの蒸気ではないもので蒸かそうということであった。雑魚を釣って、それを丸ごと水に入れ、煮立てる。魚の煮汁の蒸気を当てようというのである。

私は、鍋のそばを動かず、くつくつと雑魚を煮ていった。ハゼ科と思われる魚、ベラ、メゴチ、白ギス、ギンポも一尾ある。全部、海の基地のそばで釣ったものだ。日頃、私はそこで釣りをやらない。やったとしても、白ギスぐらいを狙うだけで、ほかの魚はリリースする。しかし、一時間ほどで十匹ばかり釣れた時、私は舌打ちするどころか、いそいそと鱗を取り、内臓を出したのだ。

海の基地の近くの、ゴーちゃんレストランでは、頼めばクスクスを出してくれる。雑魚の煮汁をかけてくれと言うと、雑魚とはなんという言い方ですか、と怒る。気が短かいのかもしれないが、怒りのツボというものはあって、そこをちょんちょんと突っつくと、こめかみに青筋が浮き出すのである。しかし雑魚と言って怒られるとは思わなかったので、私はごめんなどと謝った。

しかし、雑魚は雑魚なのだけどなあ、とあとで考えた。たとえば白ギスを狙ってベラが来たら、それは外道と言う。外道という言い方、雑魚よりもひどくないかい。私は、雑魚みたいなやつだと言われる方が、外道と罵られるよりいいな。

ゴーちゃんは、私が屑野菜と言った時も、それは野菜たちと言うべきでしょう、と言った。サラダを作った残りの野菜で、それを煮詰めて、煮汁を作るのである。それはさまざまなものに遣える。つまり棄てるものまで利用しているということなのだが、ゴーちゃんの食材に対する真摯な姿勢に敬意を表して、国語の時間は終りにした。まあ、頼めば大抵のことはやってくれるからな。

ところでクスクスであるが、いい感じに蒸しあがってきた。私はそれを火から降ろし、少し冷めるのを待つ間、雑魚の魚体を除き、汁だけを煮詰めた。徹底的に煮詰めると、とろとろになった。

冷めてきたクスクスを皿に盛り、まずそれをスプーンで掬《すく》って口に入れた。炊きこみごはんふうにうまくなっているはずだったが、む、なんとなくおかしいではないか。

しばらくして、生臭いのだ、と気づいた。魚の煮汁をかけてもうひと掬い食ったが、口の中に残る生臭さは消えない。失敗であるが、私はそれに魚の煮汁をかけ、時間をかけて噛みしめて食った。

翌日、屑野菜で同じことをやってみた。ネギの根のところ、人参やナスのへた、キャベツの芯、ブロッコリーの茎。それにニンニクを二片。クスクスは、ちょっとオリーブオイルで湿らしてあり、塩も少々入っている。私は、時間をかけて野菜の煮汁で蒸した。

今度は成功するだろうという、甘い予感はあった。しかし、口に入れると青臭かった。いやニンニク臭かった。私は炊きこみごはんふうのものを狙っていたのだが、この方法では無理だと悟った。

私の知識の中には、クスクスは熱湯を入れてしばらく蒸らせば、簡単に戻るというのがある。簡単なことはしたくないが、クスクスは戻してから料理がはじまるのかもしれない。そしてそれは、かなりの回数やった。粒状だがパスタであるので、茹でることもしばしばだった。スパゲティを蒸したやつの話、聞いたことないものな。

君は私の無謀さを笑っているだろうが、試みの中からしか、新しいものは生まれないのだぞ。しかし、クスクスを炊きこみごはんふうにして、それから私はなにをやろうとしていたのだ。むきになりすぎて、本来の目的は忘れてしまった。

私がクスクスを口に入れたのは、もう何十年も前だ。特にどうということはなかったが、本場で食った時、これはうまいものだと思った。

シチリア島のトラパニという漁師町の食堂である。クスクスを皿に盛ったものに、煮詰めてとろとろにした魚の煮汁が添えられていた。それをクスクスにかけたら、なんとも言えずうまく、お代りをすると、食堂の主人は面倒だったのか、アルミの鍋ごと持ってきたのだ。お茶漬けのようにして食ったクスクスは、私の記憶に刻みこまれ、いまもゴーちゃんに雑魚の煮汁を煮詰めて、と言うのだ。

モロッコで、宮廷料理だと粗末な食堂で出されたのは、サフランで黄色くしてあるクスクスだった。仔羊の肉が、五、六本の骨つきでついていて、それを切った時の肉汁を、かけてみた。これは、ほんとうにうまかったのだ。以来、肉汁をかけるクスクスは、自分で何度もやったが、再現はできていない。ただ、君に食わせてやるほどの味はしている。

私がやっているのは、料理なのだろうか。食いものを作っているという点で、確かに料理なのだが、新しいものを発見した時、なにか鮮やかな感覚に包まれる。たとえ、それが駄目な発見であろうとだ。

牛タンを一本買うと、大抵それは二キロ前後だが、私はタンシチューを作る。デミグラスソースを作ることからはじめるので、数日かかり、さらに数日かけてそれを食らう。これは料理なのである。適当だが頭の中にレシピがあり、手順がある。

すると私は、タンシチューを作らなくなった。どこかのレストランで、食えばいいと思ってしまう。

私がやっているのは、食材での遊びか冒険か。君、どう思う。

法螺貝は大きい方がいいに違いない

モヒカンという髪型だと、何人かのロックンローラーを思い出す。

マイケル・モンローなど、相当派手なモヒカンだったこともあるような気がするが、ステージだから衣装のようなものだろう。あの親父、化粧の方が目立つか。

孫が、幼稚園のころ、頭をモヒカンにしたいと言い出した。なにやらスーパーサイヤ人とかいうのがいて、それに憧れているのだった。いろいろ訊くと、『ドラゴンボール』に出てくるらしい。この漫画は、有名だから私も知っていた。ゴクウというのが悟空で、ならば『西遊記』のようなものかと思ったが、違うらしい。いや、孫は『西遊記』を知らなかった。とにかく、モヒカンで金髪など十年早い、と私は保守的な大人の言い方をした。

その漫画が、理髪店にずらりと並んでいたのである。待ち時間に、私はぱらぱらと二、三冊見た。面白くなり、途中で引きこまれ、読むという状態になったが、その時、私の番が回ってきた。

うむ、本格的に読むと、大変であろうな。何十冊と並んでいた。

海の基地に孫が遊びに来た時、私は法螺を吹いた。それでなくとも、海の基地は法螺だらけで、そこらじゅうに爺ちゃんの友だちの妖怪がいる。夜になると、八点鐘が打たれ、海から海坊主が近づいてくる。

私は、言った。爺ちゃんはな、若いころ、亀二郎という友だちと二人で、山で修行をしていたのだ。そして、かめかめ波という大技をあみ出した。それを悟空という小僧に伝授してな。

違うよ、爺ちゃん。違わぬ。友だちの亀二郎は、登山に来た者が残していった週刊誌を見て、グラビアに裸の女が載っていたので、鼻血を出して街へ降りていき、サングラスをかけて亀仙人と名乗り、女の子のあとを追いかけ回しているのだ。

爺ちゃん、亀仙人と友だちなのか。そうなのだ。はじめて人に言うのだが、亀二郎は爺ちゃんと一緒に修行した。爺ちゃんは、いまでも海で修行している。孫どもが、ほんとうに信じたかどうかわからないが、横をむいて無視できないだけの、わくわくするエンターテインメントにして話してやる。すると、途中から眼を輝かせるのである。

そのかなり前、特急者《とっきゅうじゃ》というものに凝っていた。列車がどうのとか言っていたので、私の当て字である。そして私は、鈍行者スーパー各駅と名乗って闘った。孫どもは一敗地に塗《まみ》れ、鈍行者を強敵と認識したのだ。ほかにもいろいろなものになったが、すべて私の創作である。孫に合わせて、漫画を読んだりアニメを観たりはしていられない。

それでも、山で修行している爺ちゃんが、一番リアリティがあったようだ。妖怪やロボットではなく、爺ちゃんがやっているからである。

私は居合抜きをやる。太い巻藁《まきわら》を斬り飛ばした瞬間が写真に撮られ、週刊誌のグラビアに載った。パネルにしたものを編集部がくれたので、海の基地の廊下の壁にかけておいた。兄の方が、腕を組んでじっとそれを見つめていた。そして、私の方をむき、言ったのである。爺ちゃん、いい修行をしているじゃないか。

君は、私の幼児性を笑ってはいけないよ。男ってやつは、誰だってどこかに幼児の部分を残している。孫と遊ぶようになって、私はそれを隠そうとはしなくなった。

ところでモヒカンであるが、理髪店から戻ってきた年子の兄弟は、揃って坊主になっていた。

いや、完全な坊主ではないな。頭頂部分の髪が、いくらか長い。それで充分にモヒカンで、スーパーサイヤ人になれるのだ。爺ちゃんも、モヒカンにしようぜ。弟の方が、そう言った。兄の方が私の背後に回り、頭頂に掌を載せた。無理。絶対に無理。爺ちゃん、禿だもん。

そう言った瞬間、兄は私に捕えられ、電光石火でプロレスの4の字がためという技をかけられる。これは相当に痛いという話だが、身動きができない程度の力しか加えない。そして靴下を脱がし、足の裏をくすぐるのである。笑い続けると息が苦しくなるので、適当に休憩を入れてやるが、決して放しはしない。何度か逃れようと試み、それからちょっと大きな吐息を洩らす。おじいさま、尊敬申しあげております。どうか、お慈悲を。そう叫んだ時、放してやる。耳に届かないほどでも、早口過ぎる言い方でも、駄目である。足の裏をくすぐられ、言い直させられる。明瞭に、大声で言わなければ、笑い地獄からは逃れられないのである。

私から離れると、すぐにこの耄碌《もうろく》爺が、と悪態を吐く。ある時、私はベルトで繋いだ状態で放してやった。逃れたと思った瞬間、耄碌爺と叫び、気づくとベルトで引き寄せられている。なにが起きたかわからない表情をしているが、また笑い地獄に引きこまれ、お慈悲をと何度も叫ばされ、解放されたと思ったら、まだベルトで繋がれていることに気づき、正座させられる。観念して、耄碌という漢字を三回書くのである。四回はやめて、爺ちゃん。俺、一回で憶えるから。三回で、やめてやる。

小学校に入ったばかりのころ、私は漢字を書かされ、それは一行で十五字とか二十字とかになるのだが、二つまでは真面目に書き、三つ目を書くのは拷問に近いと感じた。それを思い出して、三回書けば許してやる。同じ字を、何度も書き続けるのは、不毛である。

兄が小学校に入るころに、私は檸檬という漢字を教えた。うちにいる犬の名がレモンで、漢字を知りたがったからだ。

入学した最初の日、紙を渡され、なんでもいいから書け、と言われたらしい。それで、檸檬と書いたのだ。私は、二度、書かせたぐらいである。それも、私の金釘流の字を手本にさせてだ。

憶えていた、というのが、不思議だった。幼い脳は、よく吸収するのである。

私は小学五年のころ、軋轢と書いてほめられ、しかしほんとうは轢だ、と教えられた。ふざけるな。俗字と正字ではないか。ならば唇は、脣と書けよ。あの時、教えた大人の顔を思い出す。

大人は、自分の方が知識がある、と思ってはいけないのだよ。

表現者はなにを観た時伸びるのか

トロ助と、家の中で遊んでいた。

レモンとも、しばしば格闘をやっているが、八十歳ぐらいのお婆ちゃんと少年である。レモンがこわれそうなので止めて、私との格闘になるのである。

しかし、闘いの重点は、逃げるトロ助を私が捕まえるというところにある。とにかくすばしっこいのだ。追っては待ち伏せるという作戦でいくのだが、股間を駈け抜けられることもしばしばである。私は、テーブルの角などに脚や腰をぶっつけ、常に叫び声をあげている。

運動能力が、年々落ちている。できると思ったことが、できない。

若いころにできたことが忘れられないのが、加齢のむごさである。せめて頭を遣おうと思っても、脳ミソも硬直気味で、回転にむらがある。まるで油の切れた機械ではないか。

若い連中と、時々、めしを食ったり、酒を飲んだりする。若いといっても二十代後半から三十代前半で、なまいきなところを隠せない年代である。私がなにか言うと、三つぐらい返してくる。

大して知識の量はありはしないのに、なんでも知っているような顔をするのだ。そこでの話がロックバンドになった時、以前、『back number』について、歌詞が軟弱だと私が断じたことを、責められた。あれから彼らは武道館でコンサートをやり、さらに発展して、いまじゃドームでやるんですからね。ドーム・ツアーですよ。

そこまでできるミュージシャンは、きわめて少ない。武道館でやった時、おっ、やったじゃないかと私は思ったが、いまではドームである。彼らの曲を、最初に聴いた時のことを、私は思い出した。まだ売れていないころだろう。女の子をひとり使って、公園を歩かせたりし、彼らも公園で演奏しているPVを観たのである。春を歌にして君にあげたいというような歌詞が、ロックンロールではない、と私は断じた。何年前だったかは、忘れたな。それを観たので、CDを買った。やはり、ロックンロールではない、と私は思った。そこで多分、セツナロックという言葉を知り、それは一種のジャンルのように、私の頭に刻みこまれた。

セツナロックは、ロックンロールではないと言うと、当然だろうという顔をされる。爺のくり言になりそうだから、もうやめるぞ。

あのバンドは、これからも伸びて、世界ツアーをやれるようになれ、と私は声援を送っていよう。しかし、東京ドームで聴くより、海の基地でCDを聴いている方がいいな。

その若い連中の中の映画好きが、『ストレンジャー・ザン・パラダイス』がいいと言いはじめた。八〇年代中ごろの作品だったと思う。モノクロであるところから、すでに観る者を挑発している、と私は思ったような気がする。

映画同好会の人たちが、集まって共同で作りあげたという雰囲気も漂っているが、表現が爆発力を持っているところがない、とも思った記憶がある。

いろいろと意味を考えさせられるようでは、私の映画の愉しみからははずれる。これはいい、と言わなければならないようなところがあり、それにも反撥したと思う。無軌道には、人を切り自分を切るようなところが必要で、シャイな恋愛感情は、最後に自分を滅すほど圧倒的な熱量を欠かしてはならない。記憶を探りながら、そんなことを私は言ったが、とてもよく思い出せる映画で、観直すといいのかもしれない。

DVDを貸すと言われたが、私は断った。もう一度、どうしても観たいという気分になるほどではなかったのだ。時間があるなら、まだ観ていないものに遣いたい。

それにしても、若い連中はよく映画を観ている。小説ももっと読めと言いたいところだが、それは思うだけにして、私は新作映画の話などをした。『ルームロンダリング』。映画好きの青年と私は、観ていたぞ。池田エライザのファンなのだという。私も、ファンと言えばファンだ。幽霊が見えない私には、いくらか羨しくもあった。

しかし、すべてが肯定的に終ってしまう映画に、私はどこかもの足りなさを感じる。死者の情念が、いくらかこうるさいからか。死んでしまった人間で、なにを表現しようというのか。生きることの、どうにもならないつらさを、幽霊が代弁してくれるのか。そのあたりは深く掘り下げず、幽霊が見える、というアイデアに寄りかかったのではないか、という印象もあった。片桐健滋という監督は、資質に恵まれていると思う。手強いものに、挑戦して欲しい気がする。

死者に関して言えば、『パーマネント野ばら』で、主人公の女性は、恋をしている。相手が相手だけに、その女性の病的な部分も見えてきて、いささか切なくなる。たくましさの中にある人間のこわれやすさが、よく表現されていた。

監督に多くを望むのは、観客の権利である。私は、好きなことを望んで、書いている。できるかぎり、ネタバレと悪口は書かないようにと心がけているが、もしかすると書いてしまっているかもしれない。君は、そんな眼をして、私を見るな。

トロ助が、私の股間を駈け抜けた。せっかく部屋の隅に追いつめたのに、そうやってしばしば脱出される。トロ助は、毛の長いジャック・ラッセル・テリアだった。脚などが汚れてしまうので、全身を短くトリミングしている。ただ、思いついて頭のてっぺんだけ残したのである。つまり、モヒカンである。思ったほどの過激さは出ず、どこかとっちゃん坊やのような感じになっている。

海の基地にいて、しばらくぶりにゴーちゃんレストランに行った。海外取材で、海の基地も久しぶりなのだ。店に入って、私は唖然とした。ゴーちゃんの頭のてっぺんに、髪があるのだ。いつもは、スキンヘッドである。髪があることを、証明しようと思いましてね。なにを言っている。髪など、あろうとなかろうと、どうでもいいのだ。大事なのは、中身だ。そんなことを言いながら、誰かに似ていると思ったら、トロ助に似ているのだった。

君も、見たらきっと笑うよ。

自然と言っても人の手は必要なのだ

少年のころ、私は九州北部の海辺で暮らしていた。背後には山があり、つまり遊び場には事欠かなかったのである。長い砂浜があり、潮が退くと貝が採れた。魚も、潜っているとあたり前に泳いでいるのが見えた。ウニを採って肥後守というナイフで割り、中身を食ったりすることなど、腕のいいやつが多く食えるというだけで、密漁という言葉はなかったという気がする。

海の基地の前にも、ウニは相当な数がいて、しかし棘が長いだけで食用にはならない。

私はそのウニを黙って眺めていたが、異常な数になり、そして海藻類が消えた。ウニが食ってしまうらしい。

海藻がまったくない海になると、新しい餌場を求めるのか、姿は消える。残された海では、これまでよく釣れていた白ギスやメゴチが、あまりかからなくなった。魚も、多分、海中の森を求めるのである。

ウニに天敵はいないのか、と私は観察を続けたが、見つけられなかった。悪食で知られる黒鯛でさえも、ウニには関心を示さない。

海藻がなくなって砂漠のようになった海の状態を、磯焼けと言うらしく、原因もひとつだけではないようだ。ただ、ウニが大きな役割を果していることも確からしい。

私は、駆除に乗り出そうかどうか、迷っている。せめて海の基地の前だけはと思うのだが、そういう状態も自然現象のひとつであり、人の手でなにかしない方がいいような気もする。

海の基地が面している湾は、もともと魚種が豊富であった。湾奥に注ぎこんでいる川が、手つかずの自然の中を流れてくるから、微生物がよく発生し、それを食う魚が育つ。川は、源流、流域、河口と、すべて森の中を流れている。小網代の森という名で、保護対象になっているのだ。

昔は、そこをゴルフ場にするという案もあったらしいが、そうならなくてよかった、としみじみと思う。野菜畠などになっていても、農薬が流れこんでくるといった危険はたえずあるのだ。

海の基地の背後は切り立った崖で、別荘が散在する木立ちである。それは、小網代の森と繋がっている。私は、極力、海にゴミになるものを流さず、漂着したビニール袋などは、干潮の時にできるだけ拾うようにしている。

ペットボトルが、眼を覆いたくなるほど多いな。ひとりの力など、高が知れているだろうが、黙って続けるしかない、と思っている。集めたゴミを収集所に置いておくと、以前は、分別していないという理由で、持っていってくれなかったりしたが、いまはきちんと回収してくれる。

君は、どれぐらいの量のゴミを出している。私は、かなり出しているな。それは、きちんとしたルートに載せて、完全に処理してしまいたい。

あえて言う必要のないことを、言った。もう言わないが、私はひとりでゴミ拾いを続ける。

ところで小網代の森だが、実にさまざまな生物が棲息しているらしい。時々、海の基地まで飛んでくるので、甲虫やクワガタもいるのだろう。私は、その捕え方を知っているが、やらない。昔、知っていれば、友だちの間でずいぶん大きな顔ができただろうが、そのころは、一匹二匹捕まえるのに、散々苦労した。ブナやクヌギがいいのだが、木のうろに砂糖水を流しこんでおいて、夜明けに見に行くと、五、六匹はいる。蜂蜜だと、もっといいかもしれない。

甲虫の小さな方の角に糸をつけ、マッチ箱を引っ張らせて競う遊びを、よくやった。実際にぐいぐい引くが、動かないこともある。尻を指で弾いてやると、驚いて動きはじめる。そんなことを知っていても、人生の役に立つはずはないが、面白かった。雀の巣を見つけて捕るのがうまい友人がいて、甲虫二匹と交換したりしたものだ。

クワガタというのは、私の中では薄べったい虫で、鋏のような角が、躰のかなりの部分を占めている、めずらしい昆虫であった。甲虫と喧嘩させると、大抵は角で放りあげられて負けたが、甲虫を裏返しにしてしまうつわものもいた。

そのクワガタが、私の家にいたことがある。昔ではなく、最近の話だ。しかもそれは虹のような光沢を放ち、角は反り返っているのであった。私は見たことがなかったが、外来種で、飼育も流行っているらしい。孫が、自分たちの家でなく、私のところで飼育をはじめたのである。いざとなれば、私に面倒を看させようという魂胆は見え透いていたが、色の美しさに魅かれて、私はそれを許した。

驚いたことに、餌や飼育容器も市販されていて、越冬させたり、産卵させたりすることもできる。そのマニュアルさえついていた。そんな時代なのか。

クワガタは雄と雌で、マックスとかジェニファーとかいう名がついていた。マックスがきわめて活動的であった。おがくずの中に潜って、駈け回る。入れてある木に登っては、そこから落ちる。ジェニファーの方は、大人しく、餌もマックスが食っていると近づかない。

ある日、ジェニファーの上にマックスが乗っていた。それからどういう按配なのか、長い立派な角で、ジェニファーを跳ねあげたのである。ふざけている、と私は思った。しかし二度目の時、マックスはもしかするとDV野郎だ、と思った。

私は容器の中に透明な隔壁を入れた。マックスは、その隔壁を突破しようと、何度も体当たりをした。愚か者め。おまえごときに、これが破れるわけがないだろう。ジェニファーは、やっとゆっくり餌を食うようになった。

時々、隔壁をとってみた。マックスは狂喜してジェニファーに飛びついたが、角で弾き飛ばすことは、しなくなった。やがて、二匹が寄り添うように、並んで木の枝にいるのを見るようになった。

そんな観察をしてどうするのだ、と君は言うだろうが、面白いのである。私は、あらゆるものを観察する。唯一観察できないのが、女性である。見た瞬間にタイプかそうでないか判断してしまうのだ。愚か者だな、やはり。

どんな虫だって命は命と思うけれど

虫の話だぞ。

食ったことがある虫は、蝗《いなご》、蟋蟀《こおろぎ》、蜘蛛、蟻、蜂、田ガメぐらいだろうか。その中で、田ガメ以外は熱が入っていた。佃煮にしてあったり、フライであったりして、東南アジアでは、普通にビールのおつまみで売りに来たりする。私はゲテ物を好んで食う人間ではなく、タンパク源が不足していると思った時、仕方なく食ったりしているのだ。

揚子江の上流の、そのまた支流を舟で遡っていた時は、米と塩しかなくなり、船頭が蛇を獲ってきて、焼いて食った。その男は、魚を獲るのはからきしだったが、なぜか蛇には自信を持っていたのだ。

田ガメだけは、ラオスで生で食った。と言っても、叩き潰した田ガメと青唐辛子を混ぜ、それを糯米《もちごめ》の上に載せて食うのである。あまりに辛く、味もなにもわからなかった。

虫を生で食うのも、かなり危険が伴うらしい。ナメクジや蝸牛《かたつむり》を生で食って死んだ人がいる、という話を聞いた。ほんとうかな。食材となっている蝸牛でも、私は生で食おうとは思わないな。

海となると話は別で、生で食ってしまうことが、しばしばある。気味の悪い魚でも、安全だとわかっていれば、まず生で食い、焼くか煮るか決める。ギンポなど、煮ても焼いても食えない魚だが、天ぷらのネタとしては特上品である。

ヌタウナギなどがかかることがあるが、釣りあげると大量の粘液を出すので、放してしまう。それこそ、両掌で掬うと、山盛りになりそうな量である。真水で消せると聞いたことがあるが、試したことはない。ウナギとついているのは、形状が鰻に似ているからで、まるで違うものらしい。

最も原始的な、脊椎動物なのだそうだ。顎骨がない口のあたりなど、ほんとうに気味の悪いやつだが、よく食う国もあるという。

海の中には、さまざまな生物がいるが、人は大抵食ってみるようだ。海牛《うみうし》は、傷をつけると紫色の液体を出して、気持が悪いと思うのだが、食わせる地方があり、私は食ったことがある。捨てたものではなかった。ヒトデも食うところがあるが、私はまだ口に入れたことがない。

海の基地のポンツーンに、浮力体として発泡スチロールをビニールで覆ったものをつけていた。十数年経過した時、FRPの浮力体に替えるために、それをはずした。するとビニールの中から、蛇のような巨大蚯蚓《みみず》のような虫が、ぬるりと出てきたのである。イソメなどと呼ばれ、魚釣りの餌にするものだが、逃げたやつがうまい具合にビニールの中に潜りこんだのだ。魚に食われる運命のはずなのだが、天敵がいない状態になり、いい棲息環境を作りあげて、巨大化したのである。

気味が悪いことこの上なかったが、海に放りこむと魚がたかっていた。

巨大なイソメが魚を呑みこんだとしたら、これはホラー映画である。私は、おっかなくてホラー映画をまともに観ることができない。

船虫と呼ばれるものが、群で岩を走り回っていることがある。いまは小さな群だが、昔は相当大きな群をよく見かけた。

あれなど、捕えて佃煮にしたら食えると思う。しかし、海にはうまいものが沢山あるので、あえて手間をかけて食おうという人はいないのだろう。もしかすると、いるかな。

船虫は、海の基地の中にも迷いこんでくることがある。あまり素速くは動かず、ここはどこだろうという感じで、うろうろしているのだ。おまえ、どこにも行けないのか。情無いやつだなあ。そんなことを呟《つぶや》きながら、私は摑み、外に出してやる。海まで持って行くほど、親切ではないのだ。

虫の話なのに、と君は思っているだろう。私は、話が魚の方へ行ってしまった時は、どうしようかと思ったが、また虫に戻ってきたではないか。

最近あった出来事を、私は書きたかったのだ。私はデッキシューズを海の基地に二組置いている。スニーカーで、代用などできないのだぞ。デッキシューズだけは、濡れた甲板でも滑らない。裸足でも滑ってしまうので、私は必ずデッキシューズを履く。しばらくひとつを履き続け、潮まみれになったので、水で洗った。

もう一足を履こうとした時、足の裏になにか違和感があった。木の枝でも入っているような感じだったのである。履きかけたものを持ち直し、逆様にすると、なんと百足虫《むかで》が出てきたのだ。私は、跳びあがった。なぜ、私の靴の中に百足虫がいるのか。

百足虫の毒は、かなり強烈である。子供のころ、山で木に登っていて、友人が肩を刺された。ランニングシャツで、肩は剝き出しだったのだが、木の上である。百足虫と友人は一緒に落ちて、片方は逃げ、もう一方は火がついたように泣いた。

私は木を降りていったが、友人は座ったまま泣き続けている。その肩が、見る間に腫れてくるのを見て、こわくなった。山で警戒するのは、蝮《まむし》とスズメ蜂である。蝮に嚙まれたことはないが、大人になってから私はスズメ蜂に刺された。左手が、野球のグローブと言っても大袈裟ではないほど、腫れたのである。

百足虫の毒のすごさも、大変なものである。私は警戒対象に、百足虫を加えた。だからこの歳まで、無事に来られたのである。

それが、靴の中だぞ。屋内に置いていた靴だ。しかし私の足の裏は、腫れたりはしなかった。よく見ると、百足虫は動かない。靴の中で死んでいたのだ。

百足虫は、海の基地の内外で、時折見かける。家の中にいるものは、割り箸で挟んで外に出し、死んで貰う。しかし、なぜ靴の中なのだ。

私は情勢の分析をはじめた。すぐにわかった。ゴキブリと、私は戦争をしている。その戦闘に、最新兵器を投入したのである。ゴキブリが食い、すぐに死なずに巣に帰ってから死ぬ。それを仲間のゴキブリが食い、大打撃となるのだ。百足虫はそれを食い、苦しまぎれに私の靴の中に入り、事切れたのだ。

砂漠では、靴を脱いだら、必ず履く時に逆様にするぞ。蠍《さそり》が入っていることがあるのだ。

悲しき男が背を曲げて消えていった

映画にリメイクというやつがあるが、なにが多いのか考えた。

二回リメイクなど、かなりあるという気がする。私の知るかぎりでは、『肉体の門』の四回というのが最多である。これは映画好きの友人が教えてくれたことで、私は一九六四年公開のものしか観ていなかった。一九八八年のものがあると聞いて、それを観てみた。

戦後の焼跡の中を、力強く生き抜いていく女たちの物語で、二作品には二十年以上のタイムラグがある。時代を切り取った作品だけに、タイムラグには意味が出てくるとも考えられるが、表現物としては、大した相違はない。実は六四年のものは、知り合いのお兄さんに連れていって貰ったもので、描写のすごさにたまげた記憶があるだけで、内容をよく憶えていない。八八年のものを観て、なるほどこんな内容だったのか、と思ったりしたのだが、ほんとうはだいぶ違うのかもしれない。リメイクの作品で、同じ内容になってしまうものは、少ないだろう。その時代の、リアリティというものがあるはずだからだ。

いかん、また日本映画の話をしてしまったな。語りはじめると、きりがないのである。まれにだが、日本映画についてここで語ると、それからずっと映画のことだけを書きたくなってしまうのだ。だから抑制している。

この映画は、田村泰次郎の原作である。作家の名だけは、高校生のころから知っていたが、恥ずかしながら一作も読んでいない。大学生のころの乱読の時期にも、ひっかかってこなかったのだ。『肉体の門』が大ベストセラーだと知っていたから、斜に構えて読まなかったのかもしれない。ベストセラーだからな、という感覚は、いまも微妙に残っているような気がするが、自分の作品がベストセラーになることは、いつも祈っている。勝手なものだ。

私の作品で、隠れたベストセラーというのがある。

もう絶版になっているので、この場で宣伝することにはならないだろうから、書いてしまおう。『シロは死なない』という、児童書なのである。これは、版を重ねに重ねた。ずいぶん売れるものだな、と十年以上思い続けていた記憶があるだけで、総計で何部売れたのか、実は把握していない。

君は、いい加減な話だと思うだろうが、うちの事務所でも、売れたと言っている。何部だと訊けば簡単なのだが、訊くのがちょっと恥ずかしいのである。したがって私は、これ以外でも細かいことは把握していない。気にするが訊けないという、駄目な部分が私にはある。

初版は一九九一年である。憶えているのには、理由がある。下の娘が小学校一年生になった時に、『小学一年生』という雑誌に連載し、単行本化されたからである。編集者の勧めがあり、はずみで引き受けたようなものだ。

以来、読みました、と言われることが少なからずあった。銀座のクラブで、女優さんのようなかわいい子が、私を知っていると言い、本も読んだと得意気に語りはじめた。そうか、小説が好きなのか、と私は嬉しくなったが、小学校の図書館で、この本を読んだということだった。うむ、私はかなり密着していたその女性から離れ、本を読むのはいいことだ、というような説教を垂れた。

その本を読んで泣いた娘は、もう三人の子供の母であり、二番目がいま小学一年なのである。会社に行けなかったので、歳を取っても貧乏な爺ちゃんは、こんな本も書いていたのだぞ。そして結構な売れ行きで、いまも続いていれば、貧乏から脱出できたかもしれないのだ。

小学一年の孫に、この本は爺ちゃんが書いたのだ、とついに教えた。孫は、爺ちゃんは本を作る人らしいんだ、と友だちに言った。作るって、製本かなにかだと思ったのか、おまえ。この孫は、私と誕生日が同じである。惜しかったな。爺ちゃんが死んでいれば、おまえは生まれ変りだ、と言われたぞ。私がそう言っても、爺ちゃんの生まれ変りにはなりたくない、という表情で横をむいた。

この本は、絵本であるから、文は私だが、絵は浦沢直樹氏なのである。売れたのは、浦沢氏の絵があったからだ、としばしば思う。

リメイクでふと思い出したのが、『アルフィー』という映画である。オリジナルをマイケル・ケインが、リメイク版をジュード・ロウが主演している。両方とも私は観たのだが、途中で眠ってしまったのではないか、という気がしている。具体的なことを、なにひとつ憶えていないのだ。そのくせ、頭の中で勝手に変換が起きて、プレイボーイ映画の傑作として頭に刷りこまれている。

私の頭の中の変換では、こうである。名うてのプレイボーイが、ある時、ふとむなしさに襲われ、昔つき合った女性を、次々に訪ねていく。彼女たちは、懐かしげに主人公を迎えてくれるが、誰もが自分の生活と人生を持っていて、あるところで背中をむけられ、放り出されてしまう。背中に寂漠感を漂わせながら、主人公は夜の街に消えていく。

もしかすると、映画の大筋とそれほど違っていないという気もするが、なにしろ両作品とも主演の俳優を憶えているだけなのだ。つき合った女が、みんなそれぞれに自分の人生を持ち、幸福かどうかは別として、まともな人間として暮している。そのあたりは、私の願望とセンチメンタリズムが、滲み出している気がする。惨めな女性は、ひとりもいて欲しくないのである。

私の妄想の中の『アルフィー』は、孤独のつらさと幸せを、嚙みしめるのである。そういうところに特化した『アルフィー』を、誰か第三弾として作ってくれないかな。

私は、六十年以上、映画を観続けてきた。すべてが、愉しみのためだった、という気がする。エッセイで映画に触れるようになり、思い出して書こうとするのだが、愉しかったか愉しくなかったか、しか出てこないことの方が多い。それはそれでよくて、私と映画との縁だと思っている。

君は、自分の愉しみを、六十年続ける覚悟があるかね。

昔からこわいところがある

腰が抜けるとは、どういうことなのか。

人生で、腰が抜けたと思ったことは何度かあるが、すぐに立ちあがったので、ほんとうは抜けていなかったのかもしれない。

足が竦んで動けなくなるのも、腰が抜けた部類に入るのだろうか。ならば、数えきれないほどある。私は、高いところが嫌いなのだ。高いところにいると、下を覗き見てはいけないと自分に言い聞かせながら、なぜか覗きこんでしまい、足もとからずんずんとなにかが這いあがってくる。そして動けなくなる。だから、高いところに私は行かない。それでも、いつもずんずんとしている。映画で、高所での危機の場面などがあると、それだけでも駄目なのだ。動けなくなる。眼を閉じようとしても、閉じることができない。高所での危機は、うんざりするほど多いのである。

いつのころからか、想像するだけでその状態が襲ってきて、思わず声をあげてしまうこともある。いまこの瞬間でも、たやすく想像することはできて、癖のように二時間に一度ぐらいはやってしまう。いやだなあ。心臓に悪いだろうとしばしば思う。私の年齢になると、心臓は止まりやすいはずだから、そんな癖はほとんど自殺行為ではないか。

高いところで足が動かなくなり、ショックが強すぎて死んでしまう。それも、高いところが想像でしかないということであれば、君は絶対に同情しないだろう。腹を抱えて笑うさ。

飛行機などは、なぜか平気なのである。ヘリコプターも、なんでもない。それなのに、ビルを見ると屋上を想像し、高い煙突を見ると、そこに登りかけて下を見てしまった自分を想像する。なんなのだ、これは。

ホテルに泊り、高層階で開く窓があると、部屋にいるのが憂鬱である。ちなみに、私が仕事場にしているホテルの窓は、嵌め殺しで、硝子に額をつけて下を見ても、なんでもないのである。

いつごろ、私は高所恐怖症になったのだろう。もの心がついたころ、デパートに連れていかれ、屋上に出た。私の育った村では、二階建の家がわずか数軒あるだけで、平屋ばかりであった。せいぜい七、八階だったのだろうが、デパートはずいぶん高い建物に見えた。その屋上で、私は下を見た時、不意に恐怖に襲われたのである。縁は勿論高く、おまけにその上に金網が張ってあった。

その金網をよじ登り、むこう側に降りて、そこから身を躍らせる自分の姿を、想像してしまったのだ。私の視線はかなり客観的で、よじ登っていく少年の後姿を見ていた。しかし、むこう側に降りて身を躍らせる姿は見えず、自分が飛び降りている想像になった。つまり、私は躰が宙に浮いているような気がし、足からずんずんといやな感覚が這い登ってくるのを感じたのである。あそこで、私は高所恐怖症になったに違いない。しかし、木に登ろうと屋根に登ろうと、その高さは平気だったのだ。

どういうことなのかよくわからないが、想像しただけでずんずん来るのに、実際にいろんなところに立って、実験してみようという気にはなれない。とにかく、六十数年間、私は高所恐怖症なのである。あの博多のデパートでの体験より、もっとこわい思いを何度もしたはずだが、忘れてしまっている。

あの屋上で襲ってきた感覚が、私の自殺願望のはじまりなのか。それからずっと、自殺願望を心に秘めながら、この歳まで生きてきたのか。いや、あのずんずんは、自殺願望なのか。小さな子供が、屋上から身を躍らせる、などと想像して、本気でこわがったりするだろうか。

心理学的に分析すると、死ぬのがこわいという恐怖心が、あのずんずんという感覚であり、ならば実は人一倍生きたがっているのではないだろうか。

自殺に遭遇したことは、何度かある。学生のころ、私自身が自殺を発見したこともある。しかし、自殺と言って頭に浮かぶのは、やはりもの心がついたころなのである。それも、相当にすごい自殺であった。

私は、博多から急行列車に乗り、横浜にむかっていた。蒸気機関車だったような気がする。それが、急停止をして、私は座席から転がり落ちた。列車は、しばらく動かなかった。外が騒ぎになり、人が走っていったりした。私は窓を開け、外を覗きこんだ。昔の列車は、窓が開いたのである。

五、六人が駈け回っていて、すぐに人数は増えていき、警察官の姿まで現われた。頭だ、頭だと言って、窓の外を男の人がひとり通りすぎた。丸いものをぶらさげていた。やがて、飛び込みらしい、とまわりの人が話しはじめた。確かめるために、列車を降りた人もいた。

情況は、大人たちの口から耳に入ってきた。駅の近くで、どこからか飛び込んだと言っていたが、そのどこかは忘れてしまっている。列車が、かなりの時間、動かなかったこと、母がもう見てはいけません、と私を座席に引き戻したことなどが、記憶にあるぐらいか。私は、男の人がぶらさげた丸いもののことだけを、考えていた。大人たちの話では、首が斬ったようにきれいに飛んでいたらしい。

私はほんとうに、切断された頭を見たのだろうか。母に訊いて記憶の確認をしたのは、大人になってからである。

自殺との遭遇は、普通よりも多いと思うが、最初が強烈であった。なのに私は、列車を見ても恐怖は感じない。時には衝動ぐらいあって、飛び込む自分の姿を想像して座りこんでしまうことが、あってもよさそうである。しかしこの体験については、思い出すこともほとんどなくなった。

やはり、博多のデパートの屋上なのである。あの時、私は少年の後姿を見ていたのだから、少年は他者と言えば他者なのだ。

それがあちら側に立って、ふっと身を躍らせた瞬間に、自分になってしまう。他者と自分が入れ替るところを、誰かうまく説明して、私を納得させてくれないものだろうか。

君は、高いところは大丈夫か。足が竦んで動けなくなったりはしないか。下を見なければ平気だ、などと言うなよ。見てしまうのが、人間ってやつだよ。

日本人だから日本語を遣おう

よく思うことがあって、それは多少のむなしさとちょっとした悲しみとともにこみあげてくるのだが、地名の話である。

しばしば、平仮名の地名を見かける。あれはなんなのだろうか。平仮名というのは、ただの音なのである。組み合わせてひとつの意味を持つことがあっても、音の記号の羅列にすぎない。以前はきちんと漢字の街の名があったところも、地域の合併などに伴って、平仮名の街の名になってしまったりする。それを押しつけてくる行政は、住民の投票をもとにして決めました、などときっと言うぞ。行政が手を抜くところ、責任を逃れる名目を作るところに、必ず住民の意思というやつがある。

平仮名の地名を見ると、街は不意に色褪せ、つまらない光景が拡がっている、と私は感じてしまう。平仮名が読みやすくていい、と言うのは、小学校の低学年ぐらいまでであろう。日本には、独自の漢字の文化があるのだから、なぜ遣わないのか首を傾げてしまう。漢字は、かなりの割合で、絵から来ているのだ。そして一字ずつ、意味を持っている。つまり、表意文字である。平仮名は表音文字で、二つを組み合わせて、日本語で書かれた文章は、時々、はっとするほど深い表現がなされる。

勿体ないなあ。平仮名の地名を見るたびに、私はいつもそう思う。ただ、平仮名表記がわかりやすいという人の方が多いので、採用されたのだろう。私は、反対である。まあ、少数意見かもしれないのだが、一度、表明ぐらいしてもいいだろう。

私は海の基地にいて船を出し、コックピットで海図を見ていた。灯台の印がある。下に数字などが書いてあるが、それは何秒に一回点滅するという意味で、夜間、光を見て点滅の間隔を測れば、場所がわかるのだ。決して、いい加減に見当をつけてはいけない。そして灯台は岬の端などにあり、地名が記されている。普通の認識では、崎という字になるだろうが、埼の字が多い。埼は点を表わし、崎は面を表わすと誰かに習ったような気がする。岬の地名ひとつをとってもそんなふうだから、やっぱり漢字には味があるのだ。漢字のことを考えていなかったら、海図を見ても、埼と崎の違いなど思い出さなかったな。

いま時、海図などを見るのか、と君は思うだろうが、見るのである。特に沿岸を航行し、釣りをする時、底質が砂なのか岩なのかなど、海図には割と詳しく書かれている。普通の航行だとGPSで充分なのだが、定置網の位置なども表示されていなくて、海図に自分で書きこんでいる。私の船のGPSも魚探も、かなり旧式になってきたので、最後は海図頼みになってしまうのだ。

水深が二百メートルほどのところで、私は鉤《はり》に鯖の切り身をつけ、大きな錘《おもり》をつけて落とした。船がどう動くかをよく観察してから、それをはじめるのである。風に流される。反対方向に、潮流に流されたりもして、結構、勘が必要な釣りになる。

潮流は、表層と中層で方向が変っていることがあり、そういう時は糸フケといって、糸が流される。巨大な錘をつけていても、そうなのである。二百メートルの水深で、三百メートル以上のラインが出てしまったりするのだ。糸フケを取るために、船を微妙に動かし続け、リールを巻く。錘が底を切った状態で、ひたすら当たりを待つのである。

私が狙っているのは、深海系の魚である。おかしなのがかかってくることもあるが、うまい魚も釣れるのである。当たりを待つ間、私は音楽を聴いたり、本を読んだりしている。『クイーン』を、また聴いているぞ。フレディ・マーキュリーのことについて、私はここで何度も書いたが、それなら聴いてみますという人は少なかった。みんな、名前はよく知っているアーチストだから、聴ける時に聴こうと思ってしまったのか。それがいま、再び大ブレイクではないか。『ボヘミアン・ラプソディ』を観るために、一時小屋の前に人が並んでいたのではないかな。

フレディ・マーキュリーは、ほんとうにいい。美声というのは当たり前として、生命力に溢れているのだ。光と影が、交錯するのだ。さらにその先になにを見るかは、聴く人それぞれであろう。八〇年代、私はリアルタイムで聴き続けていたが、あのころ自分のなにを重ね合わせていたのか、よく思い出せない。切なく悲しく、喜びと光に満ちて、フレディはいまも私の心に響き続ける。

竿先が、ちょっと動いた。当たりは小さくしか見えないが、二百メートルの深さから伝わってくるものだ。普通の釣りのように、合わせるということにはほとんど意味がなく、ごくゆっくりと巻きあげる。鉤は最低でも三本はついた仕掛けで、ゆっくりと動くと、別の魚も食らいついてくる可能性がある。つまり二尾目三尾目を狙って、二十メートルほど誘うのである。それから先は、モーターであげる。電動リールである。男は手巻き、などと言っていると、二百メートルを十回、二十回巻きあげて、疲労困憊する。

魚が海面に近づいてきて赤い色が見えてくると、そこからはさすがに手巻きである。赤いと、大抵の場合、赤ムツなのだ。別名、ノドグロという。ノドグロのノドが黒くない、と買おうとしてクレームをつけた人がいるが、外側はごく普通の赤い魚なのである。口の中を覗きこむと、ノドの部分が黒い。

うまい魚であるが、刺身では身がやわらかい。だから私は塩をして、ひと晩、風に当てる。それから焼いたノドグロが、一番うまいと思っている。干物と言えば、余った魚を干したりすると思われがちだが、釣りたてで新鮮なものほど、いい干物になるのだ。

釣りというのは、殺生の側面を、否応なく持っている。まして私は、仕事ではなく、遊びで釣っているのだ。

これはうまい、これは食おうと思った魚だけ、釣りあげて殺《し》め、あとはリリースする。殺めたものは、頭から胴体全部を、余すところなく食い、骨は花壇の肥料にする。すべてを利用しても、許されるのかどうか、わからない。必要不可欠の食料ではないのだ。

まあ、焼魚の身だけ箸でつっついて、あとは残すやつよりは、いくらかましだとは思っているが。

会わないより会う方がいいと思った

佐伯泰英氏に会った。氏などとつけるのは、私より年長だからだ。私の、大事な、古き友である。

はじめて会ったのは、八〇年代に入ってすぐのころであったか。お互い、先がどうなるか見当もつかない、駆け出しであった。消えてたまるか、というギラギラしたものは、持っていた。同時期に同じ出版社で本を出したもうひとりがいて、楢山芙二夫という人だった。三人で、めしなどを食った記憶がある。お互いに潰れまいと言いながら、俺だけは絶対潰れない、と私は思っていた。

二、三年経つと、佐伯さんも私も、数冊の本を出していた。楢山さんは、『冬は罠をしかける』という佳作を書いたが、なにしろ書く量が少なかった。佐伯さんは、初期スペイン物といまは言われる、冒険小説にジャンル分けされるものを、精力的に書いていた。私は、ハードボイルド一辺倒だった。

そのころ、佐伯さんは、ずっと以前からの仕事である写真家もやっていたと思う。私がスペインに行って、バゲージがなくなり困窮している時、マドリッドだかセビリアだかで佐伯さんと出会《でくわ》した。スペイン生活が長かった佐伯さんに、さながら小判鮫のごとく私はくっつき、やりたくても諦めていた旅の目的を、次々に果たしていった。一緒に旅行するのだから、親しくなる。同期に出た友人というだけでなく、その旅で、私は佐伯さんとほんとうに親しくなったと思う。スペインのことを、歴史から文化まで、実に専門的に教えられたし、その時の知識はいまも役立っている。特に闘牛については、さまざまな点で人間的なものに及んでくる影響も受けただろう。

その旅のかなり後だが、私は佐伯さんが撮った、闘牛の写真を観た。牛の角をかわす瞬間とか、剣が肩甲骨の間に入る瞬間とか、さまざまなものを観た。しかし佐伯さんは、闘牛の写真をもう撮らないのだと言った。葡萄園でアルバイトをし、フィルムを十本買える金が溜ったら、撮りに行った。粗悪なフィルムで、現像液もスペイン製だから、写っていないこともしばしばだったという。闘牛場でシャッターを切るたびに、写っていてくれと祈った、と言っていた気がする。それが、トライXなどのフィルムを遣い、モータードライブで撮ると、たやすく切り取りたい部分が写ってしまっているんだ。

写真というのは、不思議である。真を写すと書くが、実は写と真の間に、さまざまなものがある。佐伯さんの場合、写と真の間に祈りがあったのだ、と私は思った。

写真について、そんなことも学ばせて貰った。

スペインのあの旅は、鮮烈なできごとの連続で、少なくない私の旅の中でも、最も印象に残っているものである。それ以後、私は数度、スペインに行った。印象は、ぼんやりとしたものしか残っていない。

佐伯さんとは、相当の日数、旅をした。私は運転免許を取得し、遅れてきたオジンドライバーなどと言われたが、最初にヨーロッパを走り回った時、助手席に乗っていたのは佐伯さんだった。相当、こわかったはずだが、ひと言もその言葉は発しなかった。時々、運転について助言はしたが、私は無謀な追い越しをやめなかった、という気がする。

モロッコを走り回り、タンタンという西サハラとの境界の街まで行った。まだポリサリオ戦線というゲリラがいて、街の建物の銃痕は、かなりの不穏さを私に感じさせたものだ。ジブラルタルからフェリーに乗り、タンジールへ行ったことも一度ある。私たちは、自由だった。食べたいものを食べ、行きたいところへ行った。夕めしを食いながら、えんえんと小説の話をした。スペインの話をした。青春の話をした。

最後の旅が、メキシコ、グアテマラ、ホンジュラスと駈け回った時か。帰国すると本業に追われるので、旅は息抜きというところが、私にはあった。そのころ、多分、年間八冊とか九冊とか出していたはずだ。そこそこ本が売れ、あまり必然性のないテレビ出演なども面白がってこなした。

佐伯さんも本を出し続けていて、お互いに送り合っていたが、売れ行きは気にしなかった。作家同士の友人は、相手が本を書いていると確認できればそれでいいというところがあるが、会っていないなあ、と時折思った。佐伯さんが売れていないという噂は、私の耳にも入ってきた。私はそこそこの売上げを維持していて、だからなのか、連絡を取るのが微妙な気分になった。あの気分はなんだったのだろうと、いまも時々思い出す。

ある時、送られてきた文庫本が、時代小説だった。忙しさにかまけて読まないうちに、数冊溜っていた。しかも、すべてがベストセラーであった。佐伯さんと較べると、とても遅いペースであったが、私も本を送り続けた。本の送り合いが、対話のような気分でもあった。饒舌になった佐伯さんと喋っている、と自分を納得させるようなところもあった。

そういう時、楢山芙二夫氏の訃報が入った。岩手の実家の部屋で、万年筆を握りしめたまま亡くなっていた、と私に語る人がいたが、真偽は知らない。訊きにくいことでもあり、私はただうつむいていたような気がする。

二十年ほど前、三人が横に並んで歩きはじめたのだ、と思った。そのうちのひとりが、亡くなった。私と同年ぐらいだったので、まだ亡くなる歳ではなかった。それがやりきれないという気分で、私は佐伯さんと連絡を取ろうと思った。しかし電話番号など、もう変ってしまっていて、出版社の人にたずねるという手間まではかけなかった。

楢山芙二夫氏の死には、私は当然、ショックを受けたはずだが、いま生々しく思い返すことはない。そんな友人がいた、と思うぐらいなのだ。才能は私よりあったと思うが、とにかく遅筆であり、残された著作の数は少ない。

ほぼ同年の、作家の友人を何人か失った。中上健次は若くして亡くなり、立松和平も、ちょっと早いだろう、という歳でいなくなった。

友人の話なのである。君は、もうしばらくつき合えよ。

歳月は友情になにを作り出すのか

年に一回開かれる、中学高校時代の同期会に顔を出すと、おう、みんな爺になったのか、と思う。

自分は見えないので、まわりを見て思うのである。そして、出てこれなくなったやつがいる。その男が、生前どうであったのか、親しかった友人が語るのが、慣例になっている。

私は、自分がまだ語る側にいることを、そんな場所で確認しているのかもしれない。生きているというのは、素晴しいことであると同時に、どこか浅ましいことでもあるような気がしてしまったりするのだ。まあ、私だけのことだろうが。

自分が死ぬということを思うと、心残りは、それこそ数えきれないほどある。その中のひとつが、本を送り合うだけの音信の交換で、十数年も経ってしまっている、佐伯泰英氏に会っていないということであった。

佐伯さんは私より五歳ほど年長で、亡くなる可能性も、大雑把に考えると、私より五歳分大きい。

私ぐらいの歳になると、なんとなくだが、しかしどこか切迫して、そんなことを考えてしまうのだ。それでも、私は忙しかった。本の数から推測すると、佐伯さんはもっと忙しかっただろう。

二人の関係を知った編集者が、対談しませんかなどと言ってきたが、積極的なものではなかった。佐伯さんと再会するのに対談というのも、私は手放しでは乗りきれなかった。

いずれどこかの文学賞が贈られるだろう、と私は思っていた。その授賞パーティなどなら、自然に会うことができるだろうと、私はその機を待つような気分になった。しかし佐伯さんは、文学賞の話はすべて断っている、ということが聞えてきた。なぜだろう、と私はちょっとだけ考えた。佐伯さんらしい、とも思った。

佐伯さんは、誠実でどこか頑固な人である、と私は思っていた。佐伯さんの内部で、いまさら顕彰されても、という思いがあったのかもしれない。私の推測にすぎないのだが、そんな気がする。ひとつ断ったら、二つ目は受けるわけにはいかない、と考える人だろう。文学賞の話は、ひとつや二つではなかったと思う。私は、賞のパーティで会うことについては、諦め気味であった。

ところが、菊池寛賞の受賞を応諾した、というニュースが流れてきた。この賞は、作品というより作家に贈られるものだから、佐伯さんに抵抗はなかったのだろうか、と私は思った。まあ、そんなことは大して気にならなかった。

とにかく、授賞式で佐伯さんに会えそうである。

当日、気が急いていたのか、私はいくらか早く授賞式が行われるホテルに到着し、受賞者控室で佐伯さんを待った。緊張はしていなかったと思う。

佐伯さんは控室に入ってくると、座っていた私の方にむかって、歩いてきた。私も立ちあがり、佐伯さんの方へ歩いた。ぶつかるようにして、自然に抱き合っていた。佐伯さんは私の背中をばんばんと叩き、私は腕に力を入れた。涙がぽろりと落ちたが、恥ずかしくもなかった。

喧嘩をしたわけではないから、和解ではない。再会である。なぜか、二十年も会うことがなく、会わないということが心の中で重たくなっていた友人と、ただ再会した。

言葉を交わし、私は二十年前とまったく変っていない佐伯泰英を感じていた。私は、変っただろうか。そんな問いかけを自分にしたのも、束の間だったという気がする。

オヤジ、いや爺か、そう呼ばれる人種は、面倒臭いものだ、と君は思ったか。思われてもいいよ。再会できれば、それが現実であれば、なんと言われようと構わんよ。

再会して、涙できるほどの友を、君は持っているか。私はいま、自慢しているのだぞ。恥の多い人生を送ってきたから、自慢できるものなどほとんどないが、この再会は私の自慢なのである。

佐伯さんも私も、きちんと生きてきた。私はそれを自覚することなど、ほとんどなくなっているというか、自覚に値する生き方をしてこなかったというか、とにかく、私の日々にはなかった新鮮さが、この再会にはあったのである。

君は、漫然と生きていてはいけないよ。人生のどこかには、こんな再会があると、信じていいのだ。そして、一粒でもいいから、涙を流してみろ。人生というのは、捨てたものでもない、と思えるぞ。

再会と言えば、もうひとつあった。菊池寛賞の授賞式で、懐かしい人に会ったのである。

その人は、会場に入ってくると、私の前を通り過ぎようとして、立ち止まった。おう、という言葉が、その人の口から洩れた。あっ、と私は不用意に声を出した。仲代達矢さんである。会おうと思って会えなかった人ではなく、ただ懐かしい人だったので、あっ、という声が出たのだ。

三十年ほど前に、『友よ、静かに瞑れ』という私の原作で、異例の二時間半ドラマが作られ、その主演が仲代さんだったのである。私は、ロケ地である山形県の湯野浜温泉まで車を転がして出かけ、そこで仲代さんとめしを食い、遅くまで飲んだ。その時の記憶を、仲代さんは、細かく、正確に持っておられた。思わず年齢を訊いてしまい、八十代の後半に入られたと知った。この作品は本編映画になっていたもので、そちらの主演は藤竜也であった。

ロケ地に訪ねたのが契機で、仲代さんは私の作品を多く読まれ、感想の書簡なども頂戴していた。あえて書簡と言ったのは、毛筆で書かれた、ちょっとびっくりするようなものだったからである。和紙に毛筆で封筒は分厚くなり、郵便の規定料金をオーバーして、私はそれを受け取るために、わずかな金を払った。なんとなく、それが嬉しかった。

抱き合って、涙がこぼれてしまうような再会もあれば、おう、あっ、で昔話がはじまる再会もある。自分の生き方をふり返り、街を歩いていて偶然遭遇しそうになった知り人がいたとして、思わず路地に飛びこんで隠れてしまうような相手はいない。

君は、誰かと遭遇するか。再会は生き方の確認と言ってもいい、と私は思う。

第二部　風と海と祈りと

生きることは殺すことか

赤い魚が四尾、クーラーボックスに入っている。

赤ムツ（ノドグロ）二尾と甘鯛二尾で、ともに大型である。ほかに、イトヨリが一尾で中型であった。新年の釣果で、いい年を明確に予感させるものだ。そして、これらは丁寧に食さなければならない。

釣りあげた時、血は抜いてある。神経締めなどということはできないが、生きている魚の鰓《えら》を切って、海水が循環する生簀《いけす》に入れておく。そうすると泳ぎながら血を出し、体内の血がほぼ抜けたころ、死ぬのである。

それを、氷を入れた海水で冷やす。残酷なようだが、食う魚は全部そうして、食わない魚はリリースする。二百メートルの深海でノドグロを狙っていた時、かなりでかい鮫がかかったが、ペンチで鉤《はり》をはずし、リリースした。鮫はしばらく、疲れたなあ、という感じで浮いていたが、やがて海面を力強く尾で叩くと、ぐいぐいと潜って姿を消した。

私はまず、ノドグロの鱗を落とした。それから頭を落とし、三枚に下した。内臓は、鰓とともに引き抜き、肝臓や、卵を抱いている時は、それらは取り置く。魚は、皮をつけたままの方がうまいと私は信じているが、刺身で食おうという場合は、皮を引く。片身だけ皮を引き、刺身にし、もう片方は皮をつけたまま湯引きにする。断ち割った頭と中落ちと内臓は、煮つける。煮つけたものをすぐに食らうのではなく、冷蔵庫に入れておく。煮凍《にこご》りになり、肉の味も深くなる。

ノドグロは二尾あるので、もう一尾は干物にする。身のやわらかい魚だから、実は干物は正解だ、と私は思っている。刺身の場合も、身を締めるために、軽く塩をする。

甘鯛は、鱗を落とさず、少し身をつけて、厚目に皮を引く。皮は炙って、鱗ごと煎餅のようにして食らうのである。身は、昆布締めにすることが多い。もう一尾は、大型の干物である。ノドグロと同じように背開きにして風に当てるが、仕あがりはちょっと違い、ノドグロの方を多く風に当てる。これで、海の基地での三日分ぐらいのおかずにはなり、あとは野菜を煮浸しやサラダで食うのである。玉ネギとじゃがいも、茄子、豆腐などを具にした味噌汁。これで、栄養のバランスはとれるのではないだろうか。一尾残ったイトヨリは、アクアパッツァの材料である。

私の海の基地での食生活は半自給というところで、海の恵みをかなり受けている。ところが、時々やってくる孫どもは、私が貧乏で、スーパーで魚を買うことができず、自分で釣ってきて食っている、と信じている。

おい、小さくかたまるなよ。魚には、きちんと頭がついていて、そこが一番うまいのだ。人は、便利な生活の中で、食物に手間がかかるなどと考えたりしなくなったが、命を戴いているのだから、全貌はきちんと理解しておかなければならない。

人生も、同じだぞ。君は、一日一日だけに眼をむけすぎてはいないか。一日の集積がなんなのかは、常に視界に入っていなければならない。そうしなければ、生きることの意味も、泡のような日々の中で、曖昧になってしまう。

おっ、また説教をこいてしまったか。いやだな、爺は。私は魚を捌く話をしていたのだった。人を、人生を捌く話ではないよな。

捌くといえば、魚ではなくて、羊を一頭捌いた経験がある。沖縄で、山羊を捌くのに立合ったことがあるが、モンゴルで、私自身の手でやったのである。前にも書いたがね。

モンゴル草原を旅行中、食料不足に備えて羊を連れていた。かわいいのでサリーちゃんなどと名前をつけて、夜営のたびにかわいがっていたのだが、食料がなくなった。最年長である私が、捌くことになった。捌き方は村の長老から何度も教えられていたが、自分でやることになるとは思わなかった。

私はまず、天に祈った。この命を戴きます、と許しを乞った。逡巡はできない。私が祈っている間も、サリーちゃんは異変を感じて啼き続けているのだ。後肢を縛ったサリーちゃんを、仰むけにし、私は跨がった。前肢は、誰かが押さえている。腹の臍の下のところの毛を剃り、そこを十センチほどの長さで縦にナイフを入れる。血は出てこない。

それから私は意を決して、傷口に拳を突っこんだ。すっぽりと入ってしまうのである。その拳を、胸の方にむかって押し進めていく。不思議に道でもあるのか、拳に抵抗はあまり感じない。肘まで入った。中は温かく濡れているようで、拳が到達したところにぴくぴくと動いているものがあった。その上の管のようなもの。それを指さきに引っかけて力を入れると、千切れた感じがあった。それで、サリーちゃんは絶命していた。抜き出すと、肘から下は濡れていたが、不潔感などはまったく感じなかった。

解体は、皮を剝ぐところからはじまる。切れ目を入れ、そこから親指の先で押し開いて皮を剝がしていくのだ。結構な力が必要だったが、一時間ほどで、膜に包まれた肉が、拡げられた自分の皮の上に横たわっている、という状態になった。それから、解体する。骨は切れないが、関節と関節の間の腱のようなものにナイフの先を入れていくと、意外にたやすくはずれる。そうやって肉をはずし、刻み、腹に到ると内臓を出す。そこでも血がこぼれることはない。肋骨を両側に開き、肺を取る。するとそこに、かなりの量の血が溜っている。それもきれいに掬《すく》い、内臓を煮る時のために大事に取り置く。大地に、一滴の血さえこぼさないのが、遊牧民の羊の捌き方だった。

肉を近くに見えていたゲルに運び、大鍋で煮て貰った。入っているのは、岩塩だけである。それでも塩が肉の水分を出し、くつくつと煮えてくる。

口に入れる時、当然また天に祈った。

腹の皮が破れるまで食らっても、まだ大量の肉が余っていた。それは、大鍋を貸してくれた家族のもとに置いてくる。皮や骨なども置いてきたが、家族はとても喜んでくれた。

生きることは、殺すこと。それほど切迫していなかったが、手がそう感じたのは確かだ。私の手に、君は今度触ってみるといい。

歩き回っても見えないものはあるか

占いというものに、興味を持ったことはない。なにかいいような占いの御宣託が出て、その通りよくなった、という経験があまりないからだ。よければ、占いのおかげではなく、実力だ、と思ってしまう。手相は占いとはちょっと違うのだろうが、作家でよかったですねと、しみじみと顔を見ながら、手相の専門家に言われたことがある。

作家でなければ、ホームレスか刑務所だった、という手相なのだそうだ。見料を払ったわけでなく、酒の席の余興のようなものだったので、いっそうリアリティがあるような気がした。

私はここ数年運が悪く、ようやく天中殺とかいうものを抜けたので、これからはわが世の春だと、同年同月同日生まれの人に言われた。

年男であるので、最強の爺になって突っ走ってやる、と私は返したが、ここ数年もそうやって突っ走っていて、別に転びもしなかった。要するにどうでもいいと思っているところがあるが、運はよければよいに越したことはない。

年末恒例の、夢枕獏とのカワハギ対決の時、すっかり爺になってしまったお互いの顔を見つめ合いながら、生き残ったよな、俺たち、としみじみと語り合った。あの獏にして、消えてしまうかもしれない、という恐怖とともに何十年も作家として生きてきたのだ。私も、同様である。運がよかったよな、と思わず口にしてしまう。

こういう場合の運は、これから開くものではなく、過去をふり返って言っているのだから、それほど抵抗はない。そこそこ、努力も続けてきたしな。

これから先のことで、君は運頼みをしていないか。幸運を祈ったりしてそうだな。運がよかったなどとは、終ってから言うことだぞ。

そういう私が、いま占いなどをしている。まあ、遊びだが、道具をひとつ手に入れたのだ。羊の後脚の踝《くるぶし》の骨である。骨でも、中に骨髄などはない部分で、全体の姿は草食恐竜の臼歯のようでもある。それを振ると四面が出るようになっていて、馬、駱駝、羊、山羊である。順番に、いい目だということになっている。はじめてのレストランに行く時などに、私はそれを振ってみる。なんだ山羊か、と思いながら行って、実際は馬だったりすると、得した気分になるのだ。

この賽子《さいころ》のような踝の骨は、私が捌いた羊のものである。その羊の命の記念に、モンゴルから持ってきた。

モンゴルを旅していて困るのは、ゆるやかな移動だと、景色が何日も変らないことだ。

時々、まったく移動していないのではないか、という思いに襲われる。草原では、移動している羊群を見かける。ところどころに、いくつかのゲルがある。

まれにだが、宇宙からの侵略者のように、ゴーグルをかけ色とりどりのヘルメットを被《かぶ》った、オートバイの一団が丘を越えて現われたりする。きっと、大草原を行くオフロードバイクツアー、のようなものがあるのだろう。

驚き、次に苦笑する。

移動している羊群は、食べたい草があるらしく、みんな急いでいるように見える。羊群の最後尾に、一騎、羊飼いがいる。遊牧と言うと気楽そうに思えるが、その時季に食べさせる草などがあって、かなり難しいものだという。草原そのものも相当にデリケートで、気候変動の影響は大きく、砂漠化すると回復は難しいそうだ。

私は、この大草原を舞台に長い小説を書いていて、馬上から眺めた草原と同じ光景を、多分、登場人物たちも見ていたのだと思う。そう考えるだけで、単調な草原の旅も、私にとっては複雑で興味深いのである。草原には、ところどころに岩山がある。それが、露出した地球の骨のように感じられ、私は攀《よ》じ登ってみたりしたのであった。

モンゴルは、概して大男が多いし、女性も大きい。カラコルムの近くの集落で、酔った爺さんが私に抱きついて持ちあげ、角力《すもう》をしようと言った。さすがに、お互いそういう年齢ではないと了解済みのおふざけだが、ひとりが、抱きついたあと、ホーミーをやってくれたことがあった。これはモンゴル特有の、唄というか音楽であるが、全身が楽器のようになってしまうのだ。私に抱きついた爺さんの躰は、常にどこかがふるえ続けていた。

音楽を、文章で表現するのは、難しいな。聴けばそれだけで済むものに、紙数を費やさなければならなくなる。だから、そんな音楽があるのだよ、と伝えるだけにしておくか。

気紛れに、ただ行ってみるという旅以外に、私は小説の取材のための旅をすることもある。取材だと欲張って、あれもこれも見ようとしてしまうと、その場では感心したりしても、いざ原稿を書く時に、なにひとつとして残っていないことがある。

イメージを醸成するものを、ひとつかふたつ、見つければいいのだ。

モンゴルの取材で言うと、草原を生きもののように動く雲の影、虹、岩山、ホーミーを聴かせてくれた爺さんの躰のふるえなどだろうか。偶然に出会うものの方が、多いような気がする。

移動中の羊群の羊飼いの女性に会った。紫外線を避けるためか、躰の全部を布で覆っていて、わずかに眼が見えるのみだった。声で、女性だと判別しただけである。私は馬のそばに立ち、触れていいかと了解を取り、首筋を撫でた。馬は、じっと私を見ていたと思う。眼が大きく、長い睫があった。だからなのか、片方しか見えない馬の眼に、とても悲しい光があるような気がした。

たったそれだけの話であるが、馬の睫が私の印象に強く残っている。人間の感覚というのは、なんなのだろうか。馬の眼が、ふっと私自身を映し出したのだろうか。ゲルのそばの馬繋ぎで、同じように首筋を撫でてみたが、なにも感じなかった。

どこかへ行っては、二、三日そこでじっとしている。それをくり返すような旅を、してみたい。なにも見つけられないかもしれないし、印象が消えないものと出会うかもしれない。それが、旅というやつだ。

君は、まだ歩き回ればいいさ。

みんな大らかに生きようぜ

葉巻を口にくわえていた。

あるいは、指に挟んでいた。そういうかたちで、銀座の歩道を歩いていたのである。店から店へ移動する時で、一旦火をつけた葉巻が消えるのを待って、外へ出てきたのだった。葉巻というやつは、普通に灰皿に置いておけば、消えるのである。そして、葉巻がまだ長いと、捨てるのは忍びない。

アルミの筒になったチューブがあれば、ポケットに突っこんでおける。それがないので、私はくわえたり持ったりしているのだ。ポケットに入れようものなら、葉巻はあっという間にぼろぼろになり、ポケットの中は収拾がつかなくなる。

そういう私を呼び止めて、強い口調で注意する人がいる。歩行喫煙を取締ったり、煙草のポイ捨てをする不心得者を叱り、多分、罰金などを徴収する人だ。仕事なのかボランティアなのかは知らない。私を見る眼は、それこそ犯罪者にむけるものである。私は、うつむく。

ほんとうは、その人にぐっと顔を近づけ、自分の掌に葉巻を押し当てて、火はついてねえんだよ、と凄みたい。しかし、李下に冠を正すようなことをしているという、ちょっとした意識などはあるので、丁寧に火がついていないことを言い、当然、煙のひと筋もあがっていないのを見せ、こうしなければ持ち歩けない、という事情を説明する。

ああそうなのですか、と言った人とは会ったことがない。私の顔と葉巻を見較べ、けっという顔をされる。あるいは、無言で立ち去ってしまう。

私は面白くないぞ。次こそは、掌に押しつけて、火なんかついてねえんだよ。俺に因縁でもつけてるのか、と言ってやろうと思う。しかし、また咎められると、私は頭を下げて説明していたりする。いつの間に、私はこんな卑屈な男になってしまったのだろう。李下に冠を正していても、違うとわかったらごめんぐらい言えないのか。

タクシーに乗った時、おじさん、それ何だよ、と運転手さんに言われたことがある。私はやはり丁寧に説明するが、チョコレートの新製品だよ、運転手さん食うかい、と冗談を言ったら、露骨に舌打ちをされた。

なぜ、これほど煙草が悪者扱いにされるのか。空港の免税店どころか、最近ではきちんとしたパリの葉巻屋でも、ボックスにひどい写真が貼ってある。解剖した肺のようなものであったり、苦しくて顔を歪めている男の写真だったりするのだ。しかも、わざわざ正視に堪えないような、気持の悪い写真にしてあるのだ。そこまでやるなら、売らなければいいだろう。買うな、犯罪のようなものだ、死んでもいいのか、とまでやるなら、ほんとうに売るなよ。

かつて、テレビで映った女性の大臣で、煙草を値上げすれば、買う人が少なくなるし、値上げ分は税金だから、一石二鳥だというようなことを言った人がいた。煙草を禁止する法律を作り、喫《す》った人を罰する社会を作るのが私の考えです、となぜ言えない。あの発言は、日本の政治の、本質を表わしているような気がしたものだよ。

喫煙者として、守るべきものは全部守ってきた。どんな規制にも、抗弁せずに従ってきた。ただ、喫ってはいけない、という法律がないだけなのである。だから、私は喫う。

法律で禁じられれば、喫わないさ。法律で禁止するには、どこか整合性がつかず、だから規制の連発なのではないか、という気さえする。

君は、どう思う。私は馬鹿か。

あまり人に言ったことはないが、私は喘息である。二十歳前後の数年間は、かなり重い肺結核でもあった。つまり、呼吸器に問題はあるはずなのだ。喘息も、ステロイド吸引の治療をしている。それでも、咳が止まらない。咳を止めてくれと、高校時代に同級生だった医師に訴える。しかし、その話はしたくない、と横をむいてしまうのだ。

おまえ医者だろう。現代医学で、咳ぐらい止められないのか。話したくないと言ってるだろうが。医師と、そんな会話、あり得るか。しかし、ほんとうに言われるのである。

彼に言わせれば、たったひとつのことで、咳はかなり改善されるはずだというのだ。たったひとつぐらい、いいではないか、と私は葉巻の煙を吐きながら言う。この煙突野郎が。そう返される。つまるところ、煙草を、私の場合には葉巻を、やめればいいというだけのことなのだ。このたったひとつを、私はやりたくない。煙を吐きながらでも、咳を止めるのが医者というものだろう。言い合いになるが、摑み合いをする歳でもない。

咳が止まらず、煙草をやめた大沢新宿鮫のことを思う。自分はあんな軟弱者ではないのだと、涙を流して咳をしながら思う。自分をほめてやる。そして大声で宣言する。俺は、葉巻をくわえたままくたばってやる。拍手は、どこからも聞えないな。

ところがである。その咳がぴたりと止まった。私は十数年ぶりに風邪をひいた。微熱程度の発熱で、洟と咳が止まらない。同級生のところはこわいので、ホームドクターのような医師のところに行った。風邪ひいてるよ。めずらしいな。それから、薬を処方してくれた。その中には、咳を止める薬や、気管支を拡げるための薬が入っていた。咳が出ず、快適ではないか。風邪そのものは、二日ほどで治ったが、私は処方された一週間分の薬を飲み続けた。

こんなことで、私の咳は止まったのである。

四十年近くも前になるが、小説の中で、病院で咳を続けながら、煙草を喫っているというシーンを書いた。主人公が病院の廊下を歩いていると、パジャマを着たそういう老人に出会《でくわ》すのである。ただの心象風景だが、その行為に妙な諦念が滲み出していて、書いていて手応えがあった。

意地になって煙を吐いている人間にはなるまい、という自戒もこめた。この文章を書きながら、自分がそういう人間になってしまっているのだと、なんとなく気づいた。まあ、いいか。

それにしてもな、君、昔は病院でも煙草が自由に喫えたのだよ。

絶叫してみてなにが見えたか

ひとつの目的にむかって動く、一万人、二万人の群衆を見たことがある。

五千人ぐらいだとしばしば見たし、千人ぐらいだとうんざりするほど見た。学生時代のデモでは、いやでも見ることになるからだ。

小説を書いていて、一万の軍とか三万の軍とか、一千の部隊とか人数というか兵力というか、大雑把に表現することがある。大雑把であろうと、どんなものかの見当は、頭の中にはあるのだ。学生のころのデモは、みんなヘルメットを被り棒を持っていた。つまり、私が書いている古い時代の戦と、外観は似たようなものだろう。そしてどこかで、機動隊と衝突してしまうのである。

いま思い出すと、無茶苦茶な時代ではあった。それでなにかが変えられると、本気で信じていた部分もある。いまも昔も、私はイデオロギーとは遠い人間だが、変革の可能性を求めることで、デモに行く必然性はある、と思っていた。無論、もっと真剣に考え続けている学生もいた。いま思い返すと、すべてが青臭いが、それが青春というやつだ。

しかし、頭の中だけでは、どこか臨場感にも欠けるのである。常に、そんな気がする。そして私は思い浮かべる。ライブの熱狂である。

サウンドに合わせて、ほぼ全員が跳ね、手を振り、声をあげる。それが五百人ほどの会場なら、一斉にということになる。一千を超えると、会場の中で熱狂が伝播するような気がする。武道館のキャパは一万ほどだろうと思うが、それぐらいになると熱狂はタイムラグを持って場内を駈け回る。

私は、どちらも好きである。というより、熱狂のさなかにいて、私自身も熱狂しているのだ。実は孤独な熱狂である。熱狂の動機が、それぞれ違うのだ。人生がうまくいかないやつが、ここだけはと思って熱狂している。ステージのアーチストが好きで、その挙動だけを見つめて、熱狂する者もいる。開演前は、いそいそとした雰囲気がそこここにあるのに、終って会場を出ると、そそくさという感じになるのだ。

君は、ライブに出かけたりするか。ライブはほんとうに不思議で、心の底にあったものを掻き回されて、ああ自分はいま哀しいのだと、跳ねながらわかったりするのだよ。心を、そんなふうに見せてくれるものが、ほかにあるだろうか。みんな、それぞれの心を剝き出しにして跳ねている。CDを聴いていて、そこまで心は剝き出しにならない。跳ねられないライブも、あるよな。

ある時、私はシャンソンのライブを聴いていた。隣の席に女性がいて、はっとするような美形だったから、私はライブチケットをくれたやつに、束の間、感謝した。唄声が流れはじめる。みんな躰を動かすぐらいのことはするが、跳ねたりはしない。手拍子が起きた。陽気な唄である。私も、手で拍子をとりながら、肩を揺らした。隣席の女性と肩が触れ合えばいい、という潜在的な欲求があったのかもしれない。しかし、女性の手が膝の上からまったく動いていないことに、気づいたのだ。思わず、私は女性の顔を見た。顔が涙で濡れていた。

それだけのことである。その女性と、涙の共有はできず、それぞれにひとりきりだった、というだけのことだ。私にとっては、陽気で首ぐらいは動かしたいと感じるその唄は、女性にとっては涙に値したのだ。

ライブはひとりきりだ、とさまざまなライブ会場で私は思う。何千人いようと、ひとりひとりの集まりなのだ。表現物の本質には、そういうところがないだろうか。そんなことを考えている時、私は五万を超える客が入っているライブに行った。ＥＸＩＬＥの東京ドーム公演である。野球の観戦に来たことはあるが、ライブははじめてであった。はじまる前から、周囲は高揚していた。その高揚は、見わたすかぎり人で埋めつくされている観客席に、等しくあるものだろう、と思った。

はじまったら、すごかったぞ。なにか、違う世界がいきなり開けた、という感じに襲われ、その違う世界はたたみかけるように私の中に流れこんできた。自分を取り戻そうという暇もなく、私は目の前の世界に浸った。パフォーマーのひとりひとりが、表現者だと感じた。それぞれが違うオーラを発しながら、しかしひとつにまとまっている。

鯨波が起きた。それは伝播するものではなく、方々で起きるのだ。重なり合う。五万を超える人間の鯨波とはこんなものか、と聴き入った時だけは、私は自分を取り戻していたような気がする。そして、五万人の鯨波を、私は書けると思った。鯨波とは、私が言っているだけで、普通は歓声と呼ばれるものかもしれない。しかしこの鯨波という言葉が、ぴったりだという気がしてならない。

私の周囲で鯨波が起きた時、私はまた世界の中にとりこまれた。やがて私は立ちあがり、絶叫したような気がする。はねたあと、声がかすれていたのである。しかし、私が観たのはなんだったのだろうか。よく観るライブとは、まるで異質なものだった。それでいて、私にとっては明らかにライブだったのだ。

音楽の表現があった。踊りの表現があった。しかし私は、やはり別のものを観て興奮したのだ、という気がする。

また、観に行ってみよう。何度か観ると、東京ドームのあの熱狂の本質も、ＥＸＩＬＥがなにを伝えようとしているのかも、わかってくるかもしれない。

光に満ちた公演だった。私があとで足りないと思ったのは、翳りだけである。光と影が交錯して、普段は見えないものを見てしまう、というものではなかったという気がする。私が感じたことを、言葉で表現できないのがもどかしいな。

君も、観に行ってみろよ。損はないぞ。チケットが手に入りにくい、という難点はあるがな。

街の、小さなライブハウスが、私は好きである。新木場にある、数千人が入れる会場も、武道館も好きである。

要するに、ライブならなんでも好きなのだが、東京ドームは大きすぎて、いまのところ茫然としているだけである。

あのライブで君に会ったよな

ライブはいい、と私はここでよく書き、実際に行ってみたりもする。

有名になったバンドのライブにはあまり行かないが、彼らが無名のころ、ふらりと行って、それをほめたことが何度かある。

そういうバンドを、私は心の中で応援し、音楽好きの若者たちと飲んだりする時は、よく名前を出し、通ぶった批評を並べたてたものだった。そのバンドが有名になってくると、自分の先見性を鼻高々と自慢したりもした。実際、そんなバンドがいくつかあり、無名のころに支持していたというのは、私の勲章のようなものだ。

しかし、正直な告白をすると、有名になってくると、私は関心を失ってしまうのだ。頂上に駈けあがるさまを、見たいという願望が強いのかもしれない。あとは勝手に活躍してくれ、という気分になる。世界ツアーであろうがドームツアーであろうが、横目で見てふむふむと思っているだけだ。武道館にも、あまり行かないなあ。小さなライブハウスで、客がぱらぱらと入っている、というようなのが好きなのだ。昔は、歩いていてライブハウスがあると、入ったりしたものだった。いまよりもっと忙しかったのに、そんなことをやっていた。

下手くそな連中もいるぞ。私には、音楽を専門的に評価する力量はないが、好悪だけははっきりしていて、好感を持ったバンドがつまりはいいのである。表現物というのは、最終的にはそんなものだ。懸命さを感じさせ、私がいいと思ったバンドが、消えていく。有名になるより、消えていく方がずっと多い。小説家も、同じだな。

六本木に『ピットイン』というライブハウスがあり、私はロッピーなどと言っていたが、そこで友人の柳ジョージが唄っていたことがある。有名な歌手が、しばしば出ていたところだった。

ライブが終ってから、私はその会場で柳とビールを飲んだ。行儀のいい唄い方で、破壊力がなかったさ。酔っ払った私は、そんな絡み方をした。その夜の柳の歌は、行儀がいい、と私は感じてしまったのだ。いや、俺はずいぶんと崩してたぞ。そういうことじゃなくてさ。そうか。だけど自分だって時々行儀のいい小説を書くじゃないか。私はむっとしたが、もしかするとそうかもしれない、という気もした。それきり別の話題になり、行儀がいいというのがどういうことか、具体的な話はしなかった。

ロッピーがなくなったのは、もうずいぶん前だ。ちょっと無機的な階段を、地下に降りていくのが、私は好きだった。柳が亡くなってからも、もう十年近くになるのか。

いつのライブだったのか、思い出そうとしたが、思い出せない。はねたあとのライブハウスは、月曜の朝の教会のような感じで、その光景だけをはっきり憶えている。『逃がれの街』という私の小説が映画化された時、主題歌を唄ったのが柳で、それ以来の友人だった。あの作品は、四十年近く前に書いたもので、もうそんなに時間が経っているのか、と時々思う。柳が、とっ散らかして唄う、『サマータイム』は印象的だったな。

若者が、どんなふうにしてバンドを作っていくのか、尾崎世界観の小説を読んでよくわかった。私は聴くだけで、そんなところを見ようとはしてこなかったのだ。『クリープハイプ』は、やっとCDが出たころに聴いた。私はほめていたが、ほめている途中で売れはじめた。有名になると関心をなくすはずが、この間、尾崎とは友だちになったので、これからも聴き続けるだろう。

友だちといえば、吉川晃司の武道館ライブに、久しぶりに出かけていった。行くのが久しぶりというのではなく、彼が武道館のステージに立つのが、久しぶりだったのだ。会場入口の人ごみの中を歩いていると、私の姿を見つけて立ち竦む人や、微笑む人や、握手を求めてくる人が、かなりいた。吉川のファンクラブでは、私たちが友だちであることは知れ渡っているらしく、しかも少し前に一緒にテレビのトーク番組に出たばかりだったから、ことさら親しみを持たれたのかもしれない。みんな盛りあがれよ、などと私は古臭い言い方をして手を振ったりした。

ステージの吉川は、気持ちよさそうに唄っていた。のどにトラブルを抱えていたが、それは克服したようで、聴いていて心地がよくなるような声が出ている。私が行った日も、武道館は満杯で、ライブ特有の親和力のようなものが、場内には溢れていた。

のどのトラブルが完全に解消していることに、私はまずほっとした。いいぞ、いいぞ、行け。呟《つぶや》きながら、私は手拍子をとった。こいつは、三十五年間、こうやって最前線を走り続けてきたのだ。そう思うと、ちょっと涙ぐみそうになった。しかし、最後は興奮していたのだろう。

私がライブでそんなふうになるのは、実はめずらしいことなのだ。盛りあがりながら、どこか冷静な眼を働かせている、ということが多いのである。

吉川は、自然体に近づいてきたのであろう。表現のどこにも、気負ったものがない。それでいて、人の心に達するなにかがある。

友だち関係で、こういうところでほめるのは、ちょっと気がひけるのだが、とてもいい場所が、あの日の武道館にはあった。

私はこのところ、ライブハウスではなく、画廊によく行くようになった。友人の村上肥出夫が亡くなったことが、どこかに影響しているのかもしれない。さっと入り、ぐるりと観て、出てくる。いまのところ、私の足を止める絵には出会っていないが、いずれどこかで、半分気に入ったものを買いこんだりするのだろう。

外国でも、よくギャラリーに行く。買ってしまうこともある。帰国してじっくり観ると、稚拙さが目立ったりするのだが、現場で観た時は、どこか心が動いたのだろう。ラオスのナイトマーケットで買った画用紙の一枚は、額装して海の基地にかけてある。ただ、赤い絵。それが僧侶の集団を描いたものだとは、百円ぐらいで買う時に聞いたが、私にとっては炎の絵である。

その内、君に観せてやろうな。

役作りにはエネルギーが必要だ

このところ、女がおっかないという小説を、何冊か読んだ。小説であるから、心理描写など深く読みごたえがあり、伏線の回収もほぼうまくいっている。まあ、作品によるのだが。

女をおっかなく感じる小説は、基本的に好んで読まない。しかし、おっかないとわかるのは大抵読了してからで、私は索莫とした気分に襲われ、ほかに好意を持てる点を、探すのである。あまりないな。小説は、やはり細部の評価だけでは駄目のようだ。

君は小説の一部だけをくり返し読んで、それだけでいいと思うことはあるか。

まあ、読書には多分、いろんな読み方があるのだろうが、私の場合は割りとしっかり読む方で、速読などもできない。それが私の読み方である。

ところで、私はとてもめずらしい読書をしたことを思い出した。読書と言うには、いくらか無理があるかな。

私の親父は、外国航路の船長で、航海中は暇らしく、よく本を読んでいた。横浜にある書店の児童書のコーナーに連れていかれ、親父が自分の本を買ってくるまで、そこで欲しい本を選ぶのである。小学校の低学年までだったかな。その前は親父は一等航海士で、入港中に家族を横浜に呼ぶのも、なかなか難しかったのかもしれない。

休暇で九州の家に帰ってきた時、私にも二、三冊は本を渡すのが常であった。

それが、まだ字が読めない幼稚園以前から続いたのだ。当然ながら絵本で、字もある。私はそれを、一頁、一頁繰っていくのである。字を読むより、一頁に滞在していた時間は、かなり長かったはずだ。

私は頁ごとに、お話を考えていた。立っている男の子が走ると、まず、なにかが追いかけてきて、逃げる。追ってくるのは、放し飼いにしてある犬の場合が多かった。ある程度、私に馴《な》ついている犬もいれば、私を見ると吠えかかる犬もいる。犬は大抵、縄張りを持っていて、落ちついてそこから出れば、吠えるのをやめる。

次には、走っていく先の話を考える。親しい友人がいる。うまいめしがある。憎らしくて、いつかいじめてやろうと思っている知り合いがいる。行先のことを考える方が苦手で、そして主人公は碌なことをしない。追ってくるのは、虎であったり、象であったりして、それをどう迎え撃つのか、考えるのだ。しかしながら、物語がまったくそういうものと無縁であると、頁を繰ったら予想もしない絵が出てくる。すると、その頁からまた話を作り直さなければならない。

女の子が出てくる絵は、得意であった。意地の悪そうな子は、転んで泣く。唄のうまい子は、当然聞かせてくれる。かわいい子とは、なんとか恋をしようと、私は努力する。一頁だけで盛り沢山の話ができ、寝る前に一頁だけしか進まない、というのもあった。

自分が作ったお話を、私は小学校に入ってもいくつか憶えていて、実際に活字を読むのと、まるで違うこともあった。読む人間がつらくなるようなお話はいやだ、とあのころなんとなく思っていた。つらいどころか、悲しいもの、惨めすぎるものがあり、残酷なものも少なくない。

私の絵本のお話は、読書体験と言えるのだろうか。

私は母方の祖母に、想像力のない子だ、といつも言われていた。祖母はクリスチャンで、長く寝たきりで周囲に迷惑をかけっ放しだったが、感謝は神様にだけしていた。そして私を呼び、聖書物語のような本を読んでくれるのである。挿絵が入っていて、そこにいる人たちの数人には、頭上で輪が浮いていた。どこかで支えなければ絶対に無理で、だからこの本はおかしいと言って、叱られた。つまり、本の内容など聞いてはいなかったのである。

絵本の中には、いつも私がいた。冒険をし、闘い、逃げ、追い、おかしな基地を作って、動物たちと友だちになったりした。字が読めるようになってから、絵本はつまらなくなった、と私は思っている。

いかん、おっかない女の話だったな。やさしくて、怖い女。見てくれも態度も怖ければ、幼い私が、魔法使いと闘ったように、闘えばいいだけのことだ。

やさしくて、怖い女。私は実は、一本の映画を思い出した。数年前に『ファントム・スレッド』というのがあった。これは、主演がダニエル・デイ＝ルイスで、『ゼア・ウィル・ビー・ブラッド』を私は最上の好みとする。しかも、監督が、同じポール・トーマス・アンダーソンなのだ。これは観るよな。

まず、ダニエルだからして、演技はとても凝ったものだった。身づくろいをするデザイナーの男が、鼻毛を鋏で切るところなど、なにが起きるか私をわくわくさせた。しかもこの作品を最後に、映画界を引退するというのだ。

仕立屋というかデザイナーの、極端な美学が貫かれる中で、ある女性と出会う。ともに暮らしはじめるが、女性は彼の作品を着ることだけに、存在価値を見出されているようだ。

それが、怖いことになる。ネタバレそのものだから、なにが怖いのかは書けないが、その怖さが一方的で単純すぎて、私は乗り切れなかった。賛否両論ある映画なのではないだろうか。

ダニエル・デイ＝ルイスは、『存在の耐えられない軽さ』などで、身勝手な女に振り回される医師の役を好演していた。相手役のジュリエット・ビノシュは、身勝手さを演じさせたら右に出る者がいない女優だから、名優の共演と言えたし、プラハの春とその弾圧の背景が描かれていて、重い主張を持った作品だった。

役作りに二、三年かけて、その人そのものになってしまうとまで言われているダニエルは、『リンカーン』ではリンカーンに見えた。

しかし最後と言っている作品では、わがままな芸術家そのもので、存在感に圧倒的なものがない。マザコンでシスコンというのも、ありふれている。悪魔のような創造者になれなかったのだろうか。やがて女房になる女性は、ごく普通に演じられているので、そこは怖いのである。

名優が去った映画。それだけで、君にとって観る価値がある。

丈夫な歯でも安心しない方がいい

月に一度、口の中の掃除をする。

歯科医院で、歯垢などを取って貰うのだ。月に一度やるつもりなのだが、躰が緊急性を感じないので、ほかの用事にかまけて、二カ月に一度、三カ月に一度になってしまうこともある。それでも私の生活の中では習慣性を持っていて、長い年月、続けている。

私の歯は丈夫で、虫歯などにはならず、このまま一生もつのではないか、と思っていた。

ところが奥歯がぐらついてきた。そして、ついに抜かれた。分岐した根っこのところに、黒い歯石がついていた。それは頑固で、爪の先で削っても落ちない。

その歯石を、私の細胞は私のＤＮＡではないと認識し、押し出す力が働くらしい。うむ、自分で押し出しちまうのかよ。説明を聞いた時は、妙に感心したが、これが精神だったら、自己崩壊ということなのか。

奥歯を抜いたところには、インプラントを入れられた。螺子《ねじ》のような金属製の根っこなのだが、私の細胞はそれを異物と認識しないらしい。なんだ、意外に鈍いやつなのだな。そんなのが、奥歯に数本ある。これ以上増えてはたまらないので、熱心にブラッシングをしている。いや、熱心ではなく、お座なりの時もあるか。

長い間、虫歯にさえならなければいい、と私は思ってきた。ガシガシと、力一杯磨いてきたのである。少々腹が立つことなのだが、歯ブラシは縦に動かしてはならない、横に動かせといまは言う。昔は反対で、どっちが正しいのだ、と言いたくなってくる。まあ、縦にも横にも、私は磨いているが。そして力はそれほどは入れない。力を入れなくてもきれいになるのかと、不安ではあるが。

昔よくて、いまいけないことなど、私の親の世代は、価値観が反転した敗戦で、ずいぶんと学んできただろう。

それに較べると、歯ブラシの遣い方に文句を言っている私は、いかにも現代的なのかもしれない。

歯について、私は根拠があるのかないのかよくわからないが、妙な自信を持っていた。高校生のころ、化学の教師に、クラスの代表者は前に出て来いと言われ、その日掃除当番かなにかだった私が出た。リトマス試験紙を舐めさせられたのである。喫煙テストだぞ、などという野次が聞えたが、口の中はアルカリ性であった。虫歯になりにくいぞ、おまえ、と教師に言われ、私は気をよくした。しかし、歯石はつきやすいのかもしれない。

私は、一日二本、太い葉巻を喫うようになって久しいので、口の中はずっと煙突状態である。歯の裏側など、掃除しても二週間ぐらいで真っ黒になる。それを、ガリガリと取られ、機械でも削り取られる。掃除をした直後は、裏も表も白い歯である。鏡に映してにっとすると、白い光がこぼれてくるので、快感である。やはり、ひと月に一回は通おうか。

私の年齢になると、歯は実に長い歳月を耐え抜いてきたのである。噛んでいて異物があり、それを取り出すと、異物などではなく、奥歯から剝離した私の歯の一部であった。米粒ほどであっただろうか。何年も前のことで、それ以後も本体には異常がなく、舌に当ったら刺さりそうな感じがあるところだけ、機械で削って貰った。

前歯がそんなふうに欠けてしまったら、そこに金を入れるのはどうだろう、と私はこの間、思った。ウズベキスタンで、金歯の人をよく見かけたのである。もうひとつ見かけたのが、黒々とした太い眉である。描いているのだろうと思ったが、詳しくは検証できなかった。

みんながそうしているというのは、美意識として、それがいいとされているのだ。これは、女性の話だよ。いま思い出すと、男の顔にそんな印象的なものはなかった、という気がする。若い女性で、美人だなと思っても、私の眼から見ると眉が異様に思えるほど太く、笑うと金歯が見える。ともに美意識にのっとっているので、恥じるところはない。

君はいま、そういう女性の顔を想像したな。首都のタシュケントでは多分少なくなっているが、田舎へ行くと圧倒的な数の金歯であった。綿の産地で、畠で綿摘みをしている女性が、笑うと金歯なのである。それは金に価値があるので、口の中を貯金箱にしているのか、と訊きたくなったが、私はロシア語もウズベク語も喋れないので、笑い返すだけである。手で綿を摘んでいて、道に舗装はなく、騾馬《らば》が曳く馬車に五、六人の娘さんが乗って、移動している。ウズベキスタンも大都会はあるが、私は西のそういう地域に紛れこんだのである。

綿摘みで思い出したが、『プレイス・イン・ザ・ハート』というアメリカ映画がある。八〇年代の作品で、古いからかＤＶＤ化されていなかった。いまはされているのかな。いい映画だぞ。手で綿摘みをやっていた時代の話だが、あれはつらそうだ。二、三十年前のアメリカ南部の綿畠でも、ほとんど人の姿は見かけず、巨大な昆虫のような機械が動いているのであった。

ウズベキスタンの綿花栽培は、いろいろな問題を引き起こした、と耳にした。水を大量に使うので、アラル海が干上がり、魚も棲息できない湖になったという。船の墓場がある、と現地で聞かされた。西部は、かなり田舎なのである。

ただ私は、干上がった湖の底に横たわっている船を、見るために行ったのではない。ある男の足跡を辿っていたのである。だから、アラル海には行かなかった。綿畠に迷いこみ、金歯の取材をしてしまった、ということなのだ。

金歯では、すごいのを見た経験がある。キルギスタンという、ウズベキスタンの隣国で、もう三十年近く前の話である。

首都のビシュケクというところで、革のジャケットを着た親父が、話しかけてきた。闇ドルを扱っていた。その親父の口の中が、明るいのである。つまり、全部金歯という状態だったのだ。高いんだろうな、と私は日本語で言った。ひと財産だね。親父はさらに、明るい口を近づけてきて、私の耳もとでレートらしいものを囁いた。

君は、私が脱線したと思うか。

ちょっとだけ夢を見たいものだ

テレビを観なくなって、どれほどの歳月が過ぎただろうか。

まったく観ないというわけではなく、自らスイッチを入れることがない、ということだ。街のある場所とか空港とか駅とか、気づくとテレビが映っていたりする。そんな時、私はぼんやりと画面を眺めたりすることもある。

海の基地には、テレビは置いていない。それどころか、地上波も入らない。そばの電柱まで、光ケーブルとかいうものが来ていて、それを屋内に引きこみ、電波を飛ばして、映画を観られるようにしてあるから、必要ないのである。そうするには、さまざまな手続きと手間が必要だったが、詳しい人にやって貰った。私がやるのは、スクリーンを降ろし、スイッチ類を入れるだけだ。

自宅でもそうで、書斎にも書庫にもテレビはなく、ニュースなどは、新聞数紙と雑誌類で知るようにしている。無論、居間に行けばテレビは置いてあるが、自らスイッチは入れない。

その昔、私はテレビを観ていた。だから、面白いということはいやになるほど知っている。番組一本で切りあげようと思っていても、もう一本、もう一本と観てしまうのだ。

それなりに作られていて、情報源にもしていた。それでも私はある時、そういう面白さを求めてはいないことに、ふと気づいた。と言うより、私は自ら面白さを求めたいのだ。本を読み映画を観て音楽を聴く。そこでは私は、面白さや心のふるえやかぎりのない悲しみなどを、自ら求めている。求めているものが見つからない時も、求めようとしたということで納得できるのだ。

ただ与えられるより、もう少し能動的に求めたい。それだけのことで、私はテレビそのものも作る人も観る人も、否定する気などない。自分がどうかという話をしているだけだ。

時々、出演しているくせに、と君は言うだろうな。私などにも、テレビ出演の依頼が時々あり、はずみのように引き受けてしまうことがある。それなりに緊張感があって、カメラをむけられている時間は、嫌いではない。しかし私は、自分が出演した番組を、間違いなく九割は観ていない。

出演してしまうと、不意に関心がなくなってしまうのだ。こんなやつ、テレビで遭ったりしない方がいいだろうな。放映された直後に、いやあ、きのうのテレビ観ました、などと言われて、一瞬、なんのことだかわからなかったりするのだ。

ほとんどテレビを観ない私は、時代に乗り遅れているのだろうか。新聞はかなり詳しく読み、二紙、三紙と同じ記事を読み較べたりはするが、最先端の流行については、うといところがあるだろうなあ。流行している踊りのついた唄など、孫たちの方がずっと詳しい。第一、踊りのステップなど踏めるわけもなく、恥をしのんで孫に教えて貰っても、爺ちゃん、柔道やってるんじゃないんだよ、と馬鹿にされる始末である。爺ちゃんはな、これから流行しそうなバンドは、よく聴いているのだぞ。おまえらが転んでも頭を打たないのは、爺ちゃんが受身を教えてやったからだろうが。

いかん、孫の話ではない。時代に乗り遅れているのかだ。ゲームなどやらないので、そこでも私は決定的に遅れているが、追いつこうという気になったことはない。ちょっと違うかもしれないが、ライブ会場にいる方がずっと刺激的だ。スクリーンを観ている方が、ずっと深いところで心が揺り動かされる。

ゴルフも、やらない。学生のころ棒を振り回して機動隊と闘っていたら、そちらよりこちらの棒の方が面白いぞと、親父がクラブのセットをくれた。親父は教え魔で、教えられている通りにやったら、すぐに親父よりうまくなってしまった。それきり親父は教えてくれなくなったし、コースへも連れて行ってくれなかった。それでやめてしまったのだ。

いまは、ゴルフで丸一日、時間が取られるのがどうしても惜しい。

亡くなった渡辺淳一さんに、おまえ、ゴルフをやれ、と言われたことがある。年間六十回ゴルフをやったとして、その六十日を、体力がなければもたない海外の土地に行くことに遣いたいのです、と私は自分の考えを申し述べた。渡辺さんはしばらく考えていたが、銀座の女性と遊ぶと、二十代は金が貰えるかもしれん。三十代はほとんど金がかからず、四十代はそこそこ出さねばならず、五十代になるとかなり財布が痛み、六十代になるといくらかかるかわからない。ゴルフはいくつになっても値段は同じだから、六十代になってからやればいい。それでやらないことを認めて貰った。おかしな理屈だが、妙に納得できるところもあった。私がゴルフを再開せずに済んだエピソードなど、きっと前に書いたな。

自宅にいる時、食事のために書斎から居間へ降りていくと、テレビがついていることがある。大抵はニュースで、前に観たような光景が映っている。たまに観ていつも映っているのだから、もしかすると毎日やっているのか。謝罪会見である。顔や服装は違っても、頭を下げている時間は、ほぼ同じだ。

なについて、誰に対して謝っているのか、と観るたびに思う。きっと、野次馬根性を満足させるために、頭を下げるショーをしているのだ。私はいつも、そんなふうに感じる。人が謝っているのを見るのは、内容がわからなくても、気持がいいのかもしれない。

先日、居間へ降りていくと、テレビがついていた。なぜか国会中継であった。私は、新聞を拡げた。真面目に聞いても、わかるはずのないような内容であろう。ところが、私は新聞から眼をあげた。クビチョウ、という言葉が耳に飛びこんできたのだ。質問者が、クビチョウという奇怪な言葉を連発している。首長《しゅちょう》のことだろうとわかったが、質問者は漢字を正確に読めないのか。いや、勝手に読み方を変えているのだ。またかよ。いい加減にしろよ。国会だろう。全国に中継しているのだろう。おのれ、政治家が日本語をこんなふうにこわしてしまうのか。政治家は、セイジヤとも読むぞ。

君は、私の怒りを笑うなよ。

もし海が死んだら人はどうなるのだ

冬から春先にかけて、海は澄んでいる。

特にこの二、三年は、ちょっと幻想的だと思えるほど、澄んでいる。澄んだ海の中を漂っているものがあるので見ると、大抵はビニール袋である。海の基地の前の岩場には、袋と一緒に、ペットボトルが打ち寄せられてくる。

三メートルも四メートルも下になる海底が、よく見える。海底は、岩と砂と泥である。これがいい状態なのかというと、そうではない。むしろ、きわめて悪い状態である。

ほんとうに澄んだ海を、私はフィリピンでいやになるほど見た。セブ島から船を出すと、海は大抵、そういう状態だった。私は無人島探索がやりたくなり、船を雇って、見えるかぎりの島を探索したのである。無人島だ、と船頭が言ったところには、眩しいような白い砂浜があった。足跡などもない。私は勇躍、下船して砂浜に降り立ったが、しばらく白すぎるほどの砂浜を楽しんでいると、ほとんど襤褸《ぼろ》をまとったような父娘がジャングルの中から現われ、椰子の実を差し出すのだ。娘は、三、四歳ぐらいで、手を引かれている。父親らしい男は年齢不詳で、顔は黒い髭だらけであった。

船頭が苦笑しながら、小銭と椰子の実を交換する。それで父娘は、ジャングルの中に消えた。人がひとりもいない島へ、という私のオーダーは見事に崩れ、それでも船頭は、この島には家どころか小屋さえもないのだ、と弁明する。

それはいいのだ。しかし、シュノーケルをつけて海を見てみると、無気味なほどに澄んでいる。熱帯ではそこここにあるはずの魚影が、まったくないのだ。海藻類も、極端に少ない。

そのころ、周辺の島にあるリゾートホテルが、次々に営業停止になっている、という噂を耳にした。ほんとうかどうか、わからない。人が多く集まれば、出るものは出る。その処理まで考えていないので、海が受容することになる、と私は推測した。臭いを消したり痕跡をなくしたりするために薬品も遣われ、それが魚をどこかに追いやった、と私は考えた。考えただけで、どうしようもない。私は査察の任など帯びていないし、無人島はさぞきれいだろう、と観光客的願望を抱いている、ひとりの旅行者にすぎないのだ。

七つか八つの無人島を回り、その中にはほんとうの無人島もないわけではなかったが、周辺の大きな島には、色鮮やかなリゾートホテルがある。私は、パラオ諸島を、ちょっと思い出した。海は澄んでいるが、海底には巨大なシャコ貝がその口を開いていて、魚影は濃いものがあった。

自分たちを生かしてくれているのがなにか、パラオの人々はよくわかっていて、ゴミ捨場が海という考えはないらしいのだ。

なにも、パラオを称えて、フィリピンを貶めようというのではない。土台、人口がふた桁以上違うのである。

『ブランカとギター弾き』という、フィリピンで撮られたが、監督は日本人という映画があり、あれを観るとフィリピンの人口の濃密さがよくわかる。なかなかいいぞ。ブランカという名の少女を演《や》った女の子は、きっといい女優になったと思うが、消息は知らない。

調べようとしないのが、私の長所であり欠点だ。すぐれた才能は、どれだけ押し潰そうと必ず出てくる、というのが私の持論である。

海が澄み過ぎている、という話だったな。私は海底を見る道具を持っていて、そのかぎりではウニが異常に増えている。それが、静かな湾の中の海藻を、食い尽してしまうのである。荒れた海には、ウニはいられない。栄螺《さざえ》でさえ、荒い海流に揉まれ、殻の角が磨り減るのだ。ウニの棘など、ひとたまりもないだろう。

磯焼けの原因のひとつがウニである、というのは、以前から言われていたことだった。ただ、そのウニの身は極端に小さく、売り物にならないので、漁師は無視である。

磯焼けは、何年かすると回復する、と学者が言っているということで済ませてしまう。足もとを侵されているが、沖へ行けばまだ魚はいるものな。

私の海の基地がある街では、そのウニにキャベツを与え、身を大きくするという試みが、何年か前からなされているらしい。全国的なキャベツの産地だが、出荷量をオーバーしたものは捨てられる。それをウニが食らい、身を売れるほどになるなら、一石二鳥ではないか。磯焼けが回復するなら、一石三鳥である。やれよ。頑張れ。

いくらでも採れた、海鼠《なまこ》が採れない。鱚《きす》やメゴチという、海藻を必要とする魚も、姿を消した。黒鯛やベラなどが、わがもの顔で泳ぎ回っている海になった。

私はウニを採り、叩き潰して魚の餌にするということをやっているが、海の基地の前だけでは、それこそ焼け石に水である。

湾の奥には、源流から流域の過程をすべて表わす川が、流れこんでいる。首都圏ではひとつだけだろう。もともと与えられたものは、大きな海なのだ。その川からは、農薬や化学肥料などが、一切入っていない養分に富んだ水が流れこみ、河口に微生物が発生し、それを食う小魚が集まるという、いいサイクルができていた。その小魚がいないのだ。

私は、異常なほどに澄み渡った海を眺め、海藻類がまったくなくなった海底を覗きこみ、大きく息を吐いて眼を閉じる。生物の姿がないのではなく、ウニが数十かたまっている場所がいくつか見えるのである。

そのウニも、食うものがなくなり、やがて自滅していくのだろうか。夕陽で赤く染まる海面を、むなしい思いで眺めるだけになってしまうのだろうか。

いまのところ、海の基地がある湾の中だけの現象だとしても、やがて海全体にそんなことが拡がることはないのだろうか。

二百メートルの深度になると、海藻はない。光が届かないのだ。そうすると、その範囲は沿岸にかぎられ、きわめて狭い。小魚を食う大きな魚も、食物をなくすことになる。

私は悲観的なのだろうか。自然の回復力を信ずるべきなのか。君は、どう思う。

簡単に治ったとは思わない方がいい

花粉を避けて熱帯に行っていたのは、いつごろまでだろうか。

熱帯に杉はなく、南半球へ行けば秋である。われながらいいところに着目したものだが、ひと月半ほど行っていなければならず、当然、仕事も抱えている。

行かなくなったことにはさまざまな理由があるが、一番大きいのは、オフィシャルな用事が増えたことである。五十歳のころからそういうものが増え、六十歳を過ぎたら、できるかぎり文学賞の選考委員などやめているが、それでも増えるのとやめるのが同数ぐらいで、本を十冊抱えて行くのは面倒だった。行先を沖縄にして、選考会のたびに一時帰京していたが、それもわずらわしくなった。

薬でくしゃみや鼻水を抑えながら、花粉の中に留まっているようになったのは、何年ぐらい前からだろうか。薬を飲み、酒も飲むと、おかしな酔い方をする。場合によっては、完全に眠ってしまう。仕事をしていても、しばしば頭を朦朧とさせ、死んだ人間が生き返ったりするのだ。

梅一輪のころから、八重桜が散るころまで、私は半病人状態で、人と議論をしても、ここぞという時にはくしゃみを連発してしまうのだ。

減感作療法というものがあり、二年間、週一回ぐらいの注射を続けると、完全に治癒するという話を聞いた。絶対にやろうと、鼻水と涙で顔が濡れている時は思う。しかし八重桜が散ると、拭い去ったように症状が消えるので、二年も注射に通えるか、という気分になる。

私は花粉症を、宿病などと称していた。抑えるしかなく、死ぬまでつき合わなければならないのだ、と思っていた。この世に花粉さえなければ、俺は無敵なのだ、と鼻水を垂らしながら叫んだものだ。

君は、花粉はどうだ。泣いていて、花粉のせいだなどと言うと、嗤《わら》われるばかりではないぞ。結構、同じ悩みを抱えている人がいて、真剣にお互いの症状を語り合ったりしたものだ。私の場合は、眼球の耐え難いほどの痒みがあり、花粉に晒された肌がひりひりとし、そして終るころには鼻水に血が混じるのだ。

私は、ある療法を試みた。

都内某所で、宮城谷昌光大兄と会い、花粉はどうだ、と訊かれた。なんでも、宮城谷さんは花粉症がきれいに治った人を知っているというのだ。こういうサプリメントでね、とその名をメモに書いてくれた。今年のはじめであった。

サプリメントで治るなら、こんな苦労はしないという気分が半分あり、効くという話があるなら、どんな療法でもやってみよう、という思いが半分であった。

私は、サプリメントの効果を、そこそこには信じていて、何種類も、もう十数年飲み続けている。サプリメントの遣い方について詳しい人がいて、私の状態に合わせたサプリメントを勧めてくれる。一回分でも大量で、掌に盛りあがったものを、ひと息では飲めない。それでも続けているのは、体調が自覚できるほどいいからである。

宮城谷さんの話を、私はその人に伝えた。腸内環境をよくするものだが、花粉症に効果があるかどうかは、わからないと言われた。しかしそれにビタミンDを加えたら、理論的にはいくらか効きそうな気もする、という意見だった。ビタミンDは、免疫力を高める力があるらしい。

今年のはじめごろから、私はそれらを服用のサプリメントに加えた。ただし腸内環境の方は、空腹の時に飲まねばならず、いささか煩しかった。

やがて、花粉の季節になった。今年は花粉が多いかもしれないというニュースもあり、私はいささか憂鬱であった。周囲に、マスクをしている人が多くなっても、私には症状が出なかった。まだなのだ、と私は思った。コップの水が溢れるまで、あと数滴の余裕があるだけだ。しかし、症状が出ない。数滴が数十滴になり、いまはコップ半分ぐらいが空いていたのかもしれない、と思っている。

症状が、まるで消えている、と思っているわけではない。くしゃみが、三つぐらい続けて出て、鼻水もある。やっぱり来たか、と思う。しかし一度鼻をかんだだけで、花粉症特有の、連続パンチは来ないのだ。いつもの年なら、くしゃみのしすぎで、もう腹筋が痛くなっているころだ。花粉症の時季に常用する薬は処方して貰っていて、一日分ぐらいはポケットに入れて持ち歩いている。それも、まだ一度も遣っていないのである。

最も顕著なのが、眼が痒くてたまらない、くっついて目蓋が開かない、という状態にならないことだ。眼球を引き摺り出し、思う存分掻きまくってもう一度収めたい、と思うほど私の状態はひどかったのだ。

特に、外を歩いている時がひどい。レモンとトロ助の散歩に、一時間ほど歩くのだが、私は鼻をかむハンカチを二枚ぐらい用意している。重たくなるぐらい、鼻水で濡れている、というのが去年までで、今年はまだ一度も遣っていないのだ。くしゃみをすることはあるが、鼻水はちょっとだけ出て、歩いているうちに乾いてしまう。

私は、いまだに信じられない。そのうち、急激に襲ってきて、顔中濡らしながらのたうち回るかもしれない、という恐怖はある。

そんなに都合よく、私の花粉症が治るわけはない。なにかの間違いだ。

どんと来た時にがっかりしないように、私は自分にそう言い聞かせている。くしゃみをすると、そら来たぞ、と思うようにしている。しかし、くしゃみは続かない。なにか、おかしいのである。

花粉症が治ったと、まだ書くことはできない。治るわけがない。私は、誰よりも重症だったのだ。日本を逃げ出すか、薬で頭がぼんやりするか、だったのである。

そのサプリメントはなんなのだ、と君は訊きたいだろうが、まだだ。私自身が、ほんとうに治ったことを信じていない。

八重桜が散るころまで、この状態がもったら、ここで一大発表をして、花粉症に悩む人の福音となろう。しばし、待ってくれ。

この脳ミソの質が悪いのだろうな

記憶というものが、どれほどあやふやか、映画を観たり小説を読んだりしていると、いやになるほどわかる。

たとえば映画では、鮮やかにそのシーンが記憶として蘇る。しかし映画を観直すと、一瞬だけ私の記憶に残っているシーンが現われるが、その周辺ではだいぶ違ってしまっている。つまり記憶に残っているのは、一瞬だけで、あとのものはその記憶に基づいて、後から自分の脳内で作られたもののようなのだ。

私が大学生のころ観た、『クリシーの静かな日々』という映画があるが、主人公がゴミの中に手を突っこみ、食いものを口に入れる場面がある。私は、両手でゴミを口に持っていき、歯でこそぐようにして食うシーンだけを憶えていたらしい。

それに衝撃を受けたのは、ヘンリー・ミラーの自伝的小説を映像化したものだったからだろう。つまり主人公は、ヘンリー・ミラーその人だと頭の中ではなっていたらしい。

放浪していて、飢え、道端のゴミ箱に手を突っこむ。そんなふうにパリをさまよう作家の姿を描いたものだと、勝手な空想が働いたらしい。私は気になって手を尽し、字幕も入っていないものをアメリカから取り寄せた。しかしそれは、九〇年に作られたリメイク版であった。私が大騒ぎをしていると、編集者が七〇年製作のものを手に入れ、くれた。

記憶とは、まるで違う映画だった。酒を飲み、食えるだけ食い、野放図な性の中で過ごす日々が描かれていたのだ。背後には、戦争の影がある。

私が正確に憶えていたのは、歯でこそぐようにして、残飯を食らうシーンだけで、場所はキッチンであった。セックスを重ねた挙句、腹が減ったので台所に来たがなにもなく、ゴミ箱に手を突っこんだのである。

すると、私が憶えていると思っていた、放浪のシーンなど、どうして出てきたのであろうか。同じ時代を描いた、別の映画が混じりこんできたのだろうか。私は半世紀近く、放浪の映画だと思いこんでいたのだ。小説の方を読み直してみると、映画の方が私の記憶より正しいのだ。だから、ほかの記憶も疑わなければならなくなってくる。いや、記憶は記憶として、そっとしておけばいいのか。

映画ではそんなことがあっても、小説ではあり得ない、と思っていた。『宮本武蔵』という小説を、私は少なくとも三度は読んだ。だから、いろいろと人にも語る。それができるほど、記憶はしっかりしているのだ。

ところがである。井上雄彦氏の『バガボンド』を読んでいたら、まるで記憶とは別のものが出てきた。岩山に攀《よ》じのぼるシーンである。武蔵はなにかで足を踏み抜き、化膿した状態で岩を登る。頂上に立った時、足の甲からドクドクと血や膿が出てくる。

私の記憶は違った。こうである。脹脛《ふくらはぎ》に大きなできものを作った武蔵が、足がなんだと自分をふるい立たせ、岩山に登る。野袴で、足首のところを紐で絞ってあるので、脹脛から噴き出した膿は、野袴の中に溜っていく。頂上に立った時は、一升ほどの膿が野袴に溜っているのだ。膿が一升だぞ、一升。私はよく人にそう言った。岩は海に突き出していて、武蔵はそこを降りると、海水で脹脛を洗う。大きな穴が、脹脛には空いている。

何度も読んで、しかも好きなシーンなのに、なぜこうなるのか。小説を読み直すと、確かに傷は足の甲なのである。私は頭を抱えた。記憶というものはなんなのだ、と深刻に考えこんだ。これは何年も前のことだから、また記憶がどこかと入れ替っているかもしれない。

私は居合抜きをやるが、抜き撃ちで巻藁《まきわら》を斬ったあと、正眼に構えていると、必ず浮かんでくるこの小説のシーンがある。三十三間堂における、吉岡伝七郎との決闘のシーンである。やわらかく正眼に構えた武蔵の刀の峰に、折りから降っていた雪が、積もっていくのである。私は雪の日に、海の基地の前で刀を構えた。しかし雪は積もらなかった。その日の積雪はかなりのものだったが、峰に舞い落ちてきた雪は、消えてしまうのである。

この記憶も、もしかすると違うだろうか。それなら、私は小説についても映画についても、なにも語れなくなる。記憶は、なくなるのではなく、変容しているのだ。なくなってくれた方が、ましだなあ。

君は、記憶の方はどうだ。私よりましか。よかったな。次に間違ったら、坊主になるなどと、私は言えないぞ。自信がない。それにしても、変容した記憶で、すでにある表現物について語るのは、危険きわまりない。表現物に対して、失礼でもある。次に語る時は、映画を観直し、小説ももう一度読んでから語ることにしよう。語れることが、ぐんと少なくなってしまいそうだが。

記憶と言えば、名前が出てこない。ほら、あの人、という感じなのだ。俳優の名前でも、カトリーヌ・ドヌーブが出てこない。アンソニー・ホプキンスが、顔は見えているのに名前が浮かばない。この両者は、片方をすらすら言えると、もう片方が出てこない、ということが数年続いた。いまも、怪しいものである。

思い出せそうで思い出せないものを、思い出せないまま済ませてしまうと、脳細胞がいくつかこわれる、という都市伝説のようなものがあった。私が思い出す前に、そばで編集者などが正解を言うと、いささか機嫌が悪くなったものだ。あっ、いま五つこわれた、などと思ってしまうのだ。しかし、私は幼いころからこんなだったので、ほんとうなら私の脳は死滅してしまっているはずだ。

記憶の変容ということについて、いくらか考えた。私は、一瞬の閃光のような、強烈なイメージだけを頭に刻みこむ。それはいつも、ほぼ思い出す。時が経ってその記憶が蘇った時、周辺の記憶はおぼろになっている。おぼろなものを具体的にしようと、私の頭は都合よくディテールを作り出すのだ。字が読めない幼いころ、絵本を見て勝手に話を作りあげていたようにだ。それは悪くないが、真実のように人に語るのは、ちょっとはた迷惑だろう。

君は、相当迷惑しているよな。

うまいものはただ通り過ぎる

海の基地で、私は大量にサラダを作る。

野菜を買ってくるのは、高梨農場のばあちゃんのところだ。置物のように座ったばあちゃんは、国会が開いている時は、大抵国会中継を観るか聞くかしている。音楽がかかっていることなど一度もなかったので、きっとばあちゃんは国会中継が好きなのだ。夏でも冬でも同じ場所に座っていて、立っているのを見たことは一度もない。

ばあちゃんは、自分のところで作った野菜については、どうやって食えばうまいか通暁している。農場では、世界中の野菜を育てる試みをしているようで、並んでいる野菜は半端な数ではない。人参だけでも五種類ぐらいあって、季節になると私は嬉しくて仕方がない。露地栽培で、人参の味が濃いのだ。

私が作るサラダは、二日分で、なくなるとまた作る。ドレッシングは、市販のものを何種か買ってあるが、大抵は、オリーブ油とバルサミコ酢で食う。サラダに、煎った黒豆とにんにくチップも入れる。

私は、まずサラダを食うのである。なにがあろうと、サラダを食う。それから、肉を焼いたりする。手間のかかる料理をやるのは、思いついた時だけである。

料理とは別に、私はいま簡便な温泉卵の作り方を研究している。面倒ではいけないのだ。あくまで簡便に、片手間でやれるものでなければならない。豚の三枚肉を甘辛く煮て、温泉卵をひとつ落とすと、なかなかいける。

三枚肉を、春キャベツと一緒にくつくつと煮こむというようなことは、誰でもやるのだろうな。それもやるが、実は私は温泉卵の黄身が欲しい。黄身だけを、酒と濃口の醤油とみりんに漬けこむのである。

つまり、簡便に温泉卵を手に入れたいのは、そのためなのだ。そして私は、当たり前かもしれないが、発見した。なんのことはない。一リットルの沸騰したお湯に二百ccの水を足す、という割合で、卵を入れて蓋をし、十五分待つ。それだけでいいのだ。うまくできていなくても、黄身はたやすく取り出せる。ほかにも、グラッパやブランデーにも漬けこんでみようと思っている。

なぜこんなことをやるかというと、高校生のころに食った、黄身の味を思い出してしまったからだ。草野心平さんの店で、私は叔父に連れていかれたのだ。高校生が食うようなもんじゃないが。草野さんは、そんなことを言って、壺から菜箸でひとつ取り出して皿に載せた。

この話、前にも書いたのだが、私の自慢のひとつなのだ。確か、教科書に詩が載っていて、解析する前に、三度音読させられた。カエルの詩だった。啼き声の部分を音読すると、その人自身のリズムができる、と言われたような気がする。

連れていかれた店は、新宿にあったような記憶が残っているが、定かではない。実物の草野心平と卵の味に圧倒され、ほかは忘れてしまっている。

叔父は、貧乏な画家であった。高校生だった私は、その時、キャンバスを運ぶために連れていかれた。叔父は画材屋で、キャンバス地と木枠をもらい、自分で釘を打ってキャンバスを作っていたのだ。張り方によって、筆の動きが違ってくる、などと言っていた。私は、キャンバスはそうやって作るのだ、と感心して見ていた。そして十枚ほどのキャンバスを縄で縛って担ぎ、草野さんの店に連れていかれた。卵をひとつ食わせてくれたが、あとは水だけで、酒は飲ませてくれない。そしてすぐに、もう帰れ、と言われた。そのキャンバスをどうしたのか、記憶にない。

若いころ貧乏だった叔父も、中年を過ぎると暮しむきもよくなり、しばしば海外へも行っていた。個展を開くと、来るのは詩人と画家ばかりで、いま考えると、ずいぶんと浮世離れしていた。

卵の黄身であるが、日が経つと硬くなり、箸では切れなくなった。庖丁で切り、それよりも食うことを急いだ。そんな食い方をすれば、味の吟味は、きちんとやったつもりで、通り過ぎている。高校生のころの味を、再現できるはずもなかった。もしシチュエーションだけ再現できたとしても、はじめての体験ではなく、舌は用意しているのだ。

もうひとつの問題は、大量に残った半生の白身である。白身より黄身に眼が行っていた私は、使い道をまったく考えていなかった。硬くなるまで葱と一緒にゴマ油で炒め、余った白飯で雑炊を作った。塩と胡椒が利いていて、悪い味ではなかったが、片づけるという感じになるのは否めない。

私はどうして、食べ物になると、客観的にもの事を見ることができないのだろう。食欲は主観だからなどと言うと、君は私を馬鹿にするな。それでも、雑炊は全部食った。食わないものを多く出すのは、料理ではない。

食わなかった、いや食い損ったものもあるな。私は烏賊《いか》を十数杯買ってきて、内臓を引き出した。塩辛に遣うやつである。それを、私のイメージでは、カラスミのようなものにしたかった。

塩をしたり醤油に漬けたり酒を振りかけたりと、さまざまな試みをやったが、魚卵ではなく内臓なので、かたまらないのである。私は、内臓をなんとかかためようと苦闘し、ひとつだけ成功した。冷凍である。これなら硬くなり、庖丁で切って食える。しかしすぐに解けて、途中からやわらかくなってしまうな。それにこれは、硬くしたとは言えず、反則である。内臓は結局、うまくいかなかった。

しかし、開いた烏賊を、何十枚も張った紐にかけ、干したのである。炙れば、これはかなりうまいに違いない、と思っていた。ところが、干した場所を見ると、烏賊が一枚もなくなっていた。鳶《とんび》か烏である。私は逆上し、烏賊を一杯買ってきて開き、紐にかけた。エアガンで武装していたことは、言うまでもない。しかし、私がものかげに身を隠しても、鳶も烏も寄ってこないのである。

鳶、烏戦争はもうずいぶん長くなり、敵にもこちらがやることはわかるのだな。

奇襲を受けますよ、復讐に、と言われたが、私を見ると逃げるだけだ。

復讐したいのは、私の方だよ。

完璧でないから本物だと信じたい

報告することがある。

花粉症の件である。長年の宿痾で、一生治ることがないと思っていたが、ある療法により治ったかもしれない、と前に書いた。治ったのなら、それは花粉症に悩む人々にとって朗報であり、ここで一大発表をしようとも書いた。

一大発表とまでは、いかない。報告である。結果的に、私の花粉症は、大幅に改善された。

今年の花粉はひどいと言われ、私は毎年遣う常備薬を用意して日々を送った。

周囲がくしゃみをはじめたころ、私は無事であった。天気予報で注意報が毎日出ても、無事であった。治ったのかもしれない、とこの前書いてしまったのだが、今季最悪の花粉と言われた日、私は眼に猛烈な痒みを覚えた。眼を開いていられず、たえず指で眼を擦った。これは来たかもしれないと思った瞬間、くしゃみを連発し、鼻から水が垂れてきた。

洗い晒しのやわらかいハンカチで洟をかむ。一枚が、すぐにぐしょぐしょで重たくなった。

間違いなく、花粉症の発作であった。私は、常備薬を服用した。それで、症状はきれいに治まった。毎年、常備薬をのんでもまだ症状は消えないという状態だったから、私の療法が少しは効果があったのか、と思った。

しかしこれは、騒ぎ立てるほどのことではない。とにかく、薬は服用したのである。

翌日、私は恐る恐る外に出てみた。薬はポケットである。眼が、ちょっと痒い。洟が垂れてきそうになるが、歩いている間に、それは空気でかたまった。いつ薬をのもうかと、私はレモンとトロ助を連れ、一時間ほど歩いた。

帰宅してから、ついに洟が噴出した。しかし、二度ほど洟をかむと、止まったのである。眼の痒みも、消えている。そしてその日、無事であった。

毎年、私はのべつくしゃみをし、洟を垂れ流し、口髭がばりばりになり、耐えきれずに薬をのんでしまう、ということを、実に二カ月近くくり返していた。最後は、毛細血管がずたずたになるようで、洟にはかなりの量の血が混じったものだ。

一番困るのは、原稿用紙にむかっている時、くしゃみが連発することだった。それは、十回、十五回と続き、頭の中の考えがみんな吹き飛んでしまう。うむ、私としてはよく書けたはずの文章を、くしゃみが何度吹き飛ばしてしまっただろうか。

ところが、今年はこれがない。急性の症状が現われても、間欠的にくしゃみが十数回、鼻から口にかけて洟水でびしょびしょになるのが、一時間ほど。それで消えてしまうのである。

数えたことはないが、去年までは一日に百数十回のくしゃみをし、のべつ洟水を垂らし、ハンカチを三枚は洟水で重たくしていた。今年は、ハンカチ一枚が、ちょっと湿ったようになるだけである。それも、毎日ではない。いまのところ、せいぜい四日で済んでいるのだ。

君は、私の花粉症が相当改善していることが見えているだろう。そう、完治はしていないが、大いなる改善はあったのだ。

なにによって、改善されたのか。宮城谷大兄の情報に基づいて、私は栄養医学もやっている医師に相談したのである。

そして、ラクトフェリンというサプリメントと高濃度のビタミンDを組み合わせて服用したのである。はじめたのは、一月の下旬からであった。つまり花粉症の症状が出る、ひと月前ほどからである。それで、この改善を見ている。

ラクトフェリンは、腸内環境をよくするためで、腸に届く質のものを、空腹時にのまなければならない。ビタミンDは免疫力を調整するためで、二つが融合して躰に効いてくる。要するに、腸内環境全般を、整え強化するということだ。

疾病のかなりの部分が、腸内の環境によるところが少なくなく、それを整えることは、花粉症などのアレルギーにも効果があると考える、というのが医師の意見であった。

ラクトフェリンは、腸にまで届くものでなければならず、大容量のビタミンDは、頓服代りである。そんな説明を受けたが、私はなんとなく理解しただけで、服用をはじめた。

しかしまだ、サプリメントとしては遣いはじめの段階である。それでこれほどの改善が見られているということは、来年の花粉症の時期、私はのんびりと花見でもしているのではあるまいか。

二十代の半ばごろから、洟とくしゃみと眼の痒さに悩まされ続けていたのだ。それが、ちょっと服用しただけで、拭ったように消え去るというのは、いくらかこわい。徐々に徐々に症状が軽くなって消える、というのが正しい治り方のような気がする。

劇的な大発表というわけにはいかなかったが、光明の見える報告になった。この程度の方が、穏健でよかったかもしれない。この療法はまだ、宮城谷さんの知り人と、私の二人だけの例しかないのだ。


ところで、ある雑誌で五木寛之氏の文章を読んでいたら、花粉症になったらしい、と書かれていた。症状を見ると、これは絶対に花粉症の初期ですぞ、先生。

私は、毎年二月の終りごろ行われる文学賞の選考会で、五木先生と御一緒させていただき、ふだんはやんちゃばかりの私が、洟とくしゃみと涙で悶えていると、なんだ花粉症なのか。君は落ちているものを拾って食ったことなどないだろう、といつも五木先生にからかわれていたのだ。

先生、落ちたものを拾って食った経験があっても、花粉症になる時はなるのです。そして毎年、症状はひどくなっていくのです。

私は、深夜その頁を開き、何度か読み直した。くっくっと声が聞える。私の、しのび笑いなのであった。

四十年、苦しみ続けてきた花粉症が、簡単に完治するとは、まだ信じてはいない。しかし私は、症状を抑えるという対症療法から、腸内環境を整えるという、根本的な療法に入っているのである。急がず期待しようと思う。

現金《ゲンナマ》に手を出すなと言っていいの

金のことを考えたり、あまりしない。

財布が分厚いかというとそうでもなく、しかし不自由しない程度には、本が売れてくれている。というより、昔から無頓着であった。領収証をきちんと集めろ、と税理士さんに言われるが、それもうまくできない。領収証どうしますか、と飲み屋などで言われると、いらないと言ってしまうしな。自分で稼いだ金ではないか。どう遣おうと自由だろう。

領収証ってやつ、ただ面倒だとしか、私には感じられないのだ。払えば、領収証をくれるところも、少なくない。しかし、貰った領収証の管理ができない。何年も前の領収証が、久しぶりに着た服のポケットから、ぽろぽろと出てくることがある。つまり、領収証の管理さえできないのだから、貰っても仕方がないという気分が、どこかにある。いやだな、私はどこか、出来損っているのだろうか。

編集者などを見ていると、きちんと領収証の管理はしているようで、会社に勤めている人にとっては、あたり前のことなのだろう。しかし私は、会社員ではないぞ。

そんなことを考えていたら、なんとかいうカードのようなものを、事務所の女の子から持たされた。それでタクシー代を払え、と言うのである。

私は面白がって、タクシーに乗ると、これ遣えますか、とカードを出して運転手さんに訊くのである。駄目と言われたことは一度もないから、かなり普及しているのかもしれない。カードをなにかに翳すと、ぴっと音がして、それで支払いが完了するのである。

私がなぜそれを持たされたかというと、釣りを受け取らないからである。小銭で、ポケットを重たくしたくない。

それで、見兼ねたのであろう。カードはパスモとかいうやつだが、正確に支払ってくれるようだ。

昔、みんなにこにこ現金払い、などと書かれたものが酒場にあるのを、よく見かけたものだ。現金払いは、美徳であったはずだ。釣りはいらないというのは、余計なことか。私とて、一万円札を出して、数千円の釣りがいらない、と言っているわけではない。短距離で一万円札を出すのは迷惑だろう、ときちんと考え、千円札で払うのである。だから千円札が不足しがちで、ホテルにいる時など、のべつフロントで両替を頼む。考えてみれば、それも迷惑な話なのかもしれない。

私はパスモを遣って、四度タクシーに乗った。こんな便利なものがあるのか、と感動さえした。ところが五度目に、遣えないと言われた。パスモそのものは遣えるのだが、なにかが足りないと言われた。私はパニック気味となり、千円札の用意もなかったから、謝りながら一万円札で払い、数千円のお釣りを貰った。

タクシーを降りると、事務所に怒りの電話を入れた。いつまでも遣えるわけではない中途半端なものを渡された、と思ったのだ。はいはい、近くにコンビニかなんか見えますか。この際コンビニがなんだと思いながら、私はコンビニの前にいた。コンビニに入って、パスモと一万円札をレジに出してください。わけのわからないことを言うではないか。コンビニのレジに一万円札ぐらい出せるが、それでなにを買えと言っているのだ。

私はコンビニに入り、レジの前に立って、黙って一万円札とパスモを出した。チャージですね。レジの女の子は笑っていた。それから、パスモだけを返された。俺の一万円札は、と叫びそうになったが、なにか変である。もしかすると、私の一万円札は、このカードの中に封じこめられたのか。

事務所から、電話があった。チャージできましたか。うん、一万円な。そういうやり取りの中で、さっきタクシーで遣えなかったのは、中に封じこめた金額が少なくなっていたのだと私は理解した。いつまでも遣い続けられる便利なカードなんて、あるわけがないよな。結局、私は五回に一回ぐらいは、チャージするようになってしまった。チャージするたびに、一万円札がカードの中に消えていく感覚だが、それがタクシー代となり、少しずつ減っていくのだ。

しかし、こわいなあ。そして私は、ほんとうに世間知らずだなあ。

こんな方式のものが、ほかにもいろいろあると言われたが、私はパスモだけでいい。そして、コンビニを見かけたら、チャージをしよう。

しかし、金とはなんなのだろう。キャッシュレスなどと事務所の女の子は言ったが、世の中がすべてそんなになってしまうのか。便利なようでいて、なんだかこわいぞ。やはり現金で払わなければ、ものを買った、という感覚がなくなるのではないか。

私はクレジットカードは持たされているが、現金しか受け取らないと言われることもあり、その時は、なんとなく損をしたような感じになる。買ったのだから損ではない、現金で払うことがえらいという気もない。

キャッシュレス社会を、君はどう思う。すべてカードのようなもので払えて、便利か。私は現金で払い、財布が心細くなると、無駄遣いはやめよう、という気持になる。そういう気持は、大事ではないのか。

私は、借金などということはできない。誰も、私には貸さないだろうしな。しかし金の価値が百分の一に下がると、一万円の借金が百円になる、と嘯《うそぶ》いていたやつがいる。それはちょっと魅力的な話だが、価値が下がるかどうかわからないものに、賭けるのか。逆に上がったらどういうことになるのだ。

そんなことを考えていたら、国家財政について、詳しいやつにレクチャーを受けたことを思い出した。国家の借金は返済できないほど多いが、政治家は手を拱《こまね》いているだけだ、とも言っていた。一千兆円の借金があるとして、円の価値が百分の一に下がれば、十兆円で済んでしまう。そんなふうな話を聞いていて、私はまったくそうで、ほとんど前提のようなものではないか、と思った。株とか円のレートとか、すべて円ではなく、その下に銭《せん》があって伝えられる。百分の一に下げる準備だろうこれは。銭なんて金は、見たこともないからな。

こんな私の言い方が、どこかで現実性を失わないのは、戦後、百分の一に下がった歴史があるからではないのか。

星は心の中にあるものを信じよう

最近の映画のベストスリーはなんですか、と真顔で訊かれたことがあり、私はぼそぼそと三本の映画を挙げた。

どれも、ずいぶん前のものですね、と言われた。なんだと、二〇一五年以降は、私にとっては最近なのである。十年ひと昔というが、二〇〇〇年代になると、近い過去という感覚が私にはある。これをもって、歳をとった証拠だなどと言われると、いやだなあ。

第一、ベストスリーなどとランクづけする気が、私にはない。なぜ、あんな質問に答えてしまったのだろう。

ベストなどということは、まあ勝手にやってくださいよ、と私は思う。自分のベストがあれば、それは自由に言っていいさ。反論も返ってくるだろう。しかし、人がいいというものをけなすのが、正しい議論なのかどうか、私にはわからない。大抵は好き嫌いで語られていて、それならば異性の好みを言い合っているようなものではないか。

このところ私は、『特捜部Q』というシリーズを心待ちにしている。タイトルが示す通り刑事物だが、暗い。主人公の刑事が暗いのもあるが、扱われている事件が暗いのである。

いまのところ三本しか観ていなくて、四本目を観たという人が、なんとなく羨ましい。

映像も暗鬱だが、その中にはっとするような鮮やかな景色があったりする。色の遣い方なども、考えた映画なのだろう。刑事物だから当然のように謎があり、それを解決していく過程が映像になっているわけだが、ひとつか二つひねってあって、いかにもヨーロッパの映画という感じである。まあ、内容に触れるのはやめておこうな。

暗い映画は、正直に告白すると、へこみながら、それでもいいなと思うことが少なくない。先日、邦画で『半世界』というのを小屋で観て、暗い描き方に辟易としながら、それでもそこそこじゃないか、と思ったりした。池脇千鶴という女優がよかった。しかし主演が池脇千鶴で、もっと暗いものがあったではないか、と記憶を探り、『そこのみにて光輝く』という作品に無事に行き着いた。これが出てこないと、私は頭を掻きむしってしまうのだ。

観直しても、やはり暗く、やりきれない気分に襲われた。それでも、どこかいいのである。池脇千鶴という女優さんは、地方都市の繁華街の場末に立っていても馴染んでしまうところがあり、ジャンヌ・モローの存在感と似ているような気がしている。なかなかの女優がいることが再認識できて、私は得をしたような気分であった。

この作品は、佐藤泰志という人の原作で、私は小説の方も読んでいた。私と同世代の作家である。九〇年代のはじめのころに亡くなり、忘れられていた。ここ十年ほどで再評価され、映画の原作にもなったりしているのだ。私は、リアルタイムで二冊読んでいた。読み返してみるかという気になり、書庫を捜したが見つけられなかった。

情況が暗く、小説全体の景色が暗くなってしまうが、どこかに光に似たものもあったような気がする。気にしていた作家だったが、会うことはなかった。

暗い映画で、トラウマを扱ったようなものは、どうしても好きになれない。『マンチェスター・バイ・ザ・シー』などがそうだ。評価する人は多かったが、映画のトラウマは、はじめにそれを作って、あとからストーリーがついてきている、と感じてしまうのだ。暗さに、独創性がない、と思ってしまう。そういう点で、『特捜部Q』などは私好みの暗さなのだろう。

君は、ベストスリーなど、たやすく出てくるか。映画にかぎらず、小説でも音楽でもいい。

表現物は多面的で、一面だけで論じることに、意味などまるでない。

食べ物屋でも、なんとかの星とかよく耳にする。ある種のランキングで、星の数が三つが最高らしいが、星を取ることそのものが難しいのだという。

この星については、ずいぶんと映画でも描かれていて、『マダム・マロリーと魔法のスパイス』というのが私は好きだ。暗い映画だけでなく、明るい映画も出せてよかったよ。

ある時、私は数年ぶりにあるレストランに連れていかれた。半年前に星を取ったとかで、評判になっているらしく、満席であった。私が通おうとしなかった店だが、いいことではないかと思った。しかし途中からシェフがフロアに出てきて、客との記念撮影をはじめた。それが三度ぐらい続くと、調理場は大丈夫なのか、と心配になってしまう。私を連れてきた人が舌打ちをし、それから謝りはじめた。仕方ないさ、と私は言った。星に釣られた客は、一度だけだろうに。苦々しく、その人は言った。

星など、どうでもいい、と私は思う。もし必要ならば、自分の星を持っていればいいのだ。誰だか知らない人がつける星より、自分の方を信じるべきだろう。

ランキングに従っていろいろなものを選ぶより、自分で選ぼう。本だって、そうさ。私は以前はのべつ書店に行っていた。棚に並んだ本の、背表紙を眺めるのだ。なんの情報も持たず、そうする。何日もそうしていると、見えてくる一冊がある。それを買う。

遠くは、私は柴田翔の『されどわれらが日々——』を買った。それが、背表紙を見て買った、最初であった。芥川賞受賞の一年後ぐらいであった。

近くは花村萬月の『日蝕《ひは》えつきる』である。その間に、二百冊以上はそうやって買っている。

面白いものに当たった時は、ちょっと不思議な気分である。この本に誘われたのだ、とはっきり感じる。つまらないものでも、自分で選んだと思うと、最後まで読む。

選ぶというのは、大事なことだろう。

学生のころ、横浜の元町を歩いていて、大量に並んだネクタイの中から、一本選んだ。金はなかったので、じっと見ていた。気に入ったのかい、と店の主人らしい人に声をかけられた。ひと月、とっておくよ。私はバイトの金を握りしめ、一週間で行った。

相当長い間、それは私の大切なものになった。笑ってはいけないよ。

いなくなったやつが心の中にいる

肌に絡みついてくるような、暑さ。湯気のたちこめた浴室に入ったような、湿度感。ブラジルのマナウスの印象は、そんなものだ。

陽が照ると、あまりに暑く、私はアマゾン河に浮かべた舟から飛びこんで泳ごうとしたが、船頭に鰐がいると止められた。そのことは前に書いたが、新しいことを思い出した。マナウスの市場、もっと溯った小さな街の市場、そこで、あるものを私は探したのだった。

結局、見つからなかったが、ピラルクの舌である。小さなものはあったが、私が望むほど大きなものは、見かけることがなかった。同時に探した、ガラナというインディオの非常食はあったが。

ガラナは植物の実で、摺り潰したものを棒状にかためてある。それを擦って粉にし、湯で割って飲むのである。相当の強壮剤でもあるらしいが、私はいままでの人生で、二本飲んだ。一本が十数日分だと聞いていたので、二回に分けてだが、ひと月分以上は飲んだことになる。効いたかどうかは、不明である。ペルーのインディオがよく飲む、マテ茶にも似たような効果があるそうだが、飲料水代りに飲んでいても、効いたという実感はマテ茶にはなかった。

ピラルクの方だが、マナウスやもっと田舎の食堂で、そうだと言われる料理があったので、何度も食った。ほんとうにピラルクかと問うと、間違いなくそうだと言われたが、巨大鯰《なまず》だったのかもしれない。流域の村の漁師は、みんな鯰を獲って市場に出していた。世界最大の淡水魚と言われるピラルクは、かなりの貴重品で、鯰のように市場に並べられてはいなかった。それが日常的なメニューにあるなら、鯰を代用していたのかもしれない。ピラルクの姿を見たいと言ったが、食堂の人は調理場に入ることを許さなかった。小さな村でピラルクを買うと言ったが、見せられたものは鯰だった。

実は私は、相当でかいピラルクの舌を持っている。

陽に干し続けて、かなり縮んでいるが、私が知っているものより、格段にでかい。ほとんど掌そのものであって、インディオはそれでガラナを擂って飲むという。私がガラナを擂りおろしたのは、下ろし金である。ピラルクの舌で擂りおろすほど、私にとっては気軽なものではなかった。

どれぐらい前の話になるだろうか。ピラルクの舌にガラナを添えたものを、伊藤くんという青年から貰った。貰うぐらいだから、親しくつき合っていたはずだが、いつか音信が途絶え、私は荒々しく硬い鑢《やすり》のようになったピラルクの舌と、伊藤隆史という名を前にするだけになった。私がマナウス近郊でピラルクの舌を探したのは、それがあったからである。そして伊藤くんがくれた舌が、破格に大きなものだというのも、現地で思い知った。

ちなみに、ピラルクを釣った人間はいないという話も聞いた。警戒心が異常に強いという。魞《えり》と呼ばれる罠を仕掛けて、獲るようだ。私は、魞の漁につき合わせて貰ったが、かかっていたのは鯰やほかの小さな淡水魚だった。

そんなことは、どうでもいい。伊藤、まだアマゾン流域を流れ歩いているのではあるまいな。私は巨大な舌を忘れたことはなく、貰った舌も大事に保存してあるが、肝心な伊藤がどこかに行った。おい伊藤隆史、日本にいるなら、連絡を寄越せ。アマゾンを肴に、酒を飲もうぜ。

私はさまざまな擬似餌《ルアー》を持っていって、ピラルクがいるという水域でキャスティングを試みたが、釣れたのは鯰ばかりだった。私は手で隠せないほどの、ピラルクの舌が欲しいぞ。二人で、釣らないか。

こんなふうに、親しくつき合いながら、いつか疎遠になってしまった友人が、何人もいる。いやだぞ、思いだけが残っているというのは。

T・フクイというナイフ作家もそうである。私はT・フクイを三本持っていて、三本とももう二十五年近く遣っている。切れ味が実に私に合っていて、柄も私の手に合わせて作ってある。海に出る時、フォールディングをいつも腰につけていて、魚を殺《し》める時に遣い続けてきた。当然研ぐので、いまでは最初の刃渡りの半分ほどになっている。

　ガーバーやゾーリンゲンなど、買い集めたナイフを数本持っているが、やはりT・フクイのカスタムナイフが、私には合っている。フクイくんとは、二十数年前に電話で話をしたのを最後に、音信が途絶えた。ナイフ市場にも、T・フクイのカスタムナイフは出ていない。どこへ行っちまったんだ。いや、元気なのか。どこかにいるなら、声を出せ。

　こんな場所で、疎遠になってしまった友人に手紙を書くような真似を、君は許してくれるか。私の人生には、色どりになったような存在なのだ。

　こういう存在を、私はあと三人ぐらい思い出せるが、その倍ぐらいは、あいつどうしてる、とある時ふと思ったりする人がいるに違いない。

　人が生きているというのは、不思議である。毎日、いろいろな人に会い、ちょっと言葉を交わしただけで忘れてしまい、数年経って思い出すなどということがあるのだ。

　毎日のように会っていた男で、会わなくなるとそれきり忘れたようになり、年賀状で思い出すなどということも、しばしばである。人と人の出会いというのは、なんなのだろうな。

　不慮の死を遂げた私の年少の友人が、ある人を紹介したいと言い、私はもう友人を増やしたくない、と断った。話はそれきりだったが、飛行機の中で見知らぬ人に話しかけられた。死んだ私の友人が、紹介したがっていたその人だ、とわかった。友人が死んだのは、機内であった。あいつが引き合わせてくれたとしか思えない、と私はその人と友人になった。二人ともヨットマンで、それでも海の上でなく、空の上で会ったのが印象的であった。

　死んだヨットマンの友人は、私の船をいじっていて、その途中の死だった。葬儀のあと、あいつの仕事は俺が完成させますと、ひとり来て、見事に完成させてくれた。君の仕事はやつが完成させたよ、と私は霊前に報告したが、なんとなく涙が流れ落ちた。

　私たちは友だちだよな、君。

いま海を眺めて地球の健康を思う

海は、澄んでいる海域と、そうでないところが混在している。

数カ月前までは、どこへ行っても澄んでいた。澄んでいる海はきれいだが、必ずしもいいこととはかぎらない。濁るのは、プランクトンのせいであることが多いのだ。

この二、三年、海の基地の前の海は、夏でも澄んでいた。プランクトンが、極端に少ないのだろう、と思わざるを得ない。そして釣竿を出しても、海底にいる魚はあまりかからなくなった。中層にいるベラなどがよくかかり、鱚《きす》やメゴチが釣れなくなった。温暖化のせいなのか、理由ははっきりわからない。二、三メートルだと底まで見える海底に、海草がなくなり、棘の長いウニの集団を見るだけだった。鱚などの産卵は海草の中で行われるので、産卵場所もないということになる。海がまるで変ってしまったのだ、と思った。

基地の前の海は、五、六月になると、夜光虫がよく見られた。これはプランクトンの一種である。棒で掻き回しただけでも青白い光を放つので、孫たちは遊びに来た時に、それを見たがったものだ。いまは、海面が青白く発光するのは見えない。

プランクトンだから小魚の餌になるが、大量に発生すると赤潮を引き起こすとも言われている。基地の前でも沖を走っていても、このところ赤潮に出会《でくわ》していない。魚のいない海になってしまうのではないか、と私は危惧していた。私の腕と運のせいもあるが、このところ大きな釣果もあがっていない。

ところが、基地の前の海が濁るのが、二カ月ほど前から見られるようになった。同時に、海草がまったくなかった海底に、ちらほらと海草が揺れているようになったのだ。沖へ出ても、濁った海域がしばしば見られた。そして、私の釣果があがりはじめた。

五、六月の海で、春子《かすご》というちいさな鯛が釣れる。掌よりやや大きい程度だが、これが三日にわたって釣れ続けた。なぜカスゴというのか知らないが、春日子鯛と書く人もいる。刺身などにはせずに、鱗などの処理をし、頭を落として背開きにする。私のやり方だが、薄く塩をして余分な水分を抜き、塩を洗い落とすと冷やした酢で十五分ほど締める。鯖の時と同じやり方である。

冷蔵庫で一日か二日寝かせたあたりがいい。酒の肴として極上だ、と私は思っている。頭や中落ちを煮ると、いい煮凍《にこご》りもできる。私は、至福であった。

ところで魚の煮方であるが、その昔、弱火でくつくつと煮て、私はよく身を崩していた。

もうなくなってしまったが、銀座に魚をずらりと氷の上に並べ、註文したやり方で出してくれる店があった。

そこで、煮物の鍋から盛大に泡が出ているのを見た。火が強すぎるだろうと言うと、魚は強火で煮るのだと教えられた。嘘つけと言ったのは、ブイヤベースなどを、煮立ったら弱火に落としてくつくつとやっていたからである。

カスゴを狙って船を出し、なぜか一尾、かなり大型のカサゴを釣ってしまった。赤い色をしていたからカスゴだと思ったが、船上にあげるとカサゴであった。水深百メートルのあたりでかかった。深いところにいるカサゴは赤く、浅くなるにしたがって黒くなるのである。嘘つけと君は言うかもしれないが、私の経験則から言えばそうなのだ。

私は、カサゴの処理をし、私の中ではカサゴ用になっている煮汁を作り、煮立つと魚体を入れ、落とし蓋をした。魚体は煮汁に全部つかっていないが、沸騰して泡が出てくると対流が起きて、出ていた部分も煮えるのである。泡が出てきたら五分。それが私の煮方である。終始、火は落とさない。場合によっては、魚体を取り出してから、煮汁を煮詰めることもある。

魚を食う時、まず目玉からである。それから頭をはずして、しゃぶり尽す。脳まで吸い出すのである。脳のところを歯で割れば、白い平らな石のようなものが出てくる。魚の耳である。

耳といっても、陸上の動物のように音を聞くのかどうかはわからない。多分、音を震動のようなものとして、感知するのであろう。耳石《じせき》と言い、脳の中に入っている感じだ。

陸上の動物にそれがあるのかどうかは知らないが、魚の耳石は取り出しやすい。骨とは明らかに異質な、純白と言っていいような白である。魚の骨では、鯛の鯛と呼ばれるものをよく取り出す人がいて、私もそれをやるが、それは胸鰭《むなびれ》のところについている、通常考える骨である。魚の耳だよと言って取り出しても、信じない人が多いので、あまり知られていないのかもしれないな。

カサゴの煮つけは、やや濃い目の煮汁である。魚ごとに、経験から割り出した煮汁の比率があり、脂の多い魚ほど濃いものになるのだ。

頭をしゃぶり尽すと、身である。私の魚の食い方は、猫跨ぎと呼ばれるそれで、背骨の中に通っている神経らしい黒いものまで、すべてほじくり返して食ってしまう。

私にとって、丸ごとの煮魚は、ダイエットになる。食い尽すのに時間がかかって、満腹感に到っているので、結果としてかなり少量の食事になるのだ。切り身だと、あっという間に平らげてしまい、別のものも食ってしまうのだ。

自分で釣った魚は、自分で食う。釣ってきた魚を孫たちに見せると、爺ちゃんは貧乏だから、スーパーで魚を買えないんだ、と同情される。ふん、おまえたちが食っているものより、ずっと高級なものを、爺さまは召しあがっているのだぞ。

肉がお好きなんですね、とよく言われる。ステーキでも、前菜などなければ、三百グラムを食う。しかし、魚が嫌いなわけではないのだ。売っている魚では失望することが多いので、釣ったものにかぎって、自分で調理して食うのである。

海は、もとに戻りつつあるのだろうか。二十尾以上のカスゴを捌きながら、私は考える。カサゴの頭を吸いながら、戻っているのだ、と期待をこめて呟《つぶや》く。

海は、地球の健康のバロメーターだと私は思っているが、君はどう考える。

好きな作家と会ったことを思い出す

だいぶ前の話になるが、私はある映画祭の顧問のようなことをしていて、数日間、地方都市に滞在し、映画を観、トークショーをやり、監督や俳優さんたちと酒を飲んだりもした。

新人賞の選考委員もやらされていて、候補作数本も、小屋で観なければならなかった。小説の新人賞でもそうだが、完成度の高いものより、可能性を重視するというのが、その映画祭の姿勢であった。

しかし小屋で続けざまに何本か観ると、完成度も可能性も、なにか曖昧なものになってくる。肌に刺さってくるもの。私は、それだけを待った。まともに選べたかどうか、あの時もいまも自信はないのだが、その新人賞の受賞者の中に、行定勲とか西川美和とか、著名な監督もいるのである。

その映画祭では、海外の俳優さんたちに会うことも多かった。どちらかと言うと主催者側にいたので、話ができる機会もあったが、仕事が山積していて、夜にならなければなかなか思う通りに動けなかったのである。飲める場所が作ってあって、毎晩そこへ出かけていった。監督も俳優もみんな酔っ払っていて、私も追いつこうと急ピッチで飲み、終るころには泥酔していて、なにがなんだかわからなくなっていた。

そして、海外ゲストの中に、ジョゼ・ジョバンニとマリア・シュナイダーがいた。同じ年のゲストだったという気がするが、記憶は定かではない。ジャン＝ルイ・トランティニャンがいたこともあるなあ。

私は、短い言葉しか交わさなかったが、とにかくジョゼ・ジョバンニだった。確か、『父よ』という自伝的作品がかけられていて、その本のサイン会も行われた。映画祭ゲストの肩書としては監督であったが、私にとっては紛れもなく作家であった。読者なのです、かなり熱心な。そう言ったが、どの映画が好きなのか、訊き返された気がする。私は小説家なのですと言い直したが、ふうんという答えで、通じなかったのかもしれない。

新人賞の候補になっている作品を観なければならず、私はその場を離れた。終ってから、飲み会場などを捜したが見つからず、宿舎に帰ったという話だった。翌朝も捜したが、映画祭の仕事は一日で終了だったらしく、温泉かどこかへ行った、という話を聞いた。

会って、握手をしただけでいいか、と私は自分を納得させた。『穴』という小説がある。『おとしまえをつけろ』、『墓場なき野郎ども』、『ひとり狼』など、初期の作品に、私は夢中であった。俺の箱をあそこに置いておく。ギャング同士の会話で、箱とは車のことなのだった。

もっとも、こんな言葉遣いや、ちょっと類を見ない文体は、翻訳者のものだったのかもしれない。今も、名前を憶えていて、岡村孝一という人だ。『犬橇』という、あまり知られていない作品があり、別の翻訳者だった。これはまったく違う文体で、多分、こちらの方が正しい訳なのだろう、と感じた。フランス語で箱などと書いてもおかしいものな。

ジョバンニは、映画と関係の深い人だった。君が知っている作品だって、きっとある。『ル・ジタン』、『冒険者たち』、『ラ・スクムーン』。そして『穴』は、ジャック・ベッケルの監督である。小説も映画もいい。ひたすら穴を掘って刑務所から脱獄しようという話だが、男たちが掘るその穴は、自由の象徴という感じがするよ。そんな象徴性を持った映画なんて、滅多にない。

小説家であり、脚本家であり、監督であった。うう、ちょっと言葉を交わしただけというのは、どう考えても惜しい。フランス語が少しできれば、夜、酒を飲む約束ぐらい取りつけたのにな。そして、岡村孝一の超訳の文体についても語れたのに。彼なら、超訳を怒らないような気がする。映画は、原作の超訳のようなものだからな。

ちょっとだけ言葉を交わして、気持に残っている人は、何人もいる。前に自慢したが、ショーン・コネリーがそのひとりだ。

『007』に彼が主演した最後の作品で、『ネバーセイ・ネバーアゲイン』というのがあり、プロモーションのために日本に来ていた。配給会社かどこかが主催するパーティがあり、私は出かけていった。すごい人であった。ショーン・コネリーは大勢に取り囲まれていて、とても近づけなかった。

私は、主催者から、乾杯の発声を頼まれていた。人に囲まれたショーン・コネリーを横眼で見ながら、私はマイクの前に立ち、みなさん、と言った。そのまま乾杯と言うつもりだったが、ショーン・コネリーは取り囲んでいた人々を制し、つかつかと私のそばに歩いてきたのである。背が高かった。頭髪は薄くなりはじめている、と感じた。さあやってくれと言うように、ショーン・コネリーはシャンパングラスをちょっと動かした。

私はなんとか挨拶をして、乾杯、と言った。ショーン・コネリーは、会場全体に回すようにグラスを上げ、それから私の方をむき、グラスを触れ合わせたのである。紳士であった。

声が聴えた。君は私に似ているが、どんな映画に出ているんだい。そう言ったのだ。私は少々焦って、映画ではなく小説を、と言った。どんな小説の映画なんだい。いや俳優ではなく、小説を書いているんです。そのあたりで、彼の周囲には人が集まってきて、話が成立する情況ではなくなった。

それだけのことで、私はショーン・コネリーが好きになった。晩年の作品で、『小説家を見つけたら』というのがあったな。あれは書けなくなった作家の話で、そんなものは普通だと身につまされて嫌いなのだが、いい映画だと思った。

『ザ・ロック』は、それほどいいと私は感じなかったが、白い髭を蓄え、ちょっと身に合わないスリー・ピースを着て出てきた時は、似てるかもしれないと思い、人からもそう言われた。

映画俳優に似ているなどという話は、嫌み以外のなにものでもあるまいな。君も、怒るか横をむくかしているな。

まあ、自慢するつもりで書いたわけではないので、勘弁してくれ。

映画が心を慰める日日は切ない

あまり気軽に、映画館に行かなくなった。

映画館を小屋と私はここで呼んできたが、これだけ行かないと、小屋などと言う資格はないのかもしれないな。

邦画では『半世界』など二本、洋画で四本。指を折れるのはそれぐらいだ。『半世界』以外は、はずれであった。

海の基地に、相当大きなスクリーンと、重低音まで入る音響装置を装備したので、観逃していたものを観ることで、充分に映画の愉《たの》しみに浸れる。しかし海の基地でも、一日一本しか観ないことにした。未見のDVDが山ほどあるのに、ネット配信でも観られるようにしたので、三本四本と観てしまいそうになる。しかし、一本でいいのだ。じっくり選んで観ようとするからだ。

最近では、『ヘアスプレー』を観た。トラボルタの特殊メイクが秀抜であった。『ストレイト・アウタ・コンプトン』なんていうのも観た。『ワンダー 君は太陽』を観て、これは子役が最高だと思ったが、『ルーム』で天才子役だと思ったジェイコブ・トレンブレイなのだった。双葉より芳し、と呼んでいい類いなのだろうな。

海の基地の映画鑑賞は、ひとつだけ問題がある。どこかで映画評などを眼にしていて、ある程度声価のあるものを選んでしまうのだ。いやだなと思いながら、田舎臭い衣装が一枚ずつ脱がれるのを観ていると、いきなり素晴しい裸体が現われ、息を呑んで眼を奪われるということがない。まあ小屋では、眼を奪われないまま終ってしまうことの方が、ほんとうは多いのだが。

海の基地へ行くと、私の生活は規則正しい。

朝、起き出すと、軽い食事をする。クルーがやってきて船を出し、その日狙おうと思っていた魚のポイントへ直行する。三十分で着くこともあれば、二、三時間かかることもある。釣れた魚は、その場で血を抜き、氷と海水で締める。狙った魚以外は、リリースするし、狙った魚でも小さければ放してやる。釣りだから、まったく釣れないこともあり、そんな時もひたすら耐える。

決めた時間に竿を収《しま》い、基地まで直帰である。接岸まで操船すると、私は基地に入り、シャワーを遣い、釣れた魚があったら手早く捌く。火を通した方がいいものの下拵えをし、温めた方がいいものはトロ火にかける。その間、音楽を流している。演歌からロックンロールまで、直感的に聴きたいと思ったものをかける。

実は船というのは、相当に手のかかるもので、戻ってきて放っておくと、あっという間におかしくなる。その面倒な作業をすべて、クルーにお願いしている。俺の時間を作ってくれ、という具合にだ。実に丁寧に塩を落とし、釣具の水洗いをし、航海計器やエンジンの点検をし、保護したいもののすべてにカバーをかけると、航海日誌をつけ、舫《もや》いの状態を調べて帰っていく。こんなオーナーには、過ぎたクルーである。ボースンと私は呼んでいるが、ほんとうは船長だろう。

私は音楽のボリュームを落として、夕食まで本を読む。新刊書も読むが、もう一度読んでおきたい、と思っている本が多い。私の年齢から言って、いまそれをやっておかなければ、悔いが残りそうだからだ。

夕食をとると、映画を一本。一本だから、選びに選ぶなあ。君のお勧めがあったら、聞いてもいいよ。

映画を観終えると、しばし音楽を聴き、執筆に入る。大抵は、夜半まで書いている。書いている時に聴えるのは、波の音だけである。疲れるまで書くと、酒を飲む。

いい生活かどうか、わからない。私は半生に及び、愚直に小説を書き続けてきた。幸い本になり、読者はいつもいてくれる。

幸運なのだとしみじみと思うが、若いころからの友人で、いまでも自費で本を出し続けている男は、才能があったと言ってくれ、と涙を流したことがある。まるで、俺に運がなかったようじゃないか。才能がなかったと思った方が、ずっと楽だ。

なんなのだろうな、私は。友だちにこんな思いを抱かれていたことなど、話してみるまでわからなかった。そいつが泣いた時、私も泣いた。それでも才能があるとはどうしても思えなかった。あったのは、継続する力だ。ひたすら書いて書き続ける、いわば根性のようなものだ。古い言い方だろうが、その言葉しか見つからない。

映画の話をはじめたのにな。すまん。

試写場には、時々行ったぞ。大ヒットした『キングダム』は、試写で観た。とはいえ狭い試写室ではなく、小屋より広大な場所で、しかも満杯であった。

『キングダム』は、漫画の最初からファンで、特にこの作品は絵をじっくり観ることが多かった。その実写化である。ひとコマを、じっと見つめる。それが動きはじめる。するとひとコマに凝集されていた殺気が、すっと甘いものになる。絵と映画は似て非なるものだ。それを、私は考え続けた。あの殺気が、動きの中で表現できるだろうか。これは私が考えるというより、映画人が追求すべきことかもしれない。

映画そのものは、面白かった。迫力満点であったし、役者が揃っていて、それぞれに存在感を際立たせていたな。山の民の女頭領を、長澤まさみがやっていた。私はふと、数年前の映画を思い出した。『WOOD JOB!』という。これは、長澤まさみが、見事な山の女であった。山の方が似合うなどと、私は勝手に思ったりしたが、この人は実にさまざまな映画に出ていて、いい演技を見せてくれている。私好みの美形だというのは、この際、なしだぞ。

ほかに、試写室で観たものに、『月極オトコトモダチ』というのがあった。タイトルから容易に内容と結末を連想できてしまうが、この作品の穐山茉由という監督には、ほんとうに大事なものを見逃さないし、穢さないという視線があった。

映画の技術はさまざまあり、勉強もできるだろうが、表現者にとってほんとうに大事なものは、実は意外に単純なのである。

新しい監督も、次々に出てくる。私の注目株は、ほかには片桐健滋、首藤凜というところか。耶雲哉治は、もう新人ではないかな。

美女と冷気とどちらでもいいか

以前、ちょっと過酷かもしれないという場所を旅行する時、私は髪を刈りあげていた。長く通った白金の理髪店で、刈りあげて欲しいと言うと、旅行ですね、と返されたものだ。

ふり返ると、仕事が極端に忙しい時、私は極端に多く旅行をしている。旅行をするから、皺寄せで忙しくなる、とは考えなかった。仕事もやるが、旅行もする、という気持だったと思う。帰国した時も、私の髪は短いままであった。旅行先で、理髪店があると、入ってしまうからだ。

理髪店が見つかるのは大きな街で、ちょっとほっとしたら、看板が見えるのかもしれない。

理髪店にはいろいろ因縁があり、私が口髭を蓄えるようになったのも、ニューオリンズの理髪店の親父が、そこだけ剃ってくれなかったからだ。おかしな髪型にされたのは一度しかなく、しかもそれは過酷な旅ではなかった。

私はパラオにいて、毎日釣りをしていた。ペリリューという島から船を出した時、なぜか四メートルほどの鮫と格闘した。上げたのだが、長さを測るなどという状態ではなく、私は船の上でのびていた。前に書いたな。鮫は市場に運ばれ、パラオ人の青年の小遣いになった。私が欲しいと言ったのは口だけで、ナイフで切り出した顎の骨をくれた。きれいな三角の歯が、何列も生えていた。

当時首都であったコロールへ戻り、街をうろついていると、理髪店があった。

しかも、青木理髪店、と古びた看板が出ているのだ。私は入り、ペリリューで鮫と闘って髪がのびたので、刈りあげてくれ、と出てきた女性に言った。痩せた中年の女性である。彼女は頷き、私を座らせた。喋っているのは訛の強い英語で、パラオ語ではないのである。

日本語は、まったく通じなかった。パラオでは、日本語は実によく通じる。喋るのも、外人の日本語という感じではなく、きれいな標準語である場合が多い。

女性は、前髪を切り揃える時のように、鋏を横に遣っていた。あのころはまだ髪が多かったので、派手に髪を切る音が、耳もとで続いた。

どこの島の出身か、私は英語で訊いた。すると、パラワン島と言ったのだ。なに、フィリピンではないか。なんだよ。青木理髪店はどうしたのだ。フィリピンから出稼ぎに来ている、というようなことを言ったが、理由はよく聞き取れなかった。安全カミソリを遣いながら、悲しいことがあると大声で言いはじめたが、よせよ、危いではないか。

完成したのは、極端なマッシュルームカットというのだろうか。とにかくそんなものが、頭に載せられているという感じなのだ。

青木理髪店を出て、街を歩いた。顔馴染みのレストランのおばちゃんが、私を見て手を叩いて笑った。宿の主人は、おかしいよ、その髪型、と明瞭な日本語で言った。流行りなんだろうと私は思っていたが、もしかするとパラワン島の流行りか。

君は笑っているかもしれないが、とにかくかなり広大な面積が剃られていて、そこの皮膚というか頭皮が、青白く異様なのである。私は毎日釣りに出て陽焼けをしていたので、コントラストの鮮やかさは、笑うより私を狼狽させた。

私は宿の主人に頼みこんで、行きつけの理髪店に連れていって貰った。

五分で、事は済んだ。宿の主人が理髪店の親父に坊主と言ったのだ。ほかはパラオ語でわからなかったが、坊主だけは明瞭な日本語だった。いいね、日本人だね、と宿の主人は言った。

シンガポールからジョホールバルへ渡り、そこからマレー半島を北上する旅を、二度やった。東岸と西岸である。西岸には高速道路があり楽な旅だったが、東岸は海岸沿いの古い道だった。

しかも、途中から西へむかい、山越えをしようとしたのだ。熱帯雨林の山岳地帯で、相当に大変だろうと予想していた。山賊が出ませんかね、と出発前に耳もとで言う人もいた。

結果として、いくらか過酷ではあったが、楽しい移動に終始した。庭に大きなドリアンの木がある村のおばちゃんは、虎が時々、ドリアンをとりに来ると言った。ほんとうか冗談かはわからないが、肉食の虎がドリアンだけは食う、と別の人からも聞いた。私と同行のカメラマンは、ひとつ貰ったドリアンを貪り食った。

数日かけて無事に山越えをし、マラッカという街に出た時、小さなチャイナタウンのようなところへ行った。そこに冷気理髪店なるものがあり、私は入ったが、若くもなく老いてもいない女性が四人いた。シャンプーできるかと、とっさに私は訊いたが、明らかに理髪店ではなかった。

シャワーを遣えというのを振り切って私は外へ出たが、冷気茶房なるものがあり、そこへ入るとやはりただの喫茶店ではなかった。冷気という言葉に私は注意するようになったが、クアラルンプールでは見つけられなかった。

別の時、バンコクのチャイナタウンにいた。笑笑飯店、私はにこにこ飯店と呼んでいたが、そこへ毎晩通っていて、行く道すじを変えたら、冷気理髪店というのがあり、その数軒先に美女理髪店というのがあった。これは一目瞭然だと思い、美女理髪店を覗くと、そこはごく普通に中国人が散髪していたりした。そして冷気理髪店には、女性が六、七人並んでいたのである。どうなっているのだろう。チェンマイでも、冷気理髪店は理髪店ではなかった。

東南アジアでは、冷気というものに、冷房とは別の意味があるのか、と思った。しかし、ラオスでもカンボジアでも、冷気という看板は見かけなかった。

私は、旅の目的にそんなことの究明を入れているわけではないが、気になるものは気になる。どこの国へ行っても、チャイナタウンに行くと、冷気という言葉を捜した。

バオバブの樹の下に掘立小屋があり、椅子がひとつ置いてあった。ブルキナ・ファソの奥地の理髪店である。私はそこが一番好きかな。

鏡の破片に、ぼんやり自分の顔が映っていたりするのだよ。

場所を選んでなにをやれというのか

なにをやるにも、場所というやつがある。

たとえば居合抜きなど、周辺に人の眼があると、やはりちょっと剣呑であろう。巻藁《まきわら》を前に、けものの叫びのような気合を放ち、斬るのである。ただでさえ、刃物を人に見せるべきではないのに、気合とともに斬るのだ。見た人は恐怖を感じるに違いない。私は、海の基地以外では、やらない。海の基地の周辺には人家は見えず、眼の前を通って行っても行き止まりだから、人が通ることもない。

それでも対岸から双眼鏡で見られていて、あんなものが斬れるんだね、などと言われたりする。まったく、どこにでも人の眼はあるのだ。居合抜きこそ人の眼を気にするが、唄の稽古など、やれる場所がかなり多くなる。自宅の風呂でもやるし、運転していたころは、車の中でもよくやった。スピードをあげている時は、口など動きはしないが、渋滞に巻きこまれた時は、絶好の唄の時間であった。

大沢新宿鮫からカラオケのセットを貰ったのだが、もともとマイクに入っている二千曲ぐらいしかできない。私は海の基地で、入っていない曲を、マイクを握ってアカペラでやったりする。そのあたりにある、マジックなどを握りしめてやるより、本物のマイクというのは臨場感があるなあ。

映画を観るのにも、場所というのは多分あるだろう。昔は、小屋と呼んでいた映画館であった。テレビでも名作劇場のようなものをやっていたりしたが、コマーシャルが入るたびに、私は逆上していた。映画はやはり、小屋である。

オールナイトというのがあって、三本ぐらいをくり返しかけているのだが、大抵の客は眠っていた。起きてなんとなく観ている人もいるらしく、おい危ないぞ、などと声が飛んだりする。そっちへ行けば殺されるという場面を、前にも観てしまっていて、やけになったように声を飛ばすのである。

昔の場末の小屋の小便臭さは、相当なものだった。トイレはただの溝で、壁にむかって出すというものだった。朝顔が並ぶようになったころ、トイレで殴り合いをしている二人がいた。叩き合いに近かったので、俺に触ったらぶっかけるからな、と言って私は悠然と用を足した。

本気でぶっかけようと思っていたから、私も殴り合いに参加したかったのかもしれない。

そういう点、海の基地は最高である。大きなスクリーンに映し出し、音響も誰を気にすることもなく上げている。ただ、一本しか観ない。どんなに多くても、二本である。三本、四本観るとなにを観たのかまったくわからなくなる。

それに、海の基地にもそこの生活がある。昼間は船を出して釣りをし、それはできるだけ早く切りあげ、あとは仕事をしているのである。それでも私は、映画については恵まれた環境を獲得したと言っていいであろう。光回線などを引きこみ、ネット配信されている映画も観ることができるので、一本と決めていないと映画漬けになる。

だいぶ前だが、山小屋があって、私は大雪警報が出た朝に、四駆にスタッドレスを履いた車で出かけていった。途中で、食料を相当な分量買いこみ、なんとなく肚を決めた。高速道路は雪で、チェーン規制がかかっていた。それでも、走っている車は少なくなく、高速を降りてからも、街では車は走っていた。まだ、なんとかなる雪だったのだ。山道に入ると、車の扱いがかなり難しくなったが、轍が一本もない道を登って、私は山小屋に到着したのである。

膝ぐらいまでの積雪であった。私は食料を運びこみ、薪がひと冬分あること、石油温風ヒーターのタンクが満タンであることなどを確かめ、何日も食える料理を作った。その間も、雪は降り続けていた。部屋の中は、二十度で快適である。風呂に入り、飯を食い、さてなにをやろうか、と考えた。

山積みになっている、ＶＨＳの映画ビデオがあった。私はそれを、片っ端から観ていくことにした。あの当時も、かなり大きな画面で観られるようにしてあったのだ。

　五本観ると、なにがなんだかわからなくなった。途中で酒を飲みはじめたので、眠っている時間もあったかもしれない。ベッドに入り、朝になって外を見ると、まだ雪が降っていた。朝めしを食う時、外の気温がマイナス十五度であることを確かめ、また雨戸を閉めて映画を観はじめた。昼めしを食い、このままでは運動不足になると思って、道路までのアプローチの雪掻きをし、風呂に入り、また映画を観た。

　やはり、なにがなんだかわからなくなった。寝る前に数えると、七本観ていた。そのころようやく雪はやんでいたが、相当なことになっているようだった。停電がなかったのが救いであった。ふだんは、山の下の方から車の音などがかすかに聞えたりするのだが、まったくの無音であった。

　もともと私はそこに籠城してもいいと肚を決めていたので、もう一度、食料と燃料を確認し、のうのうと惰眠を貪った。そして起きると、六本の映画を観た。料理をする、風呂に入る。雪掻きをする。動くのはそれだけである。

　その山小屋で、大雪に閉じこめられた経験は四度あるが、もっとも動かなかったのは、その時である。翌々日ぐらいから、山の下でブルドーザーが動く音が聞えてきて、さらにその翌々日、私の小屋の前をブルドーザーが通った。私はひと冬過ごしてもいいと思っていたので、ブルドーザーの人たちに、定住者のような顔をして手を振った。

　夏の別荘が散在する地域であるが、私が出かけて行ったのは、大抵は秋の終りから冬であった。雪に閉じこめられると、孤立感が強かったが、それが快感でもあった。孤立の中で、ひたすら仕事をしていれば、私の文章はもうちょっと鋭いものになったかもしれない。映画漬けであり、違う時は読書漬けだった。仕事と読書と映画と音楽と、適当にふり分けてやれば、理想的だったのにな。

　映画漬けの日々で観た映画が、三十八本であった。本数だけ憶えていて、内容どころかタイトルも出てこない私を、君は愚か者と思うか。

いつかおまえと友だちになろう

最近、鼠が増えた。

私の自宅の天井裏でも、夜中に運動会をやっている。放っておいたが、部屋の方にも出てくることがあるらしく、いろいろなものが齧られるようになった。電線などをやられると危険でもあるので、駆除に乗り出した。といっても私がやるのではなく、駆除を専門としている業者がいるのである。

昔は、鼠獲りの金籠を仕掛けた。入っているのは、ドブ鼠の類いが多かったような気がする。水に沈めて溺死させ、穴を掘って埋めた。残酷だなどと女たちに言われたが、そんなもんである。鼠を殺す残酷なシーンは、『城の崎にて』に書かれているが、首の後ろから前へ串を刺すのである。川に放りこむと鼠は岸へあがろうと、必死で石垣にとりつく。しかし串が邪魔をして、水に落ちる。それをくり返し、衰弱して死ぬのを、人々が眺めている。

主人公の心象風景としても描かれているのだが、この心境小説の名作は、残酷なシーンが少なくない。私は、ずっと昔、小説の言葉の選び方を、この作品から学んだ。

さて鼠駆除作戦であるが、業者の人はまず、外から家へ侵入できる口を、すべて塞いだ。これで、まず家の中にいる鼠との勝負になるのである。天井裏からなにから、鼠が通った跡があるところ、糞が発見されたところなどに、捕獲シートを置いた。外部も、鼠が通りそうなところにはシートを置き、餌も仕掛けた。そして天井裏には、カメラも仕掛けた。

万全である。鼠はシートの上を歩くと、貼りついて動けなくなる。やつら、駆け回っていないと、低体温症になって、すぐに死んでしまうというのだ。業者の人は、しばしば検分に来た。外部のシートには、鼠がかかっていた。それは通りがかりの鼠ということだった。痩せて、小さな鼠だったらしい。

鼠の種類は、クマ鼠というやつだ。耳が大きく、尾が長く、頭がよくてよく悪さもする。一時は、ドブ鼠の生命力が勝っていた、と私は思うのだが、クマ鼠もしっかり命脈を保ってきたようだ。

家の近辺に、猫は多くいるが、鼠を獲ったという話は聞かない。相当昔、私がかわいがっていた黒猫は、私がいると毎日のように庭でおかしな声をあげた。鼠をくわえてきているのだ。しかも、生きていた。それを散々弄んでから、食いもせずに屍体を残していく。私は、庭に穴を掘って何度埋めたかわからないが、すべてドブ鼠で、結構大きかった。昔飼っていた犬が、庭を横切ろうとしたドブ鼠に、日ごろ見せない迅速さで飛びつき、くわえて振り回した。それで鼠は即死していた。大きなドブ鼠であった。

そんなだから、犬や猫は鼠の駆除に役に立つ、と私は確信していた。ところが私は、通りがかりの鼠とトロ助が、正面から庭で出会《でくわ》したのを見たのである。両者とも、かたまっていた。行け、トロ、と私は心の中で呼びかけたが、二、三歩後退りしたトロ助は、ひと声哮えた。金縛りを解かれたように、通りがかりのクマ鼠は駆け去った。

なあ、トロ、喧嘩の時、男は無言だ。声などで、相手を打ち倒せはしないのだからな。

通りがかりの鼠は数匹獲れ、それからシートにかからなくなった。家の中に仕掛けたものは、まったく変化がなく、業者の人も検分のたびに肩を落として帰った。

カメラには写っているのである。しかもでかい。いや肥満していると言うべきか。仕掛けたシートの縁を、人間をあざ笑うが如く、走っている。餌には、見向きもしない。

業者の人はそれでも意地にならず、淡々と家の中の点検をした。そして廊下の天袋の戸が、一枚だけ数センチ開いているのを発見した。そんなところに天袋があることなど、私も知らなかった。とにかくそこに大量の鼠の糞があり、天井裏に通じる板の隙間も見つかった。

それより、肥満鼠は大量のチョコレートをためこんでいたのである。板チョコなどはなく、もっと小さな高級品で、箱の封を切ったものの中身を、ひとつふたつと運んでためこんだらしい。そのチョコレートを思うさま食い、肥ってしまったというわけだ。

糖尿病になっているな。君は信じられるか。チョコレートで、ほかのやつより三倍近く肥ったクマ鼠だぞ。ここに到って、私はそのデブ鼠に、なにとはない親近感のようなものを感じた。やるではないか。ほかのところにも、チョコレートをためこんでいるのだろうか。すべての出入口を塞ぎ、兵糧攻めにするという作戦は、効果が期待できなくなった。

それでも、業者の人は不屈であった。天井裏に入り、シートの位置を何度も変えたのである。私は私で奇襲作戦をとり、台所に半分に切った林檎を置き、深夜に忍び足で見に行ったりした。木刀を持っていたが、敵は鼠であって、泥棒ではない。途中で、自分の姿が滑稽に見えてきた。

私だけの感じかもしれないが、この一、二年、鼠に遭遇することが多くなった。海の基地には、三本の大きなフェニックスがある。そこからリスが滑るようにして降りてくるのは、何度も見た。ある時、ずいぶんのんびりしたリスだと思いながら、そろそろと降りてくるものを見ていたら、それは大きなドブ鼠であった。基地の前に電線があり、そこを歩いていくリスは何度も見た。一度は、狸の綱渡りも見たのだが、その場にいたのは私ひとりだったので、誰にも信じて貰えなかった。リスが渡っていくのは、何人も見ている。

ずいぶんとゆっくりと、要心深く渡っているやつがいるなと思ったら、それはドブ鼠であった。鳶《とんび》戦争で、私は何種類かの飛び道具を装備したが、そういう時、撃ったりはしない。なんであろうと、綱渡りの時は無防備だからだ。それに、電線から落ちると、多分死ぬな。

銀座の夜更け、まだ人通りは絶えていない時、歩道の植込みから植込みへ、ちょろちょろと移動するドブ鼠を数度見た。

ところで天井裏の、美食肥満糖尿病のデブクマ鼠は、ひと月半後にシートにかかって死んでいた。肥ったままであった。

なんだってたやすいものが難しい

習熟、という言葉がある。

私は、さまざまなものについて、習熟している。思いつくだけでも、刃物の研ぎについては習熟している。六、七歳の時から、肥後守という小刀を研ぎ、いまもナイフや庖丁を研ぎ続けているからだ。私が研いだ菜切庖丁を胡瓜に載せたら、それだけで二つになった、と驚いたやつがいる。さすがにそれは大袈裟だろうが、切れ味が抜群であることは確かなのだ。

刃物の遣い方にも、多分、習熟している。木の板や枝を削って、さまざまなものを作るのは、長い間やってきたことだ。ブライアという白ヒースの根を削り、パイプは数えきれないほど作った。大抵は、人にあげてしまった。作ることが目的で、完成すると関心を失ってしまうのである。

車の運転はやめてしまったが、ワインディングロードのコーナリングなど、習熟していると、自分では思っていた。小型の船の接岸や離岸にも、習熟しているかもしれない。風を読み、波を予測する。ぶっつけて船体に傷をつけたこともないのだ。漁具の扱いや、魚とのやり取りにも習熟していて、到底耐えられないという大型の魚をひっかけても、ドラッグと竿の弾力で仕留め、喝采を浴びたことは一再ではない。絶対に切れない太いラインで、巨大魚を力任せに上げるのは、習熟ではない。

ほかにも、習熟しているものはある。ウイスキーを口に放りこむこと、子供をびっくりさせる手品、葉巻の着火、鯛の頭の梨割り、鯒《こち》の骨抜き。具体的にどんなふうなのかは、私の自慢話に興味はないだろうから、書かないよ。

私がほんとうに書きたいのは、実は習熟できないものについてなのだ。

君だって、苦手なものはあるだろう。私にも人並み以上にある。たとえば方向音痴を改善できないし、音痴の方はだいぶよくなったがどこかあやしい。

その昔、私はラップを扱うのが苦手であった。引き出して切る間にどこかくっつき、うまく切っても物にかけようとすると、くっつき、剝がそうとするとさらにくっつき、丸い団子状になって収拾がつかなくなる。場合によっては、その団子が足もとにいくつも転がっているのである。無駄なことをしていると思ったが、いまはかなりましになり、団子を作っても一日に数個である。しかし人に訊くと、ラップを無駄にすることなどほとんどない、と言う。ぴんと張って引き出すんだよ、などと言われてやると、うまく切れず、ずるずると出てしまう。

なんなのだろう、これは。指さきが無器用なのだろうか。人が遣うのをじっと見つめたりするが、切り離す瞬間の手の動きはさまざまで、一定の法則はないようだ。

失敗して、くそっなどと唸えていると、孫が代りにやってくれたりする。情ない話だ。昔の私の姿を見たら、孫はラップの使用を禁止するであろう。一生、習熟の域に達することはない、という気がする。

しかし、ラップなどまだいいのだ。海の基地にいる時の私の食事は、野菜を最初にたっぷり食い、それから焼いた肉や、煮た魚などを食い、最後にわずかな米飯で締める。米飯はひと口ほどで、少なすぎると感じるので納豆を入れる。それで三倍ぐらいの量になるのだ。

問題は、スーパーで買いこんでくる納豆である。いくつかがパックになっていて、ひとつひとつに、小袋に入った醬油と辛子がついている。醬油の袋がすっきり切れる時と、どうやっても切れず、ビニールがのびてしまう時とがある。

のびてしまうと最悪で、ある時破裂したように切れて、テーブルはおろか、着ているものにまで醬油が飛び散ってしまうのである。なんということだ。食事の、最後の段階である。

海の基地で、私はひとりだから、ただ自分に対して逆上し、それから落ちこんでうなだれる。食事は、一日の愉しみの大きなものなのに、結末がそれであると、寝るまでなんとなくついていない気分がつきまとう。

できるだけ洗濯物を増やしたくないので、しみのついたままのシャツを着続け、洗面所に行くたびに、どこかの大陸のようなしみを、鏡で見ることになる。

不思議だな。うまく切れる時は、難なく切れる。ビニールがちょっとのびてしまう状態になった時が、そうなのだ。毎回だったら、さすがに鋏ぐらい用意するさ。

君は、切れるか。開け口が少し切りこんであるものは、私も間違いなく切れる。ギザギザで、どこから切ってもいいというようなもので、やってしまう。

なんなのだ。まるで私の人生みたいではないか。私はこれまで生きてきて、実に細かいことを、特に仕事でだが、齟齬なくやってのけてきた。醬油が飛び散るようなことは、やったことがない。

海では熱心に遊び、船を動かすための書類、法定備品などしばしば点検し、いつも万全だという自信を持っていた。ところが、船舶免許の期限を確認せず、失効していたのに、更新に行こうとして、それに気づいたのである。船舶免許は五年だから、実に五年間、万全だと信じたまま無免許状態で操縦していたのである。

幸い、失効した船舶免許は、数時間の講習で復活するので、いまは有効になった免許をしばしば確認している。しかしその五年の間に海上保安庁の臨検を受け、自信満々で差し出した免許証が失効していたとなれば、笑い話では済まなかった気がする。

浦賀水道航路というところで、スピード違反で捕まった時も、うっかり航路の中を走ってしまったからで、出頭して説諭された。

習熟などという言葉を遣ったが、こんなのは習熟にもならないか。ただ私は、習熟していると信じていることで、とんでもない間違いをしたという経験が、ほかでもある。

運転はやめてしまったが、アクセルとブレーキの踏み間違いなど、習熟していると信じてやってしまうことではないだろうか。

たやすいところに、落とし穴がある。これが人生ってやつだということを時々思う。

君、穴に落ちるなよ。

十八歳の議員を拒絶してはならない

また、選挙らしいな。

私にも選挙権があるので、投票の案内というか、それを持って投票所へ行けば、投票用紙をくれるという、葉書のようなものが送られてくる。私は、多分、まめに投票に足を運んでいる方だと思う。

しかし、いざ名前を書こうとすると、知っている名はほとんどなく、適当に選んで書こうとも思わないので、蘇我入鹿などと記してしまう。政党名も、惑溺党などと書く。そんな書き方をしているとわかっているかのように、私は出口調査というものにひっかかったこともない。

私は棄権しているのではない。投票しているという意識はあり、投票率を上げる役には立っているはずだ。選挙というのは、投票率が大事なのだろうと思うよ。無党派層というわけでもなく、無効派層だと自分では言っている。無効票を投じるぐらいなら、行かなければいいだろうと言われそうだが、行くのが大事と考えていて、私にとっては投票所へ行くことが選挙なのである。投じる無効票に、抗議の意味などがあるわけではない。

選挙に出ないか、と言われたことがある。ふうんと思ったが、声をかけてきた人はどういうつもりだったのだろう。被選挙権というものも、私にはある。いまは十八歳から選挙権があるらしいが、被選挙権の方は二十五歳とか三十歳とかにならないと与えられないらしい。なぜなのだろう。私は、十八歳の立候補者がいたら、街頭演説を聞きに、足を運んでもいい。若い連中の夢は、時に途方もないことがあり、固定された概念を突き破るようなことを語るやつがいるかもしれないではないか。

選挙演説で、夢を語っている候補者が、どれぐらいいるのだろうか。夢なのだから、現実的な話は聞きたくない。理念も沢山だ。馬鹿げた夢を語れ。それで、大衆を熱狂させてみろ。そういうやつが少ないので、ヒトラーみたいな存在が突如現われたりするのだ。夢を語るやつがどこにもいて、あの夢こそ支持したい、と私は思いたい。

政治家は、現実にやらなければならないことが、多くある仕事なのだろう。しかしその大部分は、役人がやってくれるのではないのか。国会の答弁でも、大臣がわからなければ、下の役人が出てきてやればいい。耳打ちされたことを答弁として喋るのは、滑稽でしかないな。

政治家は、大衆が納得する仕事をきちんと片づけたら、夢を語ればいいのだ。小さいよな、みんな。夢を語り、それを大衆が支持したら、現実に必要な仕事の大部分は役人にやらせ、おまえはとにかく夢を追え、と人々は言うに違いない。

例えば以前ここで書いたが、私の夢はマグマ発電です、と言える政治家がなぜいないのだ。地熱発電という、現実的なものではないぞ。夢はいつだって、非現実なのだ。地球の熱をそのまま貰い、電気に変える。この非現実的な、しかし実現したらものすごいことを、なぜ語れないのだ。

マグマの熱で発電できれば、エネルギーの問題はすべて解決できて、石油をどうこうという話などなくなり、戦争の可能性は方々で低くなるだろう。まさしく、政治家が抱く夢ではないか。

無理だという話など、私は聞く耳を持たない。無理なことが無理でなくなり、不可能なことが可能になった事例など、歴史を調べればいくらでも出てくる。空を飛ぶのだって、百数十年前には夢だった。宇宙に行くことを考えた人間は、いたかもしれないが、空想家だった。コンピュータなどという言葉は一般的ではなく、電子計算機と言っていたような気もする。しかしいまはスマホで、ある程度は誰もが持っているのではないのか。

君は、どう思うのだ。政治の仕事は一応きちんとできて、しかしそんなことはただの仕事で、夢はマグマ発電で、それに生涯をかけるという政治家がいたら、支持したくなると私は思うのだがな。

そして叡知が集まりはじめると、百年でそれは可能になる。

非現実の夢を追う政治家志望者が立候補して、当選できるのか。そんな些細なことは気にするな。被選挙権のないやつらの票を全部集めれば、当選するよ。夢を受け入れるのが、若者の若者たるところだ。選挙権だけでなく、被選挙権も同時に与えよ、と若者は要求してもいいのだぞ。

ただ物語を綴っている小説書きが、またぶつぶつとなにか呟いているぞ、と思われるのだろうな。それでも、無効派の私は、投票所には行く。そこのところだけは、現実にまっとうなのだ。私が行ったところでなにもはじまらないだろうが、行かなければ絶対になにもはじまらない。

選挙の季節になると、私はいつもこんなことばかり考えている。バスの屋根に乗って演説している候補者に、質問するために手を挙げることも、やめない。一度たりと、指名されたことはないがね。

私はもう、充分に歳をとっているので、なにがあろうと肚は据えられるよ。


戦争など絶対にやってはいけないと思うが、万一戦争が起きた時は、私は志願して死にに行く。若いやつが死ぬより、ずっといいだろう。

戦争と言えば、北方領土を戦争で奪還する、とほざいた愚か者がいるらしい。愚か者の夢ならまだましだが、現役の代議士が言うのなら、まずあんたひとりで戦争してこい、と言わざるを得ないな。自分が戦争に行くことなど、考えずに言ったのだろう。

自分がやらないことを前提に、なにかをやりたがる。この国には、そんな政治家ばかりなのか。私はぶつぶつ言いながら、それでも途中で思いを断って、小説のことを考えはじめる。締切というやつがあるからなあ。

小説書きでよかった、と私は思う。書くだけ書いて、読者に受け入れられなかったら、ただ消えていく。でも、面白いものを書きたいなあ。面白い物語はほとんど無数と言っていいほどあるが、私の物語は、私が書くだけだ。誰も、替ってくれない。

政治家にはいくらだって替りがいる、というのを証明するのが、選挙かもしれないよ。

アナーキーはエネルギーなのか

スリラー映画というものを、私はあまり観ない。おっかないからである。

なぜ、こんなにこわがらなければならないのだ、と私は映画鑑賞というものに、理不尽なものがつきまとうと常に思う。大の男が、恥しくないのかと自問したりもするが、こわいものはこわいのである。それでも、ずいぶんとスリラー映画を観たなあ。

ずっと昔、スリラー映画ではないと思って観ていて、おっかなくていまだに憶えているものがある。『狩人の夜』というモノクロ映画だ。おっかない人は、ロバート・ミッチャムであった。とにかく、どこまでもどこまでも、追いかけてくるのである。夢に見てしまうのではないか、と思ったほどだ。ロバート・ミッチャムについては、タフガイの俳優というイメージがあり、それは大抵裏切られないのだが、『恐怖の岬』という作品を観て、またその偏執狂ぶりが、たまらなくおっかなかった記憶がある。ちょっと疲れた男や、酒浸りの役など、私は好きである。しかし、それほど多くを観ているわけではない。

だいぶ前に、菅原文太さんと飲んでいて、ロバート・ミッチャムと共演した時の話を聞いた。撮影現場に現れたロバート・ミッチャムが、へろへろに酔っ払っていた、というのである。こんなんで芝居ができるのかと思ったが、撮影はそのままはじまった。後で観てみたら、それがいいシーンになっていたらしい。要するに、どう映るかがすべてだな。菅原さんは、そんなことを言った。

しかしどこかに、ロバート・ミッチャムはおっかないという意識が潜んでいる。あの眠ったような眼が、なぜかこわいのである。『シャイニング』を観ても、ジャック・ニコルソンはこわくはなく、『恋愛小説家』などという映画を思い出してしまう。『ミザリー』を観ても、キャシー・ベイツのほかの映画では、なんともないのだ。むしろ好きな女優だ。

海の基地で、ぼんやりとそんなことを思い出しながら、『止められるか、俺たちを』という邦画を観た。観はじめてすぐに、これは若松孝二を描いた作品ではないか、と思った。なんの予備知識も入れずに、観たのである。あの当時の映画人の無茶苦茶ぶりと言ってしまえばそれまでだが、わけのわからないエネルギーが伝わってきて、私には面白かった。

映画に対する情熱は、いつも熱く悲しく、滑稽で純粋である。『地獄でなぜ悪い』という作品があったなあ。ほかにも、映画を作る映画は、かなりあるような気がする。

かつての若松プロに漂っていた空気は、映画そのもののエネルギーだったのかもしれない。

映画人って熱いなあ、と思ったことは何度もある。監督や俳優だけでなく、スタッフも熱い。神代辰巳は、病んだ躰で、静けさを漂わせながら、『棒の哀しみ』という狂気が底に漂う映画を残した。君も観てみろ。私の原作だぞ。

そして原作と言えば、若松孝二が私の原作で一本撮ったのである。『明日なき街角』というその作品は、あまり評価されず、ヒットすることもなかった。

私は若松孝二と一緒に試写室で観たはずだが、どこだったのか記憶は完全に消滅している。ただ、終ると私は腰をあげ、うつむいて帰ろうとした。役者さんはいいし、カメラワークも悪くない。ただ、若松孝二独得の、アナーキーな雰囲気に欠けていたのだ。

私の原作が、それを喚起させることができなかったのだろう、と思ってうつむいたのだが、若松さんは私を追いかけてきて、もう一本作りたいものがあるのだ、と言った。

若松さんとは、それから二度ぐらい、酒を飲んだような気がする。私がおだをあげるのを、若松さんは根気よく相手をしながら、見守っていたというおぼろな記憶がある。

原作というのは、映画の素材の一部にすぎず、本になった段階で、小説家の作業は完結しているのである。だから監督と事前の打ち合わせなどやらない。好きに作って、映画人の創造力を見せてくれ、という態度である。

　ただ、若松さんとは、暴力については語っておいた方がよかったかもしれない。私は、暴力を血や痛みに直結するように描く。そこから観念性を排除するためである。映像の暴力は、しばしば観念性が被さってくることが多い。そのあたりに、私の文章と若松孝二の映像の違いがあったかもしれない。

　互いに、殴り合いなどをするには爺になりすぎていて、せいぜい声の大きさに頼りながら、小説と映画における暴力を論じ合う。実際に飲んだ時は、映像の細部や文章の行間などについて、快く議論をしてしまったような気がする。

　私は、若松孝二の、あの整合性さえ無視したアナーキーさが好きだったな。何度か電話をくれて、どうしてもあと一本作りたいものがあるのだ、と早口に言った。その一本が、私のどの作品なのか言おうとせず、ついに訊くこともできなかった。数年後に、交通事故により死去、とニュースが入った。

　これから、私は若松孝二の解析をはじめるかもしれない。『止められるか、俺たちを』を観たのがいい契機になったような気がする。

　邦画のことをあまり書くと、やはりまずいなあ。食い入るように細部に入っていき、ほとんど私自身のために書いているようなことになる。ここは、君と喋っている場所さ。もっと面白く、誰にでもわかる話からはじめたい。その先にある細かくて難しいことは、君が考えればいいことだ。人の思考など、そういうものだろう。重ね合って語り、それからはずれると孤独な作業になる。その作業をも人に理解させるのは、ある意味で本物の表現者なのである。

　窓の外は雨。予報では、明日も明後日も雨。嵐を呼ぶ男と、私は海の基地の近辺の漁師たちには迷惑がられているが、自分でもほんとうにそう思う。もう、うらめしく海に降る雨を、風で吹き飛ばされる波頭を、眺めることはない。船を出さなければ、映画が一本観られる。読んでいる本も、相当に進むことになる。

　まあ、負け惜しみもわずかに入っているが、私の本心なのである。

釣った大魚をどう捌けというのだ

トローリングの季節になった。

つまりは餌、あるいは擬似餌《ルアー》を引っ張り、魚がかかるのを待つ釣りである。結構遠出をして、ひたすら大物だけを狙う。通常の釣りでは、上げた魚が十キロもあれば大変な大物ということになるが、トローリングでは百キロの魚でもあまり大物とは言わない。したがって対象魚はかぎられていて、ほとんどの場合はカジキマグロで、時に本マグロを狙ったりもする。

黒潮が日本列島に近づいてくると、私はそわそわし、海の基地では、夜遅くまで漁具の手入れをする。主にルアーの手入れで、鉤《はり》を工業用ダイヤモンドが入った鑢《やすり》で磨き、鉤先を鋭くするのである。

ルアーを遣ったトローリングは、いわばスポーツフィッシングで、リールに巻いているラインなど、細い方が自慢ができる。限界を超える力が加わるとラインは切れ、当然細い方が切れやすいので、苦労し、工夫して闘ったと評価されるのだ。職業的なトローリングは、決して切れないロープのような紐を遣い、手早く上げる。その方が、魚体の状態はよく、市場で売れるからだ。

われわれが上げる魚は、激闘の末ようやくゲットするので、魚肉はとても売り物にならないのである。しかし殺生であるから全部食わなければならない、と私は考えていて、味噌漬けにしたものを、迷惑も顧ず配ったりするのだ。実際にはそんな機会は、滅多にあることではない。

セコい私は、おかずになるような魚を狙って、五本のうちの一、二本はそれ用のルアーを流したりする。釣れるのは鯖とか鰆《さわら》とか鰹などである。

つまり釣りに出ても、おかずだけはゲットしようとしているのだ。

微速で船を走らせながら、海面ばかりを見ている。鳥が何十羽、何百羽と群れていれば、そこに小魚が集まっていて、それを追ってきたおかず用の魚もいる。

鳥が群れて海面に突っこんでいるのを、鳥山というのだが、見つければカジキのことなど忘れて、そこへ飛んでいく。

遠出をするので、必然的に東京湾に出入りする大型船の航路を横切ることになり、距離が近いと船尾を回る。でかいなあ、と思う。タンカーとかコンテナ船とかは、もう巨大なビルが動いているとしか思えないのだ。クルーズ船を見ることもあり、やはり大きさと窓の多さに圧倒される。救命ボートなどが小さく見えたりするが、それでさえ私の船よりずっと大きいのである。

しかし、大きいだけで、あまり船という感じはしない。おう、と思うのが軍艦である。横須賀には海上自衛隊の基地があり、そこから艦隊が出てきて、訓練をやったりしている。

軍艦を見るのは好きである。近づいてくると、私は双眼鏡を覗きっ放しである。

軍艦は、単純な意味で、美しい。タンカーやコンテナ船や客船などにはない、機能美というものがあり、見とれてしまうのだ。機能美そのものが走っている、と思えるほどなのだ。大したスピードを出してはいない。それでも、本気で走れば速いだろうな、と感じさせるフォルムをしている。

私がもっとも美しいと感じるのは、第二次世界大戦のころの、軍艦である。写真集を集めたこともある。戦艦の名前は全部言えて、それを自慢していると、戦艦どころか巡洋艦の名前まで言える若い編集者がいた。おかしなやつだと思ったが、軍艦が好きな男の子というのは、結構いるものだ。

いまの護衛艦の大きなものは、あのころの重巡洋艦と同じぐらいだろうか。全長は、せいぜい百五、六十メートルだと思う。ただ、大きな砲塔がない分、やや私の感じる機能美と異る。

性能は昔の比ではないだろうが、砲塔はいかにも闘いというものを連想させたのだ。もっとも、昔の軍艦については、私は写真しか知らない。護衛艦は、後部の甲板からヘリコプターが舞いあがったりして、興醒めでもある。

私が走っていると、そのヘリコプターが私の船を訓練の標的にしているような感じで、真っ直ぐに飛来したりする。私は釣竿を構えて高角砲に見たて、擬音弾を連続的に発射し、撃墜などと叫んだりしている。まあそんなこともあるが、護衛艦は民間の船に対しては、相当紳士的である。一度、乗ってみたいものだよ。

君は、軍艦を見たことがあるか。どんな小さな軍艦でも、美しい。私はポルトガルのマデイラ島という絶海の孤島で、多分、島の守備のために一隻だけいたと思える小さな軍艦が、ひとつだけある大きな港に逆光の中を帰ってくるのに、見とれていたことがある。影だけに見える軍艦のフォルムは、ただの機械ではない、悲しい情念が漂い出してくるようで、旅情をかき立てられたような気分になった。

しまった。トローリングの話をしていたのであったな。トローリングは、海面、あるいは海面近くの魚を釣る漁法で、スポーツフィッシングでは、砂漠で釣りをしているような趣きもある。つまり、海面近くに魚がいることは稀で、そこに行き合わないかぎりは、なにも釣れないのだ。

小さな魚が追いこまれて海面に出てきて、それに鳥が群らがっている。そこにカジキがいないとしても、行きたくなる気持はわかるだろう。追っている魚は、今晩のおかずぐらいにはなるやつなのだ。

もうひとつ、スポーツフィッシングには、騙し合いの要素もある。ルアーがほんとうの魚に見えないかぎり、食らいついてこないからだ。だからルアーについては工夫を凝らし、形状で動きを決め、材質は真珠層と呼ばれるものがある、貝などを遣うのだ。これに凝りはじめると、際限がない。

カジキに遭遇しても、腹が減っていない時は見向きもしてくれず、たとえ近づいてきたとしても、ルアーを角で撥ねあげたりして遊ぶのである。ちょっと、馬鹿にされているような気分にもなる。

まあ、こんなのが、これからやっていく釣りだ。君も来るか。カジキがかかった時に巻きあげるのはかなりの重労働で、途中でへたるやつもいる。やらせてやるぞ。

うまかったものの記憶が切ない

亡くなった人から、手紙が来たことがある。

といってもホラーのような話ではなく、ほんとうに直筆の手紙なのである。死後、御遺族が書斎の整理などをしていて、投函し忘れた手紙が本に挟まっているのが発見されたのだ。

数年前に亡くなった人からの手紙を郵便物の中に見つけると、思わず躰が固まる。投函のし忘れだから、改めて投函しました、と御遺族からの説明の手紙が遅れて届いたりすると、なおさらである。

いまはもう、人の口にその名がのぼることもほとんどないが、倉本四郎という評論家がいた。週刊誌に三頁の書評欄を長く持っていて、私の作品も何度か取りあげて貰ったことがある。どこかの映画祭で、二人ともゲストで、前夜、方法論なんかもういい、きちんとした映画観を聴きたい、などという対論をやり、それを集まった監督たちが聴いていた。翌日、二つほどのシンポジュームがあり、監督たちと同席した。参ったな、方法論じゃ駄目なんだろう、と監督のひとりが言った。

そうだ、と私は言おうとしたが、倉本さんはちょっと私に眼配せして遮り、方法論は聴いている人たちにわかりにくいこともあるから、どんなふうに映画に接し、映画を愛してきたか語ろうよ、と言った。それは一般論のように思えるが、それぞれの監督の映画観がはっきり感じられるような話になった。私のように、正面からぶつかろう、という発想はない人だった。あの場でも、監督たちにも聴きにきた人たちにも、多分、やさしかったのだ。

私は好きで、よく飲みに行ったが、必ず途中で議論になり、めずらしく倉本さんが自説を押し通す時はかなり酔っていて、そのあとすぐに潰れてしまうのだった。

葬儀の日は、暑い日だった。一緒にいた荒木経惟さんが、四郎ちゃん、ちっちゃくなったんだねえ、と声をかけながら、ライカをむけて何度かシャッターを切った。それから見送る時、四郎ちゃん、きれいな空だね、と空にレンズをむけた。あの時の荒木さんの、悲しいというより寂しいという感じの表情が、忘れられない。

それからかなり経ってから、倉本四郎から手紙が来たのだ。すでに闘病中で、この間、死にそうになり、ほんとに死んだら言えなくなっちゃうから、言っておくよ。謙三さん、大好きだったよ。そう書かれていた。私はそれを読み、ちょっとだけ泣いた。

もう一通は、池波正太郎さんからの、葉書であった。やはり、書斎の本に挟んで忘れられていたらしく、御遺族が封筒に入れて送ってくださった。礼状であり、私は池波さんに頼まれたことを、ちょっとした手間をかけてやったらしいのだ。池波さんからそういうものを受け取るのは、はじめてであった。しかも没後ということになれば、ただ一度の経験ということになった。

理由がわからず、そのうち訊こうと思っていながら、訊きそびれてしまったことが、いくつかある。たとえば、私の名である。謙三と三の字がついているので、よく三男だろうと思われた。しかし私は長男で、ひとり息子である。なにか、親父に密かに訊くことのような気がして、心にひっかかっていたのだが、親父は六十歳で急逝した。九十二歳まで生きた母は、私は知らない、と冷たく言った。それだけのことだが、訊いておけばよかった。

天ぷら問題というのもある。私は腹一杯になったからいいのだが、なぜ御馳走になったのかが、わからない。

ある時、阿川弘之さんから電話があり、天ぷらを御馳走するから出てきなさい、と言われた。大先輩である。はい、とひと言返事をし、私は指定された店へ出かけた。銀座の名店である。十分ほど早目に行ったが、すでに来ておられ、三浦朱門さんと御一緒であった。カウンターの、お二人の間に一席空いている。そこへ座っていいものかどうか、私は迷った。ぼくはね、右の耳が遠いのだ。だからぼくの左に座りなさい、と三浦さんに言われた。私はお二人の間に、かしこまって座った。天ぷらは大変にうまいもので、私はお二人の御下問に答えながら、さもしく食うことにも集中した。

君は、こんな情況がわかるか。お二人とも、私の父と同世代の大家である。会えば、最敬礼する間柄なのだ。三浦さんが海の話をされ、私はそれに乗りながら、天ぷらを口に運んだ。阿川さんは海軍の話をされたが、若い作家についても質問を受けた。若い者も、それなりに仕事をしております、と私は言った。

満腹になって外へ出ると、私はなにかしなければならないと思い、近所に私のよく行く静かなクラブがあり、そこへ御案内したいのです、と言った。阿川さんはにやりと笑われ、そう来たか、と言われた。われわれは老人だから、もう酒は飲めない。君ひとりで行ってきなさいと、肩をぽんと叩かれた。そしてその場に置き去りにされたので、仕方なくひとりでクラブ活動をした。

私の海の基地は、三浦朱門さんの別荘の近所にある。自家栽培をされた野菜などを頂戴した折りに、なんで私は天ぷらを御馳走になったんでしょうか、と訊いた。

知らないよ。ぼくだって奢られたんだから。それだけであった。

阿川さんとの接点は、いくつかある。五十代の前半で亡くなった妹の嫁ぎ先の舅が、戦艦大和や戦艦長門の軍医長をしていたという人で、阿川さんが取材に見えられたという、めずらしい接点もある。しかし、天ぷらとは結びつかないな。

阿川さんも三浦さんも、鬼籍に入られた。しかし、天ぷらのことは気になっていたのである。どう思う、と阿川佐和子さんに訊いたら、好きだったんでしょ、と言われた。

うむ、わからんな。その天ぷら屋には、時折行くが、親父さんはその時のことを憶えているだけで、会食の理由は知らなかった。

あの天ぷら、うまかったな。ちょっとしたいたわりのようなものがあり、おい小僧、食えという、男っぽいものもあった。

私が君に、いきなり天ぷらなどを奢ったら、一応は理由ぐらい訊くのだぞ。

顔のパーツは失ってはならない

ゆえあって、髭を剃った。賭けに負けたとか、そういうことではないぞ。もっと些細な理由だ。

問題は、剃ったあとの私の顔である。長い間、蓄え続けていたので、そこの皮膚はいわばさまざまなストレスから、守られていたはずである。夏になると私は真っ黒になってしまうが、その日焼けからも守られていた。

顔のパーツがひとつなくなった、というのは仕方がないとして、そこの肌は張りを持たず頼りなくたるんでいて、全体としては、思いもかけないほど爺さんの顔が出現したのである。私は鏡を見ては眼をそらすことを、何度もくり返し、髭のない顔がほんとうの私の顔か、と自問した。二度と剃るまい、と強く思い続けた。

私は、いつごろから髭を生やしたりしていたのだろうか。思い返すと、学生のころからである。しかし、生やしてみてわかったのだが、満足に髭は生え揃っておらず、まだらに地肌が覗いて見える。自分の髭はこんなものかと、落胆しながら半年後には剃った。次に生やしたのは二十代の半ばぐらいで、前よりもずっと密生していた。私は、顔半分を黒々とした髭で覆って、肉体労働のアルバイトなどに出かけた。デモに行く時、顔をタオルで隠したりしていたが、髭はタオルの代用ではなく、自己顕示の道具だったような気がする。

ある日、現場から帰っていると、一緒に働いていた男が、追いかけてきた。私の肩に手を回し、いきなり髭をかなりの力で引っ張ったのである。なにするんだ、と言うよりも先に、私はそいつの耳をひっ摑んだ。立ち止まり、お互いに力を入れた。痛てて、と男が言い髭を放したので、私も耳を放した。飲んでいこうよ、とその男は言った。はっきりはわからないが、私と同年輩だっただろう。

なぜか、私は一緒に飲んだのである。力の入れ具合をあまり知らないだけで、いやなやつではない、と途中から私は感じた。十六歳の時に岩手県の花巻から上京して建設会社に勤め、十九歳になる前にやめ、それからは現場だけの暮らしだ、と言っていた。三日か四日に一度ぐらい、私はそいつと割り勘で飲んだ。

現場は解散になったが、次にまたどこかで会えると、私は自然にそう思い、疑わなかった。しかし、その男とは、二度と会うことがなかった。名前も憶えていない。そんなやつがいたと、髭に関連して思い出しただけだ。

私は、三十歳になる前になぜか髭を剃り、職業作家となって数年は、髭がないままだった。それにしても、髭を引っ張ったあの男は、どこでなにをしているのだろう。上京した時の話をちらりと聞いて、集団就職だろうと私は見当をつけていた。高校、大学と親がかりで勝手なことをしていた私は、集団就職で社会に出た人について、微妙なコンプレックスを持っていた。それをはっきり感じさせることを、大学生のころに経験もした。

あいつ、人の髭を見たら引っ張ることをまだやってたら、面白いな。いま、そんなことを思った。私の記憶の中に、不意に立ち現われてきた男である。君も、なにかの時に、記憶を探ってみるといいぞ。おかしなやつのひとりや二人は出てくる。

私が次に髭を生やしたのは、車の運転免許を取った時である。

シカゴへ行き、ニューオリンズまで、初ロングドライブを試みた時だ。ブルースの発祥地を辿っていく旅だから、二週間かかった。ニューオリンズに着くと、私は床屋を捜し、シカゴから髭を当たりに来たのだ、と言った。黒人の親父は私を座らせ、シートを倒すと、手早く顔に泡を塗り、手際よく剃刀を当てて、濡れたタオルでぐいっと拭くと、背凭れをぐいと起こした。鏡の中の私は、二週間分の無精髭はなくなっていたが、口髭は残ったままであった。おまえ、日本人にしてはマスタッシュが似合う。そう言って親父は笑い、金はいらないと受け取らなかった。だって、シカゴから来たんだろう。

それ以来、マスタッシュと呼ばれる口髭は、私の顔のパーツになり、変ることはなかった。それに顎髭を加えはじめたのは、船をやりはじめたころかな。ちょっとのびたところを見ると白いものが多かったので、印象がそれほど濃くなることはないだろう、と思ったのだ。髭は年々白くなり、頭髪は少なくなった。

ヘミングウェイみたいだね、と言う人がいたが、別に嬉しくもなかった。ヘミングウェイの真似をしたわけではないのだ。

髭は、のばしていると楽だ、というわけではない。刈り揃えなければならないし、頬や顎の余分なものは剃らなければならない。私はゾーリンゲンの鋏などを買いこみ、長短を適度に配分しながら、毎日刈りこんだ。剃るより、ずっと手間がかかる。鋏遣いには、ずいぶんと習熟したと思う。しかし、鋏の手入れは、時間がかかる。慌てて雑になり、失敗してしまうと、結構、悲惨ではあるのだ。

私は、髭用のバリカンを買い、それを遣うようになった。失敗はなくなる。直接の失敗ではないが、そのバリカンをバゲージに放りこんで西アフリカへ行った。髭がのびてきたので刈ろうとすると、動かないのだ。バゲージにつめた時、なにかの拍子でスイッチが入ってしまい、アフリカに到着する前に充電が切れてしまったのである。

鋏も手に入れられないまま、私はサハラ砂漠の南端に踏み入った。髭が、のび放題になった。悲惨なのは口髭であり、上唇を乗り越え、口の中に入ってくる。いつも、砂の味がしていた。それを、もしかすると愉しんでいたな。

髭のない顔を、鏡に映してみる。やはりおかしい。変だ。私はこんなに、鼻の下が長い男だったのか。口もとが、こんなに爺だったのか。

剃った翌日から、私はまた髭を蓄えはじめた。くそっ、なかなかのびてくれない。あたり前だ。まだ二日ではないか。

外出する時は、マスクをせざるを得ないだろう。女性が、素っぴんで外へ出たがらないのと、似たような心境か。君は、見たいだろうなあ。無理さ。あと数日で、なんとかなる。

映画に出て自分の姿を知った

映画に出た。

つまり、出演したのである。それだけで映画俳優と言うなら、私は三十年も四十年も前から、映画俳優である。この言葉の響き、いいなあ。こう呼べる人は、特別だったな。当然ながら私は映画俳優ではなく、しかし、四、五本の映画には出ている。すべてが一瞬と言ってもいい短い時間で、科白などもない。

以前、藤竜也にそそのかされて、ある刑事ドラマに出た。おい小池、という科白が、頭から飛んでしまい、それ以来、科白というものにトラウマがあるのだ。おい小池、だぞ。それが、目の前でカチンコというやつを鳴らされた瞬間に、飛んでしまう。恐ろしいものだ。以後、出演のオファーがあっても、私は科白がないことを条件にした。

今回の出演についても、科白など絶対に言わない、ということを強調した。

監督は、それでいいと言った。いつものようにしていればいいから。私は、クラブの客の役である。ママを狙っているエロ爺、というところか。私は、ふだんの銀座のクラブ活動と同じようにしていた。ママに躰を密着させ、手を握ったり耳もとで囁いたり、行きつけのクラブにでもいるようにやった。喋っていたのも、普通の雑談であった。

クランクアップし、編集も終った時、私は自分のシーンがカットされていないことに胸を撫でおろした。自然な会話だったので、少しだけ遣った、という監督からの伝言があった。ほぼ完成形のＤＶＤを観てみると、行っちゃった、と私は言っていた。そばに座っていたママが、別の客のところへ行った時、反対側に座っていた女の子にむかって言ったのである。行ってしまったから、そう言った。科白でもなんでもなかったのだ。

それにしても、エロ爺がママに執着するさまは、板についていた。私は、あんなふうなのか。自分の姿に、思わず赤面してしまった。

君には、なんのことだかわからないよな。実は、私の小説を原作として、映画が作られたのである。つまり、原作者がちらりと出る、というかたちで出演したのだ。

原作は『抱影』といい、映画のタイトルは『影に抱かれて眠れ』である。すぐに、全国公開される。

私はここで、小説ではなく映画の宣伝を君にしているわけだが、そうしたくなるほどの出来映えなのだ。私の雑談を科白にしてしまった監督は、和泉聖治。うむ、いい度胸をしている。オーソドックスな手法を、最後まで貫く、肚の据え方もできる人だと思った。表現において、オーソドックスを貫き通せれば、それが最も確かで強いのである。小説でも、同じことが言える。

邦画でも洋画でも、観ていてしばしば思うのだが、隅っこにいる人間の存在の色が、薄いと感じることがよくある。通行人とまでは言わないにしても、ほんのちょっとした役柄がなおざりに表現されていたりする。この作品では、捨てた弟と会ってしまった姉が、走って逃げる。科白はひとつもないが、走るその姿に絶望と哀しみが滲み出していて、私の印象に残った。そんなふうに、人間を立ちあがらせることができる、映像表現の迫力がどういうものなのか、私は改めて意識することになった。

キャスティングは、なかなかなものだ。ただ、ここで詳しくは言わない。観てみれば、なかなかというのがどういうことか、君にもわかる。変っているようで、これもまたオーソドックスなのである。

小説を映像化する時、なにか註文をつけるのか、と訊かれることがある。私は、一切の註文はつけない。どこかで、原作を超えるものを見せてくださいよ、とお願いするだけである。小説家の作業は、小説が本になった時点で、完結している。それから先は、作品そのものが持つ、運のようなものがさまざまな事象を起こしたりするのだろう。

映画と小説は違う表現物で、言ってみれば小説が原作になった時、それは素材の一部になったということなのだ。私はそう割り切って、原作を出すようにしている。

昔から、映画は好きで観続けてきたので、純粋にファンとしての感想はある。ただ、多くの人の眼に触れるところでは、私は拍手をするか沈黙するかの、二つしかない。拍手には、いくらかの言葉もくっついている。

しかし、こういうエッセイで映画のことを書くのは、とても難しい。きちんと意見を述べるには、結末まで語らなければならず、それはつまりネタバレということになってしまうのだ。だから、ちょっと曖昧な言葉を並べることしかできない。それでも、いいと思った映画については、なにか言いたいのである。いいぞ、と私が感じたことだけは、知らせたい。

人間は、映画を持っていてよかった、と私は思う。さまざまな局面で、私は救われ、励まされた。映画などなくても人は生きていけるが、あるということが、言葉では言い表わせない豊かさを人生に与えてくれる。それは、音楽も小説も、あらゆる表現物が、きっとそうなのだ。

ところで映画には、主題歌というのがつきものだ。私は、ペギー・リーという歌手がうたう『ジャニー・ギター』という唄が、高校生のころから好きだった。それは、『大砂塵』という映画の主題歌で、映画の方には心は動かされなかった。主題歌が、ひとり歩きした例だ、という気もする。

この映画にこの主題歌というのは、少ないが間違いなくあるな。今度の映画にも、そういうところがあるぞ。クレイジーケンバンドがうたう、『場末の天使』。それが、『影に抱かれて眠れ』の主題歌であり、聴いた瞬間に、私は全身をふるわせた。見当違いかもしれないが、八〇年代に聴き漁った葛城ユキが持っていたような、動的な迫力を感じたのだ。横山剣は、拒絶してもしても、私の郷愁をくすぐった。

ところで横山剣の帽子は、西麻布あたりの店で作っているのだろうか。これは、関係ないか。

君は、小屋に観に行け。ついでに書店に行って、私の本も買ってくれないか。

なにかひとつ通じるだけでいい

外国語が、通じないことがある。

大抵の場合は、相手に聞く気がない時だ。私など、簡単な英語が通じなかったこともあるぞ。ある時、ブリティッシュ・エアウェイズに乗っていた。ロンドン便だから、相当国際的な路線である。西アフリカの、国から国への移動などとは、まるで違うはずだ。私は、コーヒーをくれと言った。さすがにそれは通じて、にこやかに笑った客室乗務員が、私の方も見ずにブラワイと言ったのだ。ん、なんだ。

私が声を出した瞬間に、彼女はミルクをどばっと入れた。私は、逆上した。俺はコーヒーはブラックなんだ。日本語でそう言った。

日本人の客室乗務員も乗っていて、なにか粗相がございましたでしょうか、と緊張した表情で言った。いやコーヒーが欲しいだけだよ、ブラックで。すぐに、コーヒーが出された。飲みながら、ブラワイとはなんなのか考えた。ブラがブラジャーではなくブラックと考えると、ワイはホワイト。なるほど。私はブラック・オア・ホワイトと訊かれたのだろう。聞きとれなかった私も悪いかもしれないが、どちらとも言っていないのに、ミルクを入れた彼女も悪い。

観察していたが、彼女がブラワイと言った時、顔を見ていなかったのは偶然らしく、態度は悪くない。にこやかで、結構な美人だ。

試しに、私は彼女を呼んでブランケットをくれ、と言った。即座に素晴しい返事をし、微笑みながらブランデーを持ってきたのである。それはまあ、伝わらなかったとしても悪くはないので、私は笑いながらブランデーを飲んだ。それから仕草を入れてブランケットを頼むと、きちんと届いた。

日本人の喋りを聞くのが、苦手だったのだろうか。後ろの席の日本人客は、コーラをくれと頼んでいるのに、気分が悪いのですか、と言われていた。とんちんかんなやり取りになっていたが、日本人乗務員が来て、解決した。

海外で怒る時は、私は大抵日本語である。それが一番、怒っていると伝わるのだ。頭の中で単語などを探していると、多分、怒った顔にはならないのだろうな。怒っていることをまず伝えて、それから内容をゆっくり説明する。

これはドイツでのことだったが、私はちょっと調べたいことがあり、通訳と一緒に田舎を走っていた。村へ入って道がわからなくなり、通訳が地図を持って、どこかに訊きに行った。そこへ、トラクターが一台来て、立っている私のそばで停り、男がひとり降りてきた。

ドイツ語で、なにかまくしたてている。面倒だなと思ったが、あっそう、と私は言い続けていた。男は喋り、私の顔を見る。あっそう。それで男はまた喋りはじめる。

通訳が戻ってきたので、このドイツ人の話を聞いてやってくれ、と言った。ところがその男は、私が話のすべてを理解している、と言ったのだ。正確に理解していた、と言っていますよ。俺は日本語で、あっそう、と言っただけだぞ。

通訳が、笑いはじめた。日本語とドイツ語の、あっそう、は発音も意味もほとんど同じなのだという。あっそう、と私は言った。こんなこともあるのである。ちなみに、そうそう、も発音と意味がだいたい同じなのだそうだ。

結局、そのドイツ人は、雨が降るぞと私に言い、その根拠を喋っていたらしい。実際に、しばらくしてかなり激しい雨になった。

海外で言葉が通じないのは、ほとんどあたり前だ、と私は思っている。しかし、こちらが考えていることを伝える方法は、いくつもあるのではないだろうか。なんとか伝えようと思えば、むこうも聞いてくれて、ある程度はわかったりするのだ。私は、普通の生活をするかぎり、言葉について不安を抱いたことはない。専門的なことを短時間で理解しようとすると、通訳が必要になってくるが、旅行者として暮らすかぎり、不自由はない。

英語を、ネイティブのように喋れる知人が、パリでも英語を遣い続け、北アフリカでも英語で押し通そうとし、なにも通じずに頭を抱え、ヨーロッパに戻り、イタリアの田舎に行ったら、また英語が通じず、ついにパニックを起こしたことがある。ホテルの部屋に籠って、出てこようとしなくなったのである。

私は彼に、日本語だけを喋ることを勧めた。英語は通じると思っているので、通じない場合ショックがあるようだが、日本語ははじめから通じるとは思っていない。それを喋って考えを伝えようと肚を決めると、いくらでも言葉が出てきて、そのうち通じてしまったりするものなのだ。

彼は、小さな村のレストランで、昼食を註文していて、牛乳と言ったら、ほんとうにミルクが出てきてしまった時から、日本語を喋ることが快感になってしまったようだ。一度、どこかのパーティで出会《でくわ》して、しばらく立話をしていたら、かなり意地悪になって、英語圏を旅行した時も、わざわざ日本語を遣ってみたりしたのだと言っていた。

私は、中国語はまったく発音が駄目だが、筆談ではかなり通じる。田舎の村で、メモ用紙とボールペンを出すと、愉《たの》しくなったりするほどだった。間違った伝承というのか、要するに中国とは意味が違う言葉などを見つけると、それ以後、頻繁に遣ったりした。誰もが知っている言葉で言うと、手紙はトイレットペーパーだったりするのだ。私は、軟片という言葉が好きだった。軟派、もしくは軟弱者という感じが字にあって、書くと嬉しくなってしまうのだ。これがまた、フィルムを表わす言葉なのである。色狼などという言葉もあるが、関心があるなら自分で意味を調べるといいよ。

言葉が通じない国だけでなく、私は自発的な旅行というものを、あまりしなくなった。行きたいところがないわけではなく、それはほとんどの場合再訪になるのだが、今度は生きて帰れないかもしれないな、と思ったりする。体力の問題でだよ。

歳を重ねたら、体力的に行けなくなるようなところには、いま行ってしまえよ。君の体力は、いまだけのものに過ぎないのだからな。

揺れる河中に地球の不思議があった

河が揺れている、という情況を、君は想像できるか。河は、流れてはいても、揺れてはいないよな。

ところが私は、揺れている河の上に立ったのである。揺れているのは河の底で、歩いた私の体重でそういう現象が起きたらしい。

中国、新疆ウイグル自治区の、タクラマカン砂漠での話である。砂漠と言うが、中国でゴビと呼ばれる、石くれの荒野に近い。砂の上に這うようにして、植物の姿もしばしば見かける。サハラなどの砂漠のイメージとはかなり違う。

だいぶ前の話になるが、私はそこを四輪駆動車で走ったのである。主にフランス人が運転する車と十台ほどでコンボイを組み、補給を受けながら、相当の日数をかけて走った。

タクラマカン砂漠は、南に西域南道が通っていて、つまりそれはシルクロードなのだ。その道路を走るのは、私たちではなく、補給のタンクローリーと食糧トラックだった。

数日おきに、無線で連絡し合いながら、南道に出て補給を受けたのである。

なぜそんなことをやっていたのかというと、ユーラシア大陸のラリーが企画され、そのルート探査の試走隊に入れて貰ったのだ。オフロードである、ということだけをとっても、個人ではとても行くことができない場所だった。試走隊は、キルギスタンから天山山脈の標高四千メートルほどの国境を越え、中国に入ったのだ。最初にある街がカシュガルで、日本から見ると、中国最奥ということになる。

カシュガルはもう、タクラマカン砂漠の西の端と言ってもいい街だった。そこからすぐに、砂漠に入った。砂漠の走行については、モロッコで経験していたが、なにしろスピードが速い。みんな、プロのラリー野郎なのだ。私は必死で、はじめのころの景色など、まったく憶えていない。

日によっては十五時間も走ることがあり、体力も限界に近かった。野営地に着くと、支給されるめしをとにかく全部食らい、自分用の簡単な操作で開くテントを用意し、寝袋に潜りこんで眠る。

朝も、めしはとにかくつめこむ。フランスパンと缶詰の場合がほとんどだった。フランス人たちと並んで、野糞をする。やつらは中腰で、私だけが完全にしゃがみこんでいる。私のスタイルは相当めずらしがられ、真似をしたフランス人が四人ほどいたが、誰も糞をひり出すことはできなかった。

タクラマカン砂漠は、年間降雨量が数ミリという話で、つまりはほとんど雨は降らないらしい。それでも、砂漠に河が何本かあった。五月だったので、水も流れていた。夏になると、完全に涸れるそうだ。

雨が降らないのに河が流れているのが、ちょっと不思議に思えるが、地図を見るとなんとなく見当がつく。天山山系と崑崙山系が、屛風のように砂漠を挟んでいるのだ。そこに降った大量の雪が、解けて砂漠に流れこむ。

そうやって出来た河には、さまざまな姿があったが、ものすごいものになると、大地に巨大な亀裂が入り、五、六十メートル下を、水が流れている、というようなものもあった。渡渉は不可能と思えるが、どこかが崩れていて下に降りることができる。そして登ると、渡渉完了である。人の姿などずっと見なかったのに、どこからかいきなりふた瘤駱駝に乗った母子が現われ、通り過ぎたりするのだ。現実ではない、という気さえする。

河が揺れている話だったな。雪解け水の河の中では、ごくありふれていた。そのまま普通に渡渉できそうだったが、隊長が手前で停止を命じた。地図を見つめ、難しい顔をしている。それから隊長は、そばにいた私に、歩いて渡ってみてくれ、と言ったのだ。私は河に入っていった。膝より浅く、なんの問題もない、と思えた。しかしなにかおかしい。揺れている。

大声で呼ぶと隊長も入ってきて、嘘だろうという表情で私に抱きついた。ほんとうに、揺れているのだ。私の錯覚ではない。

その河は、夏になると完全に干上がり、砂漠の強烈な陽ざしの中で、河底が煉瓦のように固くなってしまうという。しかしその煉瓦の下に水気が残っていて、河底はその上に載っているというか浮かんでいるというか、とにかく不安定な状態にあるのだ。

車に積んであるものは、全部担いで渡した。スペアタイヤや、燃料の予備タンクも担いだ。そして一台にひとりだけが乗り、徐行して進め、と隊長が命じた。七番目で渡り切った私は、ほっとしていた。車の中では、揺れている感じはよくわからなかった。

最後尾の十号車が渡っている時、不意に車が水の中に沈みこんだ。いや、深さは膝ほどもないので、沈んだのではなく、落ちたのだ。煉瓦のように固くなっていた河底が、重たい四輪駆動車の通行に耐えられずに割れ、その下の水を含んだ砂の中に車は落ちたのだ。前部は、フロントグラスの半分ほどのところまで、水が来ていた。

フランス人たちは、それを出そうとした。素っ裸になり、泥濘というか沼というか、そこに躰を半分突っこんで、前輪を手で探っているのだ。手が前輪に達すると、誰かが拳ほどの石を渡す。それを前輪の下に入れる。

不可能だ、と私は思った。クレーンか、ヘリコプターが必要である。それでもフランス人たちは諦めず、十数時間かけて、前輪の下をかため、ジャッキを遣った。

持ちあげた隙間に、また小石などを入れていく。私も手伝っていたが、気が遠くなると思った。それでも、車の前部は徐々に持ちあがっている。二十時間を過ぎたころ、明らかに前部の方が後部より高くなった。脱出用のボードは試走隊に備えられていて、それを二枚、前輪の下に入れた。

その車にロープをかけ、九台が並んだ。一斉に引っ張って、出そうというのだ。隊長の合図。一瞬、車は前に出ない感じで、それからいきなり発進した。引っ張られた車は、泥の中から飛び出してきた。

二十五時間。不眠不休とは、こういうことを言うのだな。

なにが人に必要か考え続けて走った

砂漠を走っていて、跳ねるように駈ける鹿の群を見た。

タクラマカン砂漠である。砂に半分埋もれた鹿の骨など、いくらでも見つけることができた。砂漠と言っても、アフリカのそれとはかなり違っていて、土漠に近いかもしれない。そして結構な数の河が流れていて、流域には畠があるのを見かけたりする。

年間の降雨量はほんの数ミリで、つまりは雨など降りはしないのだ。それでも河が流れているのが、地球の不思議である。天山山系と崑崙山系の雪解けの水だから、不思議でもなんでもないか。河は下流に行くにしたがって、次第に細くなり、やがては砂漠の中に消えてしまうのだ。内河などと私は呼んでいたが、ほんとうの名称はわからなかった。

タクラマカンという言葉の意味は、死の世界とか、一度入ったら出られないとか、説明してくれた人がいた。カシュガルという街の、学校の先生で、漢民族であった。何度か旅行したが、教師と役所の上層部は、漢民族であった。統治に必要なものがなにか、見えてきてしまったものだ。

いまはもう、ウイグル族の人々は、漢民族のかなり強い統治の下にいるのではないだろうか。その話は長くなるので、またいつかするよ。

とにかく、私が加わったラリー試走隊は、キルギスタンから、山上の国境を越えて、中国に入った。最初の街がカシュガルで、タクラマカン砂漠の西の端である。そこから、砂漠の北縁と南縁に沿って、道が二本ある。シルクロードだが、タクラマカン砂漠を東西に横断することは考えられず、二本に分かれたという説が強い。

ラリーのルートは、砂漠の真中を東西に走るように設定され、試走もそれに基づいて行われた。試走隊の補給は南道だったから、横断と言っても、南寄りだったかもしれない。とにかく十台のうちの一台を運転して走っている身としては、前の車にどうやってついていくか、がすべてであった。私にいくらか余裕ができてきたのは、キルギスタンのリエゾンと呼ばれた移動区間の道を走っていたころからであろう。そこを走ると、高度四千メートル弱の国境に到る。通過したら、中国である。

タクラマカン砂漠は、きわめて標高が低い。すごいところは、海抜ゼロ以下なのである。国境を越えるとカシュガルまで、ひたすら急な斜面を降りていく。高山病気味になっていた隊員も、あっという間に回復する。国境から、中国側の監視車輌がついてきて、うっかり人家のそばで停めたりすると、強い警告を受けるのだった。それでも、故障すれば停まらざるを得ない。都合よく故障と装う方法など、いくらでもある。なにしろパリから走ってきた車だから、方々がおかしくなっているのだ。一台が停まると、十台全部が停まる。代り番こに、公安の顔を窺いながら、故障していると いう感もあった。

二十年以上も前の話で、中国政府が言う、未解放地区は多くあり、そこは危険だと執拗に注意されていたが、見ただけで危険などないことがよくわかった。少数民族の人々は、色鮮やかな服を着、人のよさそうな微笑みを投げかけてくる。集落に電気などもまだ来ていなかった。

カシュガル以西、つまりキルギスタン国境とカシュガルの間は、私が絶対に旅行したい地域に入っていたが、数年後に行こうとして、まったく手立てがなかった。

考えられるのは、カシュガルに一旦居住して、そこから行くというものだったが、居住を禁止してはいないと言いながら、不可能だろうとしか思えなかった。

数年後にカシュガルへ行った時は、もうかなり旅行は不自由だった。ドライバー付きの四駆を借り出すことはできたが、事実上、希望は一切聞いて貰えなかった。警官の姿が多かった気がする。いまも旅行としては不可能ではないようで、しかし監視カメラと警官の間を歩いている感じもあるらしい。いや、いまはもう、立入ることはできないか。

カシュガルから、東へむかう。砂漠である。これまで草原を走ってきたのだが、砂漠は時として車が浮いているような感じがしたりする。ちょっと車が傾いたりすると、ブレーキなどは駄目で、ステアリングで方向を決めると、わずかだがスロットル・オンなのである。スタックしたら、あまり踏まない。タイヤの空気圧を落として接地面積を広くし、ローではなく二速ぐらいで、そっと脱出する。

そんな砂上走行は、モロッコで稽古をしたので、初心者よりはましな運転ができた。ハンドルを取られたらどうするか。どうやって砂上の段差などを見つけるか。

砂漠なのに、河が少なくなかった。昔は、もっと多かったのだろう、と思えた。砂とわずかな草が混じり合っているところで、きちんと遊牧をしている。もしかすると、砂漠の水量はいまよりずっと多く、豊かな牧草地だったのではないか、と思ってしまうほどだ。

河のそばには、木が育つ。河が涸れると、それは立枯れたようになってしまう。中には、しぶとく生き残っている木もある。灌木は、当然ある。そんな河の跡は、方々で出会う。底が揺れている河も、そんなものの中のひとつの、まだ水がある河として出会った。

砂丘の連らなりを抜けると、枯れた木の群落が見える。そうか、河か、と私は思った。昔は水が流れていたのだから、そこのところは大きな段差になっていて、運転している場合は、非常に危険である。その危険は一号車の隊長がクリアし、七番目を走っていた私は、頼りになる轍をなぞって走ればいいのである。

砂の中に、突然、緑のかたまりが見えてくることがある。はじめは木とも思えないが、次第に幹なども見えてくるのだ。オアシスである。そばへ行くと、実は木はそれほど密生しているわけではなく、しかし奇跡のように緑が拡がっていて、人々の穏やかな暮らしがあるのだ。家は木と日干し煉瓦で作られ、電気などは来ていなくても、家族と家畜がいる。

私は、走るにはつらい砂漠の、どこもかしこも好きであった。砂嵐さえ、好きであった。

だから君は、まだ砂漠の旅につき合ってくれ。

どんなところにもいるのは人なのだ

ウイグル族の家の中を、ちょっと見せて貰ったことがある。

どうぞ見てください、と言われたわけではなく、煙草の火を借りに、台所らしきところに入ったのである。煙草をくわえて大袈裟な仕草をすると、竈《かまど》に火があるからと言われたのである。そんなことがあるかと思うが、あった。

私は使い捨てのライターをポケットに持っていたが、火がつけられないふりをしたのだ。

竈の火で煙草に火をつけ、煙を吐きながら、整然とした土間の台所を見た。木のテーブルがひとつあった。その奥に部屋があり、白い髭の老人がひとり座っていた。やあ、と片手をあげると、老人は小さく頷いた。サラマリコムというイスラム教徒同士の挨拶をすると、それは見事に通じて、挨拶が返ってきた。

そこまでであった。試走隊は、車の一台が故障して停っていたのだが、人家のそばなので公安の車が眼を光らせていて、私はすぐに見つかり、相当厳しい注意を受けた。煙草の火、で押し通した。

公安の車は日本製の四輪駆動車で、ラリーの勧進元の大商社が贈ったのだという。試走隊の車は、全部英国製であった。なぜ日本車を遣わないのかは、性能の問題ではなく、それなりに理由があったようだ。

とにかく私は、当時未解放地区と言われ、電気さえもなかったウイグル族の家へ、数十秒間、入ったのである。想像を絶するようなところはなかったが、家族というものの、濃い生活の匂いが印象に残っている。

人々は、実に素朴であった。いろいろあって、陽のある間に目的の地点に着けず、夜間も走行していると、騾馬《らば》に荷車を曳かせて移動中の家族が、ライトの中に浮かびあがってきたこともあった。砂漠の移動は、昼間はつらく、夜間に移動することが多いと聞いていたが、実際に見たのは一度だけだ。七、八人の家族で、次々にやってくる同じ型の車を、茫然と立ち尽して見つめていた。十台の四輪駆動車が、砂を蹴立てて突っ走るというのは、砂漠の民にとっては大事件だったのかもしれない。

事故は、しばしば起きた。河があった場所の段差に落ちて何回転かしたり、不意に現われた岩に衝突しそうになり、横転して寸前で停ったり、まあ考えられる事故は、大抵起きた。私も、砂漠の中で、砂の中の岩に撥ねられて、逆様になったまま走り、元に戻って停った。ルーフ部分に、ロールバーという太い頑丈なパイプがつけてあって、それが歪んだだけで、私は無事であった。

あの時の光景は、いまでも思い浮かべられる。景色が横になり、逆様になり、それでも車は動いていて、フロントグラスが吹き飛び、砂が額にぶつかってきた。どんなふうにして元に戻ったかはわからないが、四輪とも地に着いた状態で、停った。私は、四点式のシートベルトをしっかり締めていたので、ベルトの中で躰が振られ、それが車の衝撃と反対方向に行く、ということはなかった。車の衝撃と合わせるように躰が動いていたので、ダメージはほとんどなかったのだ。

車は、ルーフとフロントグラスはないという状態だったが、エンジンにダメージはなく、普通に動いたので、北京まで乗って行け、と隊長は言った。パリから、ずっと頑張ってくれた車だからな。フロントグラスがないことで、さまざまな出来事はあったが、結果として、その車は停らずに北京まで走ってくれた。試走隊のメンバーは、みんな車にキスをしに来てくれたよ。

これだけ書いても、君に砂漠の魅力というのは伝わらないのかもしれない。行ってこいと言ったところで、いまは行けない場所になってしまった。大きな街には行ける可能性があり、私が走った時には姿さえなかった縦貫道路が作られ、車を雇えばそこを走ることも不可能ではない、という話も聞く。だがもし行けたとしても、昔と同じように走れはしないのだから、行けないことと同じだ。

それでも未練たらしく、私は三度ほど、タクラマカン砂漠の近辺まで行ったのである。敦煌の方からは、多少西へ行けたので、小さな街をいくつかぐらいは、西へ行った。砂漠を思わせる場所もある。ルオチャンとかいうところへ行ったのは、十数年前か。私は、タクラマカン砂漠の周辺の情況の変化に、戸惑い、時には衝撃を受けた。

野生のふた瘤駱駝と出会ったことがあり、それを捜したが、観光用のものしか見つからなかった。日本人のひとり旅と出会ったが、これ以上西へは行けない、昔は行けたんだが、と言っていた。

私ももっと、砂漠の中央ぐらいのところで、重装備の日本人に会った。試走した時だから、もう二十数年前のことになる。

画家であった。お腹は鍛えておられますか、と訊かれ、私はうつむくしかなかった。生水を飲んで飲んで、苦しくても飲み続け、やがて平気になることを、腹を鍛えるというのだ。普通に飲めるようになるが、そうなる前に、脱水症状で死ぬこともある。試走隊が飲んでいたのは、すべてミネラルウォーターであった。

この画家の話、前にも書いたような気がする。名前をメモ用紙に書いたはずだが、メモ帳そのものが、事故などでなくなってしまった。私より、ずっと若かった。いま、砂漠の絵を描いているのだろうか。

砂漠が、好きである。高山が、熱帯雨林が、無人島が、好きである。

なんだ、なんでもいいのか、と君は言うだろうな。

そう、なんでもいいのだよ。猥雑な街だっていい。ただ、自由ならばだ。人が作った不自由が、嫌いである。自然の厳しさ、天険、気候、そういう類いのものが私を妨げれば、それはそれで嬉しい。便利なものを、便利に遣うのもいい。

昔、犬橇を遣っていたエスキモーの人たちが、スノーモービルとか水上バイクとか、そんなものに乗るようになり、海に落ちる事故が頻発したという。犬はちゃんと陸が途切れるところがわかって停るが、便利なものはそんなところも走ろうとして水に落ちる。人の愚かさが、そんなふうに出るのは嫌いだ。

不自由を人に押しつけ、さもそれが正しいことのように言う連中も、嫌いだ。

どこでも、自由に旅したいものだよ。

風が吹いたら眺めているしかない

遥か南の海上に、熱帯低気圧が発生すると、それがどういう進路をとるか、台風に発達するのか、そんなことを私は多分、ほかの人よりも気にしているであろう。

まだ小笠原諸島の南にいるころから、私は情報を集め、進路を予測し、場合によっては強風対策をとる。海の基地があるからだ。

建物も気になるが、不思議に風が直撃しない場合が多く、被害に遭ったことはない。しかし、桟橋があり、その先に、ポンツーンと呼ばれるものを浮かべている。そこの被害は、それこそ何度受けたかわからないほどだ。

進路を推測するために、日本列島の気圧配置も頭に入れる。

私はスマホで、天気予報だけは有料の会員になっていて、進路予想も、何通りかで細かく続く。自分の予測したものが的中し、有料の予報の方がはずれた、ということはない。だから、有料の予報にだけ頼っていればよさそうなものだが、それでは気が済まないものが出てくるのだ。

たとえば、大変だ、ひどいぞ、とニュースでうるさくなっている。有料のサイトでも、気圧がどれぐらいで、最大瞬間風速がどれぐらいだ、と表示されている。ただ、台風にはいろんな貌がある。風だけが、瞬間的に強いのか、風と雨なのか、雨だけがひどいのか。

雨がひどいという時も、相当うるさく言われるが、実は私にはあまり関心がない。雨が降っても、桟橋が流れたりはしないからだ。海に注ぐ水が多く、土の色が湾全体に拡がることがあるが、水位が上がっているわけではないのだ。雨に対しては、どこか警戒感が一段下がっているところがある。塩を浴びている建物の窓ガラスが、きれいになっていいじゃないか、と思ったりするのだ。

私が警戒するのは、波浪である。防潮堤のある湾だが、それを乗り越えて大波が襲ってきたことが、何度かある。それはすさまじいもので、湾の奥にある造船所の、建物の一階部分が全部流されたりした。

海の基地の建物は、海面から四、五メートルは高く、飛沫は浴びても、波浪が直接襲ってきたことはない。栈橋とポンツーンは、海上にある。多分被害は受けないだろうと思える建物の中から、私は海を見ている。時間の問題で、緊張することもある。

海には潮位というものがあって、満潮と干潮では、水面の高さが二、三メートル違うのである。満潮の時に巨大な波が来れば、栈橋は全部が海の中ということになる。

波の力というのは現実離れしていて、基地の前の道路が、全部なくなってしまったことも数度ある。海底から橋げたが出ている栈橋は、下手をすると消えてしまうな。ポンツーンは全体が浮力体で、どこかに流れていかないように、太い鎖と錨で固定してある。浮きあがれる限界を超えると、鎖に引っ張られてすべて海の中で、再び飛び出してきた時は、方々がやられている。なにもかもが吹っ飛び、骨組だけが残ったポンツーンを、私は頑丈に作り直した。それ以来、波に対する耐久力は相当強くなった。

要するに、栈橋とポンツーンが私の警戒対象で、海の上にあるという都合上、実際に大波に襲われたら、近づくのは自殺行為なのである。私の強風波浪対策は、事前の点検と準備しかできず、実際に台風が来た時は、もう眺めているしかないのだ。

君にも、一度見せてやろうか。なにひとつできず、ただ眺めているだけの無力感と、次にやってくる悟りの境地は、なかなかのものだぞ。

風が強くなりそうな昼間、空を飛んでいた鳶《とんび》が、なにかに打たれたように、海面に落ちたのを見たことがある。その鳶は、なんとか岸に辿り着き、岩の上で飛びあがることもせずにふるえていた。なんとなくだが、鳶が感じた恐怖が、私はわかるような気がした。

風雨の最中、湾内が煙って見えるほどの時、私は流れてきたクルーザーを見た。人が操縦していない船の動きはちょっと不気味で、雨で煙った風景の中だったから、幽霊船のように見えた。対岸にあるマリーナに通報したが、待機中のスタッフは当然気づいていて、しかしいまは船を出して曳航に行くこともできない、と言った。当然だよな。そのクルーザーは、湾の奥に流れていったが、戻ってきて、漁業用の生簀にひっかかってとまった。

　翌朝、回収されたようだ。湾の奥にはヨットの繋留所があり、整然と並んでいたヨットが、ひどい状態になっていた。繋留用の錨が抜けると、ヨットは左右に振られて隣にぶつかり、それが方々で起きて、それこそ大惨事なのである。

　避難港になっている湾があり、そこは台風接近の前から、次々に漁船が入っていく。

　用事があってその湾に入ると、数十艘が横並びに繋がれ、それが二重三重になっているのだった。避難は接近前にはじまり、数日は繋いでおくことになるようだが、艫の船籍を見ると、ずいぶん遠くからも来ていることがわかる。

　台風接近の一日か二日前、海は大抵静かである。それが逆に、これから嵐が来るのだという、妙な緊迫感を漂わせたりする。私は桟橋やポンツーンをうろうろし、風や波に持っていかれそうなものを片づけ、あとは建物の中に飛びこみ、ただ荒れる海を眺めている。昼間は、双眼鏡などを持っているが、夜になれば、音楽をかけ酒を飲んでいる。方々に懐中電灯が置いてあり、キャンプ用のランタンもある。停電が時々起きるのである。風で倒れた木が、電線にかかってしまうことで起きることが多い。

　夜中だと、闇に包まれる。どこにも明りがなくても、眼が慣れると見えてくるものだが、私は外の闇が濃くなるのも構わず、ランタンを二つ点ける。かなりの性能のランタンで、対岸の人から、自家発電をしているのですか、と質問されたことがある。

　うむ、脳内発電をしてみたいものだ。

　台風が来ると、進路予測からはじめて、私は忙しい。しかしよく思い返すと、危機を愉しんでいるだけかもしれない。ふだんの暮らしには、わかりやすい危機はないものな。

たかが杖でも生きものなのだな

うちの犬の散歩に出る時、雨もよいだったので、傘を持っていった。それも折り畳みなどではない、柄の長い蝙蝠傘である。

ふだん、わずかな雨なら、防水着である。カッパとも言うか。犬には、レインコートを着せる。長い棒などを持っていると、それだけで、どうしたんだよ、なにがあるんだよ、という顔でやつらは私を見る。棒に対して恐怖感はないらしく、好奇心と、もしかするとおもちゃか、というような関心を示す。

私は、傘をステッキ代りに歩きたかったのである。竹の握りがついている、古典的な蝙蝠傘なのだ。ステッキに見えないこともない。リードは、長さを変えて片手で二本持つ。突進などしないように躾けてあるので、リードにテンションはほとんどかからない。ステッキは、いい具合である。歩いている躰が、安定するという感じなのだな。

ちょいと持ったステッキは、ファッションだと思っていたが、実効的な部分も間違いなくあるな。ただ、私のような速歩には、あまりむかないかもしれない。翌日は晴れだったので、傘は持たずに散歩に行った。犬たちは、ずいぶんと歩きやすそうだった。

家にいる時は、必ず犬と散歩をする。先住犬であった小政が生きていたころは、海の基地にもよく連れていった。小政は、私が棒状のものを持っていると、必ず投げてくれと催促したものだった。投げないでいると、棒に嚙みついたりもした。ステッキ状態の傘にも嚙みついただろう。

レモンとトロ助には、そこまでのこだわりはないようだ。雨もよいの日の散歩で、私が傘を持つと、迷惑そうな顔をするだけである。

学生のころ、安物だろうが本格的なステッキを、一週間ほど遣っていたことがある。芝居をやっている友人が持っていて、なにかで忘れていったものを、保管代りに私が遣っていたのだ。いつまでも馴染めなかった。そして、新宿の区役所通りで、少年を相手にかつあげをしていた高校生を二人、追い払うのに歩道を叩いたら、折れてしまったのだ。呆気ないものだったが、用途を間違えると、そんなふうに脆いものなのかもしれない。

街を歩く時、ステッキを遣っている人の姿を、捜すようになった。時々見かけるが、帽子と対になっていることが多かった。ハンチングにステッキというのが、一番恰好がよかったな。

私がこんなふうにステッキを気にするようになったのは、ごく最近のことである。

昨年のことになるが、ある文学賞の選考会があり、その流れのバーで、チャップリンのステッキの話で盛りあがったのである。その場には、五木寛之先生がおられた。

先生と呼ぶのはやめなさい、とだいぶ前に言われたことがある。ずっと以前、私は五木さんと呼んでいた。先生と呼ぶだけの理由があったから、先生と呼びはじめた。懲りずに呼んでいると、その内、なにも言われなくなった。五木先生とは、週刊誌で背中合わせのエッセイの連載もした。

ずいぶんと長い年月、私は五木先生といくつかの文学賞の選考をやってきた。流れのバーなどには来られたためしはない。唯一、集英社の新人賞の時だけ来られるのだ。

まさしく、談論風発という感じになる。そこで映画論も含めて、チャップリンのステッキの話になった。五木先生は、一時間ほどで切りあげられる。お帰りの際、いくらか歩きにくそうにしておられた。

俺、五木先生にステッキをプレゼントしたい、と私は呟《つぶや》くように言った。乗った、という声が二つ聞えた。一緒に選考委員をしている、宮部みゆきさんと村山由佳さんだった。

結局、選考委員三名で、チャップリンと名のついたステッキ屋で求めることになったのだ。

これはというものを見つけ、購入した。五木先生の仕事場に届けたのは、編集者である。その時から、私はステッキを気にしはじめたのである。雨もよいの散歩では、ステッキさながらに蝙蝠傘をついて歩く。街のステッキおじさんの仕草を見つめる。

ある時、レストランにステッキをついた老紳士が入ってきた。その人は席に着く時にステッキと帽子を店の人に渡した。

そして恋人と覚しき妙齢の女性と静かに食事をとり、店の人が帽子とステッキをうやうやしく持ってくると、まずステッキを遣って立ちあがり、帽子を被《かぶ》り、悠然と出ていったのである。食後酒を飲んだくれていた私は、一部始終を見ていた。

あれは、恰好いいな。やってみるかな。ステッキまでが、老人の手の延長のようだった。しかし、あんなもの静かな女性は、どうやって獲得すればいいのか。そこが、一大問題である。知り合いの銀座の女の子に頼んでも、大はしゃぎの盛大な噂話にしかならないような気がする。

もの静かにむかい合って食事ができるというのは、それなりの人生の深さを連想させる。

それにしても、五木先生にはステッキを贈りっ放しで、その後どうしているのかはさっぱりわからない。

贈ってから八、九カ月経ったころ、ステッキデビューするかな、と耳打ちされた。デビューの場所は、一年前と同じ選考会で、宮部みゆきも村山由佳もいる。

私は、今年の選考会を心待ちにしていた。しかしである。私が控室に到着した時、五木先生はすでに来ていて、ステッキはソファにたてかけられていた。恰好よかった。みんな、わあっということになったわよ。宮部や村山から、そんな話を聞かされる。編集者たちも同じようなことを言う。ステッキにまで、オーラがあった、というのだ。

くそっ、なぜ私だけがそれを見ることができなかった。多分、かわされたのだぞ。私はこれまで、五木先生より後に控室に入った、ということはないのだ。

流れのバーに移る途中で、私は前から斜めから後ろから、ステッキをついた五木先生を見た。うむ、ステッキが右腕の一部になっている。私は貸して貰ったが、武器のようにしか見えない、と笑われた。

何事も、貫目というのが必要なのかなあ。

見ているだけではどうにもならない

海が枯れている、と前に書いた。

海草が、生えたと思ったら、すぐに食い荒らされる。海の基地の前の話だから、ある程度の観察はできて、私が見たところ、ガンガゼと呼ばれる棘の長いウニが大量発生して、海中の草を食い荒らし、砂と泥と石しかない海底にしてしまっている。鱚《きす》などの魚の産卵場所も、なくなってしまった。

私はその状態を見て、元凶はガンガゼだと判断し、このままでは海は滅ぼされるのではないか、と思った。餌の草がなくなるとガンガゼはいくらか減ったようだが、それでもかなりいる。

一カ所に何十個もかたまっていたりするので、そこに餌があるのかもしれない。このガンガゼは、キャベツでも食い、しかも身が大きくなるらしい。そうなれば、食える。売り物になる。海の基地の近くにはキャベツ畠が多くあり、市場の価格によるのか、時には大量に捨てられていることもある。それをガンガゼに食わせて肥らせ、いいウニを育てて売れば、一石二鳥ではないか。

それも書き、提言のようなつもりだったのだが、実際はそうたやすくはないらしい。

なんであろうと、現実は厳しいのだな。そんなことを呟いていたら、なぜできないのか、地元の人が教えてくれた。狭い水槽だと、棘が触れ合って折れ、死んでしまうそうだ。なんだ、そんなに繊細なやつなのか。天敵がおらず、駆除が難しいと言われていたのにな。それでも海底では、ガンガゼが集会をやっているのが見える。

台風が来た。かなりの強さで、海が相当に荒れた。湾の中にもうねりが入り、湾内の海水がひっくり返されたような状態になった。

幸い、海の基地にも桟橋にもポンツーンにも、大きな被害は出なかった。

そして私は、海を覗きこんで知ったのである。ガンガゼが、減っている。波浪が入ってきて海底まで掻き回し、ガンガゼは棘が折れて死んでしまったのだろう。

　私は思い立って、湾の外へボートを回した。海中を見るための硝子のついた道具を持っていて、それで見ると、あるところには海草が大量にあった。砂地がむき出しになっているところにも、ガンガゼの姿はない。

　ガンガゼが海を滅ぼしかねないというのは、私の被害妄想であった。ガンガゼは、湾の外の波が立ち海流が強いところでは、生きられない。生きられる場所は、水の静かなところにかぎられるのだ。

　うむ、これが人間相手だったら、私は視野が極端に狭い、排斥主義者のようなやつになるのだろうか。君は、私の視野狭窄を嗤《わら》うだろう。しかし私は、湾外の海底を調べに行った自分を、よしとするな。とにかく、動くことで新しい発見をしたのだ。

　私は、動くことが嫌いではないので、たえずなにか新しいものを見ているのかもしれない。しかし、漫然と見過しているのだろうな。今回のような発見にいたることは、ほとんどないのだ。

　自分の知恵が、古いのだな、と痛感したこともある。数年前になるが、夏のある日、私は海の基地で背後の崖の斜面にある、櫟《くぬぎ》の木の小さな洞《うろ》に、蜂蜜を入れた。そして翌朝、陽が昇るころに見に行った。カブト虫が四匹とクワガタが一匹いた。それを捕まえ、孫たちに自慢たらたら見せたのである。

　爺ちゃん、ヘラクレスオオカブトの方が、ずっとすごいぞ。なんだ、それは。知らないのか。こんなの、較べものにならない。

　私は、ふだんは絶対にやらない、グーグル検索というやつをスマホでやって、写真を出した。衝撃であった。こんなのが、いるのか。しかも、金を出せば買えるのか。

　私はうなだれ、捕えたカブト虫を放してやった。ヘラクレスと喧嘩したら、たやすく負けそうであった。

　ヘラクレスをどこかに見に行って触ったからといって、威張るんじゃない。すごいのはヘラクレスであって、おまえらではないのだ。

　爺ちゃんの説教はどこかむなしく、孫たちは聞いてやるという顔をしていた。

私が子供のころ、カブト虫を捕まえるというのは、大変に尊敬される技であった。生きたカブト虫を持っていると、友だちの口調が違ったものだ。そのころは、脱脂綿に砂糖水をしみこませ、それを木の枝に巻いて私は捕った。カブト虫はくれてやっても、その技については決して明さなかった。

九州にいたころは、同じような技を持っている友だちがいたが、こちらへ引越してくると、私はほとんど英雄に近かった。

画家だった叔父のアトリエが山中にあり、泊りに行くと、私はカブト虫を二十匹以上捕った。それを持ち帰り、友人に配るのである。噂を聞きつけて、遠くから貰いに来る、違う学校の生徒もいた。

とにかく、尊敬されたのである。同じ歳の子供に、尊敬されたのだ。これは、大変なことだぞ。

私は、雀がどこに帰るか観察して、そこに手を突っこみ、まだ飛べない雛を捕まえて、飼いたいと渇望していた友人にやった。畠や雑木林に行って餌になる虫の採り方も教えた。

いまでも、レモンやトロ助との散歩の途中、低いところで蟬が鳴いていたら、手で捕まえ、捕虫網を持って空っぽの虫籠を肩にかけている少年にあげたりする。手で蟬を捕るのは、私の特技である。

くそっ、技が全部、古いのだな。つまり私は、昔の栄光にすがりついているということなのか。

中学に入ったばかりのころ、五十円ぐらいで竿を買い、近所の池というか沼というか、そういうところで釣りをした。そこは料金を取る釣り堀のようになっていて、小人料金は十円ぐらいであった。私はそこで、ヘラ鮒《ぶな》を数十匹釣り、持っていった網の袋が一杯になって、帰ろうとして持ちあげると、近くにいた釣人が眼を剝き、坊や、いい腕だねえ、と感心した声をあげた。そういう大人には、私は鮒をやらなかった。

書いていて、思う。いま自慢できる技はないのか。いくら考えても、ないな。そんな技、子供でないと身につけられない。

大人は、邪念が多すぎるのだよ。

静かに生きて消えていく犬の哀切さ

レモンの元気が、少しだがなくなった。

私と一緒に歳をとっていると思っていたが、とうの昔に私を追い越し、老いていたのだろう。犬の老い方は、人間よりずっと早いから、あり得ないことではない。

それでも私は、レモンが歳をとることが、なぜか受け入れられないような気分なのだ。いつまでも、変らない。そう思いたい。自宅の書斎は二階にあり、小政は階段を昇れたが、レモンは昇れなかった。それがいつか、昇れるようになっていた。

自宅で、私は起床時間を決めていて、小政が、起こしに来るという習慣を持った。驚いたことに、毎日、一分と違わない。階段を駈け昇り、書斎のドアに体当りをして開け、私のベッドに跳び乗り、起きろ、と突っつく。

それでも起きないと、穴を掘るように、私の躰とシーツの間のところを前脚で掻きあげる。わっ、と叫んで飛び起きるほど、それには力と迫力があった。

やがて小政が老いて、階段を昇るのを億劫《おっくう》がるようになると、その習慣はレモンに引き継がれた。軽やかに昇ってきたレモンは、私の躰を前脚で突っつき、起きないと顔の上に前脚を載せ、唸るのである。しかし、レモンは億劫がるのではなく、階段を昇れなくなった。何度か落ちかかったし、躰をぐいと後ろにやり、加速をつけてではないと、昇れなくなった。

いま、私を起こしに来る者はいない。レモンの習慣を、トロ助は引き継げなかった。階段を昇ろうとしても、二段あがったところで、降りることもできず、じっとうずくまっているのである。二階に連れていっても、私のベッドに跳びあがれず、腹打ちをして落ちることも少なくない。犬にも見栄というようなものがあるのか、失敗を人間に見られると、しばらくはもう一度やろうとしない。

私が二階にあがっていくと、トロ助は悲しそうに私を見あげている。歳をとってやがて昇れなくなるぐらいなら、はじめから昇らない方がいい。階段に挑戦しようとしているトロ助を見ると、私はそう言う。

レモンは、階段を昇ろうとしなくなった。散歩に行っても、あわよくば、ショートカットしようとする。駄目だよ、頑張ろうぜ、お互い。しゃがみこんでそう声をかけると、仕方がないという態度で、ショートカットを諦める。

私は、左手にレモンとトロ助のリードを持って歩く。最近では、いつも声を出している。レモンを励まし、トロ助を叱るのである。時々、馬鹿者などと大声を出しているようだ。よく、罵りながら歩いている人がいて、それは大抵爺だから、ああなるまいと自戒しているが、気づかないうちになっている、ということもあり得るかもしれない。

犬から犬へ継承されることがあるのは、ちょっとした驚きだったが、集団生活をする動物だから、やっていいことといけないことは、しっかり決まっているのか。小政とレモンがともに私の書斎に飛びこんできても、ベッドに跳び乗っていいのは、小政だけだった。レモンが跳び乗るのは、小政があがってこなくなってからである。

君は嗤うだろうが、私は犬とこんな感じで暮らしているのである。小政はよく、海の基地へも連れてきた。私の言うことをじっと聞いていて、おしゃべりの相手にはいいやつだったな。

犬といえば、数年前に『パターソン』という映画があった。これは、パターソン市のパターソン夫妻の映画で、二人の間にいる犬が、実にいい役割を果している。

パターソン氏は、ノート一冊の詩人である。詩集を出したわけでもない、ただのバス運転手だが、いつも詩の言葉を探している。

特になにが起きるというわけでもなく、淡々とした日常が描かれていて、嫌いという人もいそうだが、私はおかしなものだとは思っていない。ただ、表現が妙に凝っていて、深く解釈しろと強いているような気がする。監督は、ジム・ジャームッシュである。『ストレンジャー・ザン・パラダイス』という作品があり、これについては前にも書いた。

難解だといっても、デビッド・リンチなどよりずっと内向的で、観念性が強いと言っていいのかもしれない。どんな映画でも、解釈の仕方で難解になる。どれほど難解であろうと、面白ければいいのである。

面白いということで思い出したのだが、『スキヤキ・ウエスタン　ジャンゴ』という、三池崇史の作品がある。これは滅茶苦茶ではあるが難解かもしれず、きわめて面白い。キャストを眺めるだけでも、よく揃えられたものだと感心するよ。

レモンが老いた、という話だったな。私の場合は、どうなのか。夏に、左肩の三角筋を傷め、それがまだ完全には回復していない。病院でレントゲンなどを撮ったが、骨に異常はなく、三角筋の肩峰部と呼ばれる深いところが、突き指のような状態になり、動かないのであった。とにかく、ひどい時は、上腕をぴたりと躰に押しつけておかなければ、手が遣えないほどだった。

なぜ、そんな怪我をしたのか。爺ちゃん、遊ぼうぜ、と夏休みに孫たちが海の基地にやってきたのである。大抵、泳いだり釣りをしたりしているのだが、ちょっと思い立って、サップボードを買ってやった。ひとり乗りが二つと、三人乗りがひとつである。私自身が、やりたかったのかもしれない。

やったこともないくせに、したり顔でコーチをする。基地の前をよくサップボードの人たちが通るのを見ていたので、乗り方はすぐにマスターできた。

ひっくり返って海に落ちた時、どうやってボードに乗り直すか。

小僧どもは、あっさりとやってのけたが、爺ちゃんは左腕で強引に躰を引きあげようとして、筋肉を傷めてしまったのだ。なにしろ、上腕二頭筋を、左右ともに断裂する愚か者だからな。これぐらいの怪我でめげてたまるかと思っても、左腕が動かせないのには閉口したよ。

よせばいいのに、やってしまうのだな。若いころを、忘れられない。まったくう。

いつまでも生きられると思うなよ

大物を、釣りそこなった。

逃がした魚は大きいというが、ほんとうに大きかった。カンパチである。船べりまで、なんとか引き寄せた。こんなやつがいるのだ、と思うほどの大きさだった。引き寄せる時から、不安はあった。まず、竿の強度が足りない。仕掛けは甘鯛用で、耐えられるのは三キロまでだろう。

誤魔化しながら、やり取りをする。実はこれは、愉《たの》しいのである。魚は、近づいてきては離れていく。竿を折られるか、ハリスが切られるか、そのぎりぎりのところで、やり取りをする。

時間はかかるが、魚はその分疲れる。疲れきった魚でも、海面が近くになると、また暴れる。それをすべて制御しても、網で掬《すく》おうとした段階で、逃げられることもある。つまり、フェアなのである。魚も、全力でファイトして、うまくやれば、逃げて生き延びることができる。

魚に、逃げるチャンスがまったくないような漁具を遣うのが、私は好きではない。つまり商売ではないわけで、遊びならば、こちらにも負ける可能性がなければ、面白くないのだ。

以前、海の基地の前で鱚《きす》を釣っていたら、どういう按配なのか、大きな黒鯛がかかってしまったことがある。私はやり取りを三十分近く続け、ようやくそばに引き寄せた。安直な、子供用に売っている竿だったが、よく保ってくれた、と私は思った。釣り上げる前に、そう思ってしまったのだ。すると竿は、リールの少し先から、潰れたようになって折れた。私はとっさに糸を摑み、手で上げようとした。力がかかった。そう思った瞬間に、手応えがなくなり、ハリスが切れて逃げられた。

安物の竿とはいえ、どんなふうに折れるのか、はじめて見た。丸い竿の断面が潰れたように扁平に折れていた。

トローリングでは、百キロ超の大物もしばしばかかるが、折れた竿は摑んではならないと言われている。折れ口が、腹に突き刺さる事故になってしまうらしい。トローリング用の竿を折るぐらいの魚なら、危険でもお目にかかってみたいものだ。

数百キロあってもまともな竿なら多分折れず、折れるのは竿についた傷とか劣化とか、別の要因だ、という気がする。

逃がしたカンパチのことは、あまり人に喋りたくなかった。用事がありマリーナに行ったら、レンタルボートで釣りをしてきた若い連中がいた。釣果を訊ねると、クーラーボックスを開けて見せてくれた。ノドグロがいる。深海釣りをやってきたらしい。いろいろな話をし、電動のリールはなにを遣ったのだ、と質問した。すると、ひとりが言ったのである。男は手巻きですよ。

うっと私は言葉に詰まり、そんなところで男かよ、と言おうと思ったが、俺はもう爺なので、電動リールを遣わせて貰ってるよ、と言ってしまっていた。

それにしても、三百メートル近く出したラインを、餌の点検や交換のために、一体何度巻くのだ。私は電動リールのスイッチを入れたら、勝手に海面近くにあがってくるまで、ほかのことをしている。あれを手でやっていると考えると、その若者に羨望の眼差しをむけざるを得なかった。

爺になるのは、悲しいことだな。以前にここで、デビッド・リンチの『ストレイト・ストーリー』という映画の話をした。難解なデビッド・リンチが、老いだけは率直に正面から描いていて、私はちょっとうなだれてしまったものだ。あの監督は、私とほぼ同じ歳なのである。

爺で、また映画を思い出した。同じ俳優が、対照的な爺を演じている二本がある。なんとその俳優は監督もやっていて、クリント・イーストウッドである。この人、どちらに才能があるのか、よくわからんな。両方あるのだろう。主演であろうと監督であろうと、つまらない作品があまりないのは、大変なことだ。

爺映画の二本は、『グラン・トリノ』と『運び屋』

である。車種の名である『グラン・トリノ』は、頑固な元軍人が主人公で、私は好きである。老いの孤独と、救いがどんなふうにあるか、わかりやすい。ある意味、ハードボイルド映画でもある。映画でなければ、こんな爺は無理かな、と思う。

現実では、若い連中に釣り自慢をしようにも、男は手巻きです、などと言われて、しょげてしまうのだ。そしてクリント・イーストウッドは、この映画で引退みたいなことを言っていた。俳優はやめて、監督に徹するみたいなことだったのかな。

同じ年、『チェンジリング』を監督していて、こんなのを作れれば監督としても充分すぎると思わせるものがあった。それ以後も監督作品は多くあるが、私の知る主演作品はなく、『ジャージー・ボーイズ』でちらりと観たような気がするだけだ。

それが、『グラン・トリノ』から十年経って、『運び屋』でまた監督主演をやったのだった。本人も九十歳に近いだろうが、主人公は九十歳の麻薬の運び屋なのである。突き抜けてしまったチョイ悪爺が、散々当局に手を焼かせた運び屋だった。しかし当然ながら、大《おお》悪《わる》という感じはない。そういうものを超越してしまって、人生を感じさせる映画になっている。悔悟もあれば、反省もあり、それでも自分の人生を達観していないのだ。

九十歳なら、私もまだかなり時間が残されているではないか、と観終ったあとに考えてしまった。大長篇は、いま書いているものが最後だろうと思いつつも、俺は絶対に枯れたりできないだろうな、という感じもあり、もう一本ぐらい大長篇をものにすると、時間的な間尺は合ってしまうではないか、と頭の中で数字を並べたりしてしまった。

私はクリント・イーストウッドを、テレビドラマの『ローハイド』のころから観ているが、この創造力と表現力の息の長さは、ただごとではない。

こういう例を、すごいなあ、という感嘆の眼差しで見て、自分もやってしまおうかと思うところが、私のどうにもならない凡庸さなのである。

やるやつは黙ってやる、と君は知っているよな。

記憶が鮮やかに蘇える夜もある

私が高校生のころ、八十八歳の英語の先生がいた。現役であった。声もしっかりしていて、私語など交わそうものなら、すぐに立たされた。

しかしそれ以上の記憶はなく、八十八歳を米寿だと、なぜか私は中学生に教えていた。米の字を分解すると八十八になるので、米寿なのだ、と知ったかぶりをしていたのだ。新聞に出たり、テレビの番組になったりしたが、八十八歳という年齢は当時はめずらしく、おまけに現役の先生だったので、話題性があったのだろう。

九十歳の麻薬の運び屋を描いた映画のことを書いたら、次々に老人映画が浮かんできて、収拾がつかなくなった。海の基地でひと晩貰えば、三十本ぐらいは出てくるかもしれない。

しかし、老人というテーマと関係なく、ここで書いたものも多いな。『世界最速のインディアン』など、爺ちゃんがんばれと、共鳴とともに書いたのであった。アンソニー・ホプキンスが出てくれれば、かなりの確率で爺ものである。『レジェンド・オブ・フォール』の大佐役など、私は好きだな。

爺で迫力があったのは、ロバート・デュバルである。『ウォルター少年と、夏の休日』はなかなかいい映画だが、迫力のある老人役で、ウォルター少年の心に強い印象を残すのである。

最近では『ジャッジ　裁かれる判事』や、ちょっと前なら『アウトロー』なんてのもあって、トム・クルーズと絡んでいた。『ブロークン・トレイル　遥かなる旅路』というのはテレビ映画らしいが、私はＤＶＤで観た。西部劇として、出色である。同時に、老いの諦めなども感じさせるのだ。

ジャック・ニコルソンに、『アバウト・シュミット』という作品があり、私の大好きなキャシー・ベイツが、さらに迫力ある躰になって、ニコルソンがいるジャグジーバスに、全裸で堂々と入ってくるシーンがあり、私は喜んだ。『恋愛小説家』は、ニコルソンより、預かった犬とサーブ・コンバーチブルという車を見ていたな。小説家といえば、『小説家を見つけたら』という、ショーン・コネリーのものがあるが、これは書けなくなった小説家の話なので、最終的には好きになれない。

いかん、記憶の連鎖の中に入りこんできているぞ。君も、もうやめてくれと思っているだろう。やめる。いや、ちょっと待て。女性のものがない。『ラヴェンダーの咲く庭で』の大女優の二人、『やわらかい手』のマリアンヌ・フェイスフル。私はこの風俗店に行ってみたくなったが、内容は、人間のやさしさについて、という真面目なものだと思う。『アリスのままで』は、うむ、痛すぎるな。『8月の家族たち』のメリル・ストリープ。

なぜか記憶の連鎖が好調で、いくらでも出てくるではないか。しかし、もうやめよう。自分でも、なにを書いているかわからなくなりそうだ。

いや、もうひとつだけ。これでやめるよ。『ラッキー』という映画だ。これは、九十歳の老人の日常を、ただ描いてある。主演した俳優は公開前に亡くなり、遺作ということになった。

映画としてのこの作品については、賛否両論であろう。若い者たちは、難解だなどと言っていたな。どこが難解なのだ。主人公はしばしば、哲学的とも思える科白を吐く。それは、もう言葉になっているのだから、難解でもなんでもない。わからないという意見を持ったところで、映画はどこも難解にならないと私は思う。

同じ時間に起きて、体操をしてクロスワードに悩み、夜は行きつけの店で、一杯のブラディ・メアリを飲む。かなりとっつきにくいが、少年の誕生パーティで、不意に唄をうたって受けたりもする。

別に、考える必要はなにもない。日々の暮しが、ただ生なのだ。

あたり前だが、その生は、死と表裏一体になっているのが、よく見える。そして、無に行き着く。無とむかい合ったら、ただ微笑むしかない。無を、死と理解しようと、ただの無だと思おうと、勝手である。人がひとり生きている。九十歳という年齢では、死も同居しているようなものだ。

それだけの話だが、飼っていたリクガメに逃げられた老人が出てきて、リクガメについての賛美と愛を語ったりするので、ややこしくなる。私はなんの予備知識もなく観たので、リクガメ爺が出てきた時、びっくりしてあっと声を出してしまった。小屋にはあまり客がいなかったが、前にいた人がふりむくぐらいの声ではあったようだ。

そのリクガメ爺、デビッド・リンチだったのである。なんだよ、自分の映画撮れよ。もう撮らないなどと宣言していたが、私と同じ歳ぐらいではないか。そしてこんなところに現われて、百年生きたリクガメについて語っている。

まあ、デビッド・リンチには、俳優としての顔もちょっとだけあるので、出演していたからと言って、文句は言えないかもしれない。リクガメについて熱弁する爺は、役柄になり切っているようで、しかしどこか浮いていて、デビッド・リンチとしか思えない。そして、どうだ難解だろう、というような顔をしているようにも見える。私は、デビッド・リンチが難解だと思ったことはない。

とにかくこの映画は、私の心に刺さったのであった。九十歳の運び屋からこれが出てくるまで、実は一瞬であった。ただ両方同時に書くと、ほんとうに難解になりそうだった。二本の映画は対極にあり、クリント・イーストウッドとデビッド・リンチを較べるぐらい、難しいことであった。

ここまで、ずいぶんと映画のことを書いてきたよな。全部合わせると、何本ぐらいになるのだろうか。映画のことを書くと、どこか消化不良というか、不完全燃焼というか、そんな状態になる。ネタバレができないことが、大きいのだろう。やるべきではないが、常に書きたいという衝動もある。ネタバレの記事を読むと、私は逆上するな。そんなことを、君にはさせたくないよ。

無数に近く、映画はある。小説は、もっとあるかもしれない。君はまあ、映画と小説を、同時にやれよ。

自然が一番いいに決まっているぞ

薬というものには、昔から馴染んできた。

幼いころ私は虚弱体質だったらしく、しばしば自家中毒というものを起こしていて、病院でブドウ糖などを注射された。

それは小学校にあがるころには治ったが、突然の下痢によく襲われるようになった。自宅にある、下痢を止める薬は飲みまくったが、小学校も高学年に達したころは、下痢からも解放されていた。

中学高校の大部分は、病気知らずであった。体質が変ったというのか、耐久力があり筋力もあがり、少年スポーツマンのような躰になり、逆三角形の上半身で、腹筋が割れていたりもしたものだ。

大病を患ったのは、少年スポーツマンの末期、つまり高校三年の終りであった。それまでも、前兆がなかったわけではない。受験のため、高校二年で部活をやめると、周囲が肥りはじめたのに、私だけが痩せはじめた。食欲がなく、躰がだるかった。そんなのは根性でなんとでもなるのだと思っていたが、日によって食欲がまったくないのには閉口した。親指の爪がぐっと反り返り、長くなったように見えるのが、見た目の肉体の変化だった。

病気だと判明したのは、大学受験のために、願書に添付するレントゲン写真を撮った時である。

間接撮影とかいって、名刺より少し大きなサイズだったが、それで見てもはっきりわかる丸い空洞が肺に写っていた。

私は大学は受けられないことになり、抗生物質による治療がはじまった。入院手術を勧められたのだが、生来の臆病さを発揮して、私は断乎、拒絶した。

週二回しか射《う》ってはならないとされているストレプトマイシンを、週六日、毎日射たれた。顔が、どこか引っ張られ、歪んでいると感じる副作用がある。しかしほんとうに危険なのは聴力らしく、月に一度ずつ聴力検査をしていた。また、ストレプトマイシンには耐性ができやすいので、パスとヒドラジドという飲み薬も服用した。それを三者療法というのだが、いま若い医師に話しても知らないな。古びて実際には遣わなくなった療法の勉強など、しないのだろう。私にとっては、いまだ生々しい薬の名なのだが。

化学療法は、三年半続いた。二年間はストレプトマイシンを射ち、一年半はカナマイシンという薬にかわった。聴力の検査は続いたが、結局、私に聴力障害が出ることはなく、今日に到っている。

そのころから、私はやたらに薬を飲むようになった。もともと嫌いではなかったのだ。風邪を引くと、何種類かの市販薬を試したりしたし、ビタミン剤もいくつか併用した。現在でも、人が驚くほどの量の、サプリメントを飲んでいる。

ある時期から、私は肥りはじめた。八十キロをオーバーし、かぎりなく九十キロに近づいた。

その体重については、ある時、私は二年かけて十数キロ落とした。それからは、七十キロ台後半の体重を維持している。

体重を落とす過程で、私は薬などはほとんど飲まなかった。薬で体重を落とそうという発想はまったくなく、食事と運動だけであった。ただひとつ、流行っているから、飲んでみないか、と言われた薬がある。私は、脂っぽい食事を避けるようにしていたが、いくら脂をとっても大丈夫なのだという。

そんな虫のいい話があるかと思ったが、気の迷いか魔がさしたのか、ワンシート、十粒ぐらいを貰った。脂っぽいものを食べたあと、それを飲めば、翌朝、脂だけを排出するというのだ。

実を言うと、一部の銀座の女の子の間で、流行っているようだったのだ。彼女たちは、同伴飯などを食わなければならない。つまり客と食事をして、店に同伴して貰うのである。客によっては、ここぞとばかり、豪華な飯を食わせたりする。脂だけ排出できるなら、それにすがろうという気持はわかった。

焼肉屋でカルビをしこたま食ってしまった時、私はそれを飲んだ。翌朝、トイレに行くと、水にデミグラスソースのような色の脂が浮いていた。うむ、効くのだ。

何度かそういうことをやり、すっかり馴れてしまった時、私は朝、トイレへ行くのを怠った。フローリングに座りこんで新聞を読んでいたら、そのころ二歳かそこらだった小政が来て、私の尻の下に鼻を突っこもうとするのである。足で押しのけても、執拗に鼻を突っこむ。そのうち、足で押した瞬間に、私の躰の方が、ズルリと動いた。滑るように動いたその感じが、なんとなく嫌で、私は立ちあがった。私が座っていたところが、濡れていた。いや、それは水ではなく、脂だったのだ。

君は、嗤ったな。私はびっくりして尻に手をやったら、パジャマのズボンが濡れているのである。朝、起き出してから、自分がなにをやったか、辿るのは難しいことではなかった。顔を洗い、居間のフローリングに座って新聞を読んだ。座った時、私はガスが溜っているような気がして、盛大に屁を放った。湿っぽい屁だ、と感じたことも思い出した。

私は小政を蹴り飛ばし、フローリングをティッシュで拭いた。二十枚ぐらい、遣ったという気がする。それから、シャワーを遣った。なにか、とんでもないことが起きている、と思わざるを得なかった。

ブリーフとパジャマは、洗濯機に放りこんだ。しかし、しみになったところは結局消えず、破棄するしかなかった。フローリングは、もう一度、洗剤を使って雑巾で徹底的に拭いた。

恐ろしい出来事であった。私は、一日うなだれていた。もう一度、その薬を飲もうとは思わず、脂っぽいものもしばらく食う気がしなかった。

アメリカから取り寄せられたらしい薬で、糖尿病の治療薬だと教えられた。それを教えた銀座のホステスは、とにかく脂が出るのだから、注意しながら続けて飲め、と言った。もうごめんだ、と私は返した。痩せるためにこんなものに頼るなら、デブの道を堂々と歩いてやる。

しかし私は、二年かかったが、ダイエットに成功したのだ。人間は努力なのだよ、とこれに関しては私は言える。

どこでも音楽は涙とともにある

歩道からエスカレーターに乗り上へ行くと、ちょっとした広場があり、その奥にサントリーホールがある。私はライブに時々行ったが、ライブハウスという趣きはあまりなく、立派なコンサートホールである。パイプオルガンなどがあり、音響も完璧なのである。無名に近いロックバンドが出ているような、ライブハウスの猥雑さとは無縁の、別の緊張感が漂っていて、それもいいな。エネルギーを内包している猥雑さも、私は好きなのだが。

音楽とは関係なく、この広場で思い出す小説がある。『広場の孤独』という堀田善衛の作品である。しかし、サントリーホール前の広場に、政治性を感じさせるものは皆無である。私も、小説の内容を思い出しているのではなく、タイトルを思い浮かべているのである。いいタイトルだと思っていたが、こんなのは浮かんでこないな、といつも思い出してしまうのだ。

小説の広場は、心の中にあるものだった、という気がする。これは記憶から探り出したことで、小説の内容を調べたわけではない。そして私は、自分の記憶に、このところ疑問を感じることが多い。読んだのはもう何十年も前だから、読み返してみるのもいいかもしれない。

小説のタイトルというのは、ふっと浮かんでついてしまうこともあれば、ひどく難渋することもある。連載小説など先にタイトルが必要だから、私の場合は多分に、妥協の産物だったりする。

おっと、どこへ行くのだ。私がサントリーホールの話をはじめたのは、コンサートに行ったからである。上原ひろみの、久しぶりのライブであった。ステージの中央にグランドピアノが置かれていて、それだけなのである。ピアノソロのライブで、オケもなにも入っていない。上原ひろみは普通に出てきてお辞儀をし、バラードを弾きはじめた。いらっしゃい、と語りかけてくるような演奏だった。

おっ、照明が凝っているかもしれないな。私は、そんなことを考えていた。いらっしゃい、に反応すると、ピアノとの対話に引きこまれ、自分を失って泣いてしまったりするのだ。それも聴き方のひとつだろうが、私はしっかりと冷静に、音を耳に入れていこうと思った。

なぜ、これほど音がやさしく力強いのか。なぜ繊細なのか。どこから、心を揺さぶるような迫力が出てくるのか。音が、私の全身に触れてくる。全身を打つ。全身を撃つ。躍動している、上原ひろみの躰。それでも私は、なんとか音とむかい合って、立ったままでいられた。

休憩に入った。私は席を立ち、回廊に出て、ゆっくりと歩く。一周するのに、かなりの時間を要する。それでも、休憩が半分を過ぎる前に席に戻る。ステージでは、別のショーをやっている。調律師が、ピアノの調律を続けているのだ。一心不乱である。休憩中に調律しなければならないほど、ピアノは音を出し尽しているのだろうか。

休憩中の調律というのが、めずらしいのかどうか、私は知らない。思えば、ピアノソロのコンサートは、上原ひろみ以外に、あまり思い出せない。

私は調律師の動きに見入り、聴えてくる音に聞き入った。休憩時間が終ったと放送が流れ、場内の照明が少しずつ落ちた。調律師が、ようやくピアノを離れるのが見えた。

スポットライト。上原ひろみが出てくる。演奏がはじまった。私は落ち着いていた。音のすべてが聴えている。思っていただけだ。くっくっと声が聞えた。自分の声だ。私は泣いていた。泣いていると自覚できないまま、顎の先から涙が滴り落ちていた。なにが、心に去来しているのか。なぜ、こんなに掻き回されるのか。悲しくて、涙が出ているのではない。感涙でもない。過去のなにかが、掻き回されている。

終っていた。私は人波の中を広場へ出、六本木まで歩いた。それで、私は落ち着いた。いや、常よりももっと澄んで、静謐と言っていい心境だった。どこかで、もう一度掻き回した方がいいな、と思った。私は軽い食事をして、若い友人がやっているバーへ行った。その時間なら、あまり客はいない。

食後のマールを舐めながら、そのバーマンが聴かせたいという曲を聴くことになった。CDのパッケージを見ると、ケンちゃん、と書いてある。女性ボーカルのようだ。ギラ・ジルカだと。なんだこの名前。ほかに古い曲をカバーしたCDも二枚あり、それはギラ山ジル子などという名になっている。私は年長者にはよくケン坊と呼ばれ、友人たちにはケンちゃんと呼ばれることもある。

歌を聴きはじめて、私は口からマールを吹き出した。ケンちゃんと添い寝で命をかけていて子供が産みたい。なんだあ、これは。

ピアノが私の心を静謐にしてしまったので、掻き回したいだけなのに、くすぐるのではない。二コーラスに入っても、私はまともにマールを飲みこめず、口に放りこんでひと息で飲んだ。そしてカウンターを掌で叩いた。面白すぎるのだ。最後の部分では、ケンちゃんが五十数回くり返される。二度聴いても、やはり私は笑っていた。

二度聴いてもなにか迫ってくるほど、この女性歌手には、驚くような力がある。

これが流行って、全国ケンちゃん連合なんかできて、名誉顧問に迎えられたりして。

バーマンも、そう呟きながら笑い続けている。

おまえ、これを何度も聴き、俺に聴かせようと思い、そして一緒に聴いても、まだ笑っているのか。それとも嗤っているのか。

おかしいのに、腹の皮はよじれないんです。

ほんとに、しっかりした歌になっているし。作曲者を見たら、なんと美樹克彦ではないか。

私はギラ・ジルカに突然の関心を抱き、カバーの二枚も聴いた。少しのけ反ったな。カバーでのけ反ったの、ミス・オオジャ以来である。なんという歌唱力なのだ。こんな歌手が、ずっと音楽活動をしていたのか。

おい、君も聴いてみろよ。それにしても、なんでも耳に入れるぞという態度でいると、こんなものも聴けて私は幸せである。

人は腰だなと気軽に言わないでくれ

腰が痛くなった。

つまり、椎間板ヘルニアの症状である。以前は、ぎくりといきなり痛撃が来て、身動きできなかったものだが、最近では腰が痛いかな、というわずかな自覚症状からはじまる。やがて本格的に痛くなり、一日か二日、寝こんだりする。そういう時も原稿を書いていることがあり、仰むけで書くと万年筆が遣いものにならず、鉛筆が一番有効だなどという発見をした。腰を下ろすと痛いので、立って書いたこともある。

腰痛は私の宿痾と言ってもよく、三十代のはじめから苦しんできた。体重が増えるにしたがって、その頻度があがったような気がする。三十年来、私は鍼を打って貰っていて、それで回復はだいぶ早くなるが、根治というわけにはいかない。重いものを持ちあげる時など、躰の重心については、本能的と言えるほど無意識に配慮できる。

そして十年ほど前に、体重を十キロ落としたのだ。同じように、鍼治療は続けた。その両方の効果だと思うが、腰痛に襲われる間隔は、ずいぶんとのび、かつ痛みの予兆があり、そこで抑えこめることが、時々あった。具体的には、コルセットで腰を締めつけておくのだ。

それでも、痛くなる時は痛くなる。私はさらにコルセットを締めあげ、鎮痛剤をのんで普通に歩く。このやり方で、三日で元に戻る。コルセットをしていなければ、前屈みになるが、この二つで姿勢を正しく取り、私は歩いて治すのである。

ところで最近、とんでもないことを発見した。三十年前と較べて、身長が四センチ縮んでいたのである。嘘だ、間違いだと思い、私は何度も測り直した。間違いなく、四センチ縮んでいる。ここ数年、周囲の人間がみんな背が高いと感じていたが、私が縮んでいたのだ。そんなことがあるのかと思っても、昔の記録といまの実測と、まったく否定しようもなく、数字が私の前にあるのだ。

縮んだのは、椎間板が磨り減ったのが原因であろう。しかし全身の椎間板を集めて、四センチなどという厚さがあるのか。いや、もっとあるということになる。私は、暗い気分で自分の身長を受け入れた。歳をとるというのは、こういうことか、しみじみと実感を伴った思いにも包まれた。『縮みゆく人間』という、古い映画まで思い出した。ま、あの映画は、縮もうと縮むまいと、宇宙にとっては同じ、と解釈するしかないのだが。

君は縮んだ私を想像して、笑ってはいけないよ。いずれ、君も縮むのだ。その時、焦ってみてももう遅い。

しかし私は、死ぬまでにあと何センチ縮むのだろうか。考えはじめると、恐怖が襲ってくる。恐怖の先には諦めがあり、さらにその先には開き直りがある。縮むぐらい、なんだ。脳さえ縮まなければ、人間はそれでいいのだ。

そこまで考えて、私は最近の記憶を絞り出せない自分に思い到った。耐えきれず、中学高校の同級生だった医者に、電話をした。おまえの脳みそ、かなり縮んでいるよ。創造中枢みたいなところが縮んでいなけりゃ、それでいいだろう。なんということを、言うのだ。かつて私が、人間ドックで脳梗塞だと言われた時、焦ってそいつに電話した。

ラクナ梗塞ねえ、ほかに言うことがないから、言ったんだろう。それは正しい。あれから三十年、私は本格的な脳梗塞を起こすことなく、生きているのだ。

ホームドクターが、脳ドック受けてこいよ、と言った。私の妹は、五十そこそこで、クモ膜下出血で急逝した。動脈瘤、おまえにもあるかもしれない。あったとしても、大したことはできない、と私は思った。動脈瘤が発見され、一年に一度検査しましょうと言われていた友人が、一年目の検査の前日に倒れ、死んでしまった。こんなことを、私は医師の前で言い募った。もし見つかっても、あったとは言わないからさ。なに言ってんだ。それは駄目、絶対に嫌、ふざけるな。ないと言われて、疑心暗鬼だけが残るパターンだぞ。

腰の痛みの話に戻るが、意外にすぐに治った。こんなこともあるのかと思ったら、歩くたびに脚の裏側が痛い、側面が痛い。レモンとトロ助を散歩させている時、痛みはひどく、まともに歩けない。それでも歩き続けると、十五分くらい後には、いくらか楽になってくる。

座骨神経痛であろう、と自己診断した。椅子に座っている時は痛くないので、仕事に支障はきたさない。それでも、歩きはじめが痛くて憂鬱なのだ。

ひとりの男のことを、思い出した。もう二十年以上も前になるか。なにかの仕事でニースに寄った時に出会った、ちょっと印象的な人だ。六十歳前後に見えた。その仕事の総指揮を彼がしていて、私はニースで二日割けばいいだけだったので、なんとなくのんびりしていた。スタッフが、駈け回っていた。事故があったようで、カメラマンが現われなかった。急遽、別のカメラマンを手配したようだが、夕方まで現われなかった。明日、早朝から撮影してもいいか、と彼が言い、私は頷いた。

翌朝、明るくなるとすぐに撮影をはじめ、休憩というかたちで朝食をとっていると、彼がスタッフの女の子に支えられて、食堂に入ってきた。髪は乱れ、ネクタイは引き抜き、シャツも汗で濡れていた。痛風の発作に襲われたのだという。

それからは、大変であった。彼しか判断できないことがあり、靴が履けず大きなサンダルを履いた彼が、這うようにして動き回る。顔は蒼白で脂汗をかいている。巨大に腫れた足を引き摺りながら、それでも彼はなにか呟き続け、歩いていた。これは、戦争なんだ。止まったら、撃たれるんだ。悲壮であった。なんとかしてやりたくても、どうにもならない。薬の類いは、相当な量を飲んだようだ。

二日分の撮影が、夕方終った。彼は、へたりこんでいた。迎えの車に私が乗りこむ時、彼は支えられて立ちあがった。じゃあな、戦友。そう言うと、彼ははじめて笑った。

いま歩いていて、レモンやトロ助に、これは戦争なんだ、と言ってみる。痛くても歩かなければならない。やつらは、私をただ引っ張るだけである。

いつからこんなになってしまった

外出した時の私の財布は、ひとつだけである。

小銭入れなるものも、持ち歩かない。ズボンのポケットが、重たくなってしまうからだ。まして小銭を剝き出しで入れておくと、ジャラジャラと音までする。たったひとつの財布を忘れると、悲惨なことになる。出る前に、財布、携帯と自分に確認するが、あるところを掌で触れてみるだけで、いざ金を出そうとすると、それが名刺入れだったりしてパニックを起こす。あるパーティ会場でパニックを起こしている時、唯川恵と花村萬月がそばにいた。二次会の会場に行かなければならない。そこに行けば、担当編集者の誰かがいて、内緒で金を借りられるだろう。

私は唯川恵に紳士的に、二次会場までタクシーに乗せてくれ、と頼んだ。財布を忘れちまってさ。あらあら、それは大変。私は無事タクシーに乗れることになった。タクシー乗り場で乗ろうとすると、唯川恵は手でなにかを払うような仕草をし、金の無いのは前、と言い放ったのである。

金の無い人ではなく、金の無いの、である。私はうなだれ、助手席に膝を折って乗りこむと、シートベルトをしてうつむいていた。

きゃはは、気持いいねえ。金が無いということは、惨めだね、唯川さん。後部座席で、唯川恵と花村萬月が盛りあがっている。私は唇を嚙みしめ、もう絶対に財布は忘れない、と心に誓った。目的地に着くと、唯川恵は千円札を出し、運転手さん、お釣りはいらないわよ、と軽やかに言った。

うむ、あれはどれほど前のことか。私が、タクシーの釣り銭を受け取らなくなったのは、あの事件がトラウマになっているからかもしれない。受け取らないと言っても、千円札を何枚も受け取らないわけではない。硬貨が、ポケットに入っていると、ジャラジャラと音がして重たい。そんな理由で、受け取らなくなったのだ。

自分で決めてそうしているのだから、私はいいのだが、事務所の女の子たちには、どうにも許せないことだったらしい。

堅いことを言うなよ。最近じゃ、領収証だって貰えるようになったじゃないか。抗弁したが認められず、パスモというものを、持たされることになった。持たされてもそんなもの遣っていなかったのだが、ある時、運転手さんとその話題になり、試しに遣ってみた。これが、便利なのである。前に一度書いたが、また書きたくなってしまった。

都内では、ほとんどのタクシーでそれが遣えた。しかし遣えないものもあるらしいので、パスモ遣えますか、とはじめに訊く。降りる時には、ピッと音がして終りである。こんな便利なもの、なぜいままで遣わなかったのだろう。そう思っていた時、ピッではなく、ピピピピッと聞き馴れない音がして、遣えませんね、とドライバーに言われた。私はパニックを起こし、札を渡して小銭の釣りはいらないと叫び、タクシーから這い出した。

歩道に立って私を襲ってきたのは、怒りである。事務所に電話を入れ、中途半端なものを渡すんじゃない、と叱った。

はい、はい。はいは、一度でいいのだ。ぐるっと見回して、近所にコンビニありますか。コンビニの前だ。じゃ、一万円とパスモのカードを、コンビニのレジに出してください。恐る恐るレジで差し出すと、チャージですね、と外国人の女性従業員が言った。そして、カードだけ返してきたのだ。俺の一万円はどうした、とは訊かなかった。なんとなく、仕組みがわかってきたのだ。

つまり、カードの中にはある一定額が蓄えられる。その蓄えが尽きたら、ピピピピッと鳴るのだ。やはり、便利といえば便利である。コンビニはどこにでもあるので、私は行く先々でチャージをした。三回目に、やはりピピピピッで、私はパニックを起こしそうになった。いっぱい入ってますよ。女性従業員に言われた。なるほど、上限があるのか。

それ以来、私はパニックを起こしてはいない。しかし、なんという浮世離れの仕方であろうか。中国を舞台にした歴史小説などを長く書いてきたので、周囲の現実を見る眼を完全に失っている。それを取り戻したからといって、小説の世界が変るわけではないが、人として恥ずかしいな。

そういえば、私がパスモを持っているのをちらりと見た人が、えっ、電車に乗るのですか、と真顔で訊いてきた。パスモというのはタクシー用なのだと、私は丁寧に説明したが、もともと電車のためにあるカードなのだという。これも、恥ずかしい。私が電車に乗らなくなったのは、どかどかと乗ってきた六、七人の高校生が、あのオヤジ、北方謙三の真似してねえか、と私に聞えるように言った。本物だと教えてやろうと睨むと、あっ、真似した真似した、と受けに受けてしまったのである。

そういうもの、トラウマになることが、君には想像つくだろう。真似しているというのが、最初から意表を衝く展開だったので、その後の反撃もできず、傷ついた私だけが残ってしまったのだ。

電車ぐらい乗れる、と私は思っていた。海の基地にいる時、都心に行かなければならない用事があり、車を回しますと言われたが、電車で行く、と私は答えていた。海の基地から駅までは、ボースンの車で送って貰った。あとは、切符を買って乗るだけである。窓口などなく、当然自動券売機で、眼をあげると路線図のようなものがあったので、目的地までの金額を券売機に入れ、パネルの数字で額をタップした。何度やっても、千円札が戻ってくるではないか。

まず、切符を買うを押すんです。後ろからそういう声がした。買えないに違いないと思ったボースンが、車を放り出して見にきたのである。これも、恥ずかしい話だ。

仕事はきちんとしている。それが浮世離れの免罪符になるのだろうか。人に迷惑をかけなければいい、と思い直してみるが、私はいろいろなところで、迷惑をかけているのに気づいていないだけかもしれないのだ。

私がおかしな時、君だけは耳もとで囁くのだぞ。それが友だちというものだ。

鬼だったことがないわけでもないが

円錐状に丸めた新聞紙に、砕いた氷を入れ、それに砂糖黍《さとうきび》の搾り汁を垂らして食う。

キューバの田舎で見た、かの地のかき氷である。暑い時季だったのでうまそうに感じたが、砂糖黍はともかく、氷にはやられてしまいそうだから、見ないようにしていた。

温いミネラルウォーターに、塩をひとつまみ入れて飲む。ほとんど塩の味はしないし、脱水症状の予防にもなる。脱水症状なのだから、ただ水だけ飲んでいればよいではないかと言われると、答に窮してしまうが、私はそう信じているのである。微妙に塩が混じっていた方が、躰によく吸収される、のではないだろうか。

熱帯などを旅行中に、水に当たってウイルスにやられると、抗生物質は飲まず、ひたすら水を飲む。飲んだら、下から出すということを、三、四時間、くり返す。それで、ウイルスは流れてしまうのである。しかし、水だけだとほんとうに脱水症状を起こすので、塩をひとつまみ入れるのである。これは私の旅の知恵で、自分も、そして同行者も、しばしばそれで助けた。私は経験がないが、水だけ飲んで、同行者が脱水症状を起こしたのである。塩を入れるのは正解だ、と友人の医師も言った。

キューバでは、丸一日、カメラマンと無蓋の舟に乗っていたのである。頭から被《かぶ》った白いタオルに、のべつ海水をかけている。海水は飲むには塩が強すぎるので、やはり温いミネラルウォーターに塩をひとつまみだ。

その時、名もない島へ寄った。船頭が気を利かして、その島に着け、昼食にしたのである。純白に近いほど砂が白く、私とカメラマンは期せずして、ブリーフ一枚になり泳ぎはじめた。海底の砂も、実にきれいであった。島はちょっとした盛りあがりで、灌木が生えていたので、満ち潮でも水の下になるということはないのだろう。

船頭の青年は、自分がやるべきことを黙々とやっていて、こんなところで焚火かよと思ったが、島の灌木を燃やしていただけだった。それにアルミの鍋をかけ、煮てある豆を温めた。指のさきほどの肉片がいくつか入っている煮豆とパン、水が昼食だったが、それは結構うまく感じられるものだった。

帰りは釣れるかもしれない、と私は思った。うまい昼食を食ったりすると、運は回ってくる。私たちはここまで、トローリングをしてきたのである。釣れるわけがない、と思っていた。貸してくれた道具が、あまりに粗末だったのだ。それでもカメラマンも釣れる予感がしたらしく、舟に戻ると、カメラを出しレンズを選んだ。そしてほんとうに、大型のバラクーダが二本、釣れたのである。船頭にそれをやると言うと、破顔し、握手した手を何度も振った。

釣りは、腕や海域の選択は半分で、残りの半分はめぐり合わせという運なのである。そうとしか思えない。だから、私はそれを大事にする。君も、そうやって大事にしているものが、なにかあるだろう。

同じカリブ海だが場所は違って、マルティニークという島から、雑誌に頼まれて船を出したことがある。釣り用のクルーザーではなく、旧式の漁船で、船首と艫が高かった。

若い編集君が逸って乗るというので、吐くなよ、とだけ私は言った。船の持主でもある白髭と呼ばれる船長は、船と船着場の小屋で、半々の暮らしをしていて、異常なぐらい船をきれいにしていた。白髭は白人だったが、小屋には浅黒い女の子がひとりいて、ここに住んでいるのだと言った。うむ、歳の差三十に思えたな、くそっ。

私は、小物用のタックルで、ボニートと呼ばれる鰹を二本上げ、大物用でカジキをあっさり上げた。二百キロに近かったが、ロープのようなラインだったので、大して手間はかからなかった。編集君は、はしゃいで写真を撮りまくり、私はそれで終ったと思い、後部《アフト》甲板《デッキ》で、ビールを飲みはじめた。十二、三歳の少年がクルーとして乗っていて、カジキについていた小判鮫の小判の部分だけをナイフで切り離し、陽に干していた。なににするのだと問いかけても、笑ってうつむくだけの、シャイな少年だった。白髭が出てきて、鰹をどうしようか、と訊いてきた。サム・クック、サム・レア。白髭は頷いた。

その時のめしが、うまかった。鍋でだが、正しく炊いた白飯だった。

鰹をバターでソテーしたものが、おかずだったのである。刺身の方は、少年が作った。

食い終って、私は編集君に、やってみるか、と言った。彼は酔いもせず、ほんとうに嬉しそうに笑った。来るかもしれないと私は思い、大物用の擬似餌《ルアー》を流した。そしてほどなく、来たのである。竿を持って、完全にフックさせるところまで私がやり、編集君に竿を渡した。どんなふうに巻くかも教えたが、さっき見ていたのでわかります、と彼は言った。

しばらく、巻きながらやり取りをしていた。私はどんなやつがテイルウォークをするのか、船尾に腹這いになって見ていた。先生、タマガワが、タマガワが。彼が叫ぶ。頑張れ。私は、海を見たまま言う。テイルウォーク。大きくはないが、カジキだった。タマガワ、タマガワ、彼が叫ぶ。うるせえっ、ここはカリブ海だ。多摩川がどうしたってんだ、早く巻け。タマガワが、タマガワが。海に叩きこむぞ。私はふり返った。ラインが竿先をぐっと曲げている。なんの異常もない。彼は空を仰ぎ、タマガワが、と言っている。最早叫びではなく、呟きで、根性のないやつだ、と私は思った。しかし、脂汗がひどすぎた。竿をずっと見ると、なんと竿尻がホルスターから抜け、股間に食いこんでいるではないか。

痛いに違いない、と私は思い、次の瞬間には、全身で肩入れをして持ちあげ、竿尻をホルスターに戻した。白眼を剥きそうだった彼は、三回深呼吸をし、巻きはじめた。六、七十キロの小型のカジキであった。

彼がタマガワと言ったのは、玉が、だったのである。しかし睾丸にそううまく命中するわけもなく、ふぐりを挟んでいたのだ。玉皮が。彼は正しい叫びをしていたのだが、見せろ、写真を撮ると言った私に、鬼と言った。

若いから許される日々だったのだ

海の基地で、なんとなく映画を観ていた。

なんとなく、ということを時々やる。昔と違って残された時間は少なく、つまらない映画を観たら時間の無駄だ。そんな無駄はしたくないから、いい映画を薦めてくれ、と十年ほど前に本気で言ったら、かなりの情報が周囲から入ってくるようになった。それに従っていると、七割はほぼ間違いない。これは大変な確率である。十本観て、一本面白いものが見つけられればいいという観方をしてきたので、私の意識の中では、傑作の洪水なのである。

時々、面白くない映画も観てしまおうかと考えるのは、贅沢にすぎる話なのか。私は、『アトミック・ブロンド』を観ていた。これはシャーリーズ・セロンの主演だから、まぁ、つまらないはずはない。ぼろぼろになって闘うシャーリーズ・セロンも悪くないか。スクリーンを眺めながら、私はそう思った。アクション物だが、彼女を観せようとして、どこか脚本が甘いと感じた。それに彼女も歳を取って、みずみずしさがなくなっている。いかん、女優さんの歳を言うのは、反則かな。

私は、ジョン・アーヴィングという作家がちょっと好きだが、『サイダーハウス・ルール』という作品があり、映画化された。それには若いシャーリーズ・セロンが出ている。あれは悪くない映画だったが、具体的な記憶としては、黒人父娘の近親相姦が強烈に残っている。『マッドマックス　怒りのデス・ロード』は、映画そのものも悪くなかったな。彼女が恰好いいアクションを見せてくれる『ミニミニ大作戦』は出演者も映画もよかった。

私は、スクリーンの彼女を眺めながら、そんなことを思い出した。それから、『告発のとき』という作品が思い浮かんだ。これは、前に書いたかもしれないが、また書きたくなった。派手なアクションなどあまりなく、女刑事役の彼女はシングルマザーで、乱闘になっても、鼻を蹴られるか殴られるかすると、顔を押さえてうずくまってしまう。それでも、息子を捜す父の心情に引き摺られるようにして、なにか大事な場所の周辺には到達する。

イラク戦争から帰還し行方不明になった息子を捜す父は、トミー・リー・ジョーンズである。彼女との組み合わせは、これは格別であった。

戦争の無意味さ、心に及ぶ戦争のこわさを描いて、現在の反戦映画として、私は出色だと思った。反戦映画などと気軽に言ってしまっているが、この二人がスクリーンに漂わせるものは、きわめて人間的で、深いと私は感じた。

監督がポール・ハギスで、映像が派手になりようがないのだが、戦争の現実を、戦場ではないところで描き出しているよ。こんなのも、観ようぜ。少なくとも、『アトミック・ブロンド』よりも、観た、という感じは強いと思うよ。私が観ようと言ったもので、損をしたと君は言ったことはないよな。あ、観てないから文句もないわけか。

トミー・リー・ジョーンズは、日本でも人気があって、私は嬉しい。シャーリーズ・セロンは、背が高すぎて、私の恋人にはあまり適格ではない。私は、若いころより身長が四センチ縮んだのだ。

アンナ・カリーナの訃報が届いた。

私が二十代の前半、できれば恋人になって欲しいお姉さまが、アンナ・カリーナであり、加賀まりこだった。ほかに、女優ではなく歌手で、笠井紀美子がいた。吉永小百合は、恋人になって欲しいと考えるだけでも、不謹慎であった。

アンナ・カリーナには、『小さな兵隊』という映画があり、あの時の髪型に、私はしびれた。『気狂いピエロ』は世界的な名作と称されているが、私はアンナ・カリーナだけが好きで、ジャン＝ポール・ベルモンドは、『ライオンと呼ばれた男』だと思っている。いつＤＶＤ化されるのだ、関係者たちよ。『女と男のいる舗道』の、ガーターベルト姿が思い浮かぶが、あれは私がいま思い出せるままだったのだろうか。私が好きだったあの髪は、アップにしていたような気がする。

とにかくだ、アンナ・カリーナは、『小さな兵隊』が、私にとっては素晴しかった。『メイド・イン・USA』では、バストも縮んじまっていたしな。ゴダールなどという監督と数年であろうと結婚生活をしたのが、悪かったのだ。

あのころの、ヌーベルバーグというのは、巨乳を許さなかった。いいか、これは象徴的な意味で言っているのであって、別にアニタ・エクバーグがゴダールの作品に出ていても、私には文句がない。文句を言うような、観念的な映画ファンが、あのころはいたのだ。ヌーベルバーグが意味がない、と私は言っているわけではない。

それがわからなければ、映画を観る資格はない、などと言っていた、あのころの映画ファン、あるいは批評家は、いま私の前に現れても、蹴っ飛ばすな。言葉で、すべて映画を論じられると思うな。

ミケランジェロ・アントニオーニと結婚同然だったモニカ・ビッティも、はじめに映画に観念性を持ち過ぎたのだ。『赤い砂漠』を、もっと映画的にできた監督がいたはずだとほざいて、アントニオーニの崇拝者と殴り合いになり、完膚なきまでにぶちのめしてやったことがある。

ヌーベルバーグも、その意味を議論し、徹夜になり、上半身裸で酒を飲み、殴り合いをしたら絶対負けるから殴らないでくれ、と言った友人と、この間、酒を飲んでいたら、『今夜、ロマンス劇場で』を観て泣いたと言いはじめた。そうさ、それでいいのだ。泣けるから、映画なんじゃないか。触ったら、消えてしまう。あれは、なにか男と女というものを象徴して余りあったな。あの映画が、ヌーベルバーグの諸作品より、日本人に受け入れられてヒットしたと聞かされた時、この国も捨てたものではない、と私は思った。綾瀬はるかは、うむ、日本の女優さんだから、なにか言うのはやめておこう。

映画は、素晴しく、残酷だな。若き日の、リズ・テイラーが、そこにいるものな。

観ている私と君だけが、歳を取るのだ。

眠っても眠らなくても夜は来る

漢字とひらがなについて、しばしば考える。

私は日ごろから、言葉の遣い方についてつべこべ言っているが、自分が正確無比な言葉遣いをしているなどと、思ってはいない。

できもしないことである。ただ、日本語は美しいと私は思っている。その美しさを毀《こわ》すようなことを、平然とやるからつべこべ言うのだ。なにがどういうふうに美しいか、説明してみろと言われても、できないなあ。感性の問題だからである。美しいと感じるのも、毀したと感じるのも、感性である。

漢字は、ひとつひとつ意味を持っている。ひらがなは、音を表わす。表意と表音の組み合わせというのは、独特の言語のありようなのではないだろうか。私はなにか、日本語に誇りのようなものを感じるな。

しかもだ、ひらがなは表意文字の漢字を発展させ、表音文字として新しく作りあげたのである。表音と表意については、私は字義しかわからず、学問的な解析などできないが、ちょっと考えただけでも、文字の体系はまるで違うのではないだろうか。

こんな話、あまり関心がないか。いいさ、日本語をきちんと書ければ、それでいい。君は、きちんと書けるよな。いや、おまえだ。おまえ、という言葉が、いきなり頭に浮かんできて、むっとした。おまえなんだよ。まともなことを書いていて、頭にちらちらと邪念がよぎるので、なにかと思ったら、おまえ、という言葉だったといま気づいた。

みんな聞いてくれ。私は、大沢新宿鮫に、おまえと呼び捨てにされたのである。鮫だぞ。私より九つも若い小僧で、いまはともかく、昔は永久初版作家と称され、どこにでもついてくるから小判鮫とも呼ばれていた。その鮫が、あろうことか、この私にむかって、おまえ、と呼び捨てにしたのである。おのれ、新宿鮫。なんの恨みで、私をおまえなどと呼ぶ。私は、親にさえおまえと呼ばれたことはなかった、という気がする。

あったかな。

ま、どういう情況だったかを説明すると、なにかの文学賞の選考会が終了した時であった。選考委員はまだ席にいて、授賞式の時の講評を誰がやるか、という話を鮫がしていた。別に鮫がやらなくてもいいのに、出しゃばって場を仕切るのである。眼の前にいる若い作家が、用事があって出席できないのです、と言っている。来れねえのか、じゃ、おまえやれ。私の方をむいて、鮫はそう言った。

なんで、そこにいるの。鮫は言い、ちょっと顔をぶるぶるとさせた。鮫の頭の中では、そこにはもうひとりの若い作家がいたのだろうが、それは鮫の小さな脳ミソ内のことであり、私は選考会の時から動いていない。

俺は、俺は、私は天井を仰いで言う、鮫におまえと呼び捨てられる作家になったのか。何度もそう唸っていると、面倒になったのか、鮫は横をむいてしまった。そして、謝りもせず、言っちまったもんは仕方ねえだろう、という顔をしている。ふてぶてしいやつだ。

それでも、鮫および私の狭い世界では、私をおまえと呼び捨てにしたのは、歴史的な快挙かもしれない。おまえ事件は、これから永遠に語り継がれるであろう。

きちんと相手の眼を見て言葉を発する私は、大沢新宿鮫のような失敗は決してしない。

ずいぶんと昔のことになるが、ある場所に作家が五人集まっていた。場所がどこだか、なぜ集まっていたか、まったく憶えていないのだが、めしを食っていたのは確かだ。メニューを見ながら、なんとかのナマシヨウガ焼き、などと頼んだ。えっ、と仲居さんが言う。メニューに書いてあるじゃないか、これだよ。あら、生の姜《はじかみ》と書いて、ショウガと読むんですよ。はは、そうか生姜か。それにしても、はじかみなんてよく知ってるじゃないか。椒とも書いて。私は、振ったネタを回収しようとした。はじかみだあ、はじかきめ。ほんとに恥ずかしいやつだな。メニューも読めないやつには、なにも食わせるな。丸ごと生姜を、齧って貰おうじゃねえかよ。いきなり、四人が騒ぎはじめたのである。

私は、ネタの回収を中止し、応戦をはじめたが、なにしろ相手は口が四つである。私はすぐに戦線を縮小し、仲居さんに小声で次々に註文した。食いものが運ばれてくれば、こいつらも喋るまいと考えたのだが、その通りになった。その中に、鮟もいたなあ。

はじかみを知っていた仲居さんに、季節の果物で、梨を出す時はなんというのか、と訊いた。有《あり》の実でございますよ。じゃ、擂鉢はあたり鉢かい。はいそうです。嬉しくなったな。いまでは、梨を有の実と言う料理屋はほとんどない。若い料理人は、知らない場合も多いのだ。こういう、料理の文化が生んだ言葉は、伝承して貰いたいものだ。

言葉の話をしていたのだったか。鮟が出てきたので、品性がかなり下がったな。

日本人は、ほんとうに見事なものだ。漢字から平仮名を生み出した人たちのことだぞ。平仮名と漢字で書くと、またちょっと風情が出てくるではないか。

高が言葉、通じればいい。されど言葉、通じるだけでなく感じさせたい。

うるさいことばかり言うから、私は若い者に嫌われるのだろうか。本気で嫌われていると、実は思ってはいないのだが、時々、考えこんでしまうのだよ。大丈夫だよな、気にしなくても。

君は、本を読んでいて、読めない漢字にぶつかったことはないか。私はある。古典などで、しばしば経験するよ。辞書をひく。三、四度、メモ用紙などに書いてみる。昔は、二度書けば覚えた。漢字の練習帳のようなものがあり、一行全部、同じ漢字を書かなければならない。私は、どうしても二つ以上書けず、無理をして書くと、鉛筆がのたくって判読できないものになった。覚えた字を、またさらに書かなければならないことが、勉強だと言われ、それなら勉強はするまいと思った。小学五年の時、毎日宿題が出たが、毎日やっていかず立たされた。立っている方が、苦痛が少なかった。

子供のころそんなふうだったやつが、字を覚えろなどと言う。勝手なことをぬかすな、と君は思っているか。

心を支配するのは機械などではない

相変らず、機械で苦労している。

いや、苦労とは言わないか。たとえその機械が動かなくても、著しく日常生活が不便になったり、生命が脅かされたりということではないので、その機械を放置し、努力を放棄しているということか。

スマホは、グーグルをやっていると、問題が発生したので中止しますなどと出て、それ以上進めなくなる。電話をして切ろうとしたら、切るスイッチがなく、画面に様々なものが出ている。何件のアップデートが必要ですなどと案内が出て、必要ならばやらなければならないのだろうとやっていたら、おかしな画面に直面する。コマーシャルの類いかもしれず、なにか別のものかもしれない。それを切る場所をようやく見つけ、消す。それでやっと、もとの画面だ。それを毎回くり返すと、ある時、限界に達し、関係ありそうなアプリを全部消すという暴挙に出て、グーグルの窓口までどこかへ行ってしまった。もともと、私はグーグルなど遣うことは少ないのだが、映画の製作年などを調べたりする。

ドコモショップに持っていって直すしかないのだが、それなしで半年は耐えた。そういうことをくり返していると、決してアップデートはするまい、と心に誓う。インストールというボタンや、うむ言葉が出てこないが、押した方がよさそうなボタンがしばしば現れる。このままでは電池が破壊される、という警告まで出る。すべて無視をしていて、なにか問題が起きたことは一度もない。

触れたら終りだぞ、といつも自分に言い聞かせている。それで正解なのだ、と思う。

ただの携帯電話は、自虐的にガラケーなどと言うらしいが、私は気象情報を知りたい、天気図を見たいという思いがあり、スマホを遣い続けている。しかし私のスマホは、ガラケーに近いのだろう、とよく思う。スマホで買物をするとか、スマホを翳して空港などのチェックインをするとか、私には信じられない行為である。

スマホで、この状態なのだ。PCに到っては、何度も何度も頭を掻きむしることが起き、ついにはサポートセンターというところに電話をする。

なにをやったのか言えという問いに、思いつくかぎりすべてのことをやったと言うと、相手の人はちょっとため息をついたようだった。私が知りたいのはただひとつ、私が迷いはじめたところへ、ワンクリックで戻れる方法だけなのだ。しかし、そういう方法はないらしい。

こういうことは、苦手ではない人にとって、どうということもないのだろうな。私は無知な愚か者に見えるのかもしれない。この間『わたしは、ダニエル・ブレイク』という映画を観ていて、病気で仕事ができなくなった老大工が、躰が回復するまで支援を受けようとするが、手続きをすべてPCでやらなければならず、苦闘して諦めかけるという内容だった。映画そのものとしては、ちょっと極端なところもあるのだが、これまできちんと生きてきた老大工が、ほとんど人間扱いされないところなど、身につまされた。

私は、PCがフリーズして、もう数年、触れていない。PCを遣わなかったから困ったということが、少なくとも仕事に関しては、まったくない。遣わない方が、仕事はスムーズだという気がするほどだ。ここ数年、触れていないPCの、会費のようなものが、定期的に引き落とされていて、はじめは腹が立ったが、もうなにも感じなくなった。

遣わなければ、邪魔なものにすぎない。それは真理ではあるが、くやしい事態に直面することもある。海の基地の私の愛するホームシアターである。地上波のテレビも映らない海の基地に、光回線を通すのは、かなり大変であった。三カ所に電話を回され、ひとつにつき十分以上かかり、しかも同じ話で同じ質問を受ける。ようやくできるという返事が来た時、私は心底ほっとした。ところが最後に、高齢だから家族の承認が必要です、と言われたのだ。名前も年齢も伝えてはじまった話である。最初に言え。時間の無駄だから、私はすぐに電話を切ってしまった。

年齢を重ねるのは、そんなに悪いことか。私は家長である。家族の承認を私がするのならまだわかる。私が、子供たちに承認して貰うのか。私は逆上して相当のことを言ったが、会社の規定ですの一点張りであった。旧社会主義国家の、取材許可申請をしているような気分になった。名の通った大会社なのに、硬直しているな。

会社にとっては、どうでもいいことなのかもしれない。しかし、どうでもいいことから硬直し、全体に及んでしまうのだ。私のような、砂ひと粒にも満たないユーザーを、どうでもいいと思ってはいかんよ。

まあ、光回線は、私が海外に出て帰国した時には、海の基地の中を電波のようなものが飛び交うという状態になっていた。

DVDで映画を観るだけでなく、配信会社のようなところのものが観られる。これは、私にとっては新しい情報なのである。観ていない映画を、観ることができた。

フールーという、なかなかいいラインアップを持っている会社のものは、特に愛用していた。ある時、思い出した映画のタイトルを入れて検索した。するとあって、喜んで私はそれをかけようとしたが、なにかの認証に失敗しました、という表示が出てかからない。ほかの映画を観ようとしても、すべて認証の失敗で、結局フールーは観られなくなった。ラインアップを見てこれだと思っても、かけられないので、ラインアップそのものをできるだけ見ないようにしていた。たまに見ると、くそっ、前から観たかったものや、おう、というものがあり、涙をのんだのである。フールーの料金は払っているので、それには腹が立つ。と思っていたら、二カ月後に、なぜか普通に観られるようになった。なんなのだ。私が海の基地にいない間に、誰かが直してくれたのか。

君は嗤《わら》っているだけでなく、私を助けようとしなければ駄目だよ。もっとも、私は人に助けられる人生でなかったので、余計なお世話だ、と言うかもしれないな。

あれかこれかと悩むだけでいいのか

釣りの仕掛けを、天秤をつけて底を引っ張るか、浮きをつけて、浮き下の長さで勝負するか、迷っていた。ポンツーンからの釣りで、船ではない。北風で相当に荒れるという予報が出ているので、出航は中止した。しかし北側の崖を背負う海の基地は、北風を完全に遮るので、眼の前は静穏な海なのだ。

湾外の大時化を横眼に、私は浮きをつけた釣りをはじめた。餌はオキアミという小さな海老に似た甲殻類である。

浮き下、つまり中層より浅いところで勝負しようと思ったのは、ここ数年、海底に海藻がまったくない、という状態が続いていたからだ。磯焼けなどと言い、棘の長いウニだけがごろごろしている。

しかし、鰯の群などが入ってくることがあって、それを追う大型魚が、眼の前で派手に跳ることもある。つまりその大型魚は、中層より海面に近いところで、餌を追っているのである。底近くにいる魚は、いなくなっているだろうな。

ちょっと距離を投げ、ポンツーンにいる私の気配が届かないところで待ったが、浮きは動かなかった。私は持ち出した椅子で竿を抱いてうずくまった。耳にはイヤホーンで、心地のよいジャズバラードである。居眠りをしそうになった。

ちゃんとしたことぐらい考えなければならない、と私は自分に言い聞かせた。なぜ、浮きと天秤で迷ったのか。それから考えようと思った。海の状態に合わせたのか。たまには浮きを遣ってみようと思ったのか。そういうブレ加減が脈絡になっていたのかどうか、ある作家のことを思い出した。右に行き左に行き右に行き、と政治的立場をめまぐるしく変えた作家、という印象がある。日本人ではなくフランス人で、ドリュ・ラ・ロシェルという名だ。

もっとも、私がこの作家の『ジル』という長篇を読んだのは学生のころで、読み直そうと思って書庫を捜したことが一度あり、一時間かけたが見つからなかった。そんなことで思い出したところもあるのだろうが、内容が思い出せない。

ただこの作家は、民主主義も共産主義もヨーロッパを滅ぼすと考え、ナチスの協力者になったのではなかったか。

政治的なものというより、文学的にそういう傾向を持っていた、稀有な作家だと私は思い続けている。文学というものが決して向かわない方向に行くというのは、もしかすると天才的な部分を資質に持っていたのではないか。

うむ、やはり読み返しておくべきだ、という気はするな。私が学生のころは、間違いなく邦訳があったが、もう手に入らないのだろうなあ。『鬼火』というやりきれない映画も、この作家の原作であることを思い出した。本は読んでいないし、タイトルも忘れた。

しかし、さまざまなことを思い出すものだ。私はリアルタイムではないと思うが、『鬼火』という映画をどこかで観た。モーリス・ロネとジャンヌ・モローが出ていたからで、この二人を知ったのは、『死刑台のエレベーター』という秀作であった。同じ監督だ。『ジル』を読んだというのは、関係ない気がする。

ドリュ・ラ・ロシェルは多分自殺で、戦後、ナチ協力者として追及されることを恐れたから、ということまで思い出した。考えてみると、学生のころは、人が読まないような小説を、選んで読んでいたような気がする。若い気取りだったのだろうか。

君がどんな小説を読んできたのか、一度、聞きたいものだ。読書体験の話を、私はあまり人としたことがない。学生のころは、語るしかなくて、語っていたのだろうな。

平らな海面から、浮きが消えていた。どこかへ流されたのかと思った瞬間、竿に当たりが来た。それは、衝撃と言っていいほど強いもので、私は椅子から立ちあがり、やり取りをはじめた。徐々に、引き寄せる。魚体が見えた。ボラであった。ちょっとがっかりしたが、網で掬《すく》いあげた。かなりでかい。しかしボラである。冬のボラはうまいと言い、私はそれを食ったこともあるが、外海のボラであった。内湾のボラは、多分、泥臭くてまずいであろう。

食わないならリリースしよう、と思って放しかけたが、気が変った。腹がたっぷりとしている。いい卵巣がありそうだ。

ボラの卵巣からカラスミが作られるのであるから、私も作ってみようと考えたのだ。

まず、殺《し》めた。それから腹を裂き、卵巣を出そうとした。八割ほどは、出てきた。最後のところで、魚体にしっかりついているような感じがある。引っ張ってみるが、取れそうもない。私は、丁寧に注意深く、庖丁の先を入れた。切り取った。そう思った時、中身が流れ出してきて、カラスミは幻となった。

卵巣は端が肛門のあたりにくっついているので、外から肛門を抉るように切ってしまうのだ、と教えてくれた人がいる。手遅れだな。無駄な殺生であった。

料理屋では、自家製カラスミにするために、よく卵巣を干しているのを見かける。干す前に塩漬にし、塩漬にする前に、血管などの掃除を丁寧に行わなければならない。手間を聞くと面倒で、私には無理だったかもしれない。

干してあるやつを、ひとつかふたつ失敬するのが早道だが、私がほんとうにやりそうだと思うらしく、干された板は常に店主の背中のむこうにある。

ボラの卵巣だけを買ってきて、塩漬にし、天日干しをし、二つ打ち合わせると、カンカンと音がするほどに硬くすると、それから酒につけこむ。その酒を、グラッパなどにできるのは、自家製ゆえである。コニャックでもいいし、ワインでもいいかもしれない。料理屋で出すのは、多分、日本酒か焼酎につけているだろう。だから独特の味になるはずだ。それを分厚く切って、夜中にひとりで食らうのである。

想像していると、ほんとうにやりたくなってくる。私はかつて、烏賊《いか》の内臓を干してカラスミのようにしようと目論んで、大失敗したことがある。だからカラスミにはちょっとしたトラウマがあり、絶対成功させたい。

嗤ったから、君には食わせてあげない。

どこにでも毒はあるとしてもだ

幼いころ、トラフグをよく食った。

　村の大人たちは、秋からアラ漁をしていて、アラが深場に入ってしまうと、なんとなくトラフグを獲ってきたりする。アラは高級魚で売り物だが、トラフグは鯛が釣れないのでその代りという感じを私は持っていた。アラは秋口から漁期に入り、大相撲の九州場所の間は、たにまちが部屋へ差し入れるために買い占めるという話があり、漁にもことのほか力が入っていたような気がする。いや、これは最近の話だったかな。

　とにかく、私は小学校低学年のころ、トラフグをよく食った。

　大人が釣ってくると、井戸を漕がされるのである。フグ一匹に水一斗などと言われていて、ひたすら井戸を漕がされ、四匹のトラフグだと、四斗の水を漕がされることになる。いまは玄界灘のトラフグは貴重品扱いをされているが、昭和二十年代の終りごろ、トラフグの姿を見ると、また井戸を漕がされると、私はうんざりしたものだった。フグは毒があり、内臓を捨てるのは勿論、身についている血なども、井戸の流水できれいに洗い落とすのだ。

　毒といえば、海には毒を持つ魚がいろいろといる。よく釣りあげたりするのが、ハオコゼやゴンズイで、しかし身に毒があるわけではなく、口のあたりの棘や背鰭《せびれ》に毒があり、それを鋏などで落としてしまうと、あとは結構うまいのだ。オニカサゴなども、鮮やかに拡がった背鰭を切り落として、持ち帰る。ウツボや大南海蛇なども、毒がありそうに見えるが、こっちは獰猛で危険なのである。

　ハブの百倍近い毒を持っている、エラブ海蛇などは、普通に泳いでいるものを、漁師が摑んで船に抛《ほう》りあげたりする。これは指が回らないほど太いが、頭は小さく口はおちょぼ口で毒腺は奥歯にしかなく、要するに人間には嚙みつけないのである。この蛇は、鍋にして食うと、なかなかいける。

こういう毒が思いつくだけでもいくつもあるのだが、一見毒がなさそうで、食ったら中《あた》るというやつらがいる。

鯖など、アニサキスでのたうち回ったりするが、これは寄生虫である。注意して虫を除去するので、私が提供するものではやられない。

鰤《ぶり》よりちょっと小さなワラサという魚を釣り、腹を裂いたら、うじゃうじゃと虫がいたことがある。米粒のような虫であった。鰹でも、その経験はある。読んだだけでも気持が悪いだろうが、君は実際見たら、叫び声をあげるだろうな。

しかし、ごく普通の魚体で、刺身や煮つけで食べる魚に、毒があったりするのである。磯で、石鯛などを狙って、外道でアオブダイを釣ったことが何度かある。私は食わなかったが、料理をする人も少なくない。中毒することがあり、死亡例もある。パリトキシンなどと呼ばれる毒である。熱に対して安定で、煮ても焼いても、毒を持っていれば駄目である。個体によって、持っているものといないものがいるので、厄介なのだ。食物連鎖の中で、そういうことが起きるらしい。

私がよく食らうハコフグも、食物連鎖の中でパリトキシンのような毒を持つことがあるらしく、それをこの間、知った。死亡例もあるのだ。

ハコフグは好奇心の強い魚で、小さな鰭で泳ぐ姿に愛嬌があり、海の基地の前で泳いでいるやつを捕まえ、何度か食ってしまった。

九州を旅行している時に出されたことがあり、私の料理法とほぼ同じであった。そして、うまいのである。ハコフグの躰は、鱗が変化したものだと思うが、骨板という鎧のようなもので覆われている。ぬめりが出るのでタワシでゴシゴシとやり、裂きやすい腹の方から開き、逆様にして火に載せるのだ。はらわたなどを取ったあとには味噌を入れ、箸で突っつきながら食らい、酒を飲む。

海の基地の前には何匹か泳いでいて、大きくなったら食らおうと思っていたが、毒がある可能性を否定できないのなら、食らうのはかなりの冒険である。でも、スリルが味をいっそうよくしたりもするのだよな。君も、一緒に食ってみるか。

死亡例がないらしい毒にやられたことは、何度もある。シガテラ毒というものだ。これも食物連鎖の中でほぼ最上位の魚が蓄積するらしい。しかも、うまい魚が多いのだ。鰤などにいたこともあるというから、大量に食わなければ大丈夫なのかもしれない。

私が中ったのは、ナポレオンフィッシュである。あんなものを食べたのか、とみんな蔑みの視線を私にむけるが、大変に美味な魚である。本州では釣れないらしいので、食する習慣がないのだ。沖縄や先島諸島では釣れる。台湾でも釣れる。そして、大変な高級品でもある。

身は白く、脂があって、しかしどこか淡白で、その姿からは想像できないほど上品である。シガテラ毒もやはり熱に対して安定で、鍋もことのほかうまいのだが、毒があれば消えない。

中ると、しばらくして口がしびれる。顎のあたりが、動かないような感じになる。それから、筋肉痛のようなものが出てくる。はじめはなんだかわからなかったが、いまは、あっやられちまった、と思う。寝ているしかない。ちょっと階段などを昇ろうとすると、腿の筋肉に乳酸が溜ったような感じがし、動かしにくくなる。なんだなんだと思い、階段を昇りきったらマッサージでもしようと思ったら、症状が消えている。そんなことが、何度も起きる。

きわめつきは、冷たいものに触れた時、それよりもっと冷たいものに触れたというショックのようなものがあることだ。

ドライアイス・センセーションとかいうもので、冷たい水が入ったグラスに触れると、ドライアイスに触れたような衝撃がある。

沖縄の離島などで、東京から来た若い医師に見せるとわからず、年季の入った看護師さんが教えてくれるらしい。

中って寝ているやつに、ナポレオン鍋をやるぞなどと言うと、のこのこ出てくるので、人間というのは浅ましい。いいか、君も私と一緒に、シガテラの冒険をしようぜ。

きのうも会ったと思える人がいる

停まれ、と言われた。

名前も呼ばれた。背中は撃ちにくいものなんだ。ふり返った瞬間に、額に風穴が空く。そんなことを言われそうで、私はじっと立っていた。聞き覚えのある、低音《バス》である。よし、もういい、こっちをむけ。ふり返っても、バン、とは言われなかった。

立っていたのは、宍戸錠さんである。最近では稀になっていたが、時々会って、酒を飲んだ。昔の映画界の話から、小説の話、酒の話、と話題が尽きなかった。

知り合ったのは、どんなきっかけか忘れたが、三十五年以上前の話だ。気がつくと、深夜、横浜にむかう車の中にいたりする。付人さんが運転する黒塗りのキャデラックで、フロントグラス以外はスモークが入っていた。時々宍戸さんは、躰を前に乗り出して言うのである。あれだ、あれを殺せ。第三京浜の、三車線の中央車線を走っている車を、指さす。すると付人さんは、追い越し車線で、追い越さずに並ぶのである。不穏な車に並ばれると、誰もが退がる。よし、あれは死んだ。次だ。

勘弁してくださいよ、と私は言う。宍戸さんは舌打ちをし、こいつがビビっているから、追い抜くだけだと呟き、シートにどんと背中を叩きつける。

横浜に着くと、ここだと言い、屋台のような店に入り、いつものだ、と指を立てる。そこで焼ソバを食い、行くぞ、で飲みに歩くのかと思うと、また東京に戻り、赤坂あたりの酒場に行くのである。

何軒目だろうと私はぼんやりと考えながら、それでも飲んでしまう。決して、すべてを宍戸さんに奢って貰ったわけではない。ここはおまえが払えと言われることもしばしばで、全体で六、四ぐらいの割合で、宍戸さんは奢ってくれた。その塩梅が絶妙で、もしかするとすごく相手に気を遣う人なのかもしれない、と思ったものだ。

昼間に会っても、内ポケットからスキットルボトルを出し、蓋に注いでくいっと飲《や》ると、おい、俺がなぜ生き残っているかわかるか、と私に問いかけるのである。それは才能があって、大スターだったし。うるせえ、飲め、とスキットルを押しつけられる。仕方なく一杯飲むと、それを取り返して、宍戸さんはまた一杯飲む。

俺はな、先輩はあまりいないが、後輩は結構いた。そう言って、日本の代表的なスターの名前を次々に挙げるのである。みんな後輩だが、みんな俺を追い抜いていった。俺は、それを全部認めた。だから、生き残っていられるんだ。だけどな、ただ認めたわけじゃねえぞ。代償がこれさ。スキットルから、またウイスキーを飲むのである。

おまえの本はな、読んでやるから全部送れ、と言われた。私は、新刊が出るたびに送った。

ある時、電話があり、馬鹿野郎、送り過ぎだろう、と怒鳴られた。全部送れと言ったの、宍戸さんじゃないですか。数が多過ぎるんだよ、馬鹿、読む方のことも考えろ。どうせ読んではくれないだろう、と思って送っていた自分を、私は束の間、恥じた。読んでいたらしいのだ。

酒を飲みながら、私が本の感想などを訊くと、ちょっと面白い視点で感想を述べてくれた。本を読む感性には、独特のものがあったと思う。文句を言われても、私は新刊を送り続けた。いやあ、来るわ来るわ、あんなこと言うんじゃなかったな、と宍戸さんはよそで述懐していたという。

私のものを原作にした映画にも出演していて、二人だけの打ちあげというのをやったこともある。出演者ひとりひとりに論評を加えるのが、面白かった。悪口のようでいて、決して悪口ではないのだ。

私が、形式的に関係していた映画祭に、宍戸さんが来ていたことがある。二日目だったか、夕方、ホテルのロビーに降りていくと、宍戸さんがひとりで立っていた。どうしたんですか。誰もいねえんだよ。映画祭スタッフのジャンパー姿は、ホテルのロビーには見えない。めし、食わないんですか。食うに決まってるだろう。どこへ行きゃいいんだ。

大スターのアテンドに、大きな遺漏があることに私は気づいた。俺に、任せてください。私とて、行くあてがあるわけではない。スタッフのリーダーに電話したが通じず、編集者の数も多い映画祭だったので、片っ端から電話をしても、ひとりも出なかった。

仕方なく、私は駅前にある有名焼肉屋に宍戸さんを連れていった。とにかく、肉を食いましょうぜ。骨付カルビなどを頼んで焼いても、宍戸さんは口をつけない。おまえ、俺がこの骨に食らいついたら、どうなると思う。入歯が全部くっついて出てくるぞ。また機嫌が悪くなってくる。

おまえのようなやつにこんなことをやらせて、この映画祭はどうなっているんだ。私はへどもどし、緊急手段で、この街にあるクラブの、知り合いのママに電話をした。お客さんと同伴中だったが、拝み倒して来て貰った。すると宍戸さんの機嫌は直り、肉を食い、小雨だったので、ママの蛇の目の相々傘でクラブへ行った。背中に、風格というか存在感があったな。着物を着たママの後姿も、ひき立てられていい女に見えた。後姿というのは不思議なものだ。

店でも、宍戸さんは上機嫌で飲んでいるように見えたが、あっ、宍戸錠だ、と通りかかった客が言って、宍戸さんは立ちあがり、呼び捨てにしたな、殺すぞ。俺はな、エースのジョーなんだ。言われた客は青くなって、謝ろうとした。謝らせず、宍戸さんは肩を抱いて座らせ、昔はな、こんな科白を毎日練習したもんだと言い、冗談を並べて客を笑わせ、握手して解放した。

あの時、宍戸さんが、ほんとうに怒ったのかどうか、よくわからない。もともと機嫌が悪かったので、一瞬だけ本気で怒ってしまい、それから事を収束するために、相手が笑うまでサービスをした、というふうにも私には見えた。やがていろいろなところで映画を観終えた編集者がやってきて、そいつらに私が不機嫌になる番だった。

宍戸さんが、亡くなった。何年会っていなかったのだろう、と私は思った。きのう会ったような気がする。そんな付き合いもあるんだぞ、君。

（第Ⅲ巻・了）

［特典小説］

ラストショット

1

静かにしろ、という声がし、私は手を止めてそちらに顔をむけたが、誰かがいるわけではないことはわかっていた。このところ、カンバスにむかって三時間ほど経つと、その声が聴え、私の集中力は霧消するのだった。

パレットナイフの絵具を布で拭《ふ》き取り、それ以上の片付けはやらず、リビングの椅子に腰を降ろして、煙草《たばこ》に火をつけた。

陽は、傾きかけていた。そうなると、私のアトリエには後方から強い光が入ることになり、カンバスに置いた色が、不思議に褪《あ》せて感じられる。色はかりそめのものだと思っているところがあり、褪せて見えるのが私は嫌いではなかったが、そんなことを言うほど、これまでいい絵も描いてこなかった。

私は指さきの絵具を油で落とし、シャワーを遣《つか》って、シャツとジャケットを着こんだ。

窓際に立ち、絵を眺める。リビングと部屋をぶち抜きにしてあるので、かなり距離は取れ、近づいたり遠ざかったりしながら、カンバスからはみ出そうとするものを、なんとか摑《つか》もうとしてみる。私が描こうとしているものが、カンバスから飛び出し、勝手に存在感を持つことを望んでも、いつも行儀よく収まっているのを見るだけだった。

明りをつけ、カーテンを引いた。人工の光の中で、絵はまた色を取り戻している。

アトリエには、シングルベッドがひとつと、小さなテーブルと椅子があるだけで、あとは画材の入った箱などが積みあげられている。台所では一応料理ができ、バスルームの脇には洗濯機もある。

部屋を出てエレベーターに乗り、駐輪場へ行くと、ロックを解除した。『メリサ』まで、十分程度のもので、アルバイトを雇ったから、六時五分前までに到着すればいい。アルバイトを雇ってひと月ほどだが、その前は朝の十時に行かなければならなかった。

途中で弁当を買い、六時十分前には『メリサ』に入った。五つの台はすべて埋まっていて、ロックのBGMを、球のぶつかる冴《さ》えた音が引き裂き続けている。ロックは、アルバイトの女性の好みで、私が入ってからはジャズに変えたりする。ロックでは、ストロークのタイミングがとれず、慌てた撞《つ》き方になりそうだったが、いまのところ文句は出ていない。

私は、カーテンのかげで、弁当を食いはじめ、アルバイトにはもう帰っていい、と合図した。主婦だから、これから夕食を作って、帰宅する家族を迎えるらしい。

弁当を食い、ペットボトルの茶を飲んでから、私は五台を離れたところから見て回った。ビリヤード台で、一番傷《いた》みやすいのは、羅紗《らしゃ》である。マッセーという、キューを立てて撞く技があり、先端のタップで突き破ってしまうのだ。羅紗の張り替えにはかなり金がかかり、破った者に負担して貰うと、何ヵ所にも張り出してあった。ここをはじめて四年だが、二度破られたことがあり、揉《も》めることもなく新しいものに張り替えた。

三番の客が二人、一息入れるためにカウンターに来て、コーヒーを註文した。大型冷蔵庫があり、ソフトドリンクも出せるが、酒は出さない。煙草は、カウンターでだけ喫《す》えるようにしてある。

予約表に、知らない名前があった。七時からだから、通常の客だが、時々、臭いのようなものを感じ、それはよく当たるのだ。貸切の申しこみには、一瞬、緊張するが、初心者も交えた大会だったりして、不穏なことは実は少ない。

五時から撞いていた客が二組、早目に帰っていった。そして七時からの予約の客が、二組現われた。残りの三台は、九時までということになっている。

蓮見《はすみ》という名で予約した若い二人は、八時までとなっているので、一時間だけ撞くことになる。ビリヤードが好きでないことは、それでわかる。好きどころではないのだ。一時間で、すべてを凝集《ぎょうしゅう》させるつもりだろう。

「五番へ」

私が言うと、音楽を変えられないか、と訊《き》いてきた。私は頷《うなず》き、デルタブルースの、ノイズの多いレコードをかけた。ロックでなければ、なんでもいいのだろう、と思ったのだ。

私のところから一番見えやすい台で、二人はゲームの準備をはじめた。エイトボールだ。遣いこんだキューを出し、タップにチョークを擦《こす》りつけ続けている。ブレイク・ショットがどちらかは決まっていたようで、赤いセーターの方が構えた。もうひとりは口髭《くちひげ》を生《は》やしているが、二人ともまだ三十歳にはなっていないように見える。

電話が入り、私は予約表を手にした。十時から三台の予約で、断るしかなかった。予約表の空欄は少なく、当日の夜は、無理と言うしかなかった。

電話を切ると、五番ではすでにゲームがはじまっていた。相手がどのボールを落とすか、指定している気配で、盤面に十数個のボールがあると、当然、一番難しいボールを指されることになり、手球を二度クッションさせたりしている。こんなやり方では、長い勝負になるだろう。

私は、スケッチブックに、木炭を走らせた。この四年の習慣で、記憶の中のなにかを、デッサンで残し、いつかカンバスで役立てようという、狭く小さな思いを捨てきれないでいるのだ。ひと月前まで、私は午前十時に店に出て、深夜の十二時までレジの前で座っていた。客からは見えない場所で、デッサンの修練をするしかなく、それはそれで制作には意味のあることであり、私の技術《うで》も少しだけあがったはずだ。

ここは、本来ならミニクラブとかサロンとか、女の子が席に着くような店が適当で、実際、そういう店が入っては潰れることをくり返していたのだ。家賃が法外なわけでなく、人件費の負担に耐えられなかったのだろう、と私は思っていた。

私は、廃業する宇都宮《うつのみや》のビリヤード場から台を格安で譲って貰い、羅紗だけを新しいものに張り替え、台そのものの手入れは家具職人に頼んだ。盤面が完全に水平になるような調整は、教えられて自分でやった。

台がきちんとしていて、予約の空欄がほとんどなければ、小さいが確実な利潤が毎日出る、ということになる。私は、自分のアトリエ兼住居を維持すると同時に、八時間のアルバイトを雇う余裕までできて、半日は画家気分で過す日々を獲得したのだ。

ビリヤード屋の資金は、死んだ親父の家を売ったものの一部だった。晩年は親父はひとりだったが、私が同居することは望まず、蓄《たくわ》えと年金で、それなりに愉《たの》しみながら生きていた。遺産となったものの半分以上は、手をつける理由もなく、ふだんは忘れていた。

五番の台の攻防は、激しいというより、切迫した感じに満ちていた。なにかを賭《か》けているが、金ではなさそうだった。

私は、スケッチブックに木炭を走らせ、赤いセーターの男の顔を描き出した。すぐ近くでキューを構えている男の表情の中に、記憶にある別の人間のものを移し替えようとする。正しいデッサンのやり方ではない。デッサンに倦《う》んでそういうやり方をしているのでもなく、私は自分の心を、男の顔を通して描き出せないかと、さまざまな人間の表情を借りているのだった。

誰を、どんなふうに描いても、結局それは自分を描いているのだ、と考えるようになったのは、ニューオリンズやニューヨークで、ただ食うためにグラフィックデザインをやり、これは絵とは違うものだという思いを嚙《か》みしめながら、帰国したころだった。

私は、グラフィックデザイナーとしても、絵描きとしても、中途半端なままで、技術だけはいくらかあるという、画学生崩れのようなものだった。

五番の二人は、そこそこうまいという程度の腕だったが、自信だけはあるのだろう。難しすぎるルールでやっているので、盤上のボールは減らないが、時々、切れのいい撞き方をしている。しかし、結局、三十分でひとつも入らなかった。

二人は、なにか言葉を交わし、三角の枠にボールを収めはじめた。やめるのではなく、もう一度、やり直すようだ。

口髭が、ブレイクの態勢をとった。冴えた音がして、十五個のボールが緑の羅紗の上に散った。赤いセーターが二つ落としたが、三つ目はサイドポケットの縁に撥《は》ねられた。

口髭が、ストロークに入り、四つ落とした。この調子なら、残りの三十分で、三ゲームやるだろう。二つ取った方が勝ちで、どちらかが連取するかもしれない。

私のスケッチブックの中では、赤いセーターの男ができあがりつつあった。なにを見ているかわからないような眼だが、見つめている。なにを、見つめているのか。

私は不意に、苦々しい気分に襲われ、しかしスケッチブックは収《しま》わず、一枚めくって赤いセーターの男を消した。白い紙を見ても、私の手は動かなかった。私は木炭を箱に戻し、煙草に火をつけて、五番の盤面に眼をやった。

私が、デッサンに木炭を遣うのは、画家らしくやりたいと考えているからで、ほんとうは細い線さえ引ければ、どんなものを遣おうと同じはずだった。鉛筆でもボールペンでも構わないが、私は木炭にこだわり続け、そうしている自分を自嘲《じちょう》の眼で眺めたりもしている。

「右サイド」

赤いセーターが、ちょっと上ずった声で言うのが聞えた。もともとのエイトボールのルールに戻っていて、赤いセーターは、右サイドポケットに黒いボールを放りこめば、このゲームを取ることになる。声の上ずりは、賭けているものの大きさを私に感じさせたが、同時に未熟さも伝えてきた。ワンゲームに十万、二十万を賭けている者は、低く落ち着いた声で言うだけで、声を上ずらせたりはしない。プロでなくても、金を賭けていれば、そういうものだ。二人が賭けているのは、金ではなく、もっとずっと貴重か、人生には無駄ななにかなのかもしれない。

赤いセーターは、右サイドポケットで勝負を決め、二ゲーム目に入った。

台がひとつ空いたので、私はビリヤード場の親父の仕事にとりかかった。羅紗の上を、刷毛《はけ》できれいにし、台の縁を乾いた布で拭き、ついでに壁のスタンドに並べて立ててある貸しキューを、しごくようにして磨いた。先端のタップは、傷んだら交換する。いつまでも傷まなくて、平らになってしまったものもある。

電話が鳴った。十時からの予約が二台入った。飲んで撞こうという客も少なくないが、ビリヤードはスポーツとも言えて、途中で息をあげたりする。

五番の勝負が、終りかけていた。三ゲーム目である。赤いセーターは、残している球がひとつだけで、口髭の方は三つだった。二つ落としたが、三つ目はコーナーに弾《はじ》かれた。赤いセーター。慎重に撞き、サイドに落とした。八番の球。右のサイドを指定した。斜めの球筋になり、入るかどうか微妙なところだった。はずした。

口髭は無表情にキューを構え、残っていた自分の球を落とし、そのまま八番ボールにむかうと、低い声でコーナーを指定し、ためらいも見せず撞いた。それで、終った。

私は、レジカウンターのそばにある椅子に腰を降ろし、煙草に火をつけた。八時までまだ四分ほどあるが、口髭はキューを二つにしてケースに収った。なにも言葉を交わさず、口髭は出て行き、赤いセーターはキューを握ったまま、うつむいて立っていた。

「時間だよ」

私は言い、五番の台の羅紗に刷毛をかけた。延長を申しこむ声が聞えたが、私は首を振り、レジカウンターに立って、次の組の二人から料金を貰った。八時からの台がもうひとつあり、そこの客もひとりは現われ、料金を払った。

赤いセーターは出ていかず、スツールが四つあるカウンターに腰を降ろし、持ったままのキューをライフルのように構えて、回しはじめる。曲がりは、普通、羅紗に置いて転がし、その動きで確かめるのだが、赤いセーターはいつまでもその仕草を続けた。

「今夜、台は取れます？」

頼まれたコーヒーを前に置くと、赤いセーターはキューを脇に立てて言い、熱さを確かめるように、カップに指の腹を当てた。いまのところ、九時から一台だけ空いていると私は答えた。

「一時間、ここで待っていてもいいかな？」

「何時まで？」

「ラスト」

蓮見さんですかと私は確認し、予約表に名前を入れた。台の予約は、半分以上は当日に入る。これから行って空いているか、という問い合わせのような電話も少なくない。

私は、終ってしまったレコードをプレイヤーからはずし、CDでポップスをかけた。ビリヤード屋にデルタブルースは似合わないが、ロックを替えてくれと言ったのは蓮見で、それもロックが嫌いというわけではなく、ただ験《げん》を担いだだけだろうと判断してそうしたのだ。

勝負の場になることが、時々ある。信じられないことで験を担ぐ客も、いないわけではなかった。羅紗を自分で掃除させてくれ。球を、アルコールで拭いてくれ。台の上のライトの光量を、自分がストロークをする時だけ、最低に落としてくれ。

大抵の場合、私は言われた通りにする。勝負をするのは、私ではなく、そういう要求を出した人間だからだ。

九時になると、蓮見は空いた台のところへ行った。羅紗の上でキューを転がし、何度も曲がりを確かめている。バランスも含めて、キューになんの問題もない、と私は見ていた。なにかあるとしたら、蓮見という男の内面だけで、私はそれにほとんど関心はなく、赤いセーターが視界の中で動くのを、ただ店の状態として、認識しているだけだった。

十時ちょっと前に、澤亮太郎《さわりょうたろう》が現われ、カウンターのスツールに腰を降ろすと、飲もうぜ、といきなり言った。台の状態を見て、練習できるのは十一時過ぎだと、勝手に判断したらしい。

私が店で酒を出さないことを知っていても、平然とそういうことを言い、ビルの一階にあるバーで、台が空くのを待っていたりする。口から出る言葉と、やることが不一致で、その隙間でものを書いている、そこそこに名の知れた小説家だった。

下のバーに行く気配は見せず、澤は蓮見の台の方に眼をむけ、コーヒーを啜《すす》っていた。

2

私は、三番の台を見ていた。

十二時を回って客は帰り、澤も三時間分の料金を払って出ていった。

「もう、閉店なんだがね」

「ビリヤード場は、朝までやってるもんだろう。そういうところが多い。あと二、三時間、撞かせてくれないか?」

「うちは、十二時までなんだよ」

「あんた、急いでいるようには見えない。客が、頼んでいるんだぜ」

蓮見が、握ったキューを盤上に立て、タップを羅紗に押しつけるようにした。

「羅紗から、キューを離せ」

「ふん」

キューに力をこめそうな気配を感じたので、私は二歩前に出た。学生のころは、空手とビリヤードばかりやっていた。人に見られないようにして絵も描いていたが、いま思うと稚拙な絵で、デッサン力が決定的に不足していた。

「キューを収え」

私の気配を感じたのか、蓮見は大人しくキューのジョイントをはずし、ケースに入れた。

「あの男とグルで、俺をカモったのかよ」

「ふうん、握ったのか。そして、負けた」

「むきになって、撞きまくってたんだ、ひとりで。そりゃ、カモに見えただろう」

十時前にやってきた澤は、三十分ほど三番に眼をやっていたが、やがて台のそばに行き、ひと勝負しないか、と持ちかけた。そこまでは、私は見ていた。

賭けたかどうかは、店では関知しない。あくまで客同士のことで、トラブルにも当然介入せず、店内でなにかあれば、すぐに警察を呼ぶ。もっともそういうことは一度しかなく、それも手球を動かした動かさないの、ほんとうなら口喧嘩《くちげんか》で済む程度のことだった。警察を呼んだのは、キューで殴り合ったからだ。

「最初から、握ったのか？」

「いや、二ゲームやってからさ。一勝一敗で、腕は同じぐらいだろうと思った。残りの五ゲームは、一度も勝てなかったさ。勝てそうで、勝てなかった」

「五番でやっている時も、そうだったな。ほとんど勝っていながら、負けた。それで、いくら握ったんだ？」

「五万」

「ま、自業自得だ。払うんだね。うまくやりゃ、一、二万で済んだし、儲《もう》けたかもしれないんだからな」

「一ゲーム、五万だよ。うまく、つけこみやがった。メモに、二十五万借用と書かされ、運転免許証を持っていかれたよ。払わなかったら、それなりのやつが取立に来るそうだ」

受けた方が悪いと言えるが、一ゲーム五万というのは、澤にしては異常で、なにか別の考えがあってやったのではないか、と私は考えた。財布の分厚い友人同士でも、澤の賭けは飲み屋の勘定程度だったはずだ。

三人の友人関係だったが、三人揃って撞いたことは一度ぐらいしかなく、それぞれ二人の組み合わせで、二時間ほど撞くのが普通だったのだ。ひとりだけは、ワンゲーム五万を賭けて、時々、腕が同じぐらいの連中とやっていたが、半年ほど前に自殺した。

「それで、二十五万、払うのか？」

「負けたんだから、仕方ない。分割にして貰いたいが、払うよ。ただ、免許証だけは取り返したい。仕事は車を使うんでね。あんたに、なんとか話をしてくれないか、と頼みたいんだよ」

「頼むにしては、横柄な口の利き方だ」

「お願いしますよ」

蓮見が、ちょっと頭を下げた。

「床に、掃除機をかけろ。俺は、台をきれいにする」

「掃除って、どういうことですか？」

「終ったら、その人が飲んでいると思われる場所に、連れていってやるよ」

なにか納得したのか、蓮見は掃除機の場所を訊き、指さした方に歩いていった。

十分ほどで、終った。トイレの掃除は、朝出勤してくる、アルバイトの仕事である。

私は蓮見を連れてエレベーターに乗り、通りを二分ほど歩いて、『ルージュ』の扉を押した。都心の繁華な場所と較べると、遅い時間は人影がないという状態で、バーの客も地元に住んでいる人間がほとんどだった。

カウンターには二人いて、離れて座っていた。私は、澤の隣に腰を降ろし、オン・ザ・ロックを頼んだ。蓮見は、ただ立っている。

「飲むんなら、ここの勘定は自分で払えよ。奢《おご》る筋合なんかないからな」

「飲めないいなら、帰れ」

蓮見を見もせずに、澤が言った。

有線で取っているシャンソンがかかっていたが、ボリュームはかなり絞ってある。うるさいと、文句が出たのかもしれない。奥の席では、四人の中年男が、景気の話などを大声でしている。

蓮見は、遠慮がちに私の隣に腰を降ろし、水割りが一杯いくらなのかマダムに訊いてから、三種類のうちの一番安いものを註文した。私には氷を入れたグラスが差し出されたので、キープしているボトルから自分で注ぎ、澤の方にちょっとグラスをかかげて口をつけた。

「俺たちは、グルで、カモったんだと思われていますよ、先生」

「勝負を受けた。なんであろうと、受けたやつが悪いだろう。そいつ、俺の前にも、女を賭けて勝負していたんだぜ」

なにかしら、そんな気配は漂っていたが、実際に女が賭けの対象になるとも思えない。

「女を賭けて負けたと言ったら、じゃ金で取り返せ、とその人が言ったんですよ」

虚を衝くことを、澤はしばしば言う。私がゲームの相手をしている時も、狙いを決めた時、まったく関係ない、しかし心を抉《えぐ》るようなことを言い、見返すと素知らぬ顔をしていたりするのだ。

レジカウンターの下に置いてあるスケッチブックを、トイレに行っている隙に、見られたことがある。そんなことを平然とやり、忘れ物かと思った、などと言ったりするのだ。

その時はそれで終り、勝負のかかったショットの直前に、おまえの絵には諦念というものがないのだな、と呟《つぶや》くように言ったのだ。私は、ショットを誤った。なにがこたえたわけでもなく、ただ諦念という言葉がタップの先にまとわりつき、蠅《はえ》のように舞い集中を乱したのだった。

絵に諦念がないとはどういうことか、と私はひとりになった時に考え、結局、澤がいい加減なことを言ったのだ、と思った。しかし、カンバスにむかった時、諦念がないという言葉がしばしば浮かび、いまも筆が止まったりする。

どういう意味なのか、澤に訊こうと考えたこともあるが、気にしているのだと嗤《わら》われ、他愛《たわい》ない答が返ってくるかもしれないと思うと、実際に口から言葉は出せなかった。

澤は、客のひとりである。

このところ単独で来ることが多く、しばしば私は相手をすることを求められるが、応じるのは三度に一度だった。

この店は、もともと私が飲んでいたところで、ある夜、澤と会った。それからは、二人で飲む店だと澤は決めつけているが、私はひとりの時の方が多かった。

「俺は、この件に関係ありませんよね、先生?」

「そいつを連れて、ここに現われた」

「おかしな勘繰《かんぐ》りをされましたからね。無実を証明して貰おうと、一応は思うわけです」

「おい、ハリー。つまらん言い方は、やめておけよ。俺がなにを考えているのか、と思ったんだろう。そして、事を収めようとしている」

「五万は、いささか高過ぎます」

「津村《つむら》は、五十万を賭けた、と言ったぞ」

「五万ですよ、多分ね。そして、お互いに無理なく払える相手とやっていた。津村さんの通夜《つや》で、俺が喋《しゃべ》っていた連中がいるでしょう」

「憶えてないな。津村は自殺したんだぞ。借金が原因かもしれん」

「やめてくださいよ。お客さんが自殺するような賭けは、うちじゃ認めません」

貸切の中で、稀《まれ》に大きな勝負があり、それでも私は決まった料金しか受け取らず、なにも知らないということにしていた。

「そいつは、女を賭けて負けて、自殺しそうな顔をしてたぜ。二十五万ふんだくって、眼を醒《さま》させてやったのさ。なんといっても、金は現実だからな」

「確かに」

蓮見は、ちょっとかすれたような声を出した。

「俺は馬鹿だよ。荒れてるところで、あんたの口車《くちぐるま》に乗せられた。なんか、どうでもいいような気分になった。どうにでもなれ、と思ってしまった」

「そんな気持になったのは、おまえだぞ。俺は賭けで取られた女なら、金で取り返せ、と言っただけだ」

「だから、自分を馬鹿だと言ってるよ」

「そのくせ、このマスターに泣きついた。なんとかなると、甘く考えているんだろう」

「俺は、免許証を返して欲しいだけだ。仕事に必要なんだよ。金は、払うさ。分割にして貰えれば、ありがたいが」

「博奕《ばくち》の金を、分割払いだと。博奕の金は、その場で払うもんだ。それを、一日、待ってやってる。二日目からは、利子をつけるぞ。そして免許証は、払い終えた時に、領収証代りに返してやる」

「俺は」

蓮見の躰《からだ》が、ちょっと動いた。手を出すような男なら、私がなんとかしなければならないと思ったが、そういう気配ではなく、蓮見は水割りのグラスを揺らして、氷の音をさせた。

「勝てると思ったんだよ、あんたに。二ゲーム、そう思わせるような撞き方を、あんたはした」

「俺は、一ゲームは完全に勝ったよ。あとの四ゲームは、おまえが勝ちそうだった。全部、八番ボールの撞き方を失敗した」

「俺が撞こうとした時、あんたはなにか言う。それって、反則じゃないのかよ?」

「喋るのが反則なら、はじめからそう決めるべきだ。そしておまえは、俺の言葉に惑《まど》わされたとしても、喋るなと言って構え直せばいいことだった。俺をここで、犯罪者扱いなどせずにな」

私は、飲み干したグラスにウイスキーを足し、煙草に火をつけた。

「君は、五番の台でも、ラストショットに失敗したな。それで、負けた。プレッシャーに弱いのなら、握ったりしないことだ」

「だから、自分を馬鹿だって言ってる」

「おまえ、ラストショットまでいったのに、失敗して、無様にやられたのか。おい、ハリー、こいつのラストショットは、それほど難しいものだったのか?」

「もう一枚薄ければ、入ってますよ。際どいところで、クッションに弾かれましたね。コーナーポケットを狙う選択もあって、そっちの方が、距離はあっても確実だったでしょう。なぜか焦《あせ》って、そばのサイドポケットを指定しちまったんです」

「だとよ、おい」

「あとで、同じ位置に球を置いて、俺もそう思った。コーナーの方を指定すべきだったと」

「君は、今夜だけでなく、勝負というものを回避すべきだな」

私は二杯目のオン・ザ・ロックを飲み干し、氷が小さくなっていたので、新しいものをマダムに頼んで、三杯目を注いだ。

「この世はな、ほんのわずかな勝者と、かなり多数の敗者と、大部分の、勝負を回避した人間で成り立っているんだよ」

「おい、ハリー、利いたふうなことを」

「先生の真似をしただけですよ」

不意に、マダムが弾けるような笑い声をあげた。私たちのやり取りは、はじめからずっと聞いていたのだろう。

澤がなぜ、これほど蓮見に絡《から》みつくのか、私はまだ読めずにいた。金がどうのという問題ではないのは、はじめからわかっていたが、これほど執拗《しつよう》に若い者をいじめるのも、澤らしくなかった。

「とにかく、おまえは負けた。明日の夕方までに、二十五万、揃えろ。それ以上は、待たないからな」

澤にとっては、大した額ではなくても、蓮見にとっては、すぐに用意できないほどの金なのだろう。やはり、澤は蓮見を執拗にいじめている。

「ハリー、こいつの腕、俺程度か?」

「一ゲームも、やってないんですよ。テクニックは、同等ってとこですか。神経の太さは違いますが」

蓮見も、ノーベットでやってみて、同じ程度だと思ったのだろう。それから澤は同じ力で撞き、蓮見は自分から崩れていった。ただ、澤が浴びせる言葉は、鋭くなったに違いない。

「それで俺は、ひっかけたみたいなことを、言われなくちゃならんのか?」

「免許証を返して欲しいだけですよ、こいつは。金は払う、と言ってるんですから。分割ってのが、信憑性《しんぴょう》がありますよね」

三杯目を飲み干し、私は煙草に火をつけた。

新しい客が二人入ってきて、仲間らしく、奥の席へ行った。マダムが、名札のついたボトルを、カウンターの棚から持っていく。騒がしくなるのかと思ったが、話し声は小さく、密談のような気配になり、BGMのボリュームがちょっとあげられた。カウンターの端でひとりで飲んでいた男が、勘定を払い、出ていった。

「またな、ハリー」

澤が、一万円札を二枚、カウンターに置き、それにグラスを載せ、腰をあげた。

「免許証を」

蓮見が言ったが、澤は返事もせず出ていった。追いかけようとした蓮見の肩を押さえ、あまり減っていないグラスに、私のウイスキーを注ぎ足した。

「これは」

「俺の奢りじゃない。先生が、俺たちの分まで払っていったんだ」

「先生って、お医者さんですか?」

「いや、作家だよ」

「へえ」

「知らないのか、澤亮太郎」

「聞いたこと、ないです」

「まあ、そこそこ売れている。君から、二十五万取り上げる理由は、なにもない。金を巻きあげなきゃならない理由はな」

「じゃ、なにか別の理由でもあるっていうんですか?」

「それは、わからない。明日の夜、うちの店に寄れよ。その時、免許証は返せる」

多分、メモ用紙に走り書きした借用証も、関心を失ったような表情で返し、私とは口も利かないかもしれない。

自転車で、私のところから七、八分というところだ。庭のある一戸建てで、ひとり暮らしだった。結婚したことがあるのかどうかは、知らない。

「君は、女を賭けて勝負した、と言ったな」

「大したことじゃないです。ある女を、口説《くど》く権利をどっちが持つかということで。負けた瞬間、ものすごく後悔しましたよ。自信を持って、俺は俺で口説けばよかったたって」

手が出せなくなって、好きだと気づいたなどという言い草は、愚《おろ》かそのものだが、男と女の間では、ありそうなことだった。

「なくすために、女はいる」

「なんですか、それ?」

「本の名前は忘れちまったが、あの先生が登場人物の老人に言わせていた」

「小説の話か」

「あの先生の書くもの、俺にはあまり面白いとは思えないが、店に座っている時に、三、四冊読んだ」

「俺の免許証、返してくれますかね」

「多分。なんだって、多分だ。ほんとに確かなのは、君が好きになれたかもしれない女を、取り逃したということだけだな」

蓮見が、うつむいた。それから、濃くなった水割りを、半分ほど呷《あお》った。

「はじめ、おかしなルールでやっていたな。あれも、君が考えたのか?」

「とてもじゃないけど、入れられませんね。俺は、いろいろ頭で考えすぎたんです」

蓮見に対する私の関心は、もうすっかり失《う》せていた。賭けの対象になった女のことなど、新しい女が見つかれば、遠い記憶にしかすぎなくなり、やがては忘れ去ってしまい、人生に疲れるか、幻滅するかして、それでもなお、長い歳月を生きなければならないと、ひどく嗄《しゃが》れた声で呟いたりするのだ。

奥の席にいた客が立ちあがり、ちょっと重苦しい雰囲気のまま、出ていった。マダムも外で見送っている。

「ハリー、一杯飲んでいい?」

冴子《さえこ》が、カウンターに入ってきて言った。返事をする前に、手早くオン・ザ・ロックを作り、奥の席に戻って、片付けをはじめる。

「あたしも、一杯貰うよ。あの連中、町内会の予算を誰か横領しているって話をしていて、辛気臭いったらありゃしないよ。横領の額が、五万円ぐらいなのさ」

マダムが言った。

私は、町内会には、会費だけ払う幽霊会員で、顔見知りもいない。マダムは、いまも昔も有力な会員で、なにかあると、会合はここで行われるようだった。

「ここ、バーだろう。飲もうぜ。澤先生が、諭吉《ゆきち》を二人置いていった」

冴子は、グラスをシンクにさげ、テーブルを拭いて戻ってくると、有線のチャンネルを変えてロックにし、さらにボリュームをあげた。腰を振りながら、ウイスキーを呷っている姿を見て、蓮見は一瞬、賭けで失った女のことを忘れたようだ。腰を振るたびに、セーターの下の乳房が揺れる。

女はいくらでもいる、と若いころの私なら言っただろう。なくすために女はいる、と澤はいまでも言うだろうか。

「蓮見、君は帰れ。明日の夕方だ。俺は六時から、レジカウンターの椅子にいる」

「お願いします」

蓮見はスツールから腰をあげ、私にむかって頭を下げ、店を出ていった。

「雇うの?」

「なんでだ、冴子?」

「そんな口ぶりだったよ。朝までやるっていうのが、ハリーの目標でしょう?」

「おまえの胸を揉《も》みしだくのが、俺の人生のただひとつの目標さ」

「つまらないこと、言わないで。澤先生の友だちなんだから、言葉はもっと恰好よく遣ってよ。澤先生、胸なんて言わない。おっぱいと言い、もっといやらしい気分の時は、チチよ」

「それが文学的な表現だとは、どうしても俺には思えないんだがな、冴子」

「澤先生が言うから、文学的になるの。あんたも、口から出す言葉が、絵描き的って言われるように、頑張るのね」

「おまえが言ってることは、なに的なんだ、冴子。それより、駅裏のホテルに行かないか。俺の言うことを、たまにはきけよ」

「そういう話は、二時で終り。いまはもう、二時十五分。それ飲んだら、帰っちゃってよ、ハリー」

「つまらんな」

「なにが?」

「すべてがさ」

「そんなやつは、酒は飲まない。わかったね、ハリー。帰りな」

マダムが言う。私は、自転車をゆっくり漕《こ》いでいる、自分の姿を思い浮かべた。

3

八号の絵を四枚、大きな布の袋に入れ、私は画廊を四軒回った。売りこみである。値は私がつけるが、号五千円という安価なもので、それが時々売れると、絵具代が出るのである。絶対に、値は下げない。しばらく置いておけと言っても、買わないかぎりは渡さない。

四枚の絵を観るのは、ほんの数秒で済むのだ。観もせずに帰れというのは、画商の仕事をしていないということで、そんな画廊の主人が二人いた。ほとんどの画廊は、数秒間、見るだけは観てくれた。そして、月に一枚ぐらい、売れるのである。銀行の口座番号や住所などのコピーと一緒に、絵を渡してくると、数日後には金がふりこまれている。

もの好きな画商がいるということか。それとも、私はほんとうはいい絵を描いているのか。

自尊心をかなぐり捨てて売り歩いている、と自分で考えていたが、それがほんとうに傷つくのは、実際に売れた時で、売りたくなくなった、やるよ、と口から出そうになったほどだった。

私は、美術団体のようなところに所属しているわけではなく、公募展などにも応募せず、つまりは人に絵を見せる機会が皆無なのだった。絵を置いてやろうか、という画廊が一軒だけあったが、私はそれを断った。置くのでなく買ってくれ、とその時は言った。

その絵が売れるのを私が欲するのは、カンバスにむかっている時だった。売れるものを描いていると思わなければ、筆がまったく動かないのだ。人が観るというのでは、駄目だった。観せる方法なら、捜せば多分見つかっただろうが、そうしようという気は起きなかった。

週に一度、私は絵を売りに行く。自分が生きる場所を捜すように、都心まで電車に乗り、五軒ほどの画廊を回る。二軒は、私がいいと感じた画廊で、しかしそこで買われたことはなく、ただいくらか時間をかけて、観てくれるようになった。残りの二、三軒は、適当に回る。

私の絵は、写実ではなく、抽象でもなかった。具象と呼ばれるものだと私は思っていたが、画廊でそう言われたことはない。

布の袋を肩にかけて、私は電車に乗った。

ありふれた光景だが、当然ながら乗るたびにどこか違い、その違いを絵にしたいと感じるのだが、アトリエに戻ると、もうありふれた光景がひとつしか浮かんでこない。

夕方になっていた。駅前の駐輪場から自転車を引き出すと、私は自宅へむかわず、澤の家の方へむかった。

街が、後ろへ飛び去っていく。歩いている時と較べるとそうだというだけで、私の自転車は特に速くはない。それでも澤の家まで、七、八分で着いてしまう。いま時めずらしい平屋で、門のところにチャイムはなく、玄関でノッカーを打ち鳴らすという、変った来訪の仕方をしなければならない。

アメリカの南部の、芝生の前庭があるような家で、ノッカーをドアに付けているところが、ないわけではなかった。澤の家のノッカーはちょっと変っていて、青銅製の手首から先の手が付いているのだ。ポルトガルで買ってきたものらしく、ファティマの手という名前も教えて貰った。

握手する、という感じにはならない。女の手を上から摑む、という恰好になる。感触が、意外に冷たくなかった。

家政婦の初老の女が出てきた。私はこれまで三度、この家を訪ねたことがあるので、顔は知っていた。

家の奥から、かなりの音量で唄《うた》が流れてきた。聴き馴れない曲調で、しかし古いジャズに似たところがある、と私は思った。

店でさまざまな曲をＢＧＭに遣っているが、ちょっと悲愴な感じさえする女の声は、集中力を乱すと、客に文句を言われそうでもある。しかし、耳を惹きつける。

あらかじめ、私が来ると言われていたのか、家政婦はちょっと微笑《ほほえ》んで、変ったスリッパを出した。

澤は、居間で音楽を聴いていた。

「これ、サルサじゃないな。マリアッチとも違う」

「おまえは、明るい曲しか知らんのか。歳月の重みが声に乗ってしまう、そんな唄を聴いたことがないのだな」

澤は、木製の長椅子で葉巻を喫っていた。

いやでも感じてしまうこの香りに、なぜ気づかなかったのだろう、と私は思った。澤が、ひとつの椅子を指さしている。私はそれに腰を降ろした。

この部屋の家具は、ばらばらで統一を欠いているとはじめは感じられるが、しばらくすると澤の好みでまとめられていることが納得できて、小説家という人種は、複雑で単純だという、矛盾した感想を私に抱かせるのだった。ほかの調度や壁の飾りもそうだ。西アフリカのモシ族のマスクと教えられたものと並べて、増女《ぞうおんな》の能面がかけられている。

私が腰を降ろした椅子は、やはり木製で、背の部分が高く、頭を押しつけられるものだった。

私はしばらく、悲愴ではなく、孤立を感じさせるような唄声を、眼を閉じて聴いていた。孤立と言うのではなく、これは孤高なのか。心を引き裂くような瞬間が、何度も襲いかかってきて、眼を見開こうとすると、不意にやわらかいもので包みこまれ、明るい風景が、浮かびあがってくる。それは束の間で、また心を引き裂く唄声だ、と感じてしまう。

「アマリア・ロドリゲスさ」

曲の合間に、澤が言った。

「そうか、これがファドってやつですか、ポルトガルの」

「いまの歌手が唄うと、こうはならない。技術みたいなものが、前に出すぎてしまう」

「ふうん、魂《たましい》の唄声ですか」

「おい、ハリー、いつからそんな気障《きざ》なレトリックを遣うようになった?」

「レトリックって、なんですか?」

「言葉の誤魔化《ごまか》しさ」

「それ、先生の仕事じゃありませんでしたか」

「なにか、癇《かん》に障《さわ》るやつだな、おまえ」

「俺は、いい唄だと思いますよ。ある種の、日本の演歌にも似ています」

「そして、デルタブルースにもな」

いやなものが胸に突き刺さって、私はスリッパに眼を落とした。

唄声は、容赦なく内に籠《こも》ろうとする情念に襲いかかってきて、胸の底がふるえる。

「これは『暗い艀《はしけ》』というのだが、映画の中でも唄われている。アマリアが、実際に出演してな。女優じゃないので、芝居は駄目だが」

別に、その映画を観たいとも思わなかった。

眼を閉じた澤の顔からは、エネルギッシュなものが拭《ぬぐ》ったように消えて、やりきれないような疲労の色が、代りに浮かびあがってきていた。

「酒が飲みたくなりますよね」

「おまえの夜は、これから長いんだろう、ハリー。酒に頼るには、早過ぎる時間だ」

「別に頼っちゃいません」

「頼ってるさ、おまえも俺も」

家政婦がコーヒーを運んできて、テーブルに置いた。葉巻の香りにコーヒーが入り混じり、一瞬だけうっとりするような気分になった。

「また、絵の行商か。そして、売れなかった」

「俺が、好きでやってることです」

「売れてくれればいい、と俺は思ってるよ。どんな絵かは知らんが」

「絵に諦念がない、と言われたことがありますよ。スケッチブックの、デッサンを盗み見されて」

「お互いに、諦念がない。おまえに言っただけじゃなく、自分にも言った」

「必要なんですか、諦念が」

「俺はもう還暦となる。いろいろと、諦めなければならないものがあるさ」

「なんだ、老いについての諦めですか」

私が笑っても、澤は表情を動かさなかった。

もう四十歳になる自分の年齢を、私は時々考えることがあるが、還暦は想像の遠い彼方《かなた》で、澤との歳の差は小さくないのだと思った。

「きちんと諦めないと、死ぬのをつらいと思ったりするのかもしれん」

「こわいんですか、死ぬのが?」

「わからんなあ。それは、よくわからんよ。死の恐怖なんて、日常の中では雑事に紛わせているだろうし」

「先生は、小説を書くじゃないですか」

「それこそ、死とは遠いな。生きる人間を書く。いや、表裏かな。生きているから、死ぬ。死ぬから、それまでは懸命に生きようと思う。そんなものだと、決めつけているところはあるが」

「やめませんか、こんな話。俺は、言葉で考えたりする人間じゃありませんから」

冷めかけているコーヒーを、私は口に運んだ。澤のコーヒーは、マグカップになみなみと注がれている。

「諦念と、はじめに言ったのは、おまえだ」

「もともと、先生に言われたんですよ。それで、俺はショットをしくじったんです」

「聞えるとは、思わなかった」

「絵に諦念があると、どうなるんです?」

「色彩が、豊かになる。諦念が、色をためらわせないんだよ」

「また、わからないことを言って」

「俺もおまえも、過去を諦めきれないでいるんだ。そう思わないか?」

「わかりません」

過去という言葉が、私の気持にちょっと翳《かげ》を落とした。

「あの若造はな」

不意に、澤は蓮見のことに話題を振ったようだ。コーヒーを、水のようにのどを鳴らして飲んだ。

「諦めなけりゃならない過去なんて、これっぽっちもない。すべてが、いまだ。だから、緊張して、ラストショットをことごとく失敗する。俺は逆に、いまなどどうでもいい、と思っているような気がする」

「もしかすると、若さに対する嫉妬《しっと》で、あんないじめ方をしたんですか?」

「いじめたとは思っていない。あの若造に、勝つチャンスは、いくらでもあったんだからな。女を取られた。金も取られるかもしれない。それは、過去なんかにゃならんさ。ただ、どうなろうと構うか、という捨鉢《すてばち》な熱のようなものだけがある」

「それが、若さじゃないんですか」

「捨鉢になった老人は、いくらでもいるぜ」

澤がなにを言おうとしているのか、やはりわからなかった。

「俺の、絵の話でしたよね」

「過去の話さ。過去の自分を描く。花をとおして、人物をとおして、風景をとおして。そういうものだな、俺が考える絵画は。未来を描いた絵なんて、信用できるか」

消えていた葉巻に、澤は長いマッチで火をつけた。すぐに、香りがたちのぼってくる。

私のやることは、蓮見の免許証を取り返してやることだけだ。それすら、やらなければならない、ということではない。放っておいて、このまま時が過ぎてしまえば、蓮見はどこかで立ち直る。免許証は、なくしたと思い定めることもできる。

手もとに残っている免許証を、澤は持て余し、結局、傷つくことになるだろう。

「なあ、ハリー。俺はいつも、二十歳《はたち》の恋人が欲しくなる。いつもだ。そして、大抵はひとりいる。いまもな」

女子大生のような女に、ビリヤードを教えていたのを、一度だけ見たことがある。

私はやりきれなくなり、澤の昔を、できるだけ考えないようにしよう、と思った。具体的に、澤の昔を知っているわけではないが、貰った本を読んでいると、回想される主人公の昔が、不自然に明るく、光に満ちたものに感じられることがあるのだ。

「なにか、俺は諦めきれていないのだな」

なにをと澤は言わず、私も訊かなかった。

「二十歳を、俺は求め続けてきた。同じことだとわかっていながらだ」

ぼんやりと、見えてくるものがある。しかし私は、それから眼をそらそうとした。

いつの間にか、音楽が終っていた。澤も、私と同時に気づいたようだ。テーブルにあったリモコンを操作し、同じファドをかけた。

「先生、二十歳というのは、はたから見ると羨《うらや》ましすぎますからね」

「言うなよ、ハリー」

私は澤の中に、自分とどこか似ているところがあることを、しばしば感じていた。皮肉が多すぎて、あまりつき合いたいとは思えないのに、いつの間にか客以上のつき合いをするようになったのは、それがあったからだろう。澤が、どう感じているかは、わからない。私を、嫌っていない。それだけは感じる。

「先生、免許証は、蓮見に返しておきますからね」

「頼むよ、ハリー」

「俺も、二、三日、勿体《もったい》ぶってやりますかね」

「なんとなく、心の隙間に入ってこようとしやがるぞ。せいぜい、一日だな」

かもしれない、と思った。私たちの間で、免許証が免許証ではなくなりつつある。

ファドが続いている。ポルトガル語は、聴いていても意味は摑めず、だから逆に、曲調から情念のようなものだけが、過剰に伝わってくるのだ。

束の間の愛とか恋とか、人生の中で大きな意味があると、思いたくない。しかし目の大きな網に通らない石として、わずかだけ日々の中に残り続けていたりする。

「色を、もっと遣ってみるかな」

「その前に、諦念だな」

澤が、葉巻の煙を吐いた。

私は腰をあげ、外へ出た。免許証は、玄関のあがり框《かまち》に置いてあった。
日が暮れかかっていて、私は自転車を押してしばらく歩き、それから乗った。

初出

第一部・第二部は『週刊新潮』二〇一八年二月一五日号―二〇一九年一一月七日号、同一二月五日号―二〇二〇年三月五日号。「ラストショット」は『小説現代』二〇一六年九月号。

本書収録にあたって加筆・修正をし、その際に『生きるための辞書』(新潮社、二〇二〇年)を適宜参照した。

北方謙三

1947年，佐賀県唐津市生まれ．中央大学法学部卒業．81年『弔鐘はるかなり』で単行本デビュー．83年『眠りなき夜』で第4回吉川英治文学新人賞，85年『渇きの街』で第38回日本推理作家協会賞長編部門，91年『破軍の星』で第4回柴田錬三郎賞を受賞．2004年『楊家将』で第38回吉川英治文学賞，05年『水滸伝』(全19巻)で第9回司馬遼太郎賞，07年『独り群せず』で第1回舟橋聖一文学賞，10年に第13回日本ミステリー文学大賞，11年『楊令伝』(全15巻)で第65回毎日出版文化賞特別賞を受賞．13年に紫綬褒章を受章．16年「大水滸伝」シリーズ(全51巻)で第64回菊池寛賞を受賞．20年旭日小綬章を受章．「ブラディ・ドール」シリーズ(全18巻)，『三国志』(全13巻)，『史記　武帝紀』(全7巻)ほか，著書多数．現在『小説すばる』誌上で「チンギス紀」を連載中．

完全版 十字路が見える Ⅲ
南雲を指して

2023年2月17日　第1刷発行

著　者　北方謙三《きたかたけんぞう》

発行者　坂本政謙

発行所　株式会社 岩波書店
〒101-8002 東京都千代田区一ツ橋2-5-5
電話案内 03-5210-4000
https://www.iwanami.co.jp/

印刷・三陽社　カバー・半七印刷　製本・牧製本

ISBN 978-4-00-026659-8　Printed in Japan